此书为无锡泰戈尔文化研究院学术项目

平生回首话沧桑

董友忱 著

五洲传播出版社

图书在版编目（CIP）数据

平生回首话沧桑 / 董友忱著 . -- 北京 : 五洲传播出版社 , 2025. 1. -- ISBN 978-7-5085-5160-9

Ⅰ . I267.1

中国国家版本馆 CIP 数据核字第 2025VG4574 号

平生回首话沧桑

作　　者 ：董友忱
出 版 人 ：关　宏
责任编辑 ：阴湥萌
装帧设计 ：蒲建霖

出版发行 ：五洲传播出版社
地　　址 ：北京市海淀区北三环中路 31 号生产力大楼 B 座 6 层
邮政编码 ：100088
电　　话 ：010-82005927，82007837
网　　址 ：http://www.cicc.org.cn　http://www.thatsbooks.com
印　　刷 ：北京市房山腾龙印刷厂
版　　次 ：2025 年 2 月第 1 版第 1 次印刷
开　　本 ：710 × 1000 mm　1/16
印　　张 ：22.25
字　　数 ：287 千字
定　　价 ：118.00 元

本书作者董友忱

作者妻子邱玉琴

怀德一中高中部 1956 级团支部合影

怀德三中 1956 年部分同学初中毕业合影

作者高中时期的校长孔力和她的女儿李哈生

作者小学同学陆秀荣 1953 年 6 月高小毕业时的照片

在留苏预备部学习时的作者

在苏联列宁格勒大学留学时的作者

20 世纪 60 年代列宁格勒大学部分中国留学生合影

1997 年 12 月，作者作为中央党校代表团成员访问叙利亚时在我驻叙使馆合影

作者在深圳大学任教时与部分老师及外国同学的合影

作者与孟加拉国农村的孩子们

作者会见达卡大学文学系副教授绍乌米特罗

作者与中国驻孟加拉国使馆文化参赞刘三振

作者与中国驻孟加拉国大使郑清典

作者与孟加拉语文学者波洛博·森古普多、加尔各答亚洲学会秘书长罗马康多

作者与加尔各答大学语言系奥尔琼教授夫妇

焦拉桑科泰戈尔故居南门

作者在德里大学校园

作者在瓦拉纳西恒河上的小木船上

作者访问加尔各答郊区的一所小学时与师生合影

2008 年春，作者访问加尔各答亚洲协会时会见加尔各答市市长比迦什龙迥

2010 年 5 月 8 日，印度泰戈尔文化大学授予作者文学博士荣誉称号

2010 年 5 月 9 日，苏尼尔·贡戈巴泰向作者颁发泰戈尔纪念奖铜牌。左一为苏尼尔，左二为秘书长绍诺特库马尔，左三为西孟加拉邦文化部部长

作者与同时获得泰戈尔纪念奖的孟加拉国女作家舍林娜·侯赛因（左 2）

作者与国际孟加拉学研究会第五届年会部分参会学者

作者与无锡泰戈尔文化研究院张淳铭

作者与《泰戈尔作品全集》编辑、人民出版社公共事业编辑部主任王萍

作者与红学家刘景禄（笔名刘耕路）

2024 年 5 月，作者向印度驻华大使罗国栋和孟加拉国驻华大使赠书

2024 年 11 月，作者在印度驻华使馆举办的《罗摩衍那——永恒的指南》座谈会上发言

目录

代 序

我与友忱是同乡，皆为四平人，又都是 20 世纪“30 后”，是同辈，因此我怀着颇大的兴趣读完了他的《平生回首话沧桑》，自然有话想说。

我认为，可以把这本书当历史读——一个人的历史。一个人也有历史，何况个人历史也折射出许多对大历史有意义的细节。譬如，你问友忱生年，他会答公元 1937 年；如果是新中国成立前，他会答民国二十六年；如果是抗战胜利前，他会自自然然回答“康德四年”。“康德”是伪满洲国“皇帝”溥仪的年号。那时我们都曾以为自己是“满洲国人”，是“儿皇帝”溥仪的臣民。

从这本回忆录还可以看到一个家庭的历史。作者的叔父曾说过一句谚语：“馋学艺，懒出家，不馋不懒种庄稼。”董家就是这样一户典型的自耕农，用东北话说，就是“顺着垄沟找豆包”的庄稼人。这样的家庭要生活下去，一靠勤劳，二靠和睦。友忱的父母并不是他的亲生父母。他的生身母亲生下他后，看到妯娌嫂子不能生育又渴望做母亲，就把自己的一儿一女过继给兄嫂，自己甘当婶母。这位婶母嫁到董家后，得知丈夫曾有过一个前妻不幸夭亡，其娘家父母凄苦不堪，就主动认下这双父母，像亲生女儿一样恪尽孝道。这就是中国劳动妇女的真诚与善良。友忱的大姐为回娘家探亲借来的一匹马被穷凶极恶的胡子（土匪）抢走，他姐姐居然机智勇敢地趁天黑把那匹马又牵了回来，要知道她当时仅仅是个十几岁的姑娘。这真是令人惊奇。作者把儿时生活如婚丧嫁娶之类的细节回忆得很真实很详细，可作旧社会农村风俗图看。

在这样家庭成长起来的友忱，人格底色我认为可以用一个“正”字来概括。他在苏联留学五年半，正是三年经济困难时期，农村人饿得死去活来，有的好心人劝他的妻子别再苦守，说：“他留洋归来一定做官，还会要你这个一字不识的农村妇女吗？”后来的事实做了反证。友忱自1966年初回国后直到此刻都与发妻和谐幸福地生活在一起。屈指算来，他们的婚龄已有73年，“钻石婚”都过了。他们还把两男两女四个孩子都培养成对社会有用的人才，同样也应该受到赞美。

友忱通晓孟加拉语和俄罗斯语这两种语言，译著甚多。从1982年出版《金果小枝》（该书收录了作者翻译的泰戈尔小诗5首）起，他先后有《饥饿的石头》（该书收录作者翻译的泰戈尔短篇小说11篇）、印度史诗《摩诃婆罗多》（缩写本）、泰戈尔的《俄罗斯书简》等译作出版，还主编有《泰戈尔小说全译》（7卷本）和《泰戈尔诗歌精选》（6卷本），著有《泰戈尔画传》《天竺诗人：泰戈尔》《诗人之画——泰戈尔画作欣赏》等等。成果多多，可喜可贺。

由于他在泰戈尔研究和翻译方面作出的重要贡献，2010年5月8日，印度泰戈尔文化大学在纪念泰戈尔诞辰150周年的庆典仪式上，授予董友忱文学博士学位。西孟加拉邦总督（时任泰戈尔文化大学校长）亲自向董友忱颁发了文学博士证书。著名孟加拉语作家苏尼尔•贡戈巴泰发表了热情洋溢的讲话，介绍了友忱在研究和翻译泰戈尔方面所做的工作，赞扬他对印中文化交流所作出的贡献。接着，5月9日，西孟加拉邦政府文化部孟加拉研究院又授予友忱“泰戈尔纪念奖”。这些都是实至名归，理有固然的。

按年龄说，友忱已届耄耋之年，但健康状况相当好。在印度，他向印度朋友们表示:“我要更加努力地研究和翻译泰戈尔，把大诗人泰戈尔的全部作品介绍给中国读者。”言必信，行必果，他主编的《泰戈尔作品全集》(18卷，33册)于2015年由人民出版社出版。此后，他又投入新的研究和翻译工作之中。我相信，他一定能在中国与印度、孟加拉国的文化交流上继续作出贡献。

刘耕路

2021年4月28日 于北京市海淀区大有北里

刘耕路，男，本名刘景禄，1936年生于吉林省。中共中央党校文史教研部原主任，教授，著名学者、红学家。主要著作有《韩愈及其作品》《中国的诗词曲赋》《中国历代帝王诗词选释》《史记选译》《红楼诗梦》，还创作了电影文学剧本《谭嗣同》(1985年上映)、1987版电视剧《红楼梦》剧本(编剧之一)。

《平生回首话沧桑》读后感

孟加拉国朋友曾经问董友忱教授：为什么喜欢泰戈尔？董老告诉他们，第一，他的作品好；第二，他的人品好；第三，他热爱中国，对中国好。

其实，把这三点稍加修改，再换个问话题目“如何评价董友忱”，也正合适。第一，董老硕果累累；第二，他品德高尚；第三，他是位有拳拳爱国之心的大学者。

一

我们以主要成果的出版顺序来看董老的累累硕果：自 1967—1968 年主持并参与毛泽东著作翻译室孟加拉文组的译审工作起，董老参与了《毛主席语录》《苏联军事百科全书》《共产国际、联共（布）与中国革命档案资料丛书》等图书的翻译和审稿工作，并主编了大型套书《万国博览》亚洲卷等。这些董老用俄语、孟加拉语翻译和编写的作品，体现了他娴熟的俄语、孟加拉语水平和坚实的汉语功底。

此后，董老主编了《印度神话传说》，参与编写了《印度文化论》，并翻译了《摩诃婆罗多》改写本、《我与甘地先生的第一次会见》。从以上作品可以看出，董老开始介绍印度文化。

董老还研究并撰写孟加拉语小说先驱般吉姆琼德罗的生平，翻译了般吉姆琼德罗的中篇小说《印蒂拉》，长篇小说《克里什诺康托的遗嘱》《月华》《拉吉辛赫》（见《般吉姆小说选集》上下两册）。除此之外，董老又翻译了孟加拉语经典作家达罗克纳特·贡戈巴泰的长篇小说《金藤》。

以上作品说明，董老已开始涉足孟加拉语文学。

上面所有著作，可以看作是董老为翻译泰戈尔作品所做的准备工作，就像一个优秀的长跑运动员比赛前的热身运动。

以下是董老翻译的泰戈尔主要作品：长篇小说《沉船》《贤哲王》《家庭与世界》《王后市场》，中篇小说《被毁之巢》，短篇小说《女乞丐》《河边台阶的诉说》《素芭》《乌云和太阳》等30多篇，散文集《随想录》中的《脚走出来的路》《云使》等14篇，诗歌《竹笛》《羞怯》《怜悯》《最后的诗篇（之一）》等，剧本《大自然的报复》《秋天的节日》《根本错误》等22个，以及书信集《俄罗斯书简》。董老还出版有学术专著《泰戈尔画传》《天竺诗人：泰戈尔》《诗人之画——泰戈尔画作欣赏》。

董老发表学术论文100多篇，其中包括《泰戈尔中长篇小说的艺术成就》《试论泰戈尔的长篇小说〈沉船〉》《论印度历史小说的奠基人般吉姆》《< 摩诃婆罗多 > 在孟加拉地区的传播》《纪念印度国际大学中国学院的创立者——谭云山先生》等。

从上述成果可以看出，董友忱在学术上做出了很大的成绩，因此，2010年5月8日，泰戈尔文化大学的校长亲自向董友忱颁发了文学博士证书，赞扬了他对印中文化交流所作出的贡献。5月9日，董友忱教授又被印度孟加拉研究院授予“泰戈尔纪念奖”。董友忱教授当之无愧、实至名归。这不仅是对他个人的褒奖，也是对从事泰戈尔研究和翻译的所有中国学者的褒奖和鼓励，是我们中国印度学界和中印友好人士的荣光。我们感谢董友忱教授，他为我们赢得了荣誉，我们向他表示敬意！

这里需要大书特书一笔的是，董友忱教授主持翻译的《泰戈尔作品全集》于2015年12月出版。该全集有18卷33册，共1600万字，前后历经7年完成。加上策划、准备、搜集原文等，用时不少于10年。仅搜集孟加拉文原文，就花了董老大量心血。董老亲口告诉笔者，在翻译期间，他每天伏案工作十几个小时。要知道，董老当时已是年近 80 岁的老人，这么大的工作量，就是年富力强的人也很难承受。说他为此巨作呕心沥血，一点不为过。

《泰戈尔作品全集》的出版，是中印文化交流史上一件值得庆幸的大事，为中国的泰戈尔研究者和读者全面了解这位大作家提供了一套可靠的材料。

到目前为止，中国是唯一出版了《泰戈尔作品全集》译本的域外国家。主持翻译《泰戈尔作品全集》，既是董老这一辈子所做的最有意义的一件大事，也是中印文化交流领域的一件大事。除了在印度西孟加拉邦和孟加拉国出版有孟加拉文版的《泰戈尔作品全集》，到目前为止，除了我们中国之外，还没有哪个国家出版过其他外文版的《泰戈尔作品全集》。此事足以载入中印文化交流的史册。难怪当时的印度总统写来了贺信，西孟加拉邦孟加拉研究院的秘书长也写来了祝贺信函。

前文所列董老的成果，一个人即使有其中任何一项，都可以成为专家，成为翻译家。董老有这么多的成果，翻译了这么多的作品，其中以泰戈尔的作品最多、最全、最典型。他把俄语和孟加拉语用得得心应手，发挥得几近极致，他被称为“大翻译家”，实至名归。一个中国的文学翻译者，如果没有深厚的汉语功底，没有很高的文学造诣，哪怕外语再好，也翻译不出为翻译圈子所普遍认可的作品，更难翻译出能够经得起时间考验、存留于世的作品。而这些素质董友忱教授都具备，因而能翻译出又多又好为翻译界所赞赏、为读者所喜爱的作品。

二

一个学者，如果他的品德有瑕疵，他的作品再好，也难以服人，很难得到同行的真心尊敬。而董友忱先生是一位品德高尚的学者，他的人格和作品一样为人所尊崇、称道。

董老的结发妻子邱玉琴要比董老大 5 岁，而且大字不识一个。二人成婚时董友忱只有 12 岁（按农历算 11 岁），是典型的包办式的“娃娃亲”婚姻。他妻子孝敬公婆，养育儿女，在 20 世纪的困难时期差点饿死、累死，是令人尊敬的贤妻良母。

在 20 世纪 60 时代，出国留学生极为罕见，一个家族出一个留学生，那可是祖坟冒青烟、光宗耀祖的大事，在农村更是如此。家乡的亲朋认为，留学生是文曲星下凡，是令众人仰望的人，而董友忱的妻子和丈夫差距太大，劝她早打主意。这给了她极大的压力，使她忍受极大的痛苦。且听董老是怎么说的：“我要对我妻子和孩子们负责，不能做那种对不起他们的事情。”他亲口对妻子说：“我发自内心地感谢你。我们是幸福的一家，你不要胡思乱想，不要相信那些流言蜚语。我们会白头偕老的。你要相信我。”董老言必信，行必果，从来没有动过离弃的念头，而是更加理解妻子，和她相濡以沫，至今这对伉俪已携手跨入耄耋之年。

为了拉平自己和妻子的距离，他居然在留学回国后，脱掉毛料盛装，换上了他老叔生前穿过的一件破棉大衣。由于棉大衣上的纽扣都脱落了，只好临时用一条麻绳扎在腰上。从本书里可以看到，凡是提到妻子处，他总是表现出发自内心的对妻子的感谢和恩爱，叫人感到心里如有冬天里的一盆火，浑身暖烘烘的。

董老还以自己的亲身体验，说服了一位一起留学的同学放弃休妻的念头。“我们这批留学生是第一批从劳苦大众的家庭里选拔出的品学兼优的人才。如果我们与自己的结发妻子离了婚，让我们的子女变成单亲家庭的孩子，他们长大后会作何感想呢？我们家乡的老百姓又会怎么看待我们呢？我们共产党人是立志要为天下的劳苦大众、为我们的民族谋幸福的。我们不能把自己的幸福建立在别人的痛苦基础之上。”

董老的高尚心灵使他经受住了感情的诱惑。他的两位优秀的女同学先后向他表达过爱意。他们是志同道合、有共同语言的年轻人，如果结合，将来肯定幸福。但他内心坚如磐石，很坦率地说明自己已经结婚，而且对妻子极尽赞美之词，使女同学断了念头。

懂得感恩，滴水之恩，当涌泉相报，是董老做人的准则。董老常怀感恩之心，并见于行动，报答父母养育之恩，报答妻子服侍老人、为老人养老送终、哺育孩子之恩，报答孔力校长无私推荐其留学之恩，更全心全意报答党的培养教育之恩。

他在上中学时因为一直享受国家助学金，才得以顺利读完中学。在苏联留学期间，国家为了让他安心读书，每月给他贫穷不堪的家里寄钱15元。“我要说，没有共产党，就没有今天的我，也没有我今天的一家。这是真实的现实。因此，我由衷地感谢党！党的恩情比山高、比海深！”董老对党无比忠诚，勤勤恳恳、任劳任怨地工作，从来不计较个人得失，以自己的实际行动回报党的恩情。

一个学者必须有思想，有清醒的头脑，关心国家大事，对发生的事情有自己的思考。而董老的思考皆出于他的爱国爱党之心。董友忱教授是一位有独立思考的正直学者。

1956年春季，苏联共产党总书记赫鲁晓夫控诉斯大林的秘密报告——《关于个人崇拜及其后果》出笼后，董友忱感到震惊和惶惑：作为社会主义阵营领袖的斯大林怎么会这样呢？6月份在波兰发生了波兹南流血冲突事件，对此他有些迷茫，社会主义阵营怎么会出这样的事情呢？

“大跃进”时期，他作为读高中的学生党员，在寒假期间被派往乡下征粮。他看到那个村子各家确实没有余粮，而且有的人家粮食根本就不够吃，所以宁肯完不成购粮任务，也不愿强行征粮来坑害农民。他认为搞强迫命令会损害共产党的形象。对于一个还没有正式步入社会的20岁左右的青年来说，他的这种认识和做法是极其难能可贵的。

20 世纪 50 年代末至 60 年代初的全国性大饥荒留下了深刻的历史印记。自然灾害固然是其原因，但还应该加上人为因素。董友忱教授也是过来人，他对大饥荒产生的原因有他自己的清醒认识，说到了问题的根本上，也的确是符合事实的，“当时的中国社会经济形势证明，‘大跃进’和人民公社化运动，是我们党探索建设社会主义道路中的一次严重失误。领导人忽视了经济发展规律，过分夸大了主观意志和主观能动性的作用，造成国民经济的严重失调，极大地破坏了社会生产力；过急地推动人民公社化运动，极大地挫伤了广大农民的劳动积极性，导致了 1959—1961 年连续三年粮食减产，全国的粮食供应发生了极大的困难。”我自己也亲身经历过家里仅存的一点救命粮被强行征走的情景，作为孩子的我们，嗷嗷待哺。

对 20 世纪“史无前例的‘文化大革命’”，董老也有自己的看法。按照官方的说法，“文革”是领导者错误地发动，为林彪、江青集团所利用的一场运动。这当然是正确的，但我们还可以有自己的疑问。这么一场给党和国家、人民造成巨大灾难、使党和国家处于崩溃边缘的内乱，竟然还有人企图为其翻案，董老他无法理解，我们亲历者也无法理解。

走过了 70 年之久历程的世界第一个社会主义国家苏联，几乎一夜之间突然解体，社会主义阵营突然冰川般崩塌。为什么会出现这种现象？董老百思不得其解，他下决心研究这个问题，并亲自去俄罗斯考察半年多。通过详细考察和认真分析思考，董老得出了自己的结论：第一，苏联共产党的官员腐败，失去了民心。第二，经济没有搞好，社会经济体制僵化，挫伤了人民群众的劳动积极性。第三，苏联共产党的主要领导人对美国和西方帝国主义用其价值观来影响年轻一代、腐蚀他们的心灵，丧失了警惕，因而使得西方的“和平演变”阴谋得逞。

董友忱教授是一位有铮铮风骨的党员学者。在一次风波中，教研室的两位副主任给党中央写信，学校机关党委办公室负责人认为，这是一个政治性的错误，要求担任教研室主任兼党支部书记的董友忱给予他们处分，被董老义正词严地顶了回去，“我们的党章规定，党员有权利向党中央反映自己的意见。他们给党中央写信，没有错误。这是他们作为党员应该享有的权利。上面的文件如果违背党章，我们就应该抵制。”读到这里，我们对董老不由地肃然起敬了！

三

在认识董老以前，我就拜读过他的泰戈尔译作，对他神往已久。从资历上讲，他是我尊敬的老师，我是学生；从年龄讲，他是长辈，我是晚辈。但董老说，我们属于忘年交，我实不敢当。我只能恭恭敬敬当好学生。但自从相识，我们便如故交，以诚相待，互相袒露心扉，倒是事实。初见董老，是 2008 年在北京大学和北京外国语大学联合主办的纪念谭云山和师觉月诞生 110 周年国际学术会上。在盛大庄严的仪式上，见一位和蔼慈祥的老者为会议照相，觉得一位老人不该这么辛苦，便和他搭言，才知他就是大名鼎鼎的翻译家董友忱教授，更对他肃然起敬。通过几天的会议接触，便熟悉起来，有了好朋友的感觉。

后来在延边开会见面，我向他汇报说自己正在编写《泰戈尔词典》，他听到后非常高兴，说他正在主编《泰戈尔作品全集》，可否与《泰戈尔词典》相互配合，也就是把《泰戈尔作品全集》中的有关词条编入《泰戈尔词典》中？我当然受宠若惊，喜出望外。我们约定，每译出一卷初稿，他便把该卷中的有关词条及解释发给我，由我汇入《泰戈尔词典》，争取做到《泰戈尔作品全集》和《泰戈尔词典》中的地名、人名等相一致，这样就避免了读者在阅读《泰戈尔作品全集》和查阅《泰戈尔词典》时由于译名和解释不一致带来的误解和困惑。此后他便及时地把《泰戈尔作品全集》每卷的有关内容发来，我立即编入词典。我们配合得非常默契，几乎天衣无缝。这样，董老主编的《泰戈尔作品全集》和我主编的《泰戈尔词典》几乎同步完成，先后出版，中间相差时间很短。我和董老有了一次最圆满、最愉快的合作。在合作过程中，我首先是个学生，认认真真地向董老学习，自己的水平有很大的提升。董老谦虚、诲人不倦的精神令我感动。和董老的合作，大大丰富了《泰戈尔词典》的内容，提高了词典的可靠性。与其说是和董老合作，不如说是董老在提携我，关心后辈。可以说，没有和董老的合作，也许就没有这本《泰戈尔词典》。此情没齿难忘。在《泰戈尔作品全集》出版时，董老提前告诉我这个激动人心的消息，当时我在国外工作，托夫人直接从人民出版社订购一套，18 卷 33 册，整整一大箱子，一个人搬不动，需几个人抬上楼。我夫人也高兴地主动向兰州大学有关机构介绍推荐。我如获至宝，回国后如饥似渴地拜读。

2019 年 5 月，我代表兰州大学印度研究中心专门邀请董友忱教授来我们学校讲学，在兰大引起了不小的轰动，不少校外的听众慕名而来，一睹董老的风采。讲学之后，董老要独自去向往已久的敦煌考察。当时董老已是 82 岁高龄，他的孩子都很忙，腾不出时间陪同。我实在不放心，于是决定陪同前往。在敦煌的几天，是我们交流最多的几天。董老在《平生回首话沧桑》里写到的许多内容，我听他亲口讲过，并一次又一次地感动，为他的高尚人格和对事业的执着所折服。在敦煌石窟，台阶高而不平，光线不足，游客又多。我生怕他摔着、走丢，紧紧搀扶着他在洞窟里观看，一步不敢放松。同行而不了解情况的游客夸赞我们，“啊呀，你们这父子俩真好。老人家有个孝顺的好儿子！”我和他不做正面回答，只是会心地相视一笑，二人心里充满浓浓暖意。董老说“亏了有你陪同”，他的意思是我保证了他的安全。我的意思是，多亏我能陪同董老，使我有难得的机会感受他的人格魅力，恭恭敬敬地接受他的教诲。但是董老还是在景点摔了一跤，我一直心感内疚，是我没有跟紧造成的，所幸董老身体素质好，没有受伤。之后，我和他严格遵行“走路不观景，观景不走路”的规则，我紧跟董老，再没有出现失误。到了兰州机场，董老要转机回北京，我再三嘱咐机场服务人员一定把老人家送到候机室，看着他们走远我才折回。

四

中国有句俗话，“机会都是给有准备的人提供的”，这句话从董老身上得到了最具体的验证，这是我亲眼看见的。无锡有一位品位极高、非常有心的企业家，叫张淳铭。他读过大学，在金融行业工作过，成为一位极为成功的商海弄潮儿。他没有简单地在商海沉浮，而是把眼光转到了绘画收藏上，而且是对印度最伟大的诗人、天才画家泰戈尔画作的收藏上。张淳铭先生的独到眼光在于，他居然能够想到收藏泰戈尔的画作。要知道，泰戈尔的绘画真迹大多数都被泰戈尔博物馆收藏，流落在民间的少而又少，想象他的画流落在中国简直是异想天开，在中国收藏到泰戈尔的绘画真迹等于痴人说梦。但张淳铭都做到了。很多中国人不知道的是，泰戈尔生前只有一个中国留学生，这个留学生就是浙江萧山的魏风江，他于 1933—1938 年在印度最著名的政治家甘地和印度诗圣泰戈尔身边学习。历史证明，魏风江是个了不起的文化有心人。他留心把泰戈尔绘画时认为不成功而揉成团扔掉的画作悄悄捡起来收藏，做永久保存。这对张淳铭来说简直就像是地理大发现！他以魏风江收藏的画作为线索和主体，探遍天涯海角，居然收藏了 42 幅泰戈尔的绘画真迹！

2022 年 9 月 23—25 日，由张淳铭先生创办的无锡泰戈尔文化研究院和董友忱教授联袂主办的印度泰戈尔绘画艺术展在美丽迷人的江南水乡无锡的江南里开幕。这些由张淳铭先生历尽艰辛收藏到的42幅泰戈尔的绘画真迹作为私人藏品展出，和世人见面。这是无锡第一次，中国第一次，毫无疑问，也是世界第一次。这就有了突破性意义。张淳铭先生的“有心”之处，是他不辞辛苦地拜访到了中国最权威、成果累累的卓越的泰戈尔翻译家董友忱先生。仅从绘画角度讲，董老是国内第一位也是目前唯一一位出版泰戈尔绘画集并且有独到的专业评述的学者。张淳铭先生联合董教授主办泰戈尔绘画艺术展，这就使得他的画展有了权威性，自然为业内人士所认可。正如我在开幕式上说的，“张淳铭先生是一颗璀璨的明星，张淳铭先生负责的无锡泰戈尔文化研究院举办的泰戈尔画展更是一花独秀，芳香吐翠，引来无数的蜂蝶。这里会成为印度圣蒂尼克坦以外的世界上独一无二的泰戈尔绘画画廊和收藏中心，无锡因此会成为一个有世界级特色的国际文化交流之地，是永久性中印文化交流的亮点”。

张淳铭先生把“有心”做到了出席开幕式的我们这些泰戈尔研究学者的心坎里。他专门为董友忱先生设立了一处“董友忱学术空间”，陈列了董老大半生中出版的几乎所有的有关泰戈尔的作品。这个“董友忱学术空间”和泰戈尔绘画艺术展相得益彰，互相衬托，使泰戈尔绘画艺术展完美无瑕。这个“董友忱学术空间”高端、大气、上档次。房子中间是一张宽大的长方形阅览桌，大白墙上挂着的镜框里镶嵌着董老大幅照片。书橱上陈列的董老的作品，粗粗数来竟有100多部，其中赫然陈列着董老主编的《泰戈尔作品全集》。这个数字是惊人的，国内的学者很少能做到这一步。这些作品部部都是精品，是董老耗费几十年的精力，呕心沥血写出来的，谁看了都会对董老仰视，从心底里敬佩。有位业内人士说，“这么多的精品，就是阅读一遍，也得花数年时间，即使是不动脑筋地抄写一遍，不花十多年时间是抄写不下来的”。足见董老倾注了多大的心血，这是董老头悬梁锥刺股、忘我工作、无私奉献的结果。

这样一个“董友忱学术空间”，光靠董老的个人力量是做不到的。无锡泰戈尔文化研究院专门给董老开设了这么一个学术空间，使得董老的作品能够完整地和泰戈尔的绘画作品一起存留于世，供世人景仰。似乎董老是为泰戈尔而生，他为翻译、介绍泰戈尔的作品，为中印文化交流而忘我地奉献大半生的力量。把他的名字、作品和泰戈尔的作品放在一起，实至名归，当之无愧，也表达了我们印度学学者、泰戈尔研究学者和中外中印友好人士的共同心愿。我们衷心感谢张淳铭先生！

董老已是85岁的老人，按照中国传统，早该颐养天年。但他壮心不已，还有一系列的写作计划，珍惜每一天的时间，伏案写作。更叫人敬佩的是，他几十年如一日，坚持每天游泳一小时，以保证身体健康。董老至今步履矫健，思维敏捷，语言生动流畅。董老正在出版专著《读解泰戈尔》，正在译著《泰戈尔家书》，还计划向中国读者系统介绍孟加拉语当代大文学家苏尼尔•贡戈巴泰，翻译他的长篇小说和回忆录，再写一部苏尼尔•贡戈巴泰的传记。按照我的估算，目前他这些写作计划，就能写到90岁以后。试问，如果没有一颗拳拳报国之心，有几个人能做到这点？

本书是我所读到的第一部国内印度学学者写的自传式作品。我们国内有许多成绩卓著并且健在的印度学家，如谭中、黄宝生、郁龙余……我们希望他们都有自传式的大作，给中印文化交流史留下第一手资料。对于已经故去的著名的印度学家，我们也希望有记录他们艰辛的学术历程的作品问世。

毛世昌
2022.12.03 于兰州大学

毛世昌，兰州大学印度研究中心主任，教授，1982年毕业于兰州大学外语系英语专业，后获硕士学位。2002—2008年就读印度尼赫鲁大学，获博士学位。主要著作:《印度两大史诗和泰戈尔作品中的女性人物研究》《印度文化概论》《印度文化词典》《泰戈尔词典》《印度古典文学词典》《印度神秘符号》《辉煌灿烂的印度文化主流——印度教》《泰戈尔的一生》《印度两大史诗解读》《印度文化与旅游》等；论文有《现代玄奘谭云山》《恒河——象征印度文化的圣河》《泰戈尔的大爱思想》《玄奘与谭云山》《摩诃婆罗多里的妇女形象》等。

岁月犹如奔腾的江河，一刻不停地向前流淌。人生的经历就像奔流不息的江河一样。每个人所经历的岁月虽然不尽相同，但都见证过五彩缤纷的社会生活，体验过人生的酸甜苦辣，目睹人世间的善恶美丑。随着时光流逝，记忆的荧光屏会变得不甚清晰，甚至有些模糊漫漶。

我的人生经历也是丰富多彩的，因为我经历过中国近现代历史上三个迥然不同的时期：日本军国主义统治的伪满洲国时期、国民党统治的动乱时期和新中国的初创及飞速发展的时期。

步入耄耋之年，常常回忆起尘封的如烟往事。我觉得，回忆是一种幸福，回忆会重现已走过的道路，让模糊漫漶的往事变得清晰起来。

到了垂暮之年才意识到，人生所经历的苦难并非都是坏事，其实这种苦难就是一种精神财富。这种精神财富会磨砺你的意志，净化你的心灵，激励你不畏艰险，勇往直前。

第一章
出生

中国东北有一片广袤辽阔的大平原，那是一片肥沃的黑土地，是由松花江和辽河冲积而成的，因此被称之为“松辽平原”。这个大平原的西南边缘，是长春台地，那里不如北部那么平坦。在台地与平原的中间有一个村落，叫娄家岗子。它位于长春市西北50公里处，在这个村庄的西南面有个古老城镇——怀德。怀德镇的正北方有双城堡镇，东南方有烧锅店镇，而娄家岗子正位于上述三镇的中央，距离三镇均为10公里。这个村庄最初是娄氏家族的居住地，又处于高岗，所以就取名为“娄家岗子”。这个村落不大，总共20来户人家，分为前街和后街两部分。

1937年5月4日下午申时（大约相当于下午三四点钟），一个牵着小猴子的南方卖艺人，来到这个村子。他在村子里敲锣打鼓，卖艺耍起猴来。就在这个时刻，一个男孩子降生在这个村子前街西头的第二户人家——董家。这个男孩子就是我。

我出生的时候，我大姐五岁多了，她已经记事儿了。我出生时村里耍猴子的情景，是我大姐后来告诉我的。

我是董家第一个男孩子，属牛。父辈给我取名叫“福臣”，大概是因为希望我长大之后成为一个有福的臣民。在我前面，还有我的两个姐姐。

大姐1932年正月十三出生，属猴，乳名海珠子；二姐比大姐小一岁，1933年出生，属鸡，家里大人都叫她“二丫头”。

我们家的西面邻居，是一户姓张的小地主。张家早年在怀德镇开饭馆，赚了很多钱，于是就在这村子周围购买了上百亩的土地，建起了三间正房和东西厢房各三间，在这个村子定居下来。村里人还是习惯叫这户人家为“张家馆子”。

我出生之前，我的爷爷奶奶都已经过世了。我爹和我老叔多次对我讲过，我爷爷奶奶是从热河省建平县（现为辽宁省朝阳市）逃荒过来的。我们的祖辈所居住的村庄是凌源市小营子镇大杖子村，离樱桃沟村不远，村里人常常去樱桃沟村赶集。

有一年大旱，田地里的庄稼几乎都旱死了。爷爷带着我奶奶和他的母亲、一个妹妹、一个弟弟，离开老家，外出逃荒了。在逃荒的路上，他的妹妹病死了。后来遇到连雨天，他母亲因为是小脚，实在走不了，就留在一个大户人家，给人家当佣人。我爷爷的小弟弟也不想走了，就留在自己母亲的身边。我爷爷奶奶继续北行，一路乞讨，最后走到吉林省怀德县的胡八岗屯，停下脚来，一年后又迁到娄家岗子屯，住了下来，给娄家大户“扛大活”，就是做长工。我爹和我老叔都是在娄家岗子出生长大的。我这一辈和我的下一辈，也都是在这村子里出生的。

在我开始记事的时候，我们董家也算是一户丰衣足食的殷实人家。我家有土坯平房六间，正房三间，东厢房三间，土地20多亩，还有一辆花轱辘车，两头灰色毛驴。

我爹名叫董治荣。我妈娘家姓娄，名福珍，她是本村人，出生在娄家大户。我老叔叫董治贵，我老婶儿，名字叫李长珍。我的父辈只有他们哥俩——我爹和我老叔。他们哥俩没有分家，而是合在一起过日子。

按照当地的习惯，东为大，西为小，所以我爹我妈就带着我大姐和我住在东屋，我老叔老婶儿住在西屋。在东西两屋的南侧，都搭建有火炕，炕上铺着用高粱秆外皮编织的炕席。靠北墙安放着衣柜。中间的那一间为堂屋，房门就开设在堂屋的南面。这间堂屋靠南的东西两侧都是灶台，东北人叫它“锅台”。两个灶台上都安放着大铁锅，那是烧火做饭的地方。烧火做饭的时候，热烟气通过烟道进入东西屋的炕洞子，然后从房顶上的烟囱排出去。这样，东西屋的火炕就是热乎的。即使在冬天，房屋里也暖和。在堂屋的北面放着一口绿釉子的陶制水缸和一个木桌子。桌子上面，放置一个装碗筷等餐具的木质橱箱——我们习惯叫它“碗架子”。

我们家的院子不太大，但是也不小。西边和南边都栽种一排柳树，在比较粗大的柳树之间用柳树枝条夹成杖子，这种杖子就起围墙的作用。我家院子的大门也是用柳木做门框、中间用柳树枝条编织而成的，可以称其为“柴门”。院子的西南角垒成一个猪圈。通常，我们家每年都会饲养两三头猪。过春节之前，要宰杀一口肥猪，准备过年。

东厢房三间，靠北面的一间作为驴圈，其余两间是储藏室，主要放置粮食和毛驴的饲料及杂物等。院子的西侧用高粱秆夹成一个长方形的小菜园。春天，就开始在里面种植一些小菜，还放置一口大酱缸，里面是自己家做的黄豆大酱。

在我出生之前，我爹和我老叔都给地主家“扛大活”。我懂事的时候，我爹和我老叔已经不再给别人家做长工了，而是耕种自己家的 34 亩田地（原来有二十多亩，大概在 1943 年又买了十来亩土地）。农闲时节，我爹就做豆腐，挑着担子去附近的几个村子叫卖，赚点儿钱，以贴补家里的花销。

我爹是我们董家的当家人。他没有上过学，但他很聪明，肯吃苦，又善于学习，所以认识不少字。他能看懂唱本（评书的脚本），也能记账。我爹完全是靠自学才识字的。我爹既不抽烟，也不喝酒。当地有一个民间组织——叫作“在理会”，他是在理会的会员。在理会规定，其成员是不准吸烟、喝酒的。

我是我们董家这一辈的第一个男孩子，所以全家人，特别是我爹，非常疼爱我，从来没有训过我，更甭说打骂了。我从小就非常敬重和深爱我爹。我妈也很疼爱我，经常抱着我去东邻西舍串门子。

我家的东院就是娄家，就是我妈的娘家。我妈有一个哥哥叫娄福增，排行第三，是我的舅舅。我这个舅舅对人很凶，所以村里人都叫他“娄三奘”。“奘”的意思是为人“很凶”，说话很横，所以我很怕我这个三舅，当然我也不喜欢他。他的妻子——我的三舅妈却很善良，待人处事和气温柔。她个子不高，显得有点儿清瘦。我很喜欢我这位三舅妈。她是全村的接生婆，我和我两个姐姐都是她老人家接到这世界上来的，所以我们家的几个孩子都喜欢我三舅妈。

第二章

小黑手

我小时候常常跟村子里的男孩子们一起玩耍。有时我们这些孩子之间也会发生矛盾。有的孩子就骂我，说我的坏话，可是我生来就不会骂人。谁要骂我，我就会伸手打他。所以村子里的孩子们就给我起个外号，叫我“董家小黑手”，因为我的皮肤比较黑，打人时下手又狠（东北土话里“黑”字还有“狠”的意思）。

我们村子有一个男孩子，小名叫“边驴子”[1]，他比我大一岁。有一次，我们一起玩耍时，他戏弄我说：“董家小黑手，你别臭美了。你不是你妈亲生的，是你老婶儿生的。你亲妈生下你，看你黑不溜秋的，就把你给你大娘了。”我听了很生气，就追着去打他，可是他很快就跑掉了。这是我第一次从边驴子口中听说，我是我老婶儿生的。我心里既感到不痛快，又很不理解。

回到家里，我直奔西屋。我老婶儿看见我进来，两眼噙着泪水，就

[1] 边驴子，为边兆有的乳名。他是我童年的玩伴，很聪明，比我大一岁。他母亲是本村“高瘸子”的女儿。他父亲的外号叫“边犟眼子”，凡事他都坚持自己的主张，所以村里人就给他起这个外号，其实，他是位朴实正直的农民。

问我："孩子，你怎么了？又同别的孩子打架了吧？"

我擦了一下眼睛，可怜巴巴地问道："老婶儿，是因为我生下来很黑，你就不要我了，把我给我妈了吗？"说着说着，眼泪就流了出来。

我老婶儿抬起头来，凝视着我，反问道："你听谁说的？"

"边驴子说的。"

"他瞎说。老婶儿怎么会嫌你黑不要你呢？别听他胡嘞嘞。"

听了我老婶儿的回答，我心里平静了一些。但是我还是不死心，我究竟是我妈生的，还是我老婶儿生的，我很想知道真实情况。

第二天，我妈去南地栽土豆。我趁机跑到我三舅妈家，想问个究竟。

三舅妈看见我一个人走进她的房间，感到很奇怪，因为通常都是我妈带着我来她家串门。她问我："是福臣啊，你妈呢？"

"去南地栽土豆了。三舅妈，我问你一件事儿。"

"啥事儿？"

"我是我妈生的，还是我老婶儿生的？三舅妈，你要对我说实话。"

我三舅妈笑了。她是一位很厚道的女人。她把我搂在怀里，用她那双温柔的眼睛看着我，问道："你妈对你不好吗？"

"好！"

"你老婶儿对你不好吗？"

"好啊！"

"那你问这个干什么？"

"屯子里几个孩子都说，我不是我妈生的。边驴子还说，我老婶儿生下我嫌我黑，就把我过继给我妈了。"

我三舅妈知道，有关我出生的真实情况再也隐瞒不下去了，于是她就对我说："福臣，你的确是你老婶儿生的，你妈实际上是你大娘。不仅你是你老婶儿生的，而且还有你大姐海珠子，也是你老婶生的。你和你大姐都过继给你妈了，不过，可不是因为你老婶儿嫌你黑而不要你，而是另有原因。”接着，三舅妈讲述了真实情况，她说道：“你妈不能生育，而她又特别喜欢孩子，因为自己不能生育，有一段时间她精神很不好，甚至一度得了疯癫病。为了安慰她，你老婶儿就与你老叔商量决定：把她们生的第一个女孩和第一个男孩都过继给她大伯嫂。你想想看，你老婶儿多会体贴人。她心地善良，有一颗金子般的心啊！”

听了三舅妈的讲述，我的疑惑消除了，心里感到热乎乎的。其实，我也觉得，我对我老婶儿比对我妈更亲。

吃过晚饭，我悄悄地对我大姐说：“大姐，你和我都不是咱妈亲生的，而是老婶儿生的，你知道吗？”

“谁说的？”我大姐睁着她那双美丽的大眼睛，惊奇地望着我问道。

“娄家三舅妈说的，那还有假吗！我们俩都是她亲手接到这个世界上来的。”

我大姐当时已经12岁了，竟然也不知道我们的亲生母亲是我们的老婶儿。从此我们姐弟俩才知道我们的真实身份。我们也就更加体会到我们亲生母亲她那颗伟大善良的心了。

我父辈的四位老人中只有我爹不吸烟，我妈、我老叔、老婶儿都吸烟。当时农村人吸的烟都是在自己家地里种植的。我家也是这样。我记得，每年我老叔都在我家南面那块地的地头上种些烟草。每年到了8月，烟茎秆上的叶子长大了，并且散发出一种很辣的气味。这时候就要把烟叶掰下来，绑在绳子上，挂起来晾晒。这种活儿，一般都是由我老叔或者我老婶儿来做的。

当烟叶快晒干的时候，我妈总是去挑选一些好烟叶，留给自己吸。

我大姐实在看不惯我妈的这种做法，于是她就趁我妈不在时对我老婶儿说：“老婶儿，我妈把好烟叶都摘下来，留她自己抽呢。我妈怎么这样自私呢？！”

“不许你这样说你妈！她喜欢抽烟，挑点儿好烟叶，也可以理解。她很疼爱你。你怎么能这样说你妈呢？”停顿一会儿，老婶儿的语气缓和了一点儿，继续说道，“海珠子，你要多看你妈的好处、长处。”我大姐被我老婶儿训斥了一顿，从此再也不敢说我妈的毛病了。

第三章

续姥姥家

在娄家岗子东边不足二里路远处，有一个村庄，就是王大院儿，顾名思义，那里的原始住户是姓王的家族。当然，现如今住在那个村子的人家，已经不全是姓王的住户了。在王大院儿有一户姓戴的人家，就是我的姥姥家。戴家的老爷子就是我的姥爷，他的老伴儿就是我的姥姥。老两口有一个儿子，我们兄弟姐妹都叫他大舅，叫他的妻子为大舅母。因为经常走动，我们兄弟姐妹对这一家人都很亲，他们一家人对我们兄弟姐妹也很热情。

我的这位姥爷是一位会看风水的“阴阳先生”，就是说，他既能为活着的人选择房基地，指挥人们盖房子，也能为故去的人选择墓地，指挥人们将其安葬。

从我记事时起，我老婶儿几乎每年都会带我去这个姥爷家看望姥爷、姥姥几次。我知道，四周围一些村庄谁家有老人故去了，我这位姥爷就被请去帮助人家料理丧事，东北人叫“出飞儿”。姥爷的“出飞儿”主要包括：选择墓地，勘察确定墓穴的位置，为死者主持送行和下葬仪式，等等。我爹曾经对我讲过，我们董家的坟地就是我这位姥爷选定的，而且我爷爷奶奶去世的时候，都是请这位阴阳先生来帮助我们家料理丧事的。

我知道，我还有一个姥姥家，就是我老婶儿的娘家，在娄家岗子东北十多里路远的二青山村。每年我老婶儿也会带我去那个姥姥家住些日子，那里有我的姥爷、姥姥、五个舅舅和一个已出嫁的老姨。我稍微长大一点儿，心里就犯嘀咕：我怎么有两个姥姥家呢？

一天晚上，我悄悄地问我妈："妈，我老婶儿经常带我去王大院儿戴家我的姥姥家，也带我去二青山村的那个姥姥家。我怎么有两个姥姥家呢？"

我妈告诉我说："二青山李家是你真正的姥姥家，王大院儿老戴家是你的续姥姥家。"

"续姥姥家和真正的姥姥家不一样吗？"我问。

"当然不一样了。"我妈解释说，"续姥姥家不是真正的姥姥家，是后认的姥姥家。"

"既然已经有了姥姥家，为什么还要再去认一个姥姥家呢？"我不理解地问。

我妈接着详细地讲述了一段我当时不了解的历史：

"当年戴家老爷子看上了你老叔，认为他为人厚道，又很聪明，就把他唯一的女儿许配给你老叔了。不久戴家姑娘就与你老叔结了婚。可是很不幸，结婚后一年多，她就生病死了。我们董家人当然很难过，戴家老两口儿就更加悲痛。

"后来，经媒人介绍，你老叔与二青山村的大租地户李家的姑娘结了婚，她就是你老婶儿。李家这位姑娘在大户李家排行老四，所以他的侄子们都叫她四姑。她为人既聪明又贤惠，长得又漂亮，早年与杨家店的杨家定了婚。可是后来她得了眼疾，多方求治，都没有治好，最后左眼失明了。杨家得知她左眼失明的消息后，就退婚了。这样她才嫁到咱们董家来。

“过门后，她了解到戴家的情况，十分同情戴家的老两口儿，于是就决定认戴家为自己的娘家，认那老两口儿为自己的爹和妈。就这样，他们的儿子和儿媳妇就称呼你老婶儿为‘姐姐’。从此两家人经常走动，就像真正亲戚一样，相处得非常好。为了区别，通常我们就把戴家称为你的‘续姥姥家’。孩子，你明白了吧？”

“明白了。”我一边回答，一边在想：“我老婶儿可真善良啊！她的心肠实在太好了！”

我的戴姓姥姥家日子过得比较艰难，当时的阴阳先生是没有什么收入的，帮人家料理丧事，只是帮忙，所以戴姓姥爷家日子过得紧巴巴的，有时会缺吃的。我们董家当时还是殷实之家，我们家常常给戴家一些接济，送些粮食，如小米、高粱米、苞米碴子等。

我亲眼看见，每当戴家姥爷来我家的时候，我老婶儿都特别高兴，总是亲切地问寒问暖，把家里积攒的白面拿出来，给姥爷包饺子或做面条。父女俩好像有说不完的话似的。有时候我姥爷刚给别人家办完丧事，就把对方送的大红公鸡带到我们家来，于是我老婶儿就把公鸡杀了，给他老人家做小鸡炖蘑菇。戴家大舅也常来我们家，我老婶儿就像待自己亲弟弟一样招待他。

戴家姥爷有了这样亲切待他的“女儿”，丧女之痛就慢慢消逝了。后来戴家姥姥病逝了，没过几年，我的续姥爷也驾鹤西去了。但是我们董家与戴家的这门续亲一直没有中断。我和我大姐每次回家，都要去王大院儿看望我的续舅舅和舅妈。每次我们去拜访他们的时候，舅妈都会杀鸡，热情地招待我们。

我们家乡有一个风俗：如果妻子先亡故了，丈夫还活着，她的遗体是不能埋进本家坟园的，因此戴家我先母的坟茔没有下葬在我家坟地，而是埋在我家南地的最南头。我记得，每年正月十五的夜晚，我老叔都带我前往我们家的坟园，为故去的亲人坟上送一盏点燃的小灯。我从来都不会忘记给戴家我先母的坟上献上一盏灯和焚烧一些纸钱。

从记事儿的时候起，我就看到我家的坟园里长着一棵大榆树。20 世纪 60 年代这棵大榆树的树干需要四个人牵手搂抱，才能合围过来。夏天这棵大榆树树冠投下的树荫占据着十来米方圆的面积。喜鹊和乌鸦在那棵大树上搭建的窝巢有一百多个。从距离我们娄家岗子屯十多里远的地方都能看见那棵大树。很可惜，那棵大榆树后来被我的大弟弟卖掉了。

第四章

八仙桌子

我大约四岁的时候就开始记事儿了。那时候我就记得，我家有两张吃饭用的炕桌子：一张比较陈旧的长方形的柳木桌子，另一张是很漂亮的正方形的榆木桌子——我们称之为“八仙桌子”。那张八仙桌子做工非常细致、讲究，四条腿之间串着四道横木，四四方方，十分结实；桌面由两块榆木板拼接而成，两块木板四周镶着四块半尺宽的榆木板子，整个桌面显得十分匀称精美，桌面上的花纹犹如水中的波浪，非常好看。整个桌子呈现橘黄色，油光锃亮。家里来客人的时候，我妈就把这张八仙桌子摆在东屋的炕上，在上面摆上茶具和餐具，招待客人。

我家的西院邻居张家地主，出了个读书人，名字叫张和年。此人表面上很文静，其实一肚子花花肠子，但他能写一手很漂亮的毛笔字。张和年在区公所做官，用老百姓的话说，就是给日本侵略者当汉奸。日本为掠夺我们中国的资源，在东北开煤矿、开铁矿、修工事，都需要大批劳工。这个张和年就掌握着分配劳工的权力。

张和年迎娶边家窝堡姓边的一户大地主家姑娘为妻。这个女人长得姣美，一双大眼睛水灵灵的，仿佛会说话似的。她同邻居们相处还算客气。有一天，她对我妈说，她家来客人了，想借我家的八仙桌子用来招待客人，我妈就借给了她。一晃一个半月过去了，张家也没有归还。有一天，二青山村我二舅来了，我老婶儿就叫我妈把那张桌子取回来招待我二舅，于是我妈就去隔壁张家把那张桌子要了回来。

四天后，村主任来我家对我爹说，我家应该出半个劳工，去黑龙江的黑河为日本人干活儿。村主任说，如果不想去，也可以出粮食雇别人去。当时雇半个劳工需要十石（dàn）高粱。那时候我们东北老家都用“升”“斗”“石”作为计量粮食的单位，十升为一斗，十斗为一石，一斗高粱大约 45 斤，一石就是 450 斤，十石就是 4500 斤。我爹和我老叔老婶儿商量后决定，我们不能去。因为大家都知道，给日本人做劳工，活着回来的人很少，十有八九都死在了外面。当时我们家乡流行着这样的顺口溜：

穷人去劳工，发配黑河中。
受苦又受累，惨死大矿坑。

不久我老叔病倒了，得的是伤寒病；我老叔还没有痊愈，我又病了。这样，我爹心急如焚，白天他一个人一边锄地，一边流眼泪；晚上回来也吃不进东西。我和我老叔痊愈了，可是我爹却病倒了。他全身发黄，中医说，我爹得的是一种黄病。我们家四处求医，吃了好多服中药，都不见好。看到我爹病成这个样子，我和我大姐整天泪眼不干。

我们家院子外面，有一棵大杨树，我和我大姐就坐在大杨树下流眼泪，我家的那只大黄狗也趴在我们身边，不解地望着我们痛苦地滴泪。

我妈说，可能，我爹的阳寿到了，于是我妈建议我和我大姐各赠阳寿给我爹 10 年，于是我们就举行了仪式。我和我大姐跪在我爹的面前向上天发誓：我们姐弟俩都志愿各赠给我爹阳寿 10 年，我妈也发誓赠阳寿 10 年给我爹。这样我们就认为，我爹还可以再继续活 30 年。可是我们发过誓后，我爹的病还是不见好转。看来，我们举行的赠寿仪式也没有起作用，我爹还是在 1944 年旧历六月底病故了，他去世的时候才 49 岁。当时我亲眼看到我爹是怎样停止呼吸的。我的心简直碎了，因为我爹最疼爱我，我也非常爱我爹。所以在为我爹治丧期间，我的眼泪就不曾干过，整天以泪洗面。

第五章

为爹治丧

按照家乡料理老人后事的传统习惯，我爹病危的时刻，家人就给他穿好了寿衣、寿袜、寿鞋；我作为我爹的过继儿子，就承担起为他治丧的各种义务。

第一件事，是往病故的我爹口中放置铜钱。我爹刚刚停止呼吸，我就得把一枚系有红线的铜钱放在我爹的口中。

第二件事，是指明路。就是我爹刚逝世，我就搬一把凳子放在我家院子的中心位置，站在凳子上，双手举着扁担向着西南方向，连喊三声："爹呀，爹呀，请走西南大路！"

第三件事，是报丧。所谓报丧，就是我穿上白色孝衫，腰间系上麻绳，去向隔壁娄家及其他亲戚邻居家磕头，报告我爹亡故的不幸消息。

第四件事，是给来吊丧的人磕头，还礼致谢。我爹亡故后，他的遗体停放在我家堂屋一张长长的条桌上，头朝向南方，脚朝北方，双脚用红丝线捆上，遗体的脸部蒙盖一张黄纸。在靠近遗体头部的位置放一张方桌，桌子上面放着一盏点燃的油灯，旁边摆着一个装满小米饭的陶碗，上面插有三支缠有棉花的高粱秸秆；地上放着一个焚烧纸钱用的陶盆——俗称"丧盆"。亲戚朋友邻居前来吊唁的时候，都会跪在遗体前磕头，在陶盆里焚烧纸钱，而我就跪在我爹遗体的右侧，向那些来吊唁的人磕头还礼，答谢他们。

第五件事，是点浆水。在三天的治丧时间里，每天早中晚三次前往村子里的土地庙，给死者灵魂送食品和饮水，这就是“点浆水”。因为当时人们相信，在举行送行仪式之前，死者的灵魂待在土地庙里。每次“点浆水”都是我走在长长队伍的前面，跟随去的家里人和亲戚们一边前行，一边放声大哭。到了土地庙，我围绕着土地庙左转三圈，把送来的食物和水倒在土地庙台上的碗里。回来的时候就不准人们再继续哭了。

第六件事，是遗体入殓。最初我爹的遗体是停放在我家堂屋里的。后来亲戚邻居们来了，就在我家的院子里搭起一个席棚子，棚子里安放着棺材。就在我爹死后的第二天太阳降落前，举行了入殓仪式，就是把遗体放进棺材里。入殓时应该由死者的儿子抱着遗体的头部，把遗体从堂屋里抬出来，放到棺材里。可是因为我太小，我自己一个人是抬不动的，实际上是我和我老叔两个人一起抬着我爹遗体的头部，其他人抬着脚部，把遗体从堂屋里抬出来，放进棺材里。在这个过程中不能让阳光照射在遗体上，所以要有两个人举着一张席子遮挡太阳光。

第七件事，是举行“开光”和“煞扣”仪式。实际上，这是家里人和亲戚朋友最后一次瞻仰我爹的遗容，同遗体告别。此时移开“棺材天”——棺材盖，大家围在棺材四周，主持人掀开蒙在遗体头部的黄纸，用棉花球蘸着白酒涂抹遗体的眼睛，名曰“开光”。这时候人们哭声一片，我和我大姐哭得最凄惨。然后就进行“煞扣”。所谓“煞扣”，就是使用钉子把棺材盖钉牢。这时候我就跪在棺材前面对已故的我爹高喊“躲钉”：当往棺材盖左侧钉钉子的时候，我就高喊三声：“爹呀，爹呀，请往右边躲钉！”在往棺材盖右侧钉钉子的时候，我就高喊三声：“爹呀，爹呀，请往左边躲钉！”

第三天中午，在村子里的土地庙前举行送行仪式，由请来的阴阳先生主持仪式。他念诵祭文，文中历数我爹的高尚人品和业绩。然后焚烧纸钱和用秫秸彩纸制作的房子、车马等等。

第八件事，是摔丧盆、扛灵幡送葬。送行仪式结束后，接下来就要举行送葬仪式。在这之前，由阴阳先生在我家的墓地测定好下葬的方位，让一些身强力壮的人挖好墓穴。上午十点半送葬仪式开始，鼓乐队吹起了唢呐，敲起锣鼓。随着主持人一声“起棺”的高喊，12个人一起抬起棺材，而我举起焚烧纸钱用的陶盆，用力甩在地上——啪的一声，陶盆被摔碎了。我扛起灵幡，在前面引路，送葬队伍跟随着我，向着我家的坟地行进。

我家的坟地位于我们村子的正南方，距离村子500米左右。不到半个小时，送葬队伍就到达了坟地。我扛着灵幡，跪在墓穴前。阴阳先生看着他的罗盘，指挥抬棺材的人们把棺材下放到墓穴里，调整好方位，然后让我把灵幡放在棺材盖上，我拿起铁锹培上第一锹土。随后大家一起往墓穴里填土，很快一座新坟就落成了。

第九件事，举行“上梁”仪式。埋葬了我爹的第三天早晨，要举行上梁仪式，就是在我爹的新坟上插上用高粱秆儿做成的三个类似足球门样子的方框，并且在中间方框上系上一枚铜钱。“上梁”本来的意思就是盖新房子时把房屋的梁柱竖起来，人们认为新坟是阴宅，就是给故去人的灵魂盖起的房子。

第十件事，就是“烧七期”。埋葬了遗体后的第七天，要去坟地焚烧纸钱，名曰“烧头七”，再过七天去“烧二七”，在第三个七天去“烧三七”，以此类推，直到烧完“七期”为止，整个殡葬程序才算最终完成。

我爹的亡故，使我亲身感受到亲人死亡给自己带来的那种难以用语言表达的痛苦。那种痛苦是撕心裂肺的。我爹作为我们董家的当家人，走了。我们董家犹如天塌下来一样。当时我们家本来是一户不愁吃不愁穿的殷实之家，可是我爹死了之后，我们家就开始逐渐走下坡路了。我家两个壮劳力，走了一个，就剩下我老叔一个劳力了。当时我大姐才12岁，我二姐11岁，我才7岁。我大妹妹4岁，后来又添加了我大弟弟、小妹妹、小弟弟三口。一个有七个孩子、三个大人的十口之家，靠一个劳力是很难维持一家人生活的。再加上我老叔年轻时给地主家扛大活，劳累过度，身体也不好，所以我们家的日子就很艰难了。

1944年对我们董家来说是最不幸的一年！

第六章 学习种田

1945年8月15日，日本战败投降了。随后我们党派遣大批干部进入东北，我们的抗日联军也壮大了。国共两党在重庆谈判后签署了“双十协定”。可是“协定”的墨迹未干，蒋介石就撕毁了协定，随之派遣大量国民党军队进入东北，占据了沈阳、长春、四平等大城市。此后的两三年间，东北地区国民党军队和共产党军队之间的战事不断，土匪乘机风起，进村抢劫的事是经常发生的。社会动荡不安，我们的家境就更加困难了。

在这种情况下，我开始跟随我老叔学习种田。学种田，就要知道什么时候该做什么，所以我老婶儿就教我背诵《二十四节气歌》，并且告诉我每个节气应该做什么。至今我都记得《二十四节气歌》：

打春阳气转，雨水沿河边。

惊蛰乌鸦叫，春分滴水干。

清明忙种麦，谷雨种大田。

立夏鹅毛住[2]，小满雀[3]来全。

---

[2] 立夏之后，就不再刮风，掉下的鹅毛都停止不动了，所以就说“立夏鹅毛住”。

[3] “雀”读qiǎo。小满之后，各种候鸟都回来了，所以说“小满雀来全”。

芒种开了铲，夏至扔了棉。
小暑不算热，大暑三伏天。
立秋忙打靛[4]，处暑动刀镰。
白露有凉意，秋分不生田。
寒露不算冷，霜降变了天。
立冬交十月，小雪地封严。
大雪河封上，冬至为冷天。
小寒大寒至，打春又过年。

清明过后，冻土地开化了，当冻土化到半尺深的时候，就应该播种春小麦了。东北的冬天非常寒冷，因此不能种植冬小麦。人们曾经试验过，秋末开始播种冬小麦，上冻之前小麦苗出齐了，可是冬天过后，即第二年春天，就发现麦苗大都被冻死了，能够返青的麦苗几乎很少。我不知道辽宁省能否种植冬小麦，但是我知道，吉林省和黑龙江省都不适宜种植冬小麦，只能种植春小麦。春小麦产量很低，一亩地只能产二三百斤。我们家一般每年都种植两亩左右的春小麦，这样过年过节就可以吃到白面了。如果不种，过年过节也买不到白面。伪满洲国时期，日本鬼子根本就不允许中国老百姓吃大米、白面。发现谁家吃大米白面，就说你是“经济犯”，要被抓起来，关进监狱的。

日本投降后，因为东北战事不断，南方的细粮运不过来，所以那时候我们村子每家都种植一点儿春小麦。

当时，在我们家乡耕种方法有两种：一种方法叫“扣”，另一种方法叫“耲”。

---

[4]　靛，一种用作染料的植物蓝靛。“打靛”就是收割蓝靛。

我们种植春小麦的方法叫作“扣小麦”：先把基肥撒到垄沟里，然后用犁杖把垄台上的硬茬翻到垄沟里，把基肥覆盖上，随后在湿土上点播种子，犁杖回过来时再从另一侧把土翻过来，把种子覆盖上，最后用木磙子压一次，就算完成了播种。

我们家通常用两头毛驴拉犁杖。我老叔扶犁，我大姐播种，我在前面牵引着毛驴,最后由我牵着一头毛驴拉着木磙子,压一遍播种过的土地。春小麦就算种上了。

种完春小麦，就要栽土豆了。事先要准备好土豆“栽子”，就是把整个土豆切成土豆芽子，也就是把一个土豆有芽的部位用刀切下来，作为土豆栽子。一个土豆一般都能切下三四块土豆栽子来。切土豆栽子的活儿，就由我老婶儿、我妈和我两个姐姐来完成。土豆栽子准备好了以后，就要栽土豆，就在撒播基肥的地垄沟里摆上土豆栽子，两个土豆栽子之间的距离大约一尺，然后用犁杖扣上土，再用木磙子压一下，就行啦。土豆是东北农村的主要菜蔬，所以春天各家各户都要栽种土豆的。

春季一项很辛苦的活儿，就是“刨茬子”。秋天收割玉米和高粱的时候,都要留下一尺多高的茬子。春天开化之后,就要将茬子刨下,运回家里,用作烧饭做菜的燃料。需要刨的茬子有两种：一种是苞米茬，另一种是高粱茬。苞米茬的根部须子少，刨起来省点劲儿，比较容易；高粱茬子的根部须子多，刨起来很费劲儿。当时没有现在使用的打茬机，都是使用小镐刨茬子，所以干这种活儿非常辛苦。因为需要用左手握住茬子，用右手握住小镐，弯下腰来，用力挥镐，才能将茬子刨掉。尽管辛苦，我老叔还是要求我学会干这种活儿。

清明过后 15 天，就是谷雨节气，开始播种大田里的庄稼了。从我记事的时候起，我们家乡耕种农作物，都是三年轮换制，基本种植三种主要作物：谷子、玉米（或大豆）和高粱。谷子收了，留下的谷茬叫“硬茬”，第二年应该在硬茬地里“扣”玉米或大豆，前面我已经讲过什么是“扣”了。苞米秸秆割掉了，留下一尺来长的苞米茬子，春天用小镐刨掉后，留下的是“软茬”。

耕种“软茬”的土地，不用“扣”，而是用“耲”，就是用耲耙在垄台上犁出一条小沟，在小沟里点上种子，合上土，就可以了。在种过苞米的土地上，第二年耲高粱；在高粱收获的土地上，第三年耲谷子或糜子。

耲高粱或耲谷子的时候，需要三个人：扶耲耙的一般是我老叔，点种子的是我大姐，我是扶“拉子”兼“踩格子”。所谓“拉子”就是用两块木板做成30多度角的一种培土的工具，用两根长长的绳子将其系在耲耙后边的两条腿上，上面固定着一根立柱，扶着立柱把点过种子的小沟合拢起来，随后用脚踩过，就是“踩格子”。

到了芒种时节，庄稼苗都长出来，就需要锄草，就是铲地，也就是二十四节气歌里说的“芒种开了铲”。一般勤奋人家，都是铲三遍，耥三遍。“铲”，就是用锄头松土和铲掉杂草，“耥”，就是用犁杖将地垄沟里的湿土推到垄台上。

铲第一遍高粱时，要同时进行“开苗”，就是在距离一尺远的部位留下一棵苗，其余的苗和草都要锄掉。这是个技术活儿，掌握不好，就会把壮苗砍掉。相对而言，铲苞米地和谷子地比较容易，因为不需要“开苗”，只需要把草铲掉就行了。

当时我年龄小，还是个八九岁的孩子，没有大人那样的力气，当我老叔铲完一条垄的时候，我只能铲完半条垄。也就是说，我铲了一段儿，扔下一段儿，再铲一段儿，再扔下一段。我们爷俩基本上是同时铲到地头儿的。回过头来，当我老叔铲另一条垄的时候，我还是铲那条没有铲完的垄。我老叔铲完两条垄，我只能铲完一条垄。这样，我总是跟在我老叔的身边。我一边铲地，一边听他给我讲述各种故事。

我老叔是位忠厚老实的农民，他很聪明，记忆力极强。在农闲的冬季，他喜欢听说书人说书，就是现在所说的“听评书”。他听过一遍，都能够记住，然后就讲给我们听。《瓦岗寨》《红旗沟》《响马传》等故事，什么“黄天霸”“一枝桃谢虎”等人物，我都听我老叔讲述过。

我老叔不仅给我讲述各种故事，而且还给我讲解做人的道理、他的人生理念和追求。他常常对我讲：“孩子，你要记住，人大有闪，树大招风。还是跟着老叔从垄沟里找豆包是根本啊。世界上百行百业，还是种庄稼最根本。俗话说，馋学艺，懒出家，不馋不懒种庄稼。”我明白我老叔这话的意思：馋的人就去学手艺，因为雇主会用好吃好喝招待手艺人的；懒惰的人，就想出家到庙里去做和尚、当尼姑，只打坐、念经，不用干活；只有农民，种庄稼的人，是不馋不懒的本分人。

也难怪我老叔有这样的人生理念，他亲身经历过的事情太多了。他所说的“人大有闪，树大招风”，就是指一个人官做大了，会有闪失，就像树长高了，会招来大风，容易被风吹断一样。比如，我们家西院的邻居张和年算是做了“大官”（给日本鬼子当汉奸），东北刚解放，就被枪毙了。这是我老叔所知道的，所以他才有这样的观点。

铲完地，就是挂锄的时节。这期间就不特别忙。不过，如果谁家种植了苘（qǐng）麻或线麻，这个时间就要把这两种麻秆儿割下来，捆成捆儿，沉入水塘里沤泡十来天。当麻秆儿上的青皮沤烂了，就要从水里捞出来，将麻秆儿上的纤维扒下来，将上面的污泥涮净，晾干后就成为苘麻或线麻了。线麻要比苘麻结实，将其打成细麻绳，供农村妇女做布鞋时纳鞋底使用。苘麻主要是用来编织拉车用的粗套绳子以及用来给骡马毛驴等大牲畜作缰绳。

我们家里这种沤麻的活儿都是我来做的，因为一个八九岁的孩子跳到水里比较方便。当时我觉得，将麻秆儿浸泡到水塘里——这种活儿挺好玩儿的，也比较轻松，就是在水里牢牢竖起两根粗木桩，将成捆儿的苘麻秆儿或线麻秆儿用绳子系在木桩上就行了。不过，从水里把沤好的麻秆儿捞出来，却是一件非常肮脏的活计，因为麻秆儿上的青皮被沤烂后就散发出很臭的气味，就连水塘里的水都是臭烘烘的。所以每当干完这种活儿的时候，我就赶快从井里打上清水来，把全身好好地冲洗干净。

立秋节气之前，还有一种农活儿要做，那就是“放垄”。所谓“放垄”，就是在高粱和玉米地里用锄头把垄帮上的土放下来，顺便把草锄掉。因为玉米和高粱都已经长得很高了，玉米已经出红缨，高粱也已经长出穗子，所以只能钻进玉米和高粱地里按垄沟去除草。这种农活不算很累，但是很辛苦，因为“青纱帐”里闷热得很，一点儿风都不透。干一会儿，就会热得满身大汗。

秋天是收获的时节，也是农民最辛苦最劳累的季节。凭我亲身的体验，割谷子、糜子、黄豆是最累的活儿，割高粱秆和苞米秆就不那么累了。

在收割庄稼之前，要选择一块平整的空地，把杂草除净，用石头磙子压实，这就是“场院”。实际上，“场院”不是院子，而是一个很大的空场儿。谷子、糜子、高粱、黄豆等庄稼收割回来，就存放在这个场院的四周。接下来就是“打场”，所谓“打场”就是脱粒，就是把谷物从禾秆上打下来。东北的“打场”，不是像南方那样用连枷摔打，或者用手拿着成把的稻子摔打，而是用石头磙子碾压。

打谷子或打糜子的时候，至少需要两个人，最好是三个人。首先把成捆的谷子打开，在场院上散铺成圆形的内外两排，两排的谷穗相对；然后把毛驴（我家没有养马，而是养的毛驴）套在拉石磙子的套绳上，我站在场院的中心位置，牵着长长的缰绳，让毛驴拉着石磙子，在上面转圈走动。这样，就把禾秆儿上的谷粒子碾压下来，同时也把禾秆儿碾压破了，使其变成柔软的谷草，这样的谷草是大牲口最好的饲料。我老叔就用木杈子在圈外不断地翻腾场院上的禾秆儿，然后再把外圈的禾秆儿翻到外边，打成捆，垛起来。这时候再把内圈儿里的禾秆儿翻到外圈，同时再把成捆的禾秆儿打开，铺在内圈上，继续让石磙子碾压。就这样，10 亩地收获的谷子，一般要一两天才能够打完。随后通过“扬场”，使谷子与碎草末分离。当时“扬场”的活儿我还掌握不了。所谓“扬场”，就是用木锨把脱掉的谷物抛向空中，借助风力，使谷粒子和草屑分开。经过“扬场”，谷物就很干净了，因为草叶碎屑都被风吹到比较远的地方了。

打高粱，也需要一两个人。首先要把高粱穗子从高粱秆儿上割下来，将高粱穗子铺在场上，用石磙子碾压，就可以了。大豆、小豆、绿豆收割回来后，铺在场上，也用石磙子碾压，然后把豆类的秸秆挑出去，再通过“扬场”，把碎末清除掉，就得到干净的豆子了。

收获玉米，使用两种方法：一种是先从玉米秆儿上把玉米穗子掰下来，运回家，然后再把玉米秆儿割倒，打成捆，运回来；另一种方法，就是直接把带穗的玉米秆儿割倒，运回来，放在院子里，再把玉米穗子掰下来。通常还要把玉米穗子上的皮剥掉，把扒光的玉米穗子放置在通风的地方晾干。需要食用的时候再把苞米穗子上的玉米粒子搓下来，用碾子或石磨碾磨碎，用细箩筛过，就成了玉米面。东北人一般把玉米面和成面团，贴在大铁锅上，烙成大饼子，或者蒸窝窝头；也可以把玉米轧成玉米碴子，熬成玉米碴子粥，如果加一些大芸豆，这样熬成的大碴子粥就更好吃。我最喜欢吃大芸豆和苞米碴子熬成的粥。

总之，在我老叔的教导下，我知道了什么节气该做什么，基本上学会了东北的主要农活儿。

第七章
读私塾

1945 年秋收之后，我已经满 8 周岁。我老婶儿就决定让我去读书。

在娄家岗子西面不足二里远的地方，有一个大村落，村庄的名称叫“伏周窝堡”。村子里有一位识文断字的宁五先生，他在自己家里开设了一个学堂——私塾。我生母就叫我到宁五先生开设的学堂去读书。

宁五先生家有五间大草房，东侧的两间作为学堂，房屋的南北两侧都是土炕，炕上放着桌子。我们学生就坐在炕上，把书本放在桌子上，读书学习，或者练习写毛笔字。和我一起读私塾的有十来个学生，都是本村和附近几个村子的孩子。

上学的第一天，我见到了宁五先生，向他鞠躬行过礼后，先生问我叫什么名字。我告诉他，我的乳名叫福臣。先生想了一下，提起毛笔，在一张纸上写下三个大字，然后对我说：“你就叫董有臣吧。”说完就把这张纸交给了我。我接过写有我名字的那张纸，再次给先生鞠躬行礼，以此表达我对先生赐名的感谢。

宁五先生让我先读《百家姓》，并且规定每天要背会两页。每天放学前，先生要进行检查。他让我们背诵给他听。于是我就从“赵钱孙李，周吴郑王”开始学起来，十多天后我就背熟了一本《百家姓》。然后先生让我读《三字经》,我从“人之初,性本善”学起。半个月后,我也背会了《三字经》。后来先生叫我背诵四字句式的《千字文》，于是我就从“天地玄黄，宇宙洪荒，日月盈昃，辰宿列张”学起，半个月我也背熟了，但是当时我对《千字文》里所讲述的内容却不甚理解，先生也没有给我讲解。最后先生让我学习《庄农杂字》，这本书我很喜欢，因为好懂，讲的都是农村庄稼院里的事情。一开头就讲“人生在世，先入学堂，桌椅板凳，坐机床帐，南北大炕，书桌摆上……高粱米饭，豆腐熬汤，咸菜瓜子，酥油拌上……”。

宁五先生让我背诵的几本书，我都按时完成了。每天放学前我和其他同学一样，站在先生身边背诵所学习的内容。每次我都能比较流利地背诵出来，因此先生一次也没有打过我的手板子。

伏周窝堡村离娄家岗子虽然很近，但是两个村子中间有一个叫“乱尸岗子”的公共墓地，里面埋葬着一些穷苦人、被凶杀的人和没能出嫁就过早夭亡的姑娘（根据当地的风俗，女孩子哪怕是长到了 18 岁，如果没有嫁人，死后也不能进入本家的坟地，要被埋葬在“乱尸岗子”里）。

听村子里的人们议论说，“乱尸岗子”常常闹鬼。有人夜里走到那里遇到了“鬼打墙”，一夜都走不出坟地。我去伏周窝堡村上学，必须经过那个坟地——“乱尸岗子”。

我大姐知道我有些害怕，她胆子大，每天早晨都是她陪我走过那处坟地，然后她才回家。可是晚上放学回来，我就得一个人走过那个“乱尸岗子”。因为心里害怕，经过那个坟地时我就拼命地奔跑。有一次，因为我跑得太快，毛笔、砚台和一条“金不换”牌的墨都跑丢了。我大姐知道我放学回来时害怕，后来她就在我快放学的时候，前往那个“乱尸岗子”迎接我。

1945 年年底，国民党的军队进入东北，局势动荡。宁五先生的私塾停办了。我一共读了三个半月的书，就此辍学了，因为没有地方再去继续读书了。

三个多月的私塾学习，我还是有收获的。第一，我认识了一些字；第二，我背熟了三本半书（第四本《庄农杂字》没有学完，背熟了一半），虽然当时没有完全理解，但是有些段落，直到今天我都记得，甚至还能够背诵出来。现在每当细细品味我还记得的那些语句的时候，我就理解了，比如说，“周武王，始诛纣，八百载，最长久”，述说周武王起兵讨伐殷纣王，此后建立了周王朝，延续了 800 年，是中国历史上存续时间最长的王朝。短短的 12 个字，就概括了周朝的历史。

《三字经》这本书，语言凝练，还有韵律，读起来朗朗上口，我很喜欢。实际上，《三字经》是一本小型启蒙百科全书，包含着自然、宇宙、历史、教育、音律、伦理等等各方面的知识。我认为，现代的孩子们都应该背熟这本启蒙小册子。五六岁的孩子，正值人生记忆的黄金期，此时背熟的警句，终生不忘。这是我自己的体会，至今我已经过了 85 岁，可我还能顺畅而流利地背诵《三字经》。

第八章

“狐仙”治病

我们娄家岗子屯不大，但是因为有一位善于邀请“狐仙”给人治病的女人而闻名遐迩。从我妈那一方面来论，那位能请到“狐仙”的女人，是我的表嫂，因为她是娄家大户分支中的媳妇，所以我称呼她三嫂。她的娘家姓谷，早年是从山东迁过来的。此人虽然不识字，但是非常聪明，记忆力极好，而且为人很善良，与村子里的姑娘媳妇们相处得也好。

我的这位三嫂年轻的时候可以称得上是十分美丽。她中等个子，身材苗条，瓜子脸，尖下颏，长长的秀发油光锃亮；一双大眼睛炯炯有神，仿佛能看透别人的内心世界似的。她有一双小脚，所以她的绰号就叫“娄小脚”。提起这位“娄小脚”，以我们村子为中心方圆 50 公里范围内，几乎是无人不知，无人不晓。因为人们传说，她请来的“狐仙”会给人看病，而且一经“狐仙”治疗，患病者就会痊愈。

我小的时候很喜欢观看她邀请“狐仙”给人家治病的场面。在她家的东屋，靠着东墙摆放着一张供桌，桌子上放着一个写有“狐仙”尊称的木牌子和一个很漂亮的铜制香炉。每当要请狐仙之前，她首先要点燃三炷香，插在香炉里，随后戴上缀有五彩飘带的花帽，在腰间系上一件缀有铃铛的围腰子。然后她左手拿起一面带手柄的大鼓，右手拿着敲鼓用的竹棍子。

准备好了之后，她就先坐在一把椅子上，一边敲打着鼓，一边唱起请“狐仙”的歌谣。我记得她唱的歌谣是这样的：

大慈大悲的狐仙，请你竖耳听我言。
今日弟子击鼓有要事，搬请大仙下山峦。
凡间黎民遭病苦，烦请大仙除病患……
陈氏女子发高烧，一夜滴水都不沾；
两度昏迷唤不醒，我才击鼓请大仙。
狐仙啊，狐仙，请你快下山来，搭救黎民除苦难……

就这样，唱着唱着，她就站起来，推开椅子，一边敲鼓，一边扭动起来，腰间的串铃随之放出悦耳的声响，鼓声和串铃声交织在一起，非常动听，她那婆娑的舞姿也很优美。舞动了一会儿，她放下大鼓，开始用另一种腔调讲话：

我是华山胡翠莲，听你呼唤我下了山。
本仙瞧看过陈氏女，方知她患病有根源。
丈夫前妻怪罪她，只因陈氏心不端，
亲生遗孤两样待，不肯关爱遗孤男。
只要她肯改前非，前妻阴魂不纠缠。
翠莲带来一方剂，服后驱邪显灵验：
小孩棉袄要三件，大红枣要三钱，苦菜黄根要两段，
另外再加姜三片，混合起来用水煎；
早晚分成两次服，三日之后病愈全。
本仙打道回洞府，修炼为民解倒悬……

这时候我这位三嫂已经累得满头大汗。她趴在桌子上，全身抽动几下，

过了好一会儿才站起，恢复常态。这时候陈家病媳妇的婆婆，赔着笑脸问我三嫂："大仙说的'小孩棉袄'是什么？"

我三嫂告诉老人家，是"红姑娘"皮子。我知道，"红姑娘"是一种野生的植物，结一种果子，成熟的时候外面的皮子先变成红色，里面的果子也随之变成红色，果实呈圆形，有野酸枣那样大，又甜又酸，很好吃。"红姑娘"皮子非常苦，是一种消炎解毒去火的好中药。

我小的时候，与村子里大多数农民一样，是相信"狐仙"和"黄仙"会给人治病的说法的，也就是说，相信狐狸和黄鼠狼修行成正果之后，就成了为人治病的大仙。上了小学之后，学习了科学知识，我就再也不相信了。

那时候，我还是个七八岁的顽童。我喜欢看我三嫂"跳大神"和咏唱邀请"狐仙"的歌谣。有一次，我对她说："三嫂，你唱的那些请仙歌谣，很好听，我很喜欢。你能不能教教我呀？"

"臭小子，你学那些歌谣干什么！一边去！"我三嫂笑着斥责我说，"你以为就那么容易学会呀？我年轻时在山东学习过三年多呢。"我这位三嫂也挺喜欢我那种淘气鬼似的机灵劲儿，所以她才对我说实话。

后来，我逐渐明白了，我这位三嫂十分精明，是一位"眼观六路、耳听八方"的能人。上面提到的那个生病的陈家媳妇，是陈家的二房。我三嫂知道，陈家媳妇对她丈夫前妻留下的儿子很不好。更主要的是，我三嫂确实也懂得一些医术和一些简单的治病药方。所以在旧社会农村缺医少药的环境下，她借助"狐仙"附体这种迷信的方法，加上运用自己的医药知识，一般都能够治好头疼脑热的小病。所以从我们屯子周围十里八村来请她看病的人很多。我经常看到，许多有钱有势的人家赶着马车来请她去看病。那时候她给人家看病是不收费的。但是人家会送她很多的礼物，特别是过春节的时候，被她治好病的人家会送给她很多好吃的东西，比如鸡鸭、鱼肉、点心、粉条子、馒头等等。

我这位三嫂很敬重我老婶儿的为人，她们娘俩儿很合得来。过年的时候收到的馒头太多了，她们家根本吃不完，有时她就会送一些过来。她的丈夫——我那位三哥是一位很朴实的农民。他们生育了三个孩子，大女儿和大儿子与我的年龄不相上下，都很聪明，可奇怪的是，到考试的关键时候都考不好，所以他们都没有考上中学，更谈不上读大学了。

我们家乡还有一个习惯，叫作“烧太平香”，实际上是一种祭祖的娱乐活动。如果某一个殷实之家，日子过得很顺畅，遇到了丰收年，就认为是祖先庇护的结果。所以就会在秋收之后的农闲时节，烧一台“太平香”，祭祀祖先。通常要选定一个适合祭祖的好日子，把家谱挂起来，杀一口猪，在供桌上摆满祭奠的供品：点心、橘子、苹果、馒头，还有煮得半生不熟的猪头，在猪头的两个鼻孔要插上两根碧绿的大葱。在一个大香炉里插上三炷点燃的高香，点亮两支高大的蜡烛。

举办“烧太平香”的人家还要邀请亲戚、朋友、邻居们来家里做客、坐席。通常要请几位厨师来专门制作“八对八”的宴席，就是每张餐桌上要摆上八个大碗的热菜，八个盘子的凉菜，还有一坛子烧酒。

东北人在农闲季节都是吃两顿饭。正式宴席通常都安排在下午两点左右。

晚上，村里人必定会请来东北二人转的戏班子来表演节目。在挂有家谱的堂屋里张灯结彩，两个二人转演员一起出场表演节目，他们一边敲着鼓，一边跳舞，演唱各种历史故事。一般这种演唱活动都会搞一个通宵。这就是“烧太平香”，也是当时农村的一种娱乐活动。一般的殷实人家，每隔两三年都会烧一次“太平香”。

第九章

土匪进村

1947年10月我大姐16岁，就出嫁了。她嫁到宁杂货铺村，那个村子位于离我们家30里的东北方向。

我记得，这一年从12月份就开始下起雪来，而且雪下得特别大，天气非常寒冷。

一天晚上，天刚刚暗下来，就开始下起了鹅毛大雪，越下越大，下了整整一夜。第二天早晨起来一看，雪还在继续下。我打开插房门的门栓，去推我家堂屋的房门，却推不开。原来我家房门外面的积雪已经有一米半高，没有办法从房门出去。于是我就回到东屋，和我妈一起打开东屋的窗户。我爬到窗台上去铲雪，在靠近墙边的地方铲出一条通道，然后再从外面把靠近房门边缘高墙似的积雪清除掉，这样才打开房门。

这一年很不太平。周围有一两个村庄被胡子（土匪）抢劫过，所以村子里的人都很紧张。有些人家就把家里值钱的东西、粮食等都埋在大雪里。我和我老叔也把我们家里的一部分粮食和准备过新年吃的豆包、年糕、冻豆腐、猪肉埋在雪里。

旧历年刚过，大概是正月初三吧，我大姐和我大姐夫坐着枣红马拉着的一架爬犁（就是现在所说的雪橇），回来“串新门子”，这也是当地的习俗。新姑爷和大姑娘回来了，我们家里的长辈都很高兴，作为小孩子的我，就显得特别开心。晚饭很丰盛。俗话说“好吃莫过饺子”，晚饭的主食是猪肉酸菜馅饺子。还做了四样菜，其中有猪肉炖粉条子和小鸡炖蘑菇。

吃过晚饭，喝过用“糊米”沏的茶水，大家就休息了。农村的习惯是晚上八九点钟就睡下了。

10 点钟左右，村里一些人家豢养的狗纷纷狂吠起来。窗外响起了“压压”的喊叫声，后来才知道，那是土匪暗语，意思是“进村”。数不清的爬犁闯进村里来——土匪来抢劫了。我妈、我老叔、老婶儿、我大姐、大姐夫都起来了。我妈不让我起来，但是我已经醒了，仍然躺在东屋炕上的被窝里。

荷枪实弹的三个土匪闯进我们的家，将我们家一些粮食、黏豆包、猪肉都抢走了。一个土匪看见我家驴圈里有一匹枣红马，解开缰绳就要牵走。这时候我大姐就对那个土匪说：“你不能牵走这匹马！这匹马不是我们家的，是我借邻居家的马，我们是来我娘家串新门子的。你牵走了，我没有办法跟邻居家交代。请你高抬贵手！”

那个土匪根本不容分说，使劲儿抽了我大姐一马鞭子，牵着那匹马就走出我家的院子。我大姐毫不畏惧，跟了出去，很长时间都没回来，家里人都很着急。土匪结束了抢劫，迅速离开了村子。可是我大姐还没有回来，我妈担心我大姐出事了，就哭起来。

就在这时候，我大姐骑着那匹枣红马回来了。家里人问她跑到哪里去了，我大姐才详细地讲述了事情的经过：她看到那个土匪把枣红马拴在一架大爬犁上，又去别人家里抢东西了。这时候我大姐就急忙走到大爬犁前，迅速解开马缰绳，骑上马就向屯子后边二里远的一个很低洼的地方——“后大坑”跑去。到了“后大坑”，她下了马，牵着那匹马进入一处更低洼的土坑里，隐蔽起来。等土匪离开村子之后，她才骑马回来。

在我们兄弟姐妹中，我大姐最勇敢，真是有点儿天不怕、地不怕的样子，遇事很有主意。我大姐的这种胆识帮助她夺回了被土匪抢走的枣红马。我从内心里佩服我大姐。

遭到土匪抢劫，家里人自然都很难过。值得庆幸的是，我大姐他们借邻居家的那匹枣红马保住了。后来我们才晓得，姓娄的几家没有被抢劫。所以村子里的人就怀疑，来抢劫的土匪里有娄家的亲戚。但是人们只是怀疑而已，没有掌握确凿的证据。

多年后，村子里的一位好邻居提起当年胡子进村抢劫的事情时说到，那次我们村子被抢劫，是娄家的一个女婿作为内线，提供的线索。可惜，没有拿到证据，就让他逍遥法外了。

第十章

媒人登门

1948 年夏天，正值挂锄时节，就是铲完三遍地的农闲之时，一位外号叫“边大聋子”的 50 多岁男人来到我们家，给我“保媒”来了。“保媒”是东北的地方话，就是“提亲”，也就是现代汉语所说的“介绍对象”。这位边大聋子，就是我们家西院邻居老张地主家的亲戚，是张和年妻子的堂兄。此人经常来张家走动，帮助张家做些零活儿。他和我老叔老婶儿都比较熟悉，闲暇时候也常来我们家坐一坐，说说话，唠唠家常，因此他对我们家很了解，印象也不错。

边大聋子对我老婶儿说：“我看，你们董家是一个勤劳忠厚的人家，因此我想给你们家的福臣保个媒。我们边家窝堡有一户姓邱的人家，也是很朴实厚道的。他们家有一个 16 岁的姑娘，挺不错的。”

我老婶儿听了边大聋子的这番话，就回答说:“谢谢老边大哥的好意!请你详细讲一讲他们邱家和那位姑娘的情况，好吗？”

接着边大聋子就比较详细地讲述起这户人家的情况：这户邱家原来在边家窝堡南边二里地远的邱家屯居住，后来搬到边家窝堡定居。姑娘的小名叫改喆子,她的爷爷奶奶都健在。姑娘的父亲是位老实巴交的农民，名字叫邱广有。她有一位叔叔，叫邱广才。姑娘母亲娘家姓于，居住在怀德县城东边的刘家炉村。邱家是两股日子，姑娘的叔叔婶子和她自己的父母没有分家，而是住在一起过日子。姑娘的婶子娘家姓高，也在边家窝堡居住。邱家是一个租地户，没有自己的土地，也没有自己的房子，而是租种地主家的土地，租住别人家的房子。但是他们家有车有马，有自己的农具，日子过得还算充裕，不缺吃，不少穿。最后，边大聋子说："你们董家有房子有土地，他们邱家没有，但从过日子方面来说，你们两家还算得上'门当户对'。"

"谢谢老边大哥啊！我再跟福臣他老叔、他妈商量商量。"我老婶儿回答说。

媒人告辞走了。吃完晚饭后，我老婶儿和老叔来到东屋，跟我妈商量边大聋子来给我"保媒"的事。我不在家，出去玩儿了。后来我听说，三位老人商量的结果是，先去边家窝堡打听一下，详细地了解邱家和姑娘的真实情况，再做决定。

作为媒人，边大聋子自然也到邱家去提过亲了。邱家自然也要商量此事。据说，在商量的时候，姑娘的父母发生了分歧。姑娘的母亲不同意，原因有二：第一，男方家的孩子太小，才 11 岁，而她自己的女儿已经 16 岁了，相差 5 岁，她觉得不合适；第二，她认识董家邻居——张和年的妻子，并且向她打听过董家的情况。张和年的妻子说，董家外表还像一户殷实人家，其实并不富裕，可以说是"外面挂纱灯，里面溜溜空"。姑娘的父亲邱广有和妻子的看法不同，他觉得姑娘大了，在这兵荒马乱的年月，还是早点嫁出去好。他打听过，董家是个厚道人家，董家有 30 多亩土地，有自己的住房。在邱家商量此事的时候，姑娘的一位堂叔当时也在场。他听了堂哥堂嫂的议论，就抿嘴笑起来。他堂嫂看他笑个不停，就有点儿生气地说："她二叔，你傻笑什么呀？"

姑娘的堂叔说："大嫂，我不是笑你说的话。你们现在议论的那户董家，我还真了解。你知道，我会弹棉花，我在董家弹过几天棉花。一想起董家的两个老太太，我就忍不住想笑。两个老太太都是小脚，而且两个人都有一只眼睛失明。她们俩怎么这样巧都嫁到一家来了呢！所以我觉得很好笑。”

“你别傻笑！既然你在他们家弹过棉花，说说你的印象。”他堂嫂说。

“大嫂，我觉得这是一户好人家。三个老人都很厚道、老实。虽然两个老太太合起来只有一双眼睛，但是她们家很整洁，屋里的描金柜擦得一尘不染。她们对人很热情，我在她们家弹过三天棉花，三天都在她们家吃饭。她们做的饭像饭，菜像菜，都是热情待客的食物，很像样啊。他们家有正房三间，东厢房三间，养两头毛驴，还有一只大黄狗，门前有两棵大杨树。福臣那孩子，我也见过，很聪明。我见过他用高粱秫秸做成的小车小马。”

姑娘的老叔和老婶儿，也劝嫂子不要错过机会。姑娘的爷爷奶奶听了堂侄子的介绍，也表示同意。姑娘的母亲听了婆婆公公的表态，没有再讲什么，但是她心里还是不满意。

我们董家这方面也去了解过邱家的情况，觉得媒人介绍的情况基本属实。除此之外，我老婶儿还听到两件事。这两件事促使董家的老人们最终同意了这门婚事。

第一件事是，邱家姑娘的爷爷用卖马的钱赎回了邻居家抽大烟的父亲卖掉的亲生女儿。第二件事，就是姑娘的奶奶是最乐于助人的老好人，整个边家窝堡村的这一代孩子几乎都是她老人家亲手接到这个世界上来的，她是村子里人们最信任的接生婆。

第一件事的经过是这样的：边家窝堡屯有一户姓边的小地主，这家地主的儿子学会了抽大烟，开始向他父母要钱。后来他父母就不再给他了，于是他就开始偷家里的东西变卖，偷他妻子的首饰变卖，因此他媳妇就和他离了婚。家里看得紧，东西也偷不成了。最后他犯烟瘾的时候实在忍受不了啦，就把他八岁的亲女儿设法骗到怀德镇卖掉了。这个女孩儿名叫合子，是邱家的邻居，她比改喆子大一两岁，两个女孩子从小在一起玩耍，很是要好。

合子失踪啦！她的爷爷奶奶哥哥都很着急，村子里的很多人都帮她家去寻找这个女孩子，可是寻找了两三个月，也不见踪影，最后家里有点儿失望了。合子的奶奶知道，是他不争气的儿子把她的孙女儿卖掉了。老人家一气之下，就用大烟袋的铜质烟袋锅子使劲儿击打她儿子的头部，几下子就把她那个大烟鬼儿子打死了。

邱家的一匹枣红马生了一个小马驹儿。一年后，小马驹儿长得像大马一样。邱家决定把这匹小马驹儿卖掉。挂锄后的一天，邱家老爷子就牵着这匹马驹儿到范家屯的骡马市场去了。到了骡马市场，邱家老爷子很快就把小马驹卖掉了。老人家来到一家小饭馆儿吃午饭，隔壁饭桌有两位老汉也在这家饭馆吃饭。两位老汉一边吃饭一边聊天，闲聊中谈到他们村子高瘸子家买了一个童养媳。那个女孩子大概七八岁，天天在哭，很是可怜。邱老爷子听到了他们讲述他们村里有人买了童养媳的情况，就想到自己村子里合子失踪的事，于是就坐过去，同两位老汉聊起来，并且详细地了解高瘸子家所买的童养媳的情况。邱家老爷子觉得，高瘸子家所买的童养媳很有可能就是他邻居家的合子。

离开饭馆，邱家老爷子就跟随两位老汉去了他们的村子。他走进了高瘸子家的院子里，就看见坐在树下掐豆角的一个50岁左右的女人。邱家老爷子对这位女人说，他是个行路人，口渴了，想讨碗水喝。女人对着屋里喊道："小翠，给客人扤一碗水来！"

屋门帘子被撩起，走出一个小女孩，她低着头，手里端着一碗水走到老人家面前。她抬起头来给老人递水的时候，一下子认出了面前的老人，她大叫一声“邱爷爷”，手里的水碗掉在地上，双手紧紧抱住邱老爷子的大腿哭起来。邱老爷子端详着合子那张消瘦的脸，眼泪也簌簌地流出了眼帘。坐在一旁掐豆角的女人惊呆了。邱老爷子走到那个女人跟前，对她说：“大妹子，你行行好！让我把孩子带回去吧。”

高瘸子听到院子里的哭声，一瘸一拐地从屋里走出来。他说，这孩子是他花很多钱买来的，不能就这样带走！邱老爷子解释说：“这孩子是我邻居家的孩子，已经失踪3个多月了，她家里人四处寻找，都快急疯了。今天凑巧我遇到了，也是缘分。我一定得把她带回去。你行行好吧！”

高瘸子还是不答应，于是双方就争执起来。争吵声惊动了左邻右舍，其中有一位戴着眼镜的老者，像是位有身份的人，问明了情况后，就对高瘸子说：“高先生，你是位识文断字的人，应该明白事理。你应该让老人家把这孩子带走啊！如果你家的孩子丢失了3个多月，你急不急？”

高瘸子还是强调，这孩子是他花钱买来的。戴眼镜的先生问他花了多少钱？高瘸子说，花了40块袁大头，并且出示了人贩子写给他的收据。戴眼镜的先生转过身来，问邱老爷子，能不能出一点钱，给高先生补偿一点儿？

邱家老爷子救人心切，就毫不犹豫地答应了。老人家说着就从自己的钱褡子里掏出40块袁大头来，交给高瘸子。这样，一场争论就结束了。

邱家老爷子领着合子姑娘往家里赶路。35里路，他们爷俩走了将近3个小时，傍晚——太阳快落山的时候就到家了。小改喆子见到自己的小伙伴回来，高兴得不得了。边家自然十分感激邱家老爷子。这件事情在边家窝堡已经传为美谈，几乎家喻户晓。

我爹去世之后，我老婶儿就是我们董家的当家人，所以她亲自去边家窝堡，了解邱家的情况。我老婶儿在了解邱家情况的过程中，自然也听到了上面所讲述的那件感人的事情，并且对我妈和我老叔也详细叙述了。所以我们董家的三位老人都觉得，邱家老爷子为人真诚厚道，是一位大好人。很自然，我家的老人们很愿意与这样的人家联姻，于是我老婶儿就对媒人说，如果邱家那方面没有意见，就可以考虑“相门户”了。

第十一章

相门户

东北人把相亲称为“相门户”，顾名思义，“相”就是“观看”；“门户”就是泛指一个家庭的状况，其中包括经济状况和家庭成员等情况。当然也会着重瞧看媒人所介绍的对象。可见，东北人很重视对方的家庭状况，也就是讲究“门当户对”。

我老婶儿当然也很重视对方的家庭经济状况，但是她更看重对方家里人的道德品质。她常说，姑娘找婆家，小子说媳妇，一定要好好了解对象家里三代人的品行。我老婶儿和我老叔都认为，不能与那种赌博成性、好吃懒做、贼眉鼠眼、喜欢占小便宜的人家联姻。

秋收结束后，天气开始有些凉了。我妈说，今天邱家来相门户，她让我好好把脸洗干净，又把一件青色的棉袍子拿出来，让我穿上。我老叔把院子重新打扫一遍，我妈和我老婶儿把屋子里的柜柜箱箱都擦得明光锃亮。

大约上午 10 点钟，两辆马车进了我们家的院子，从车上下来七八个人，其中女人居多数。邱家来相门户了。

我当时还是个不满 11 岁的孩子，什么事也不懂，只能听从大人们摆布。我妈让我走进西屋，向坐在炕上的客人们鞠躬行礼，然后我就站在客人们的面前，让他们瞧看。其中的一位女客人看到，我的左胳膊不太灵活，就怀疑我的左胳膊有毛病，于是她们又让我脱掉棉袍子，叫我伸展左臂，上下摇晃几下。查看的结果显示，我的左臂没有毛病，因为我穿的那件棉袍子比较瘦小，所以我的左臂就显得不够灵活。

客人们认真地相看了我，这是“相门户”的主要内容。我们家里人很热情地招待了来相亲的客人们，请她们吃过午饭。饭后客人们就坐车走了。

四天后，轮到我们董家人去边家窝堡“相门户”了。参加相亲的主要是我妈、我老婶儿、我老叔，还有我二舅、我老姨等人。我们家去相亲的人也是乘坐两辆马车，吃过早饭就出发了。我当然没有去，因为相门户都是家里大人们的事情。我根本不了解邱家的情况，也没有见过家里给找的那个对象长得什么样。

下午 4 点钟左右，相亲的两辆车回来了。去参加相亲的大人们都笑逐颜开。看到他们高兴的样子，我就知道，这门亲事大概确定下来了。

又过了几天，媒人边大聋子又来了。这次他来，是为了商量彩礼和结婚的日期。这些都是由大人来决定的事情，我根本不问，也不关心，好像与我毫不相干似的。我照旧与村子里的小朋友们一起淘气、玩耍。

后来我被告知，我们结婚的日期定于 1948 年农历腊月二十二号，公历应该是 1949 年的 1 月份了。

第十二章

小女婿

我们董家的生活当时已经大不如以前了。女方家里所要的彩礼，我们董家都没有能够完全兑现。再加上当时东北正处于战乱时期，国内南北交通受阻，物资匮乏，甚至连像样的绸缎被面儿都买不到。后来我才知道，我们结婚用的被子都是从我老姨家里借来的，是我老姨结婚时用过的被子。我老叔用八斗高粱从一户破落地主家里买了一件国花缎子面的大袄，送给了女方。

腊月二十二日，大概是个吉祥的日子。同一天同一个时辰，我们村子有三户人家结婚。除了我们董家，还有新王家的老五与薛家窝堡薛子焦的女儿结婚，王焕德与连家的姑娘结婚。

当时东北结婚的形式有两种。一种是直接迎娶，就是男方去迎亲。新郎骑着马披着红，用轿子车把新娘迎接回来，直接举行拜天地的婚礼仪式。第二种方式是女方家里送亲，就是在举行婚礼的前一天，女方家把女儿送到男方家所在的村子里，在另一户人家暂住下来。在第二天的吉日良辰，男方家再用轿子车迎娶过来，行拜天地之礼。男女双方两家相距不远，通常采用迎娶的方式；如果两家相距比较远的，一般都采用第二种方式。

我们结婚所采用的就是第二种方式。腊月二十一日下午邱家来送亲了，一共来了两辆马车。女方家来送亲的都是家人和至亲——她的婶母、叔叔姑妈、老姨、弟弟等十来个人（根据当地习俗，姑娘的父母不能来）。女方来送亲的人们被安顿在本村的田家——我妈的侄女家。

二十二日早晨，一辆枣红马拉着一辆装饰成轿子的花轱辘车，来到女方下榻的田家门口，迎接新娘子上轿。来送亲的娘家人都跟随在车后面，一支鼓乐队吹奏起唢呐，敲起锣，打起鼓，点燃鞭炮。不一会儿，轿车来到我家的院子里停下，这时候婚礼司仪高声喊道："新人下轿！"

我当时已经站在摆放着蜡烛、供品的香案前面。此时我看到一个穿着红棉袄、红棉裤、红鞋子、红袜子、蒙着红盖头的姑娘，在两位姑娘的搀扶下走下轿车，来到我的跟前，与我并排站好。司仪接着又喊道："良辰已到，婚礼开始。新郎新娘，一拜天地！"我们俩一起跪在地上，向着香案叩头，然后站起身来，接着婚礼司仪喊道："二拜父母长辈！"我们向坐在供桌后面的董家三位老人——我妈、我老叔、我老婶儿磕头，接着是夫妻对拜。然后由两位姑娘搀扶新人进入内室——我家正房的东屋。我掀掉新人头上的红盖头，这时我才第一次看到对方的容貌。最后新人上炕"坐福"，我就退出了东屋，其他男人也不能进入内室了，因为这时候新人要重新梳洗打扮。首先要用两条滚动的线夹掉脸上的绒毛——这就是"绞脸"，然后新人第一次把自己的头发梳成发髻——就是把头发拢到后面，盘成一个卷儿，用黑网罩住——这是我们家乡结婚女人发式的标志。新娘子脱掉一身红衣服，换上漂亮的一身新服装。

新人梳洗打扮停当之后，就请男方家的至亲长辈进来，向新娘子一一引见这些至亲长辈。新媳妇要给他们装烟、敬茶。长辈们这时候要给新娘子送上红包——名曰"装烟钱"。

然后就是摆宴席。首先招待娘家客人。我在我老婶儿的陪伴下拜见新媳妇娘家的至亲长辈，向他们敬酒。这时候我才认识了我新婚妻子的老叔、老婶儿、姑姑、姑父、老姨、姨父。随后我去向亲友和本村来贺喜的客人敬酒。因为客人很多，所以左邻右舍的房屋都要被借来摆宴席，一般都要摆上两回，总共要摆二十来桌。宴席结束之后，送走了娘家客人，婚礼就算结束了。

这一天折腾下来，我感到很疲惫。吃了点儿东西，困得我不得了，于是我躺下就睡着了。

第二天，见到同村一起玩耍的伙伴。他们都叫我“小女婿”，羞得我无言以对。冷静下来一想，我真成了“小女婿”，因为我才 11 岁啊！

按照当地的习俗，在结婚后的第三天，新媳妇要回娘家探望父母，俗称“回门”。这一天吃过早饭，我和新过门的媳妇穿戴整齐，坐上花轱辘车，前往边家窝堡村去“回门”。赶车的老板子是本村的邻居。不到一个小时，我们就到了。邱家几乎全家人都出来迎接我们。

邱家所居住的是一个单独院落，院子打扫得干干净净。坐北朝南的草房三间为正房；东厢房三间，一间为马圈，其余两间为仓房；西厢房三间为我妻子三爷一家居住。

我媳妇向我逐一引见她们家里的成员。她首先向我引见的是她的爷爷、奶奶。这也是我第一次见到二位老人。这位老爷爷显得有些苍老，头发已经花白，稀疏的长发被编成一个小辫子，垂落在背后。老奶奶的个子高一些，头发也花白了，但是老人家气色很好。我向二位老人鞠躬施礼。她奶奶亲切地拉着我的手，问我坐在车上冷了没有？我说没有觉得冷。奶奶的体贴问话，让我感到很亲切，初次见面时的那种陌生感顿时消逝了。

随后我拜见了我妻子的父母，这也是我第一次见到我的岳父和岳母。我又拜见了她老叔、老婶儿、姑姑，也会见她的兄弟妹妹等。邻居家的孩子们也挤在门外，偷偷地瞧看我这个小女婿。

她爷爷奶奶陪着我吃了午饭。爷爷很慈祥，只是显得有些瘦弱。奶奶几次往我的碗里夹菜。看样子，两位祖辈的老人并不讨厌我。她老婶儿看到，我坐在炕上盘不上腿，就给我拿来一个枕头，让我坐在枕头上面用餐。总之，我感受到了她们一家人对我的热情和善意。

吃过饭后，我们就坐车回家了，完成了“回门”任务。

紧接着农历新年就到了。大年初三，我们又去她家做客——“串新门子”。这一次在她家住了好几天。这期间我们一起去看望她的老姨老姨父、干妈干爹等亲戚。

我妻子的老姨家姓张，住在边家窝堡东北方向的小顺山堡村。大年初五吃过早饭，我们前往小顺山堡张家去看望她老姨。当我们到达她老姨家的时候，一大家子很多人都出来迎接我们，很是热情。

我这个“小女婿”被迎接到她老姨的房间里。我妻子向我一一引见这一大家子人，我随之向长辈们问安施礼。这时候我突然发现，屋门开启了一道小缝儿，几个小女孩从门缝儿悄悄地瞧看我这个“小女婿”。大概，她们很不理解，我为什么这么小就当上了“小女婿”。

她老姨招呼她们进来了，并对其中一个大一点的女孩子说：“凤子，这是你大姐夫。”这个叫凤子的女孩很大方地对我说了一句：“大姐夫好！”其他几个小一点儿的女孩也随着向我问好。凤子大概七八岁的样子，一双大眼睛，楚楚动人，很是好看，其相貌很像她的母亲。

我们结婚的时候，我也见过我妻子的老姨，但是印象不深。这一次面对面的接触交谈，我才有了较深刻的印象。这位老姨三十多岁的样子，中等身材，圆脸尖下颏，一双大眼睛炯炯有神。一看到她的相貌，就知道她是一位聪明、能干、善良的女人。我岳母是刘家炉村于家六姐妹中的老五，她是老六，是最小的，所以我们就叫她老姨。东北方言中的“老”

字的一个含义，就是“最小”的意思。我们的老姨父是一位老实厚道的农民。

中午一桌子很丰盛的菜肴摆上炕桌了。张家的当家老太太陪同我们吃午饭。席间老人家详细地询问了我家的情况，我都一一做了回答。老人家还不时地给我夹菜。我觉得这位姥姥辈分的夫人很善良。后来我逐渐地了解到，张家是个大户望族，我妻子老姨父排行老三，上面有两个哥哥、嫂子，下面还有两个弟弟和弟媳妇。这家的老太太，即我妻子老姨的婆婆，是张家的当家人。这个老太太虽然不识字，但是她精明睿智，很会治家，也很有人情。这样一个二十多口人的大家庭，被她管理得井井有条，与五个儿媳妇娘家的亲戚都相处得很好。

张家居住在一个很大的院落，有正房五间，东厢房五间，西厢房五间。老太太住正房东屋两间，住西屋三间的是她大儿子和二儿子及其媳妇们，老三老四老五住东厢房。她老姨住东厢房南面的两间。西厢房是马圈和仓房。看得出来，这是一户很殷实富有的大户人家。

世事无常，万物都处在经常变化之中。后来我听说，我妻子的这个老姨接连遭遇不幸，她的大儿子被马踢伤死了；1957 年她本人也因为难产而亡故了，当时还不到 40 岁。真是令人惋惜啊！

吃过饭，又聊了一会儿。我们就返回我的岳父母家了。我们又在边家窝堡住了两天，就回到了娄家岗子，结束了“串新门子”。

第十三章

读小学

1948年年底，东北彻底解放了，我们党在东北开始建立自己的政权，进行土地改革。我们家所在的村庄娄家岗子屯，属于吉林省长春市第十四区管辖。1949年春天，区政府就设在娄家岗子南面的和气屯，并且在和气屯建起了一所小学，后来发展成完全小学，意即从一年级到六年级都设有班级的小学，简称“完小”。1949年3月初，我进入这所学校读书。一开始上一年级，两个月后我跳级进入二年级，因为我以前读过三个多月私塾，已经认识了一些字。

不久，我大姐也进入这所学校读书。前面我已经讲过，我大姐在1947年10月就结婚了。1949年我大姐夫参军走了，所以我大姐就回到娄家岗子。她对我老婶儿说，她要读书。我老婶儿同意了。

我老婶儿又对我媳妇说：“你大姐回来了，她要读书。你也跟她一起去和气屯读书吧。”

我媳妇听我老婶儿劝她去读书，一下子就羞红了脸。她说：“老婶儿，我不想去。已经结婚的人和丈夫在一个学校里读书，会被人家笑话的。那多难为情啊！”

我老婶儿听了她的话，就没有再劝她。

我大姐已经是 18 岁的大姑娘了，一开始读书，就非常刻苦，所以她的成绩也很好。当时在和气小学读书的大姑娘有七八个，所以我大姐并没有因为自己年纪过大而觉得难为情。

我的启蒙老师是薛殿武。他年轻、英俊，二十五六岁。薛老师既教我们语文，又教我们算术，他还写一手好字，在黑板上写的粉笔字很漂亮。所以我们都很尊敬他，也很喜欢他。我们每天第一次见到他，都向他鞠躬行礼，这是当时学生们的习惯。

在薛老师的教育下，我进步很快，不久我就成为班上拔尖儿的学生。薛老师除了教我们课本上的内容，还给我们增加了一些有用的知识，比如，他还教我们学习汉语拼音和汉语四声，教我们学习珠算，所以我们班的同学都学会了打算盘。

1951 年夏天，我和我大姐都读完了四年级，就是初小毕业了。

从 1951 年 9 月 1 日新学期开始，我们进入五年级，就是进入高小。全区其他村子有的设有初小，但是没有高小班级，只有和气中心小学设有高小，就是设有五六年级的班，所以在方圆四五十里范围内初小毕业的学生都要到和气中心小学来上高小。这样，学校设立了学生宿舍，离家远的同学就在学校里住宿了。

当时五年级编有两个班，我被编在二班，我大姐被编在一班。每个班 40 人左右，男女生各占一半，而且女生的年龄都偏大，我们二班的大龄女生就有四五个，都在 18 岁以上。在我们班里，有一位女同学叫陆秀荣，她和我是我们班里学习最好的学生，每次考试不是她考取第一名，就是我考取第一名。

解放前农村几乎没有学校，有钱的人家都把自己的孩子送到大城市里去读书，而一般人家的孩子就没有条件读书。直到解放，大一点儿的村子才开设学校，这样一来一般人家的孩子才有机会上学读书，所以我们那个时代的学生年龄都比较大，大龄男生在班里不怎么显眼，可是大龄女生就显得比较突出了。因为年龄都偏大，所以大家都很珍惜学习的机会，在学习方面都比较刻苦用功，成绩也比较好。

土地改革时我家被定为中农，也许是因为我家有 30 多亩土地吧，但实际上我们家的生活已经比较困难了。我有兄弟姐妹七人，我二姐结婚后住在婆家，我大姐虽然结婚了，可是她又回来和我一起读书，我还有两个弟弟和两个妹妹，大妹妹也上学了，其余弟弟妹妹都还小。算起来，共有十口人吃饭，只有我老叔一个男劳力，而且他身体又不好，要养活一个十口人的大家庭，就感到相当困难了。

正常年景，我们家 30 多亩土地每年收获的粮食有八九千斤，为支援国家建设，要给国家上缴公粮 4000 多斤，余下 4000 多斤是全家一年的生活依靠，全年的开销都要从这 4000 多斤粮食里出，因此生活比较困难。我和我大姐去学校，通常各带一个玉米面大饼子、咸菜，中午就在学校吃点从家里带来的干粮。下午继续上课，5 点半放学，回到家时就已经是 6 点左右了。当时我觉得，回到家里后吃的那顿晚饭，真是太香了。通常晚饭都是玉米碴子和大芸豆一起熬的稀粥，小菜是自己家里酱缸腌制的咸黄瓜。

1952 年和 1953 年那两年，是我所经历的我们家最困难的时期。因为抗美援朝，要支援前线，公粮就要多缴纳一些，所以从 4 月份开始，我们家就没有粮食了，4—5 月份处于半饥饿状态。当时村里还救济过我们家一些黄豆和豆饼。豆饼就是用大豆榨油后剩下的圆形饼子，一般是喂牲口的，人是不吃的，但是在困难时期，我们家就用它做豆饼粥喝。进入 6 月，就好一点儿了，因为有一种野菜——苣荬菜长出来了，这是一种救命的菜，在我们家乡遍地都是。这种野菜挖回来，洗干净，用开水煮一下，可以和小葱一起蘸酱吃。我宁愿吃苣荬菜、小葱蘸酱，也不愿吃豆饼粥。到了 7—8 月份，园里的豆角、茄子、南瓜、黄瓜等蔬菜能吃了，生活就会好一点儿，因为炖一锅豆角、土豆，也可以吃饱了。到了冬天，就改为两顿饭，晚饭大都是玉米碴子粥，有时候也吃玉米面饼子、酸菜炖土豆。

在和气“完小”读书期间，给我留下最深印象的老师是吕化玉，他负责教我们五年级的算术。他是从五大户村小学调到我们和气中心小学来的。每天给我们上课的时候，连书本教案都不带，当天要讲什么内容，都融化在他的心里。他讲课语言凝练，一句废话都没有。讲课时他喜欢盯着同学们的眼睛，所以我们大家都聚精会神地听他讲课，没有一个人思想溜号。他讲完后就问我们有什么不懂的地方，如果没有，就让我们在课堂上做作业。所以五六年级的算术课，我学得很轻松，下课回家后就不用再复习。聆听吕老师的算术课，简直就是一种精神享受。

在高小将近两年的学习中，我的收获很大，不仅学习了很多语言方面的知识，还学习了自然科学和历史方面的知识，我的眼界扩大了。

第十四章

考初中

1953年7月初，我和我大姐小学毕业了。我们姐弟俩准备考初中。当时我们家乡附近的所有村子都没有中学，只有长春、公主岭和范家屯有中学，但这几个地方都很远：公主岭离我们家120里，范家屯镇离我们家70里。长春离我们家100里，那里大概有七八所中学。我们和气中心小学的两个班80多名毕业生，大部分都报考了长春市里的中学，我和我大姐还有其他七八个同学报考的是范家屯的怀德二中。

我记得，考试的前一天早晨，我们到学校集合，7点钟出发。和气中心小学的薛校长带领我们8个学生步行前往范家屯。11点钟的时候，我们到达大岭镇，在那里我们休息了一会儿，吃了点随身带来的煮鸡蛋和窝窝头，在一家饭馆要了一壶茶水。大家吃饱喝足了，又继续赶路。

下午4点多钟我们到了范家屯。薛校长的家就住在范家屯，他先把我们带到他家里。我们见到了薛校长那位年轻美丽的妻子——董老师，和他的老母亲。老人家给我们做了一大锅大米饭，炖了一锅土豆茄子。吃过饭后，薛校长把我们带到一家客栈安顿下来。

到了晚上，范家屯大街两旁的灯柱子上的电灯一下子亮起来，照得大街如同白昼一般；客栈里也亮起了电灯。这是我第一次见到电灯，觉得城市比乡村好得多。

第二天，我们早早起来，在饭馆吃了碗面条，就赶往怀德二中参加入学考试。一共考了3科，国语、算术和常识。下午3点考完了最后一科，我们回到客栈，收拾一下东西，支付了住宿费，就决定返回家去。

夏天昼长夜短，太阳落山比较晚，于是我们村子参加考试的4个人决定，当天就往家里赶。我们离开范家屯，按照原路，朝着大岭镇的方向徒步走去。下午6点左右我们到达了大岭镇，在一家饭馆吃了碗面条，又继续赶路。我们到家的时候，大概晚上10点钟，家里人都已经睡下了。

半个月之后，中心小学的一位老师来到我们家，送来了怀德二中的录取通知书。那位老师还告诉我们，去怀德二中参加考试的8个同学，考上了4个人，其中就有我和我大姐。与我们一起参加考试的本村其他两位同学没有考取。我和我大姐能够考上中学，自然，我们心里很高兴。

老师还对我说："你们家困难，可以申请助学金，申请的方法是：首先要到村政府开一封介绍信给区政府。区政府根据村政府的介绍情况，再开一封证明书给怀德二中。开学前你要把这件事情办好。"我对这位老师亲自来我们家送录取通知书表示深深的感谢。

大约是在8月中旬，我带上怀德二中的录取通知书，找到了和气村的村主任安鸿章，向他说明了情况。他听说我考上了中学，向我表示祝贺。他随即写了一封介绍信，详细地说明我们家的困难情况。我又带着这封介绍信来到位于和气屯的区政府。接待我的是区政府秘书贾文学。贾秘书30来岁，个子不高，人长得很帅气，看得出来，他是位很精明能干的文化人。我向他说明了来意，并且把村主任安鸿章所写的介绍信交给了他。

贾秘书很客气，没有一点官架子，他请我坐在他的对面，面带微笑地说："你们家的情况，我知道一点儿。我听说，你们屯子去了4个人参加考试，只有你和你大姐考上了，不简单啊！连区长都知道了。难怪你们村里的人议论说，你们董家人脑子好用，聪明。”

“贾秘书过誉了。说董家人聪明，可不敢当。”我说。

贾文学很快就写好证明信，递给我。我看了一下他写的证明信，情不自禁地感叹道：“贾秘书，您写得一手好漂亮的字啊！”

“瞎写！谈不上漂亮。凑合吧。”贾文学笑了。他同我握手告别，我向他表示感谢。

那时候全县中学开学的时间都是 9 月 1 日。怀德二中要求我们新生在 8 月 30 日和 31 日两天报到。在此之前，我媳妇儿给我重新拆洗被子，做了一条新裤子和一双新鞋。我大姐自己也准备好了行李。

在娄家岗子村东头，有一户新搬来的大户人家——“新王家”，一家弟兄五个都在一起过日子。因为是后搬进娄家岗子村来的，大家都称这一户为“新王家”。这是一户殷实人家，一家人都很厚道，与本村的老住户相处得很好。他们家有一辆胶皮轮的马车，通常套着三匹马，农闲时常常出去为别人拉东西。我知道他们家的车常常去范家屯、长春等城镇跑运输，王老四是赶车的老板子，我就找到他，问他家的车 8 月末的最后两天去不去范家屯。

他说：“8 月 30 日我家的马车要去范家屯为别人运木材。你和你大姐可以坐我家的车，我可以把你们送到学校。”

“那就太好了！我要先谢谢你啊！”我高兴地说。

“谢什么！我们是本村的熟人，应该互相帮助。”王老四憨厚地说。

30 号早晨，王老四把马车赶到我们的家门口。我和我大姐早已在家里等候。车到了，我们就将行李装上马车，随后就出发了。到了范家屯，王老四把我们姐弟俩送到怀德二中。我和我大姐都十分感谢“新王家”的四先生。

随即我和我大姐走进学校，办理了入学手续。那时候的中学是不收学费的。我和我大姐出示了录取通知书，我把区政府出具的有关家庭困难情况的证明信交给学校，我大姐将军属证明材料也交给了学校。我和我大姐被编入两个不同的班次。

怀德二中位于范家屯镇铁路南侧偏西一点儿的位置。学校的办公房舍是伪满时期日本人的一所子弟学校，是一所红砖尖顶的瓦房，走廊和各个房间里都铺设有木地板。在老师办公房的东侧新建四栋红砖尖顶的砖瓦房，那就是我们的教室。学生宿舍和食堂，设置在范家屯街里一个很大的院落里，那里原来是一个酿造白酒的作坊。当地人称酿酒作坊为“烧锅”。院子里有一口水量充沛的水井。我们所住的这个宿舍距离学校有一里半路。宿舍都是旧瓦房，在每栋房屋的南北两侧，用木板搭建起长长的通铺，一个通铺上可以睡下 8 个学生。在宿舍中央搭建一个烧煤的炉子，用于冬天取暖。为了防止煤气中毒，在门上安装一个风斗，室内如果产生二氧化碳，可以通过风斗流散出去。住在同一个宿舍里的有 16 人，推选出一个室长，负责安排同学值日。值日生负责打扫室内卫生，冬天负责生火、照看炉子。

学校的伙食很简单：早饭是玉米面粥、玉米面窝窝头、咸菜；中午和晚上是高粱米饭或窝窝头、大炖菜。夏天大炖菜的品种多一些，冬天就比较单一，以土豆白菜为主。每个星期改善一次伙食：主食是大米饭或白面馒头，副食是白菜猪肉炖粉条。我们农村来的学生对学校的伙食都很满意，主要是能够吃饱了；来自城镇比较富裕家庭的学生就感到不太满意。

当时怀德二中校长是武宝森，教导主任是蒋生。武校长大高个儿，40 来岁，为人很和善，讲话带有南方口音，看样子他不是东北人。蒋主任是本县人，个儿不高，戴一副眼镜，讲起话来，声音高亢，干净利索，总是带有一股煞气，又对学生要求很严，所以我们学生都有点儿惧怕他；

我们在他面前总是规规矩矩的。

经过学校评定，我和我大姐都享受二等助学金，足够支付伙食费了。我内心里很是感谢共产党，感谢我们学校领导。

教我们课程的老师大都很年轻，大多数是刚从全国高等师范院校毕业的年轻人。外语课开设的是俄语。教我们俄语的老师是一位老人，看样子六十开外了。据说，他在旧社会给俄国人当过翻译。这位老教师口语不错，上课时能够开口讲俄语。

我们班有50人，男生30多人，女生不足20人；其中三分之二住校，三分之一走读，走读生的家大都在本镇或附近农村。

每个班里有一多半的同学为共青团员，开学一周后成立了团支部，我被选为团支部书记，组织委员是一名姓宋的男同学，宣传委员是一位女同学。开学半年后，我们班团支部组织一次学习，吸收要求入团的积极分子参加。我作为团支部书记做了一个发言，其中我讲到："我们共青团员是共产党的后备军，我们也要和共产党员一样，为共产主义事业奋斗终身。要求入团要出于公心，要怀着为党和国家的事业而奋斗的公心，不要怀有私心。怀有个人的自私之心而要求入团，就是目的不纯。如果从个人自私的心理来看，入团对自己并没有什么好处，相反，必要时我们个人还要作出牺牲。"

过了两天，下午放学的铃声刚响过，怀德二中团总支尹书记把我叫到他的办公室，很严肃地批评我说："董友忱，你作为团支部书记，怎么可以说入团对自己没有什么好处呢？！这样讲是不对的。对自己没有什么好处，谁还会要求入团呢？"

"尹书记，我觉得，我这样讲，没有什么不妥。为了个人私利入团，那是入团动机不纯啊。"我小心翼翼地反驳道。

"你还觉得自己讲得对！回去好好反省吧！"尹书记气呼呼地说道。

我也很生气，于是就离开了他的办公室。

第二天下课后，尹书记来到我们教室，主持召开了团支部大会，宣布撤掉我的团支部书记职位，由组织委员接任团支部书记。他问我有什么话要说，我回答说，我服从组织决定，但我保留我的意见，我的讲话没有什么不妥。大会不欢而散。

不当团支部书记了，我就更加刻苦地努力学习，成为全班里的学习尖子，考试总是排在全班的第一名。

1954年1月初，怀德二中放寒假了。我和大姐都回家度假。过了春节，不久就进入2月份，很快就要开学了。当时中学春季开学时间都是3月1日，在2月底我们都回到了怀德二中所在地范家屯镇。

第二学期开始了，同学们都陆续回到学校。同班同学彼此都已熟悉。我们班里有一位名叫刘文福的同学和我住在一个宿舍，而且我们俩的床铺挨着。因为我们俩功课都学得比较好，所以课余时间都喜欢看一些课外的书。如果他借来的好书看完了，我就借来看。对我的思想影响比较大的一本书，是奥斯特洛夫斯基的《钢铁是怎样炼成的》，其次还有《卓娅和舒拉的故事》。我在心里默默地向保尔•柯察金学习，决心像他那样不惧艰险地奋斗。我更加刻苦学习，一直是我们班里最优秀的学生之一。暑期期末考试我的各科成绩全部是满分5分。

第十五章

转学

1954 年暑假回家，我看到我的女儿已经降生，而且已经 3 个多月了。这孩子胖乎乎的很可爱，我妈更是高兴得不得了，总是抱着她，我老婶儿和老叔对这孩子也十分疼爱。我有了可爱的女儿，心里自然很高兴，同时我也体会到我媳妇真的很辛苦。她不多言不多语，只是默默地干活儿，还要喂女儿，实在不容易。这时我又了解到，怀德镇已经成立了怀德县第三中学，1953 年 7 月就已经招生了，当时我并不知道。我决定转到怀德三中去继续读书，这样离家近一些，星期六放学后，我就可以回家看看女儿，帮帮妻子；星期天下午返回学校，也不耽误星期一上课。

我把我的这一想法对我老婶儿讲了，她说："友忱，咱娘俩想到一块儿了，我也正想和你说呢。"我大姐和我妈都同意我的想法，我妻子自然也很高兴。

1954 年 8 月 27 日我返回范家屯——怀德二中所在地，向校领导提出了转学的申请。领导同意后，我很快就办妥了转学手续和团组织关系。第二天我就回到家里，8 月 29 日吃过早饭，我就起身前往怀德三中的所在地怀德镇，20 里路，不到两个小时就赶到了。

怀德三中坐落在怀德镇的东头，学校校舍都是新建起来的砖瓦房。在学校南面原来有一座老爷庙。庙宇已经不复存在，但庙宇的山门痕迹还遗存着。

我找到怀德三中教导主任办公室，敲门后听到“请进”声音，推门进去，看到一位中等身材 40 来岁的老师坐在办公桌前写东西。我向他躬身施礼，然后向他说明来意，并且把转学的材料呈送到他面前的桌子上。他拿起材料翻看了一遍，然后很快写好一张条子，递给我说：“你就去二年级一班吧。去找一下屈庆品老师，他是一班的班主任，你把这个条子交给他。”

我接过条子，给教导主任行过礼，就走出他的办公室。我找到屈老师的办公室，将教导主任写的那张条子交给他。屈老师看了教导主任写的条子，又问了我的家庭情况，然后说：“你家生活困难，在二中享受二等助学金，但是教导主任的意思是，对你家的情况还要重新评定，需要区政府开具证明，而且评定下来可能需要两周时间。”

根据屈老师的要求，我又到区政府，请贾文学秘书重新开了一份证明材料，交给了屈庆品老师。

1954 年 9 月 1 日开学了。当时怀德三中二年级有两个班；一年级有四个班，是 1954 年秋季刚入学的新生。我所在的二年级一班有男女生共 50 来人。

我很快就认识了全班同学，并且逐渐与同学们熟悉起来。我们班的班长是董顺福，团支部书记是马树臣，他们两人来自农村，都是很厚道的人。董顺福比我大一岁，马树臣与我同龄。团支部生活委员是张桂兰，不住校，家住怀德镇靠西一点儿的街里。她个子不高，身材苗条，是一位肯热心帮助别人的女生。我和他们都相处得很好。

助学金还没有评定下来，我没有钱缴纳伙食费，就不能住校，可是学校距离我家 20 里路，实在太远，怎么办？我老婶儿想了一下，说：“去边家窝堡你老姨家暂住些日子吧。边家窝堡距离怀德镇有 10 里，稍微近一点儿。”于是，我就跟老姨老姨父商量，能否暂住他们家一些时日。她们同意了，但是，这样我老姨就很辛苦，每天早晨天刚麻麻亮，就起来给我做早饭。吃过早饭，大概还不到 7 点，我就从她家出发，走小路捷径，直奔怀德三中。学校每天 8 点开始上课。我不到 8 点就赶到学校。下午 5 点半放学，大约 6 点半左右，我回到我老姨家。就这样，我坚持了半个月，从来没有迟到过。

一个星期六上午，屈老师为我们班上完生物课，悄悄告诉我，助学金评定下来，我还是享受二等助学金。屈老师最后对我说："董友忱，你下星期就可以来学校住宿了。"我听了老师的话，心里很是感激。

晚上回到我老姨家，把这个消息告诉了我老姨一家人，他们都很高兴。我十分感谢老姨这半个月来对我的关心照顾。我决定星期天下午就去学校住宿。下午 4 点，我背着行李离开边家窝堡，直奔怀德镇，5 点钟左右我就赶到了怀德三中的学生宿舍，办理了入住手续，住了下来。

怀德三中学生宿舍位于怀德镇里，是一个酿酒的旧作坊。原来院子里有一口水量充沛的好井，可是现在这口水井里的水变得非常苦涩，只能用来洗脸、洗衣服，不能作为饮用水。我们宿舍饮用水和食堂里做饭用水，都是雇请工人师傅从怀德镇的河南岸井里挑过来的，只有河南边井里的水不苦，河北面的所有井里的水都是苦涩的。据说从前不是这样的。

怀德是一个古老的城镇，有着 3000 多年的历史，几千年来古城的生活废水慢慢渗入地下，使本来不苦涩的水最后被污染，变得苦涩啦。以前没有铁路的时候，还没有公主岭镇，老怀德镇就是县衙门、县政府的所在地。城镇东边一条古道，已变成了一条很宽的深沟。这种情况正好验证了当地的一句谚语：千年的古道变成河，几十年的媳妇熬成婆。

在怀德三中任教的老师，大多数是从高等师范院校毕业的本科生，那时候全国所有大学都没有攻读硕士或博士的学制。虽然他们都是很年轻的本科毕业生，但是他们教授初中的课程都很轻松。我们作为学生都亲身感受到，年轻的老师们都很称职，各门功课都教得很好。教我们俄语的是一位大概二十四五岁的女老师，她中等身材，明眸皓齿，眉清目秀，留有两条长长的大辫子。她的俄语发音很准确，我很喜欢听她的课。教我们化学的施老师，英俊潇洒，高高的个儿。他每次来上课时都穿得很整洁，裤线笔直，皮鞋擦得油黑锃亮。他教授的化学课也很棒。教我们音乐课的是邓老师，他个子不高，但相貌堂堂。他不但会弹风琴，而且还会拉胡琴、小提琴。我第一次听邓老师拉小提琴，听得都陶醉了，他拉得实在太好听了。

年纪大一些的老师都是从旧社会过来的老知识分子，有学问，具有丰富的教学经验。给我留下最深刻印象并且至今使我不能忘怀的，是教我们数学的郭文奎老师。据说，他曾经在旧社会某个大学教过书。看上去，郭老师 50 岁左右，笔挺的身材，微微显得有点儿清瘦，目光炯炯有神。他教我们代数和平面几何课。他的数学课讲得非常好！他讲课的语速适中，吐字清晰，板书得体，一句废话都没有。我非常喜欢聆听郭老师的数学课，所以代数和平面几何这两门课，我都在课堂上消化了，在课下，我很快做完作业，不必再做复习。只有一位老师的课讲得不怎么样，他就是教我们历史课的一位姓潘的老师。听他的课，如同嚼蜡，一点儿味道都没有，好在有教科书。

我的全部功课都学得比较好，考试成绩总是全班最优秀的，在我们班里没有人超过我。不过我不喜欢张扬，少言寡语，更不喜欢说废话。

我转入怀德三中两个月后的一天，屈老师通知我，让我下课后去见教导主任牟老师。平时我都在上课，很少见到牟老师。我不知道他叫我去有什么事情，心里有点儿忐忑不安。下课后，我急忙去牟老师办公室。敲了几下门，听牟老师说“请进”，我推开门走了进去。见到牟老师，向他鞠躬行礼。他站起来，指着他身边的椅子说：“董友忱，你坐吧。”我在他身边坐下来。他接着说："教育局发来通知，要求各中学成立学生会。学校领导研究了一下，决定下周咱们学校召开学生代表大会，选举全校学生会组成人员。"牟老师说着，拿出一张纸递给我看，上面写着学生会组成人员的候选人名单。我看到候选人名单上面写有我的名字，而且写在学生会主席候选人的位置上。牟老师继续说："校领导研究过了，决定推荐你为学生会主席候选人。"

"牟老师，我刚转到咱们三中，还不到三个月。这不合适吧？"我谨慎地说。

"合适。我深入了解过你们二年级两班同学的学习情况，你是最优秀的。当学生会主席，首先要学习好，这样同学们才服气啊。"牟老师解释说。

"牟老师，谢谢您和学校领导对我的信任。如果能选上，我一定尽力把学生会的事情做好。"

在后来召开的全校学生代表大会上，我被选为怀德第三中学学生会主席，还有两个副主席，一个是二年级二班的一个女同学，另一个是一年级的男同学；学生会下设学习部、文艺部、体育部。学生会的主要日常工作是每两周组织一场电影放映，每年协助学校组织一次文艺汇演比赛和运动会。

1956年春季开学后，我回到怀德三中。一天，我从报纸上读到关于苏联共产党召开第二十次代表大会的消息：赫鲁晓夫在大会的最后一天2月25日作了一个控诉斯大林的秘密报告——《关于个人崇拜及其后果》，我感到很震惊和惶惑：作为社会主义阵营领袖的斯大林怎么会是这样的人呢？6月份在波兰发生了波兹南流血事件，我有些迷茫了，社会主义阵营怎么会出这样的事情呢？从此我就注意阅读报纸，开始关心国家和国际上的一些大事了。

第十六章

读高中

光阴似箭，日月如梭。一晃儿两年时光就过去了。1956 年 6 月底的一天，怀德三中党支部书记兼校长李笑老师把我叫到他的办公室，和蔼地问我："初中快毕业了，你有什么打算啊？"

"校长，您知道，我家里的经济情况不好，我是靠国家助学金才能读完初中。毕业后我准备找一份工作，想在经济方面对家里有所帮助。"

李校长对我说："你是咱们学校学生会主席，是品学兼优的学生。党支部和我个人都希望你能继续读高中，将来成为对国家有用的人才。最近咱们学校接到县教育局的通知，今年给我们怀德三中两个保送怀德一中读高中的名额。党支部和校长办公会议研究决定，保送你去读高中。这个星期天你回家去跟你父母商量商量，再把结果告诉我。"

星期六下午放学后，我走了 20 里路，回到家里，向我老婶儿转达了怀德三中党组织和校领导的决定。我老婶儿听了我的叙述，沉思了好一会儿。我望着她那消瘦的脸盘，期待着她的决定。她老人家抬起头来，问我道："孩子，你是怎么想的？"

"咱们家太困难了。我想初中毕业后找一份工作，帮助咱们家缓解一下困难。"

我老婶儿打了一声唉声，说道：“家里是太困难了，可是无论多么困难，都不应该耽误你的前程。既然学校党组织和领导都希望你继续读书，保送你去公主岭读高中，你就继续读书吧。再苦，我也能够承受。孩子，俗话说得好：人活一口气，佛烧一炷香；诗书传家久，厚德济世长。你要记住，最重要的是要培养自己的好品德，当然，读书也很重要啊！家里的困难就让我来承受吧。”凝望着我生母那慈祥而严肃的面孔，想到她老人家每天操劳所经受的种种苦难，我心里酸酸的，很不是滋味。可是她的这番话却成为我一生的座右铭，成为激励我刻苦学习、自觉修身奋进的动力。

星期一回到学校，我向李校长报告了母亲的决定和她老人家所说的话。李校长听了后很高兴，他动情地说：“伟大的母亲啊！记住她的话吧！”

就这样，1956 年 7 月初中毕业之后，我被保送到怀德一中高中部继续读书。

这时候我大姐夫作为志愿军老兵从朝鲜回国，回国后不久就转业到辽宁省地质勘探队工作了。我大姐董雅贤从怀德二中毕业，报考地质中等专科学校，并且被录取了。但是我大姐没有去长春地质学校报到，放弃了继续读书，主要是因为我要继续上高中，家里又特别困难，所以她就决定工作，对家里有所帮助。于是她就到公主岭一所小学去教书了。

怀德一中坐落在公主岭镇铁路北面，与火车站南北相对，距离火车站不太远。学校西边邻居是东北农业研究所。怀德一中的校舍是伪满洲国时期日本人的子弟学校，整个建筑设计都呈现日本的建筑风格。老师们的办公室为红砖灰瓦的洋房，与洋房相连的东侧为一座二层楼房——那是高中部的教室。走廊和教室都铺设着木地板，各个房间的门都为日本式的推拉门。北侧与办公洋房相连的是体育馆，也是木地板。西北面有一个锅炉房，冬天为所有办公室和教室供应暖气。

校园的周围是用红砖垒砌的院墙，靠近围墙的内侧周围栽种着杏树，每隔 2 米远一株。每到春天，杏花盛开，校园显得十分美丽，到处弥漫着花香。教学楼的西南面是一个很大的操场。在操场的正北面，后来又盖起了红砖灰瓦的两排洋房，那是初中部的几个班的教室。

怀德一中于 1956 年秋季招收第一届高中生四个班，每个班 50 人，共 200 人。我被编入一班，班主任是喻纪衡老师，他教我们一班和二班的代数课。教我们语文课的是一位女老师——蒋道慧。蒋老师看上去三十多岁，操一口四川话，她非常熟悉中国古典文学，备课授课都非常认真，是一位很敬业的老师。蒋老师的爱人是东北农业研究所的科研人员。我很喜欢聆听蒋老师讲授古典文学课。当时高中语文课的内容是中国文学，从古代讲起，第一课就是《诗经》，接着是《楚辞》，讲到屈原的《离骚》《九歌》《橘颂》，总之，按照时间顺序学下来，一直到近代的鲁迅。

还有一个情况令我十分感动：1957 年暑期蒋道慧老师在北京做了一次很大的妇科手术。她刚出院不久，学校就开学了。蒋老师在没有完全康复的情况下就开始给我们上课了。每天看到她憔悴的面容，同学们都很心疼，所以我们就更加尊敬她。对于这位曾经给予我丰富的文学知识的恩师，我终生都不曾忘记。后来我大学毕业开始工作之后，回老家探亲路过公主岭市的时候，我专门去看望过她。蒋老师看到我来看望她，很是开心。当蒋老师讲起“无产阶级文化大革命”时期一群造反派学生给她剃了“鸳鸯头”（将头发剃掉一半，留下一半）的时候，她伤心地流泪了。当时我作为她昔日的学生，很同情她，但是我只能安慰我所敬佩的这位老师。这已经是后话了。

应该承认，怀德一中的老师大都是从全县各中学抽调上来的优秀老师，也有一部分是刚从师范大学毕业的优秀生。老师们的课都讲得很棒。

我们升入高中时怀德一中校长是武宝森，是从怀德二中调来的；

副校长是李福——一位从旧社会过来的老教育工作者；教导主任是俞坤媛——一位很精明能干的中年女老师；团委书记是田俊良。

我们的宿舍不在学校内，位于学校东边，距离学校大约有一里半地远的地方。那里原来是日本兵居住过的营房。我们就餐的食堂设在学校里面——校园东南侧一栋房子里，在食堂后面是为老师们新盖的两排宿舍和餐厅。

开学一个月后，成立了校学生会，高中三班的徐先进被选为学生会主席，我被选为副主席，四班的张艳菊被选为团委副书记。我们班的团支部书记是宋玉，班长是马玉田。我们这一届200名学生，是通过全县统一招生考试，从全县1000多名初中毕业生中选拔出来的，应该说都是很优秀的。我们一班数学课学得最好的是王永勤，其次是我。在做数学难题方面，我不如王永勤，但是我各科成绩都好，比较全面，不偏重某一科。我们班文科比较好的是张家骅，除了正课之外，他还阅读了不少课外书籍。总的看来，我们一班同学们的智商水平比较整齐，没有学习特别差的同学。

住校生大约占全班人数的四分之三，走读生占四分之一。我们一班王永勤、马玉田、宋玉、苗长海、司曙光、郭春光等都不住校，他们的家在公主岭镇。王秀贤同学家住范家屯镇，她每天坐火车来学校上课，放学再乘火车回家，因为她是回民，学校没有回民食堂。

1956年10月下旬，国际上发生了匈牙利事件：在匈牙利首都布达佩斯发生了大规模骚乱，匈牙利宣布退出华沙条约组织，成立多党制的政府。许多地方发生捕杀共产党员的事件。苏联军队于11月进驻布达佩斯，11月4日宣布匈牙利工农革命政府成立。我们党中央机关报《人民日报》对这个事件作了详细报道。匈牙利事件更加引起我对国际问题的关注。

1956年党中央组织部发出指示，要求在全国比较好的中学高中部的学生中间发展党员。这一年的11月份团委田俊良书记找我谈过一次话，了解我的家庭出身以及我对共产党的认识。此后不久，我就写了一份入党申请书。几天后，田书记给了我一份入党申请表，让我填写好，尽快交给他。与我同时填写入党申请表的还有张艳菊和徐先进。12月14日怀德一中党支部召开党员大会，讨论我们三个学生入党问题。党支部大会经过认真讨论，一致通过我们三个人加入中国共产党。支部书记武宝森最后讲话，希望我们三个新党员认真地学习党章，做合格党员。

支部大会之后，张艳菊说，入党是我们人生中的一件大事，值得纪念。她建议我们三个人去照相馆拍张合影，留作纪念。徐先进和我都赞成她的建议，于是我们就步行走过天桥，到铁道南面大街里的一家照相馆拍了一张合影。

1956年下半年，全国许多城市出现粮食、肉类和日用商品匮乏的情况，国家不得不在全国实行凭票购买食品和生活日用品的制度。在饭馆吃饭要交粮票，去商店买肉买油要凭票，买布买棉花等等日用品都要凭票。在农村不少地方因缺粮而发生了饥荒。

1956年12月29日《人民日报》编辑部发表了一篇很重要的文章《再论无产阶级专政的历史经验》。我认真地读了两遍，认为这篇文章将波兰、匈牙利事件和苏共二十大上批判斯大林等很多问题都讲清楚了。我意识到这是我们党的声音。这篇文章指出，在造成匈牙利事件的内部和外部几个方面原因中，国际帝国主义起了主要的和决定性的作用，因此我们无论什么时候都不能忘记敌人同我们之间的严峻斗争。文章还指出，正确地认识和对待斯大林的错误问题，已经成为影响许多国家共产党之间相互团结的重大问题；对斯大林的错误是可以批评的，但必须肯定他的功绩和维护他正确的东西。

1957年1月中旬，高中第一学期期末考试过后，就放寒假了。东北的寒假比较长，将近一个半月，按照党支部要求，我带着一封组织关系介绍信回到农村过党的组织生活。回到家乡，我把党的组织关系介绍信交给了村党支部。

春节刚过不久，大概是农历正月初六早晨，村党支部书记叫我到和气区党委办公室去一下，说是有任务。我赶到和气区政府所在地——和气屯，见到了党委办公室的主任。他对我说："董友忱同志，组织决定让你也参加区里组织的购粮工作。你和另外两个干部去同心村（于大房子村），住在村子里动员老百姓卖余粮。明天就去吧。"

按照组织的要求，第二天我就动身前往于大房子村。娄家岗子距离于大房子村大约有十里路，一个多小时我就到了那里。另外两个干部已经先于我两天住在了那里。我们三个都住在这个村子的一户人家。这一家只有夫妻俩，三间房子，我们三个人住东屋，他们夫妻俩住西屋。分配给我的任务就是，在开会时向村民们讲解这次增购粮食的意义：这一年国家遇到了困难，南方某些省份，特别是城市缺粮食，有些地方人民在挨饿；希望大家发扬互助友爱精神，帮助国家渡过难关，把余粮卖给国家。会后我们就挨家挨户地做思想动员工作。三十来户人家的一个村子，每家我都去过，因为我们不仅去每家做动员卖余粮的工作，而且当时我们是吃派饭，就是一日两餐被派到各家去吃饭。经过实际调查我们发现，这个村子各家确实没有余粮，而且有的人家粮食根本就不够吃，所以我们就没有完成购粮任务。十天后，我们三人就回到区里，向领导作了汇报，我的工作就结束了。

回到家里，我老婶儿向我问起去于大房子村工作的情况，我简单告诉我老婶儿，是去动员农民卖余粮。

"有卖的吗？"我老婶儿问。

"没有。"

"国家有苦难，闹粮荒，是应该帮助国家啊！可是去年秋收之后，应该交给国家的公粮都送到范家屯镇粮库，剩下的粮食已经不多，有的人家连吃饭都成问题，根本就没有余粮可卖。你没有强迫农民卖粮吧？"老婶儿又问我。

"没有。"

"孩子，你要记住，做事情要实事求是，不能强迫命令。你是共产党员，你搞强迫命令，是会损害共产党形象的，因为老百姓认为你那样做，是共产党的意思。"我老婶儿的教导，我时刻铭记在心。

1957 年 3 月 1 日学校开学。我于 2 月 28 日回到公主岭怀德一中，向党支部汇报了在乡下做购粮工作的情况。第二天开始上课。这是高中一年级的第二学期，课程比较多，所以学习生活比较紧张。

1957 年中国政治生活的一件大事，就是学习毛泽东主席的重要著作《关于正确处理人民内部矛盾的问题》。

6 月 19 日这篇著作发表后，全国掀起了学习的热潮。虽然我还是高中学生，可我是党员，就自觉地学习毛主席这篇著作，对他老人家就更加热爱和敬仰了。此后报纸上发表毛主席新著作的时候，我都认真地学习。我对毛主席的诗词特别喜欢，每当有他的新诗词发表，我都抄写下来并且很快地背熟。我内心觉得，毛主席不仅是我们党的伟大领袖，指挥千军万马的伟大的战略家，而且还是一位天才的诗人。

另一件大事，就是我们党开展整风运动，随后在全国掀起了"大鸣大放""写大字报"的热潮。我们怀德一中也不例外。不过我们学校的多数大字报都是出于善意，提出了很多中肯的意见，希望我们党的领导干部克服主观主义、官僚主义和宗派主义的作风；也有一些过于激烈的言论，但是没有人从内心里反对共产党和社会主义制度。

第十七章

新来的校长

1957年7月武宝森校长被调走，同时调来了一位女校长——孔力，她也是党支部书记。新校长给我最初的印象是这样的：她衣着简朴，上身穿一件传统中国妇女常穿的那种带大襟儿的蓝色短上衣，外套一件青色的细呢料大衣，脖子上围着一条灰色毛围巾，下身穿一条蓝色裤子，脚穿一双黑皮鞋。孔校长中等个儿，身材苗条，甚至显得有点儿消瘦。长脸形，高高的鼻梁，一双炯炯有神的眼睛，一头齐脖颈的短发，油光发亮。孔校长的仪表透露出一种精明、睿智、刚强、练达的女强人风范。

孔力是一位严厉的校长，平时总是很严肃，我们很少见到她的笑脸，因此同学们都很怕她，我也很怕她，甚至有时参加党支部会议的时候，我都不敢发言。

孔力校长又是一位原则性很强的支部书记。有一件事，至今深深刻印在我的记忆里：1957年7月放暑假的时候，她让我带着临时组织关系介绍信，回到我的家乡和气区休假，在当地过组织生活。40多天的暑假结束后，我回到了怀德一中准备上课，向她汇报了自己暑假的情况，她听了后问我，是否把临时组织关系介绍信带回来了？我回答说没有带，她听了很不高兴，并且严肃地批评我说："你的组织观念怎么这样差！马上回去把组织关系介绍信开回来。”

我觉得很为难，因为当时从公主岭到和气区根本没有汽车等交通工具，我来公主岭上学一般都是步行，要走 120 里路，来回一趟，要走 240 里。于是我就忐忑不安地说，我能不能写一封信给当地党组织，请他们把我的临时组织关系介绍信寄过来呢？可是孔书记却不同意，坚持让我亲自回去办理。无奈之下，我只好照办。这件事对我的教育很大，从此我就时刻牢记自己是一名共产党员，后来无论被长期借调或应聘，我都没有忘记带上组织关系介绍信，返回时也从不会忘记带回组织关系介绍信。

在后来两年半的时间里，我都是在孔校长直接领导和教育下读书学习。她非常关心学校教学质量，要求学生们做到“三好”。她对我们三个学生党员提出了特别的要求：身体健康，品德高尚，学习优良，在各方面做表率。我牢记孔校长的教诲，不曾有丝毫的懈怠。

孔校长不仅是位严师，而且还是一位时刻把学生冷暖挂在心上的慈母般的师长。与她相处久了，我就不再觉得她那么可怕了，相反，倒觉得她像一位既严厉又慈祥的母亲，有什么心里话，都愿意跟她讲。她很了解我家的情况，知道我家生活很困难，批准我享受二等助学金，解决了我的伙食费。

后来我才知道，她是 1936 年参加革命的老党员，在延安学习时，她与康克清住在一个窑洞里。她一生不愿意做官，只想为党和国家培养更多的人才。她在怀德一中工作期间关心照顾孤儿曹兴汉的事，使我们全校师生都为之感动。

曹兴汉是我们 1956 届高中四班的一个孤儿，他的父母先后过世了。他在怀德三中读初中时就是我的同学，那时候他就享受一等助学金。考上怀德一中高中后，他的班主任给他评了二等助学金，仅够支付伙食费，生活就困难了，于是他写了一封申请退学的信，交给了新来的班主任王福祥老师，并且托一个朋友帮他找到了一份工作。王福祥老师把曹兴汉的申请退学信交给了孔力校长，并且向她汇报了曹兴汉申请退学的原因。孔校长读了信，同情的泪水滴落在信纸上。她亲自到高中四班同学和任课老师中间了解情况，随后派一名老师去怀德三中进行深入调查。

孔校长听了派去调查的老师汇报，知道了曹兴汉的很多情况：曹兴汉幼年父母双亡，是姥姥养大的。姥姥家位于偏远的农村，家里经济条件很不好，而且姥姥和姥爷都已经年迈，又体弱多病，根本无力从经济方面支援他。曹兴汉在怀德三中读初中的时候，连铺的褥子和床单都没有，姥姥用旧布单子缝了个大口袋，里面装上碎草，就当褥子用了。所以他在读初中时被评为一等助学金，这样，除了支付伙食费，每个月还有点儿剩余，可以用于生活。

怀德三中校长李笑介绍说："听说曹兴汉同学进入高中后班主任老师给他评定二等助学金，其理由是，既然他那么困难，就应该报考那些免费提供食宿的学校，如师范学校或者农业学校。其实，他报考高中是我鼓励的。我主要考虑到该生爱好文学，而且有一定的文学修养，经常在学校的板报上发表诗歌和文章。他的朗诵也很好，很有天赋。我希望该生将来能够实现自己当记者或当作家的梦想。另外，曹兴汉又是个孤儿，一个人吃饱了，全家都不饿，所以我就鼓励他报考了高中。"

孔力校长了解这些情况之后，召开了校长办公会议，专门研究曹兴汉同学的助学金等级问题。经过大家讨论，一致同意给曹兴汉同学评一等助学金。新任该班的班主任王福祥老师非常高兴，在班上宣布了校长办公会议的这一决定。同学们听了都很高兴，曹兴汉本人更是高兴得不得了。

此后，孔力校长还找曹兴汉同学谈了一次话。曹兴汉来到校长办公室外面，发现孔校长正在打电话，所以他就站在外边没敢进去。孔校长发现曹兴汉已经来到自己的办公室外面，于是她急忙结束通话，一边放电话机，一边说："孩子，你是曹兴汉吧？"

"是的。孔校长，我是曹兴汉。"

"进来吧。"孔校长说。

孔校长看到曹兴汉胆怯的样子，就风趣地笑着说："你怕什么，我是老虎能吃掉你呀？"

一句话把曹兴汉逗乐了，他那紧张的心情立即消除了。孔校长指着凳子让曹兴汉坐下来。接着孔力校长询问曹兴汉十几岁了。曹兴汉回答说，今年二十了。接着解释说："我这个年龄本应该上大学了。因为姥姥家很穷，我七岁了，还在放猪。解放后，我十一岁才开始上小学。"

孔校长接着询问他的家庭情况，曹兴汉如实地向校长作了汇报。曹兴汉说："我一岁多一点儿的时候，妈妈就去世了。据姥姥说，妈妈得的也不是什么大病，就是疥疮，可是因为没有钱，小病就酿成了大病，最后要了妈妈的命。妈妈在世时也没有留下一张照片，所以我也不知道妈妈究竟长得什么样。后来爸爸也死了。因此我从小就寄宿在姥姥家，是姥姥用小米面糨子（糊糊）把我喂活的。"

曹兴汉说着说着，眼泪就簌簌流出眼眶。孔力校长听着也很难过。她一边劝曹兴汉，一边掏出手帕，让曹兴汉擦眼泪。可是曹兴汉不敢接手帕，更不敢使用。孔校长见此情景，有点儿急了，于是说道："你怕什么！我叫你用，赶快擦一擦眼泪。"曹兴汉只好用孔校长递过来的手帕擦干了眼泪，擦完后把手帕递给孔校长。这时候孔校长说："这个手帕送给你了。你不嫌弃吧？"

曹兴汉连忙回答说："不嫌弃，不嫌弃！"曹兴汉收好手帕。他活了二十年，还从来没用过手帕。

这时候孔校长耐心地开导曹兴汉说："穷不生根，富不传代。穷和富是变化的，只要艰苦奋斗，穷也能变富；骄奢淫逸，富也能变穷。吃得苦中苦，方得甜中甜——这句古训，你一定听说过。你要相信，中国共产党领导社会主义新中国创造了这样的条件。你眼前的困难是暂时的。只要多学知识，有了本领，你就会苦尽甜来。你还要相信，党会关心你的，也会帮助你排忧解难的。”孔校长的一席话扫除了笼罩在曹兴汉内心里的痛苦阴霾，使他振作起来。曹兴汉怀着感激的心情，走出了校长办公室。一种幸福感萦绕在他的心头，他仿佛品尝到了母爱的滋味。孔力校长送给他的手帕，他看作值得纪念的礼物，一直珍藏着，舍不得用。

从此后，曹兴汉得到了孔力校长无微不至的关怀和照顾。以前到了5月份，曹兴汉仍然穿着棉衣。可是现在好了，一到春秋换季的时候，孔校长就让学校总务处李洪启主任给曹兴汉购买换季的衣服。

曹兴汉曾经给我讲起过这样一件往事：1957年9月20日下午，怀德一中总务处的李洪启老师到高中二年四班找到他，带领他到公主岭第一百货商店，让他挑选合身的新款棉衣、棉裤、棉帽子和棉鞋，买好后把他送回宿舍。曹兴汉连声向李老师道谢。李老师说：“你别谢我。要谢，你就感谢共产党和毛主席，感谢孔校长。”这是曹兴汉有生以来第一次穿上里面三新的棉衣，冬天他再也不会像往年那样挨冻了，他心中的感激之情无以言表。从此后，曹兴汉更加努力地学习。他暗自下定决心，要以自己的实际行动报答党和毛主席，报答孔校长的关爱之恩。

1958年春季开学不久，孔校长听高中二年四班的班主任王福祥老师说，曹兴汉同学的身体最近不太好。孔校长就把曹兴汉叫来，直截了当地询问他的病情。曹兴汉向孔校长报告说，刚放寒假不久，他就天天咳嗽，一到下午就觉得浑身发冷，没有劲儿，胸部有些疼痛。因为没去医院，也不知道得的是什么病。孔校长听后很着急，马上吩咐教导处的一位老师带着曹兴汉到县医院去做x光透视。县医院的检查结果出来了：曹兴汉患上了胸壁结膜炎，建议他休学治疗。按照常规，同学生病了，就应该休学回家治疗，但是孔力校长没有那样做，因为她很了解曹兴汉同学的情况：他是个孤儿，无家可回。他姥姥家很穷，无钱给他治疗。如果让他回到姥姥家，曹兴汉就会被毁掉的。于是孔校长召开了由班主任和学校领导参加的一个小型会议，专题讨论研究曹兴汉的治疗问题。在会上孔校长首先通报了曹兴汉的病情和医院的建议，并且介绍了曹兴汉的个人情况，又谈了自己的想法。

与会者进行了讨论，最后大家一致同意孔校长的建议：把曹兴汉留在学校治疗。为了避免传染，暂时不让曹兴汉回到班里去上课，也不让他回学生宿舍去住，而是把他安排在教师宿舍最西头一间空闲的房间里，并且不让他到食堂里去就餐。

孔校长和班主任知道，高二年级四班有个叫张凤兰的女学生，家就住在学校附近，于是就分别找张凤兰和她的母亲商量，能否帮助曹兴汉解决吃饭问题。张家母女俩都表示，愿意让曹兴汉到她们家里来吃饭，因为张凤兰是一位极富同情心的同学，而她妈妈又是一位热心肠的老人。她老人家听说曹兴汉是个孤儿，也愿意帮助这个可怜的孩子。学校定期送一些米、面、油等给张凤兰家。这样，在孔校长的亲自关照下，曹兴汉的吃饭问题圆满解决了。

孔校长还亲自对学校豆腐坊里做豆腐的师傅交代，让他每天给曹兴汉留一盒豆浆。她还给曹兴汉买鸡蛋、大蒜等营养品，亲自送到张凤兰家里，而且每次都对张凤兰母亲说："老姐姐，我代表学校感谢您！您辛苦了。这孩子的病一天天见好，多亏您照顾得好啊！"

张老太太回答说："我做点儿饭算什么呀。像你这样的好校长，我还是头一次见到啊。你真比他亲妈还亲啊！"

曹兴汉的吃住问题解决了。孔校长又着手解决他的治疗问题。

曹兴汉亲自给我讲过，孔校长是怎么样救了他的命的。1958 年 4 月的一天下午，曹兴汉被叫到怀德一中的医务室。他一进门，就看见孔力校长和教导主任俞坤媛老师，还有一位穿白大褂的中年人，他们正在商量什么。曹兴汉一走进来，就向孔校长和俞坤媛老师鞠躬行礼。孔校长站起来，指着穿白大褂的人对曹兴汉说："这位是咱们怀德县县医院的张院长，是俞主任的老伴儿。张院长是专程来为你瞧病的。张院长可是咱们县医院有名的专家，在全省的医学界也是有名望的。"

曹兴汉急忙给张院长深鞠一躬，说道："张院长好！谢谢院长来为我瞧病！"张院长给曹兴汉做了认真检查，然后说："原来的诊断是正确的，所开的药也是对症的，只是这种药效果并不是特别好。据我所知，治疗结核最好的药物，还是日本生产的链霉素。不过这种药非常紧缺，就连咱们县医院都没有。就是省里的大医院也很难搞到。"

孔校长问张院长："在北京能不能搞到？"

"在北京当然能搞到。"张院长回答说。张院长又对曹兴汉说了一些安慰的话，就与两位老师一起走了。

又过了十来天，校医务室通知曹兴汉去打针。学校医务室的医生见曹兴汉走进来，就对他说："你真有福气。遇到大恩人了。孔校长把日本生产的链霉素给你搞来了。"在孔力校长的关怀下，曹兴汉经过四个月的治疗，恢复了健康。

从 1958 年 10 月起，我们学校和全国其他学校一样，都停课了，参加大炼钢铁劳动。因此，曹兴汉没有耽误太多的课业，再加上老师和同学们的帮助，他很快就跟上了课程的进度。1959 年 7 月他参加全国统一高考，被吉林师范大学政治教育系录取了。

曹兴汉是我初中和高中的同学，我比较了解他。他是位知恩图报而又很重情义的人。他感激孔校长，也感激自己的同学张凤兰和她那位善良的母亲。张凤兰母女对他的照顾，使曹兴汉内心里萌生了对纯朴善良的张凤兰的爱意，张凤兰也深爱曹兴汉，大学毕业后两个相爱的年轻人走进了婚姻殿堂。曹兴汉和张凤兰恩爱有加，他们生育了两个女儿和一个儿子。夫妻俩经常携带儿女们来孔校长家看望她老人家。后来孔校长患病，夫妻俩长期守候在他老人家的病榻前，直到她弥留之际，曹兴汉就像儿子似的，一直守在她的身边。这是后话了。

第十八章

准备去苏联留学

1959年7月，我高中毕业，参加了全国高等院校统一的招生考试。考试结束后的第二天，孔力校长就把我叫到校长办公室，问我考得怎么样？我回答说，考得还可以，估计能过重点录取分数线。校长听了后点点头，脸上露出少有的微笑。接着她很兴奋地告诉我："友忱啊，我告诉你一件事，在你填写的报考志愿前面，我给你加填了一个志愿。"

"什么志愿？"我急切地问孔校长。

"北京外国语学院留苏预备部。"孔校长解释说，"高等教育部在北京外国语学院设立了留苏预备部，高教部分配给吉林省十几个报考名额，省里分给我们学校一个名额。学校领导研究决定，将这个名额给你。因为你各方面都很优秀。如果你的考试成绩能过重点录取分数线，就会被北京外国语学院留苏预备部录取。先在那里学习一年俄语，然后国家派你去苏联留学。考试前没有告诉你，主要怕分散你的注意力，影响你的考试。现在我正式通知你，希望你思想上有所准备。"

听了孔力校长的这一番话语，我很激动，一种感激之情从心底油然升起。我对孔校长说："谢谢党组织和学校领导的信任和栽培。我会努力的，绝不辜负校长和老师们的教诲。"

同一天还发生了一件我没有料到的事情。就在全国统一高考最后一天下午，我答完试卷，走出考场，我的同班同学李淑琴也答完试卷，走了出来。她紧走几步，追上我，说她有话要对我说。这样，她和我一边向大操场走去，一边问我考得怎么样。我说，自己觉得还可以，考题不太难。我又问她考得怎么样，她告诉我，觉得也还可以。

我们走到一棵大杏树下，停下脚步。我问她："你有什么话要对我说啊？"

李淑琴抬起头，用她那一双大眼睛凝视着我，深情而又略带羞涩地说道："我想告诉你，咱们班里的一些同学在议论说，咱们俩挺要好的，你听说了没有？"听了她这句话，起初我有些吃惊，但是很快我就明白了李淑琴这句话的用意，于是我镇静地对她说："我倒没有听说。不过，我一直觉得，你是咱们班里比较优秀的女生之一，三年来我一直把你当成自己的妹妹。可是你这个妹妹还真不了解你这位哥哥的情况啊。"

"我了解你家里的情况。"李淑琴眨动着大眼睛说，"知道你家在农村，而且你家里很穷，但是我觉得，你人品好，学习又特棒。"

"谢谢你对我的评价。不过，你还真不了解我的情况。"我解释说，"在上小学之前，父母就让我结了婚。现在我已经是两个孩子的爸爸了。"

李淑琴听了我这句话，简直惊呆了，好一会儿说不出话来。她那双美丽的大眼睛湿润了，她立即背过脸去，拭去眼睛里的泪水，慢慢地转过脸来说："你可真会保密啊！"。

"我的这一情况，只有学校党组织和校长知道。我怕同学们以此事来取笑我，我就没有对同学和老师讲过。如果因为我的这一过错，让你受到了伤害，我向你道歉。"我意识到了此刻她内心的感受，所以我才说一些安慰她的话。

这时候李淑琴完全镇静下来，她说："说心里话，我是很喜欢你的。

我真不知你已经结婚，并且有了两个孩子。”她停顿了片刻，又继续说，“那你就永远做我的哥哥吧。希望你今后要善待我的嫂子。我衷心地祝福你们夫妻俩幸福！”

“谢谢你心里对我怀有的美好印象！谢谢你的真诚祝福！”我说。

我真没有想到，李淑琴会默默地对我怀有爱恋之情。因为我自己是个有家室的人，又是我们这届三个学生党员之一，所以我时时刻刻都在严格地要求自己，把所有精力都放在学习上，根本没有注意女同学对自己的情感，平时从不和女同学开玩笑。

应该承认，李淑琴是我们班里女同学中一位比较靓丽的女生，皮肤白皙，圆圆的脸盘，总是挂着微笑，五官端正，一口洁白的牙齿，一双大眼睛炯炯有神。平时来上课时，她总是穿戴整洁、得体。最初入学时她留着两条长长的大辫子，到高三就把长辫子剪掉了，留起短发，这样，就更凸显出她那青春年少之美。

那之后，我们没有再联系过。我也不知道她考入了哪一所大学、后来学习和工作情况。

一晃儿，二十多天过去了。我们这一届同学大都陆续收到了各大学发来的录取通知书，可是我还没有收到，心里难免有些着急。又过了一周。我才收到北京外国语学院留苏预备部发来的录取通知书。我向孔校长报告，她看到录取通知书，特别高兴。

孔校长对我说：“友忱，老师知道你的家庭比较困难。你去北京上学，需要路费等花销。我本来可以给你出这些钱的，但是这一次我想让县教育局资助你。主要目的还不在钱，而是想让县里知道，你考入了留苏预备部，为全县增了光。走！我带你到县教育局去见徐局长。”

孔校长带我走进县教育局所在的院子，来到徐局长办公室。徐局长见孔力来了，急忙站起来给孔校长让座：“哦，是孔校长啊！是什么风把您吹到我这里来了？”。

孔校长把我介绍给徐局长说：“我带着我的学生董友忱来向您徐局长报告一个好消息。”我向徐局长施礼问好。孔校长坐下来，继续说：“省里给我们四平地区两个报考去苏联留学的名额。一个给了我们学校，另一个给了四平二中。我们学校领导研究决定，把这个名额给董友忱同学。经过政治审查，他完全合格，政治鉴定书又经省委书记富振生同志签过字。董友忱同学的高考成绩也很好，录取通知书下来啦！这是我们县的光荣，也是你徐局长领导有方。因此，我带领董友忱同学来向你徐局长报告此事。顺便也想请县教育局资助他一点路费等花销。董友忱家里很困难，一直享受助学金。如果县教育局有困难，他去北京的路费就由我出啦。”

徐局长听了孔校长的讲述，很是高兴。他急忙说：“教育局出，没问题。”徐局长立即给县教育局财务室写了一张条子，让我拿着这张条子去教育局财务科领取去北京的路费等花销。

从怀德县教育局财务科领到去北京的路费，我心里热乎乎的，一种感恩之情久久地萦绕在我心里。我的两眼里滚动着泪花，觉得孔校长简直就像我那位细心的母亲一样，在关心着自己的儿子。我深切体会到，表面严肃的孔校长对待学生却有一腔火热的心肠。此事令我终生难忘，并且成为激励我在人生道路上不断进取的一种强大动力。

1959 年 8 月 28 日，我携带着家里为我准备的行李，登上前往北京的火车。第二天，到达北京前门火车站。下车后，按照录取通知书上所标明的地址，乘坐公共汽车来到魏公村，找着了北京外国语学院留苏预备部；办完报到手续之后，我被编入大学生第十班。

经过一年紧张的俄语学习，我们这批 400 多名大学生准备前往苏联留学。

这期间中苏关系发生了很大变化，两党发生了严重的分歧，两国关系也开始恶化。苏联方面拒绝我们这批大学生进入他们高等院校的一些机密学科学习。因此，国家决定，只派出我们这批学生中的 100 多名，去学习语言、社会科学和一些普通的基础科学。留下的大部分同学，可以自由选择清华大学、北京大学和中国科学技术大学三所大学就读。

出国留学的名单确定后的第二天，北京王府井百货大楼制衣厂的师傅们来到我们学校，给我们每个人量制作服装的尺码。国家规定要为我们出国留学生每人制作一件呢料丝绵大衣、一件夹呢大衣、一套深蓝色毛料中山装、一套自选毛料颜色的西装、一件淡黄色风衣。此外，国家还给我们每个人发一部分现金，让我们自己去选购皮鞋、衬衣、领带、衣箱等生活用品。

第十九章

前往莫斯科

1960 年 8 月 25 日下午 1 点 30 分，我们这批被派往苏联留学的大学生和进修生乘坐北京至莫斯科的火车动身了。列车在国内行驶两天多，27 日下午经过国内的最后一站——东北的满洲里，到达外贝加尔斯克火车站。在这里需要更换火车底盘和车轮，苏联的铁轨比中国的铁轨宽一些。因为苏联列车还没有到达，所以我们只好等待。其间，我们举行了一个晚会。我们这批留学生中有学习乐器和声乐的同学，他们演奏乐器，演唱歌曲，其中刘诗昆演奏小提琴，殷承宗弹奏钢琴，左因同学演奏竖琴，两位男同学演奏黑管，两位女同学演奏小提琴。郑小瑛同学指挥这场晚会。

在这里我们吃了一顿真正的苏式西餐：酸菜汤，土豆泥加肉饼，饮料是咖啡。餐桌上摆着黑白两种面包，可以随便吃。

晚餐后，更换车轮（就是把我们乘坐的车厢吊起来，放在苏联列车底盘上固定好）。夜里列车开动了。我们在苏联境内又走了 4 天 4 夜，铁路两侧是一眼望不到边的林海。初秋的森林色彩斑斓，翠绿和金黄相间，犹如一幅幅风景画，非常美丽。列车沿着贝加尔湖南岸向西行驶 8 个小时，只见湖水呈现出深蓝色，水面辽阔，一眼望不到对岸。湖边的蒿草已经染上黄色。

8 月 31 日早晨，列车抵达新西伯利亚站。这是一个大站，列车要停15分钟，于是我们下车活动一下腿脚。站台上一些小贩在卖西红柿、黄瓜、酸黄瓜、面包等食品。老同学告诉我们，苏联的酸黄瓜很好吃。于是我买了一些，尝尝，的确好吃。在漫长的 7 天 7 夜旅行中，我们同列车上一位 40 多岁的俄罗斯女列车员熟悉了。她常常来和我们聊天，但我们新同学还不能完全听懂她说的话，老同学就给我们当翻译。我们让她讲慢一点，我们就能听懂了。有时她和我们玩多米诺骨牌。

1960 年 9 月 3 日晚上 9 点多，我们的列车抵达莫斯科火车站。中国驻苏联大使馆派车把我们接到莫斯科动力学院的学生宿舍，暂时住下来，等待苏联教育部的派遣单。

下午，我们去红场参观，瞻仰了列宁墓。这是我第一次看到列宁和斯大林的遗体静卧在水晶棺里。列宁遗容显得有些憔悴，斯大林却红光满面，好像在安睡似的。我们在水晶棺前鞠躬施礼，表达对无产阶级革命领袖的尊敬。随后参观了克里姆林宫。次日，我们又参观了位于列宁山上的莫斯科大学。

9 月 5 日，苏联教育部的派遣方案下来了。9 月 6 日上午我们送走了留在莫斯科大学留学的几十位同学，下午一位老同学带领我们参观苏联国民经济成就展览馆。这是我第一次乘坐莫斯科的地铁。莫斯科的地下车站简直就是建筑学的杰作，每个车站都建得富丽堂皇，各具特色。十多条线路纵横交错，一个圆形环线与所有线路连接，形成一个巨大的地下交通网，几乎涵盖了莫斯科所有城区街道。整个地铁系统为市民出行提供极大的方便。

第二十章

留学列宁格勒

三天后的晚上，我们又踏上了前往列宁格勒的火车，经过一夜旅行，到达了列宁格勒。我们这批来列宁格勒大学留学的同学有20多人。学习语言的有：孟加拉语5人，波斯语2人，斯瓦希里语4人，这三个语种属于东方系；学习塞尔维亚语5人，属于语言文学系；还有学习生物的5人。上述4个语种的同学都居住在瓦西里耶夫岛上的舍甫琴科大街25号的一栋学生宿舍楼里，生物系的5名同学住在相邻的一栋宿舍里。学习哲学的1人，学习物理的4人，学习化学的2人，住在别处的宿舍里。

我们来到列宁格勒的时候，列宁格勒大学已经开学3天了。我和黄志坤、周乾南、李缘山、孙莫明被编入列宁格勒大学东方系孟加拉语班。这个班有苏联同学4人：尤里•巴格丹诺夫、叶戈罗夫、埃利克•斯米德林、艾莉娅•恰恰萨娃，再加上我们中国留学生5人（两个月后，孙莫明实在不想学下去，就回国了），后来实际上全班共有8名同学。

虽然我在初中和高中学习过6年俄语，在留苏预备部又专门学习了一年，可是一开始，在课堂上还是听不懂老师们的讲授，听老师说出的每个单词仿佛都熟悉，可是整个句子连不起来，听不懂整个句子的意思。当时我心里很着急，只好课下刻苦读书。经过半年努力，我们基本上能听懂老师的授课。我们跟随苏联同学一起听课，学校是按照对苏联学生的要求来安排课程的。除了学习专业语言孟加拉语外，第一年还开始学习梵语、英语，并且还要继续学习俄语。公共大课开设语言学概论、文学概论、政治经济学（资本主义部分）等课程。一年之后，我们中国留学生的成绩普遍提高了，感到学习轻松多了。因为我们知道，我们是国家派出来留学的，肩负着祖国人民的希望，所以大家都十分刻苦，决心学好专业。

列宁格勒大学与我们中国的大学不同，它的教学楼和学生宿舍楼都不在一起。去学校上课需要乘坐电车。

早晨 9 点开始上课。每堂课两个学时，每个学时 45 分钟，中间休息 15 分钟。一、二年级上课时间多，一般每天都有 3 堂课，6 个学时（从 9 点上到下午 3 点）；有时还会上 4 堂课 8 个学时，那就要上到下午 5 点才下课。中间不安排吃午饭时间。所以我们每天早晨 8 点起床，洗漱，吃早点，穿衣服，8 点半按时出发，搭乘电车到大学系里上课。下午 3 点或 5 点下课后，去学校附近的食堂或餐厅吃午饭，然后乘电车回到宿舍，睡一个小时，起来后复习功课，到 9 点自己做晚饭，吃过饭后再继续学习，直到夜里 12 点就寝。从一年级到三年级结束，都是这样紧张地度过的。四年级课程逐渐减少，到五年级就更少些，有时甚至一天都没有课。在不上课时，我们就乘坐公共汽车或电车去列宁格勒市里的谢德林公共图书馆，阅读孟加拉语报刊。

我在苏联留学期间，时逢中苏两党关系恶化，两党开始大论战，我们国内连续发表了 9 篇评论。我们留学生就是在这样恶劣的环境中刻苦学习，从不旷课，按时完成作业。我们遵守学校的规章制度，尊敬老师，与苏联同学友好相处，从不主动挑事，所以苏联老师和同学对我们都很友好。

从我们国家派遣留苏学生最多的时候开始，我们的党组织就在列宁格勒城设有中国共产党总支部，列宁格勒大学设有党支部，此后留学生减少，全列宁格勒城设一个党支部，领导和管理留学生的生活和政治学习。后来，我就被选为中共列宁格勒城党支部委员、支部书记，直到毕业。我们党支部受中国驻苏联大使馆留学生管理处党组织的直接领导。根据大使馆党组织的指示，党支部向同学们提出严格的要求，因为我们每个人的一举一动都代表中国人的形象。党支部提出“三不准”的要求：不准一个人单独行动；不准个人参加舞会；不准与苏联姑娘谈恋爱。因为有这样的规定，所以我们这一批留学生没有与苏联姑娘恋爱结婚的，也没有出现过安全方面的事故。作为党支部书记，我尽到了自己的责任。在我们这个集体里，有一半同学还不是党员，但是他们个个都表现很好，因此党支部先后将他们发展成为中共党员。

我们这批同学中有一位很聪明的同学，出国后产生了想离婚的想法，思想有些波动。这位同学也和我一样，由父母包办，从小就订下“娃娃亲”，并且早早地结了婚。有一天晚上，他在向我汇报思想时，就提出了离婚的想法。在详细询问他们的婚姻情况后，我才知道，他的妻子是他的表妹。他妻子初中毕业后，他们结婚，1956年他们的女儿出生了。他认为自己的妻子不够贤惠，脾气很不好，所以他很不喜欢，因此他就想和妻子离婚。那一天的整个晚上，我们都在谈心。我没有批评他，而是将我自己的情况向他讲述了一遍，并且同他的情况进行了对比。他在听我讲述的过程中流下眼泪，显然思想受到了触动。

最后我对他说：“我们俩的婚姻情况很相似，都是遵循父母之命、媒妁之言而由父母包办结婚，并且都做了父亲。你的妻子是你表妹，初中毕业，有文化；我的妻子是文盲，而且年龄比我大将近五岁，结婚前甚至我都没有见过她。你妻子的条件要比我妻子优越。我们这批留学生是第一批从劳苦大众的家庭中选拔出来的品学兼优的人才。如果我们与自己的结发妻子离了婚，让我们的子女变成单亲家庭的孩子，他们长大后会作何感想呢？我们家乡的老百姓又会怎么看待我们呢？你是个很聪明的人，在各方面都能严格要求自己，而且积极要求入党。而我们共产党人是立志要为天下的劳苦大众、为我们的民族谋福利的。我们不能把自己的幸福建立在别人痛苦的基础之上。所以，我劝你认真地想一想，再做决定。”

过了一周，他又来到我房间，对我说：“老同学，你说得对。我不能做那种对不起党的培养、对不起孩子的事情。”

此后，我们党支部发展他入党了。这位同学毕业回国后，各方面表现都很优秀，是我们那一批留学生回国后担任实际领导职务最高的一位，最后做到了总参机关一个局的政委，直到退休。可惜，我的这位老同学2019年就病故了。

在五年半的留苏期间，我经历了两任我国驻苏联的大使——潘自力和刘晓。我记得，潘自力大使是从驻印度大使的职位上卸任后，来任驻苏联大使的。他曾经来过一次列宁格勒，会见过我们留学生，给我们讲了国际和国内的形势。潘大使以闲聊的形式同我们聊天，没有稿子，他手里连一张纸也没有，全凭记忆来讲述。他逻辑严谨，各种数据张口就来。听了他的报告，我就觉得潘自力是位天才，具有惊人的记忆力。他夫人也和蔼可亲，落落大方，具有很强的亲和力。我们留学生见到大使夫妇，就像见到家里的亲人一样，感到很亲切、很温暖。

在我留学期间，我国驻苏联大使馆留学生管理处有过两任主任，负责管理我们留学生，最初是张主任（名字我记不得了），后来是唐滕仪主任。唐主任管理我们的时间比较长。我有紧急的事情时，就乘坐火车去莫斯科，直接向他汇报。唐主任工作非常认真负责，是一位和蔼可亲的领导者，而且有很高的文字功底，写一手好文章，我很敬佩他。我知道，是唐主任得知我家的困难情况后，亲自给高教部写了报告，所以才有后来高教部对我家的经济补助，使我家渡过了难关。因此，我心里一直对唐主任怀有感恩之情。后来听说，他回国后担任北京语言大学的党委书记，直到退休。前几年，我们这批留苏学生聚会，把这位老领导唐滕仪同志请来，我们都向他汇报了回国后的工作生活情况，热情地举杯祝福他老人家健康长寿。唐滕仪也很开心。这次聚会使他很感动，因为他意识到，我们这批同学还没有忘记他。

古训说，滴水之恩，当涌泉相报。可我总觉得，我受之于党的恩情，是永远报答不完的。受之于同学的恩情，也没有很好地进行报答。我至今都记得，在列宁格勒大学留学期间，与我们住同一栋宿舍楼的有一位女研究生，她就是武济美大姐，当时在攻读俄罗斯文学副博士学位。1961 年我父亲病故，此后我家陷于困境。武大姐不知从哪里了解到我家的情况，她给她在国内的丈夫——魏老师写信，向他讲述我家的情况。她丈夫给我家寄去了 50 块钱。1963 年暑期回国休假时，我妻子才告诉我这一情况。这使我非常感动。那时候的 50 块钱可不是个小数目。后来我向她真诚地表示感谢，她却很轻松地说："那么一点钱，还值得你们家人记得呀。"后来武济美大姐患上了肺结核，在列宁格勒潮湿的环境下不适宜治疗，只好回国治疗。当时我也没能报答大姐之恩。在我已经工作多年之后，才打听到她的消息，知道武大姐在北京工业大学工作，于是我专程去看望他们夫妻俩，向武大姐夫妇表达多年来我内心一直珍藏着的那份谢意。

第二十一章

艰难岁月

这个时期，中国农村普遍建立起人民公社，极大地破坏了农村社会生产力，致使1960年农业大幅度减产。再加上大办食堂造成的浪费，从1960年10月开始出现了全国性的大饥荒，因此1961年就成为新中国历史上中国农村所经历的最艰难最凄惨的一年。

1960年8月下旬，我已经被国家派往苏联留学，1960年10月至1961年的那段艰难岁月，我自己没有亲身经历过，但是我妻子多次含着热泪向我讲述那一年多来她所经历的苦难。

我们家所在的娄家岗子屯，就是吉林省怀德县和气人民公社和气大队第四生产队。这里的土地属于黑土地，土质肥沃，正常年景，一年收获的粮食，可供三年食用。可是从1960年秋天起，收获的粮食全部被拉走，送往国家粮库，然后农民吃返销回来的粮食，所以村民们就开始忍饥挨饿。我们家就更凄惨了，因为我父亲1961年正月初五去世，家里就只有我妻子一个女劳力了；我大弟弟才14岁，只能算半个劳力。生产队规定：出工的每个劳动力中午可以到食堂领取一个玉米面饼子，家里的老人孩子每人每天只能领到二两玉米面。在没有副食、没有油水的情况下，每天二两玉米面怎么能填饱肚子呢？所以我们家的大人孩子都处在饥饿的状态下。

1960年10月，我妻子在饥饿状态下生下我的第三个孩子——贵学。孩子生下来时，就不像一个正常孩子的样子，瘦瘦的，就是一副骨头架子，个头甚至没有“大耗子”大。我妻子认为，这个孩子活不下来，因为她自己就处于饥饿的状态下，根本就没有奶水。家里没有细粮，甚至没有小米。在这种情况下，我母亲就去屯邻买了几个土豆回来，煮熟去掉皮，放在自己口里，嚼成浆糊状，再吐到孩子嘴里。就这样，这孩子勉强活了下来。

1961年春天，大概是3月中旬的一天下午，这孩子突然发起烧来，身上滚烫滚烫的。我妻子很害怕。我母亲让她赶快抱孩子去和气公社卫生所。这时候天快黑了，我妻子抱起孩子就往卫生所赶，5里远的路，半个小时，就到了和气卫生所。这时候天色已经完全黑下来，她敲了敲卫生所已经关闭的门，不一会儿，门开了。我妻子抱着孩子走进去，就对大夫说：“大夫啊！孩子烧得很厉害。请你给看一看吧。我身上没带钱。花多少钱请你记上账。以后我会还的。”那是一位女大夫，看上去40岁上下，很面善。她给孩子量过体温，是39.5度。这位女大夫取出一片药，研磨成碎末，用温开水，给孩子喂下去，然后又包了几片药，交给我妻子，并且嘱咐如何给孩子服药。我妻子对那位好心的女大夫表示衷心的感谢。然后，她抱着孩子，离开卫生所，深一脚浅一脚地往家里赶。

那天夜里没有月亮，只见天幕上无数星星在闪烁。我妻子抱着孩子，小心翼翼地往娄家岗子赶路，心里感到十分恐惧。路过任家窝堡屯时，偶尔听到几声犬吠。她知道，任家窝堡村口有一口枯井，多年不用，她害怕自己不慎掉进井里，在经过那个村的时候，她格外小心。还好，不到做一顿饭的工夫，就摸到家了。我母亲坐在一盏小油灯前，焦急地等待着自己儿媳妇回来。听到房门响，知道儿媳妇回来了。看见她怀里抱着的孩子，老人家意识到自己的小孙子还活着，她伸手摸摸孩子的额头，觉得不那么烫了，心里多少感到一点儿宽慰。

我妻子跟我母亲商量，决定第二天回她娘家——边家窝堡去，因为她娘家可能会有小米。若有小米，就可以熬小米粥，喂孩子。我母亲赞成自己儿媳妇的这种想法，因为自己家里早就没有小米了。

第二天早晨，我妻子穿上那件她出门常穿的蓝色上衣，抱起病病歪歪的孩子，走出了家门，一路向西。从娄家岗子到她娘家有 10 里路，不算很远。

这一天上午，我岳母一开门，就看见一只大黄狗趴在她家的门口。老人家认识那只狗，那是女儿婆家养的大黄狗。每逢她女儿回家，这只狗总会先到她家，所以一看到这只狗，老人家就知道自己的女儿回家来了。于是老人家就站在院子里，面朝东边那条大路望着。不一会儿，她就看到女儿抱着孩子走了过来。老人家上前几步，接过孩子，与女儿一起走进屋里。老人家发现，这孩子脸色苍白，就轻轻地把孩子放在炕上，可孩子仍然在昏睡。

“孩子病了吧？”老人家瞧着女儿问道。

“是的，昨天发烧了。我抱他去公社卫生所，给他吃了药，就退烧了，但是他不吃东西，奶奶喂他土豆，他也不吃，一直昏睡不醒。”我妻子伤心地说，“我也没有奶水呀。我看，这孩子够呛，可能养不活。”

姥姥喂他一点儿温开水，他倒是喝了。姥姥高兴，又喂他几口，又喝了。这时候孩子睁开眼睛。姥姥看见孩子醒了，就对女儿说：“这孩子缺水呀，也许，能活过来。”我妻子看见孩子睁开眼睛，心里一阵欢喜。于是，孩子的姥姥抓了一把小米，放入搪瓷杯子里，又加了一些水，放在火盆里，给孩子熬了大半杯子小米粥，然后慢慢地喂自己这个外孙子。这孩子竟然吃了小半杯子小米粥。姥姥把他放在炕上，盖上小被子，孩子又睡着了。下午，姥姥发现这孩子能翻身了，而且抬着头，能够爬了。

吃过午饭，稍微休息了一会儿。我妻子惦记家里的婆婆和另外两个孩子，就要回去。孩子姥姥把一碗小米装在一个小布袋子里，让女儿带回去给孩子熬粥。我妻子的大弟弟邱君替姐姐抱着孩子，一直送她到平安岭村，姐姐就让弟弟回去了。她一个人抱着孩子，身后跟着大黄狗，回到家里。我母亲坐在炕上，正在心神不安地惦记小孙子。老人家望见儿媳妇回来了，就问："孩子呢？"

"在这里呢。"我妻子把孩子递到婆婆手上说。我母亲把孩子接过来，惊喜的泪水簌簌地流出了眼眶，她老人家那颗悬着的心终于放下了。因为她眼神不好，一开始没有看清楚儿媳妇怀里的孩子，就以为自己的小孙子没有活下来，被扔掉了。就这样，姥姥的一碗小米救活了她的小外孙子。

春节过后，大地仍然被皑皑白雪覆盖着。这时生产队已经开始为春耕做准备了。待大地开化后，就要栽种大蒜，因此，就需要把蒜头从蒜辫子上揪下来，掰成蒜瓣儿，蒜辫子就被扔到了外边。

因为实在饿得难受，我妻子一边儿掰蒜瓣儿，一边儿在想：我要试一试蒜辫子是否可以吃。收工后她就捡起一条蒜辫子带回家，对我母亲说："老婶儿，我带回来一个蒜辫子，不知道能不能吃，我们试试吧。"于是娘俩用热水把蒜辫子浸泡开，然后洗净切碎，掺一点儿玉米面，加点食盐，做成蒜辫团子，放在锅里蒸熟。娘俩尝了尝，觉得不难吃，甚至比野菜还好吃。

第二天去生产队上工的时候，我妻子就背一个空"花篓"（用柳树条子编成的大背篓，因周围留有一些花洞，当地人称其为"花篓"）。下工后，她把扔在路边的干蒜辫子装了一花篓。同伴们问她装蒜辫子干什么？她回答说，家里没有柴烧了，背回家去做燃料烧炕。她不敢将真实目的告诉同伴们。傍晚，她又和我大弟弟推车将扔在路边的蒜辫子运回家。后来她又从娘家拉回了一车干蒜辫子。在回忆这一段经历的时候，我妻子多次对我讲，在青黄不接的时节，正是那两车干蒜辫子救了咱们全家人的性命。

当时家里缺少食物，又没有取暖、做饭的烧柴。天气渐渐变暖，大地里的积雪开始融化。我妻子就用早晚时间到黄豆地里“拔豆根”，就是拔黄豆秧被割掉后留下的黄豆秆根部，作为烧火做饭的柴火。她在拔黄豆秆根时发现，在去年收割过的黄豆地里散落着一些黄豆粒子。于是，她就带着我 7 岁的大女儿去捡拾那些散落在地垄沟里的黄豆粒子。不到做一顿饭的工夫，娘俩既拔了一花篓的豆根，又捡回来一大把黄豆粒子。尽管娘俩的手都被冻红了，但她们还是为此感到很开心。

进入阳历 4 月份，已经是春暖花开的季节。地里的苣荬菜开始长出来了，开黄色小花，根部也是黄颜色，撕破叶子或根部，都会冒一些乳白色的黏液。如果这种白色黏液溅到浅色衣服上，是洗不掉的。这是一种苦菜，也是一种救命的野菜，东北的黑土地里都有生长。这种野菜用开水煮过，可以蘸酱吃，或者与小葱一起拌酱吃。家里养的猪、鸡、鸭、鹅，都喜欢吃这种野菜。除了苣荬菜，还有苋菜、马齿菜、车轱辘菜（即车前子）和灰菜都可以吃。不过，吃灰菜时可要注意，如果灰菜叶子的背面是红色的，不要吃，这种灰菜有毒，如果与芝麻一起吃，毒性就更大。

我妻子多次向我详细地讲述她吃灰菜中毒的痛苦经历。那年月每天都吃苣荬菜，觉得自己的嘴里总是苦苦的，于是就想换一换口味。她采摘了一些灰菜，用开水煮过之后，将水挤掉，吃晚饭时沾着芝麻盐吃了不少。睡到半夜醒来，她就觉得面部和手都发胀。点上油灯一看，发现自己的两只手都肿了；再对着镜子一照，脸部肿得很厉害，眼睛都难以睁开。早晨起来后，我母亲看到她的脸肿成这种样子，吓了一跳，赶紧让她去公社卫生所去看医生。可是家里一分钱也没有，怎么去卫生所呢？

她有些犹豫。我母亲说："没有钱，医生也许会给你医治的，我们先欠着，以后再还么。"

就这样，她艰难地走了5里路，来到公社卫生所，见到周广志医生，请他给看一看。周大夫问她："带钱来了吗？"

我妻子怯生生地说："没有。"

"没有钱，你来看什么病！"周大夫生气地说一句，就再也没有理她。

我妻子只好流着眼泪，离开公社卫生所，往家里赶路。她在路过任家窝堡时遇到了迟福的弟弟。这位年轻人了解我们家的情况，于是就很同情地对她说："你还在董家混什么呢！洋学生回来还能要你吗？"

听了他的话，我妻子心如刀绞似的难受。因为她知道，这个年轻人的哥哥迟福去年就把他嫂子休了，迟福只不过是洛阳拖拉机厂的一个技术工人，而自己的丈夫可是留洋的大学生啊。他会对自己怎么样呢？疑惑和痛苦一起涌上心头，她内心里痛苦极了。

我母亲站在家门口，一直望着南面的大路。当她看见儿媳妇流着眼泪回来，知道大夫没有给她治疗，于是就安慰她几句，可是她一直在哭泣，什么也不说。其实，她也不好开口对老人述说她在路上听到迟福弟弟所说的那句让自己揪心的话语。

第二天，她的脸肿胀得更厉害，就对我母亲说，要回娘家去找中医看看，我母亲同意了。她回到娘家，我岳母见自己的女儿脸肿成这种样子，心疼得流眼泪了。她母亲马上叫邱君去请老中医韩老六。韩老中医很快来到邱家，看了一下她那张肿胀的脸和手，不用问，就知道她吃灰菜中毒了。他对我妻子说："孩子，你一定是吃灰菜了。我给你开两服中药，吃了就会好的。不过，我知道你们现在没有钱，那就秋后给我三斗高粱，行吗？"

从屯邻的关系方面论，我岳母称呼韩老中医为"六舅"。我岳母赶紧说："行啊，六舅，你快给你外甥女治治吧！秋天的时候我一定给你三斗高粱。"韩老中医叫邱君跟他一起到他家取两服药回来。我妻子服下煎好的药后，傍晚就开始消肿，晚饭后又服了第二次。次日早晨起来，肿胀就完全消退了。

我妻子心里惦记家里的孩子们。但这天下午，就在她准备要回家时，她的大舅来了。他是四道岗村的党支部书记。我妻子看见亲舅舅来了，就没有马上走，陪他聊了一会儿。她的这位大舅是一位见多识广、心直口快的人。他知道，当时社会上很多青年人读了几年书，就把自己不识字的妻子休了。现在看到自己外甥女如此瘦弱的样子，他很是同情，于是就对她说："孩子，你就听大舅一句难听的话吧，离开董家，找一户有饭吃的人家吧。不然，你会被饿死的。你这种情况，董家洋学生回来，还会要你吗？"

听了大舅的这一番肺腑之言，隐藏在她内心里的疑虑又被勾引起来了，她内心里十分痛苦，泪珠簌簌地滚落下来。她觉得，亲娘舅说出这番话，是出于好意，也不是没有道理的。她又不由自主地回忆起自己的好朋友连银琴来自己家的情景——那一天连银琴抱着自己4岁的女儿哭哭啼啼地来告诉她，丈夫王焕德逼迫她与他离婚。我妻子虽然心里痛苦，可是并没有对自己的舅舅说什么。她怀着矛盾而抑郁不乐的心情回到家里。

我母亲见她回来，脸面的肿胀也消退了，一颗悬着的心才放下来。可是又见她两眼里滚动泪花，就问她怎么了，可是她什么也不说，只是流眼泪。我母亲明白了，自己的儿媳妇一定又听到流言蜚语了，就安慰她说："孩子，你不要听那些流言蜚语。我儿子不是王焕德，也不是迟福！他不会做出那种不仁不义的事情。你放心好了。"听了婆婆的这番话，她多少得到一些安慰，但是她那颗心还是悬着不落地啊！

她望着自己身边的三个孩子，望着待自己像慈母一样的婆婆，心里七上八下的。她在心里默默地想："我怎么能抛开自己的亲骨肉，去寻找一个有饭吃的人家呢？我怎么能离开像母亲般地疼爱我的婆婆呢？"思来想去，无论如何，她也决不能像舅舅说的那样去做。这时候睡在炕上的小儿子醒了，睁着一双大眼睛望着自己。她急忙抱起孩子，解开衣扣，让孩子吃口奶。吮吸了一会儿，孩子吐出了乳头。这时她才意识到，自己吃糠咽菜，根本就没有多少奶水！

她对婆婆说："老婶儿，孩子可能又饿了。您看着他点儿，我去熬点儿粥吧。"

婆婆说："把孩子给我。你去熬粥吧。"

没过多久，小米粥熬好了。她盛上一小碗，递到婆婆面前，让她老人家把粥喝了。我母亲把面前的粥碗推到儿媳妇面前，说："孩子，我不能喝。你喝吧！喝了，好给孩子下奶水啊！"

"你喝吧，老婶儿。你身体一直很虚弱。"她又把粥碗递到婆婆面前。就这样，婆媳俩推来推去，互相让着。

就在这时候，我 4 岁的大儿子——老肥子，从外面玩耍后回来了。看见大孙子，我母亲就叫道："大孙子，到奶奶这儿来。"老肥子走到奶奶面前，奶奶端起粥碗递给他说："你妈妈刚刚熬好的小米粥，趁热赶快喝了吧。"

这孩子抬起头来，望着妈妈的脸。他母亲说："奶奶身体不好。让奶奶喝吧。"他没有喝，就想溜掉。奶奶拉住他的手不放，逼着他喝了那碗小米粥。喝完，他又望了母亲一眼。看见母亲眼睛里含着泪水在给瘦弱的弟弟喂小米粥，他愧疚地跑掉了。

第二十二章

回国休假

在五年半的留学期间，我只回过国一次，即 1963 年暑期。我们在国外学习的所有留学生全都回国，参加在北京西苑大旅社举办的为期一个月的学习班，然后只回家休息一周时间，就返回苏联列宁格勒。

在北京西苑大旅社集中学习期间，一个星期六的晚上，我住的那一层楼的服务台唤我接一个电话。我急忙赶过去，拿起听筒，就听到一个女生的声音："你是董友忱吗？"

"我是董友忱。你是哪一位？"

"我是你的同学陆秀荣。我在长春一所高中毕业后考入了北京师范大学数学系。"

"是陆秀荣啊！我们整整 10 年没见了。我记得你家住在距离和气屯西北 15 里远的老山头村，对吧？"

"对的。电话里不多讲了。明天是周日，你们应该休息。请你来北师大叙叙旧吧。"陆秀荣说。

我也很想见一见我的老同学，于是就答应她，明天一定去北师大。接着她告诉我应该乘坐哪一路公共汽车，到豁口下。

1953 年 7 月我们小学毕业，到 1963 年 7 月，整整 10 年了，我和陆秀荣不但没有见过面，而且从来都没有通过信，可是陆秀荣却知道我从苏联回国参加留学生学习班，而且确切知道我就住在西苑大旅社。

第二天上午 9 点，我乘坐公共汽车来到豁口。还没有到北师大东门，我就看见陆秀荣站在东门口的一侧，穿一件雪白色的连衣裙，一头秀发乌黑发亮，一双眼睛闪烁着智慧之光，红润的面颊彰显出青春之美。她还是 10 年前的模样，只是显得更加靓丽妩媚了。

陆秀荣紧紧地握住我的手，说："你好！老同学，你长高了，模样也变了，不像以前又黑又瘦的样子了。"

我们一边说着话，一边走进了北京师范大学的校园。学校放暑假了，校园里很安静。她领我走进她的宿舍，请我坐在椅子上，倒了一杯开水，放在我的面前，又递给我一把蒲扇，随后她也在对面坐下来。接着我们两个老同学就开始聊起来。我们回忆起和气中心小学的许多往事和几位教过我们的老师，她还讲述了在长春读书的一些同学的情况，我们还交换了彼此所了解的一些其他方面的信息。陆秀荣讲述了自己的学习和家里的一些情况，我也讲述了在苏联学习生活方面的情况。

陆秀荣面带微笑地说："时间过得真快呀！一晃儿，我们 10 年没见了。不过，你的情况，大体上我还是了解的。我们 1959 年 7 月高中毕业，你考取了北京外国语学院留苏预备部，而我考上了北京师范大学数学系。我本来应该今年暑期毕业，可是在 1961 年困难时期我得了浮肿病，不得不休学一年，因此我明年暑期才能毕业。你什么时候毕业？"

"苏联列宁格勒大学东方系的学制是五年半。我应该在后年，即 1965 年年底毕业。"

"这么说，你还要学习两年半，对吧？"

"是的。"我回答说。

陆秀荣望着我的脸，小声问道："这么多年来，你应该处个女朋友了吧？”问了这么一句，她的脸立即红起来，但她仍然凝视着我的脸，等待我的回答。

我立即明白，我们的交谈该进入主题了。于是我诚实而直率地说：“秀荣啊，你还不太了解我的家庭情况。1949年春天，我父母亲就让我结婚了，当时我才12岁，然后我才开始上小学。现在我已经是三个孩子的爸爸了。”

听我这么一说，陆秀荣好一会儿说不出话来，脸色开始变得煞白，眼睛里滚动着泪水。她急忙掏出手帕，擦拭了一下眼睛，然后才镇静地说道：“我真不知道，你已经成家。三个孩子都多大了？”

“女儿1954年4月出生，大儿子1957年4月出生，小儿子1960年10月出生。”

“夫人做什么工作？”陆秀荣又亲切地问道。

“她在老家务农和照顾我的父母。”我回答说，“本来我母亲当年也劝她上学读书，可是她不肯，怕人家笑话，所以她不识字。但是她为人很善良，用心孝敬我的长辈。1960年冬月和1961年初，我的大娘和我的父亲相继去世，是她替我为两位老人送终的。”

陆秀荣用惊奇而略带悲戚的目光，一边望着我，一边听我讲述，然后拿起暖水瓶，又给我的杯子加了一些水。这时候她完全平静下来。可是我心里却觉得很对不起陆秀荣，因为她不知道我已经成家，所以这么多年来陆秀荣一直对我怀有深情，一直在关注着我。看得出来，陆秀荣期待着我们能够走到一起，可是我的现实情况却给了她当头一棒。

我心里也很不是滋味：“秀荣啊，我知道你内心的感受，我很感谢你对我的这份真情！作为成家之人，我不能有非分之想。但是你在我心里的美好形象永远不会被磨灭的。我作为你的老同学，真诚地希望你能找到比我更优秀的伴侣。让我们永远做知心的好朋友吧！”

陆秀荣那双机灵的大眼睛又湿润了。她镇静地说：“读小学的时候，我们的年纪都还小。但是我心里一直很喜欢你那种聪明伶俐的智慧。回答老师的提问，你总是那么干脆流利。所以我心里一直有你。1959 年夏天你考入北京外国语学院留苏预备部，我考入了北京师范大学，我们俩都在北京。我几次都想去看你，又怕影响你的学习，最后也没有去。”陆秀荣停顿了一下，接着说，“这一次，我打听到你从国外回来参加学习班，并且查到西苑大旅社的电话，我才给你打了电话，这样我们才联系上，请你来一叙。”陆秀荣停顿片刻，又接着说，“我真心希望你善待你的妻子，做一个好丈夫和称职的父亲。”

“谢谢你的理解和希望！”我也很动情地回答说。

这时陆秀荣从影集里取出她的一张两寸的照片，在照片的背面用铅笔工整地写上自己的名字“陆秀荣”三个字，送到我的手里说：“送给你，老同学，留个纪念吧。”

我接过她的玉照，很珍惜地放进一个小笔记本里，然后告辞说：“我希望我们今后保持联系，做好朋友。”

“一定！”陆秀荣一直把我送出校门外，看着我上了公共汽车，才挥手告别。

第二十三章

妻子的苦恼

北京西苑大旅社的留学生学习班，是由高等教育部举办的，主要目的是学习国际形势和我们国家的对外政策。学习班结束的前一天，陈毅外交部长来给我们做了一个报告，他最后说：“你们多数人都三年没有回家了，现在回家去看看吧。”

就这样，学习班结束了。我回到了家乡，见到了家里的人。我老婶儿给我讲述了这三年家里所发生的变故。

第二天我来到我家的坟茔地，跪在我爹我妈和老叔的坟前，给他们磕了头。我对他们说：“爹妈、老叔，这一次我回国参加学习班。学习结束，就回家来了。今天我来拜谒你们。再过两年多，我就该毕业了。到那时家里的困难会逐渐消逝，请三位仙逝老人安息吧。”

在从坟地回来的路上，我遇到了本村的黄家大婶儿，她是我们村生产队的妇女队长。她为人厚道，有一副热心肠。黄大婶儿认出了我，于是就很热情地跟我聊了起来，其中自然讲到我们家这几年的困难，讲到我的妻子。黄大婶儿说：“这几年咱们家乡经历了极大的困难，你们家就更困难了，因为你老叔病故，你大弟弟又小，没有男劳力，就你媳妇一个女劳力，所以你们家的日子实在艰难啊！”黄大婶儿停了一下，继续说道，“你媳妇是个好女人呐。她太不容易啦，特别是 1961 年青黄不接的时候，差一点儿被饿死啊！除此之外，她内心是十分痛苦的，你知道为什么吗？”

“她担心我会和她离婚，是吧？”我插了一句。

“是的。”黄大婶儿继续说，“一块儿干活的女人们，人多嘴杂，说什么的都有，什么都议论。有些年轻姑娘半开玩笑地对你妻子说：‘老董大婶儿啊，你听说了没有，咱们村里的王焕德把老婆休了。他才是个高中毕业的小学教员。我大叔可是留洋的大学生。他将来不会不要你吧？’这姑娘的话虽然是半开玩笑，可是这话简直就像是刺向她内心的一把刀子啊！听到这话，你媳妇的眼睛里常常滚动着泪花。我虽然批评那些姑娘不应该胡嘞嘞，可是这也是咱们村子里的人所担心的！孩子，你可不能做那种对不起你媳妇的事啊！”

“黄大婶儿，你放心。我绝不会做王焕德所做的那种事。你知道，我是一名共产党员。党组织教导我，要为穷苦人谋福利，不能做损人利己的事情，更不能把自己的幸福建立在别人的痛苦之上。我已经是三个孩子的爸爸了，要对妻子和孩子们负责，不能做那种对不起他们的事情。”我诚恳地对黄大婶儿说，“黄大婶儿，别人再议论这种事情的时候，请你把我的想法告诉她们吧。”

“你是个好人！我没有看错你，孩子。我会把你的想法告诉村子里的姑娘媳妇们的。”黄大婶儿说。

这一次我回来休假，我妻子当然很高兴，可是我总觉得，她似乎对我既亲近，又陌生。看得出来，生产队里她那些伙伴们的议论对她还是有影响的。因此我就耐心地向她说明，我绝不会像王焕德那样，抛弃自己的结发妻子。

我妻子听了我的表态之后，心情愉悦起来。一天晚上，她向我讲述了这几年来她内心所经历的痛苦。

她对我说："你可要知道，王焕德媳妇连银琴是我的好朋友，她是和我们同一天结婚的；她的女儿跟咱们的大儿子又是同年生的，是个很机灵的孩子。有一天，她抱着那孩子来咱们家，哭着告诉我，王焕德要和她离婚，因为他跟一个民办的女教员勾搭上了。我听了很难过，心里很可怜她。当时我也跟着她一起哭了。这件事对我的刺激很大。我自然联想到我们俩的婚姻，很担心我们是否会白头到老。第一，你是洋学生，而我不识字，是个文盲；第二，我比你大五岁；第三，我的相貌不漂亮。想来想去，我配不上你。咱们村子里的人们议论说，将来你肯定会不要我的。我觉得，人们的议论不是没有道理的。"我媳妇停了一下，接着又讲道，"我记得，1961 年 4 月吧，我回我妈家。恰巧老于家我大舅也来我们家了。他看到我瘦得皮包骨的样子，就十分同情地对我说：'外甥女啊，听大舅一句难听的话吧。你都饿成这种样子了，还在董家求啥呀！董家的洋学生回来还能要你吗？找一户有饭吃的人家，逃命去吧。'听了我大舅的话，我的心都碎了。不仅整个边家窝堡的人都有这样的看法，就连我的亲舅舅都这样认为，所以我痛苦极了！"我媳妇两眼噙着泪花，声音也哽咽了。

我掏出手帕替她擦去泪水，半开玩笑地问他："那你怎么没有走啊？"

她瞪我一眼，说道："我走了，谁管咱们的三个孩子，他们就得饿死啊！老婶儿对我像亲母亲对女儿一样。我怎么能扔下她不管呢？我想好了，即使饿死，我也不会离开董家的。如果你真的不要我了，我就带着三个孩子自己过。"我意识到，虽然我媳妇心存疑虑，内心痛苦，但是她毕竟是位刚强的、能够忍受苦难的女性，而且是一位很有主见的女人。

"我听说，你去算过命。你信命吗？"我又问她。

"谈不上真信，那不过是在痛苦中寻求一种解脱吧。大户老张家来了一个会相面的先生，听说他算得很准，不少人去找她算命。我也带着8个鸡蛋去了。相面先生戴着眼镜，仔细看了看我，又看了看我的手纹，然后说道：‘天苍苍，地茫茫，整天苦干不停当。到头来，只是空忙一场，不过是一枕黄粱。’听到相面先生的这种话语，我心里很难过，于是含着眼泪回家了。老婶儿看到我悒悒不乐的样子，就问我去哪儿了，我告诉她去相面了。老婶儿说：‘你明天带着咱老肥子再去给他相个面。’第二天，我带着老肥子又去大户张家给儿子相面。相面先生看了老肥子的模样，又看了看他的手相，然后说：‘这孩子可是福相，日后定成栋梁。这孩子是登山挂甲那年生（指鸡年出生），福满堂，运亨通，能尽孝，能送终，将来会在吹吹打打的鼓乐声中把父母送到坟茔。’听了相面先生这番话语，我心里多少感到一点儿宽慰。”她说到这里，脸上露出了笑容。

我告诉她：“相面和算命都是骗人的，统统都不要信。我们的大女儿已经9岁了，上二年级了，大儿子老肥子也已经6岁，小三儿没有饿死，也3岁多了。你为我们董家养育了三个孩子，这都是你的功劳。我的两位老人也是你替我送终的。我发自内心地感谢你。我们是幸福的一家，你不要胡思乱想，不要相信那些流言蜚语。我们会白头偕老的。你要相信我。”

我妻子开心地笑了。这次虽然我们只团聚了6天，但是她从我的言行中感受到了我的真诚，从此深藏在她内心里的那种忧虑和痛苦也就消逝了。

第二十四章

感激党恩

我出国留学半年之后，我妈和我老叔相继去世，家里陷入了极端困难的境地。过了半年后，我大姐才写信告诉我家里所发生的不幸。我向党组织作了汇报。中国驻苏联大使馆党组织就我家的情况专门向国内高教部写了报告。高教部党组织决定，从1962年起，每月给我家补助15元，每季度寄一次，每一次寄45元，直到1965年12月我毕业回国。

我深知，是党领导的新中国政府资助我读完了初中和高中，是党领导的国家送我去留学；在我家陷入绝境的情况下，又是党伸出援助之手，使我家度过了艰难岁月。共产党对我的恩情比山高、比海深。我知道，当时15元，可不是个小数目啊。3年来的这种资助，救助我家渡过了苦难！

我老婶儿时常对我说："孩子，你要记住共产党对咱们家的恩德！你要懂得知恩图报啊！"牢记生母的教导，我总是心怀感恩之情，刻苦学习，积极工作，总想以自己的行动回报党的恩情。这也成为我一生努力前行的动力。

1965年12月底，我毕业回国了。我记得，1966年初，我回家过春节。春节过后，我去二青山村看望我二舅——李长有。我二舅是大户李家的当家人，在我家遭遇困难的时期也给了我家不少的帮助。

我有五个舅舅和一个姨母，其中二舅和我母亲最亲。我母亲很尊重她二哥，他们兄妹俩也谈得来，在很多方面他们的意见看法都是一致的。

这一次，我二舅见我来看望他，显得特别高兴。我的表弟表妹们围拢在我的身边，问长问短。

在闲聊的时候，我二舅笑着对我说："外甥啊，我不如你母亲啊！她目光远大，看得深远，而且很能吃苦耐劳。像她这样的女人少有啊！今天，二舅看到你留学归来，内心有说不出来的高兴，可是我又很愧疚。当初，我是坚决反对你读高中的。我当时觉得，在你们家那样困难的情况下，你应该工作，帮帮家，不应该再读书了，因为你是你们家男孩中的老大，下面还有你的两个弟弟和两个妹妹呢。就此事，我和你母亲谈过好几次，可她就是不肯听我的意见，甚至有一次我对你母亲发了火。实践证明，你母亲是对的，二舅错了。你母亲真是一位富有远见卓识而又能吃苦耐劳的人啊！"

我望着二舅那张激动的面孔，回答说："二舅当时的想法，也是为了我们家好。我们家实在是太穷困了。"

这是我第一次听我二舅讲述他反对我读高中。我这才知道，我的生母与我二舅在我是否应该读高中问题上竟然有如此大的分歧。她老人家从来都没有对我说过。是的，我生母的决定是正确的，是英明的，也是有远见的！她老人家的决定改变了我一生的命运，也改变了我家庭和子女们的命运。可是，我也知道，她却为此忍受了常人难以忍受的痛苦和熬煎。

我二舅接着讲述了我老叔病故时我家的艰难困境和我老婶儿的决断。他接着回忆说："1961 年春节刚过，你父亲突然感到头痛，大年初三他就病故了。我得知他去世的消息后，就对你的几个表弟说：‘你们的四姑父死了。你们几个人带上两天吃的干粮和挖墓穴的工具，去为他打墓子吧。你们四姑家缺吃少穿，没有可能供给你们四五个大小伙子吃的。’当时天寒地冻，大地上覆盖着皑皑白雪。土地被冻得一尺多厚，要在一尺多厚的冻土地上刨挖墓穴，不是一件很容易的事。我赶到你们家时，天色已晚。当时你家真是困难极了。因为家里没有油，在停放遗体的堂屋里都没有点灯，只有你母亲的房间里亮着一盏小油灯，灯油还是从邻居家借来的。屋里就像冰窖似的寒冷，三间土坯房的北墙全都覆盖着一层白霜。盛放水的缸里冻了厚厚的一层冰。家里只有八捆玉米秸了。”我二舅停了一下，又接着说，“你母亲裹着破棉被坐在西屋的炕上。老戴家你大舅也赶到了。你母亲对我和老戴家你大舅说：‘二哥，你和友忱他大舅来了，我就放心了。有件事还得请你们俩去操办。你们俩去北屯的六合庄村老刘家，把他们为他们家老人准备的那口寿木买回来吧。孩子他爹生前念叨过那口寿木，看来他很喜欢，那口寿木可能会贵一点儿。’戴家你大舅对你母亲说：‘姐，家里这么困难，还是应该顾活人啊！不要买那么好的寿木吧。我见过那口寿木，底板、天板和四周全都是松木的，棺材天板有八寸多厚哪。可能很贵呀。’你母亲说：‘贵就贵吧。他不就死这一回嘛。满足他的心愿吧。你们哥俩跟刘家说，钱差不了。’我们只好照你母亲的意见办了。可见，你母亲是位很重情义的人，也是性格刚强的人。她觉得，你父亲辛劳了一辈子，很不容易。应该满足他的心愿。你母亲很重情啊！你母亲的人品令人敬佩啊！”

我默默地聆听着我二舅的讲述，我眼里滚动着泪花，心里觉得热乎乎的。

我母亲是个很讲诚信的人，她说到做到，欠六合庄村刘家的棺材钱，两个月后就还上了。我们家的房后有一小片自己的林地，那里生长着几棵比较大的柳树。不久有人来买树，我老婶儿将其卖掉，就用卖树的这笔钱款还清了棺材钱。

如今，我也迈入了耄耋之年。但是我一直牢记母亲的教诲：要懂得感恩，要知恩图报。没有共产党，就没有新中国——这是我亲身经历过的感受。我要说，没有共产党，就没有今天的我，也没有我今天的一家。这是真实的现实。因此，我由衷地感谢党！我永远不会忘记党的恩情！

第二十五章

毕业回国

我在苏联列宁格勒大学留学将近五年半，这座城市给我留下了深刻而美好的回忆。这是一座英雄的城市。在第二次世界大战过程中，这座城市被德国法西斯军队围困了900多个日日夜夜，但是，这座城市的人民宁死不屈。尽管饿死了很多人，但列宁格勒挺住了，并没有被德国法西斯军队攻破。所以，我对列宁格勒城市民怀有深深的敬意。这里的市民对中国留学生也非常友好。我记得，每逢12月25日圣诞节，如果我去商店买菜和食品，商店的服务员大婶儿都会送给我一两枚煮熟的鸡蛋，上面画着红线，或写着“圣诞快乐”的俄文祝福词语。

列宁格勒即圣彼得堡，位于苏联欧洲部分的西北面，靠近芬兰湾。按照纬度，这个地方应该是非常寒冷的。虽然经常下雪，可是这里的冬天并不太冷，白天经常在零度左右，但到了夜里，气温就下降到零下10摄氏度左右。道路总是雪水交加，所以我们所穿的中国生产的皮鞋，穿几个月，鞋底的缝合线就烂掉了。

列宁格勒的夏天非常适合居住。整个城市优美、整洁，气温不太炎热，感到很舒服。因为接近北极，所以盛夏时节，有十几天夜里呈现出著名的极昼现象，夜晚像白天似的，可以读书。

列宁格勒是一座非常美丽的城市，可以说它是建筑学的博物馆。整个城市的建筑物大都是三四层楼房，几乎没有几十层的高大建筑，这是这座城市的建筑风格，而且每一座建筑物都具有自己的特点，都是精心设计建造而成的杰作。涅瓦河穿过整个城市，还有许多支流，形成了一些岛屿，我们的宿舍就位于瓦西里耶夫岛上。城里建有大大小小很多的桥梁。列宁格勒大学的主体建筑，包括行政办公楼、图书馆、东方系、语言文学系，就坐落在涅瓦河的北岸，与著名的冬宫隔河相望。大学东面就是著名的海军博物馆，在这座博物馆东面不远处，就是彼得罗巴甫洛夫要塞，那里的镀金尖塔在阳光下熠熠闪烁着金光。昔日沙皇的宫殿——冬宫，十月革命之后已经被辟为博物馆——艾尔米塔什。

除了冬宫，昔日沙皇还在芬兰湾岸边建起了一座富丽堂皇的夏宫，在夏宫的四周围建有上千座喷泉。每当夏天，所有喷泉都喷射出各种形状的水柱，非常壮观。列宁格勒城里建有很多教堂，其中最著名的当数伊萨基辅大教堂，它是一座气势恢宏的美丽的大教堂；其次是位于涅瓦大街西侧的喀山大教堂。俄罗斯人信奉东正教，教堂是他们祭拜上帝的地方。

根据中国政府和苏联政府达成的协议，当时中国留学生每个月从就读的大学财务处领取 60 个卢布的生活费。除了日常生活开支，还略有结余。我就用这些节余下来的钱购买了大量的图书。凡是我遇到的苏联学者撰写的印度各领域研究的学术书籍，我都购买了。我们专业的 3 个中国同学每周都要去涅瓦大街最大的一家书店和几家旧书店去选购图书。因此我买了一大箱子当时苏联出版的有关印度、巴基斯坦、尼泊尔等南亚国家的书籍，其中有政治、经济、文化、艺术、文学、宗教、地理、历史等等方面的著作。这一箱子图书需要四个小伙子才能抬得动。回国前夕，我把这一箱子书籍寄回国内了。

我们 3 个学习孟加拉语专业的同学通过了毕业考试和论文答辩，然后办好了毕业手续，领到了毕业证书和毕业纪念章。最后，我们向孟加拉语老师薇拉•亚历山大诺夫娜•诺维科娃和伊琳娜•斯维德维多娃告别。两位老师希望我们回国后继续研究孟加拉语文学，同时愧疚地表示，由于大家都知道的原因，她们就不便去火车站为我们送行了。我们向两位老师表示由衷的感谢。

1965 年 12 月 29 日晚上，我们登上由列宁格勒开出的“红箭”号列车，于 30 日早晨到达了莫斯科，随后住进大使馆招待所；12 月 31 日，我们这批留学生一行 10 多人踏上了回国的国际列车。1966 年元旦，我们是在列车上度过的。这一次我们乘坐的列车没有走中国东北的满洲里，而是经过蒙古国。当列车进入二连浩特车站的时候，大家立即欢呼起来，我们终于又回到了自己的祖国。我们经过 6 天 7 夜的漫长时间，于 1966 年 1 月 5 日星期三抵达北京。我们住进北京外国语学院西院的宿舍里。当时北京正值狂风大作，满天黄尘弥漫，宿舍楼的门被大风吹得噼啪乱响。

1966 年 1 月 7 日星期五上午，国务院科学技术干部管理局艾局长来看望我们归国的留学生，并且发表了简短的讲话。他最后说：“你们先回家吧。春节快到了，与家人过个团圆年。过了春节，再进行工作分配。你们应该于 2 月 5 日前返回北京。”

当日下午，我便乘坐开往东北的火车，回到了公主岭，拜见了孔力老校长，向她老人家汇报了我在苏联的学习情况，她听了很高兴。

孔校长看着我穿一身毛料的中山装和呢料的棉大衣，就笑着问我：“友忱啊，你就这一身打扮回乡下去呀？”。

“老师，我没有别的衣服呀。”我回答说。

“农村现在还比较贫困，你这一身装束太显眼了。还是低调一点儿好啊。我建议你回到家，换掉这身服装。”孔老师语重心长地说。

听了老师的嘱咐，我觉得很有道理。第二天我回到家乡，就换掉在国外穿的服装，换上了我出国前穿过的旧棉裤和棉袄。

我们家乡有个流传下来的习惯，就是春节期间有条件的村子都组织高跷秧歌队，配有锣鼓唢呐，去邻近的村庄扭秧歌。这是农村的一种娱乐活动。春节过后，大概是正月初五，王大院儿村的高跷秧歌队来娄家岗子屯扭秧歌。村子里的男女老少都出来观看，很是热闹。因为天气寒冷，我就把我老叔生前穿过的一件破棉大衣穿在身上。由于棉大衣上的纽扣都脱落了，我只好临时用一条麻绳扎在腰上，急忙走到外面的人群里去观看秧歌。秧歌队的领头人（东北习惯称其为“拉大衫的”）唱了一曲二人转小调，观众给予热烈的鼓掌。

这时候我突然发现戴家我大舅，于是我就小声叫了一句“大舅！”我大舅听到叫声，还是没有发现我，于是我走到大舅跟前说：“大舅，我是你外甥——友忱啊。”我大舅认出了我，并且用十分惊奇的目光瞧着我说：“外甥，你不是在苏联留学吗，什么时候回来的？你怎么这身打扮？”

“大舅，我已经毕业，春节前就回来了。我正准备过几天去看你和大舅妈呢。”我说着就想请大舅来家里坐一坐，大舅因为有事，就谢绝了。可是，我穿着一件破棉大衣看秧歌队表演的这件事，被我大舅传开了，整个王大院儿村里的人几乎都知道了。

第二十六章

借调到高教部

1966 年 2 月 5 日，我从家乡回到北京，仍然住在北京外国语学院西院的学生宿舍里。北京外国语学院有一个班子，负责管理归国留学毕业生的工作。这期间，我们参观了国内的一些展览，例如，华北地区社会主义教育展览，全国农业学大寨的农业展览；还听了焦裕禄先进事迹的录音报告，邱慧英同志所作的关于李少白烈士英雄事迹的录音报告。李少白同志是电影《永不消逝的电波》中的主人公李侠的原型，而邱慧英同志是李少白同志的爱人。我们还看了几场电影和一场现代京剧《红灯记》。参观了这些展览，听了这些录音报告后，我自己很受教育，下定决心要向英雄们学习，努力为祖国工作。

几天之后，国务院科学技术干部管理局艾局长又来了，宣布了分配方案。艾局长说："你们孟加拉语专业 3 个人和斯瓦希里语专业 4 位同学，是总参机关委托高等教育部派往苏联留学的，不存在分配问题，到我那里开一张介绍信，就可以直接去总参机关报到。"

艾局长又对我说："董友忱，你先不要去总参机关报到。你先到高教部对外司找周寒琼处长，协助她准备第三次全国留学生管理工作会议。我已经跟总参打过招呼，你晚一点儿去总参机关报到。"

第二天，我委托贾万俊同学去国务院科学技术干部管理局开了去总参机关报到的介绍信。下午总参机关派车把我们 7 个人接到总参三部机关驻地，彭富九、陈福初、钱江、王永浚等几位首长接见了我们，并且向我们提出殷切的希望。次日，其他 6 位同学前往部队驻地报到。

3 月 23 日上午，我前往高教部所在的北京西单大木仓胡同报到。周寒琼处长接见了我。这是我第二次见到周寒琼处长。

我第一次见到她的时候是 1963 年暑期，当时我们留学生回国集中在北京西苑大旅社学习。有一天她来找我，了解列宁格勒大学中国留学生的情况。我记得，周寒琼当时才三十来岁，个子不太高，大约一米五六，身材匀称，当时她穿一件白色连衣裙，一双大眼睛炯炯有神，彰显出精明优雅女强人的风采。后来我听说，在我们这批同学来列宁格勒大学之前，周寒琼同志及其丈夫钱其琛同志曾经在列宁格勒驻过几年，负责管理在列宁格勒的中国留学生的工作。她们回国后在高教部任职，钱其琛是高教部对外司副司长，周寒琼担任对外处处长。

这一次在高教部又见到她，我感到很亲切。她仍然那么平易近人，仍然那样年轻睿智，三年多来几乎没有什么变化。她向我交代需要做的工作，最后说："董友忱，你毕业了，现在开始工作了。你家里的困难就会缓解的。这几年来一直由我负责每个季度给你们家寄 45 元钱。从今年起对你家的救济就可以停止了。"

"当然应该停止。谢谢周处长！近 4 年来您代表党组织对我家的救济，使我家渡过了难关。一个还处于学习时期的我竟然得到这样的关怀，我由衷地感谢党组织，感谢周处长。"我十分激动地说。

"那是我应该做的。正是因为有了这个机缘，我才了解了你和你的一家。所以我才请你来帮助我们筹备全国第三次留学生管理工作会议。"周处长面带微笑地说。

这一个多月时间，我就在周寒琼处长的直接领导下工作。我在高教部的一间男宿舍里住下来，开始做筹备工作。我的主要工作是去印刷厂送一些需要印制的材料和校对稿件，取回印制好的材料。需要印制的材料主要是我驻外国使馆报送回来的关于留学生管理工作经验方面的稿子，还有刘子载副部长和高教部对外司领导的讲话稿。就这样，我经常来往于高教部和印刷厂之间。

全国第三次留学生管理工作会议的会址定在京西宾馆，会期一周。参加会议的驻外使领馆代表陆续到会，中国驻苏联大使馆留学生管理处的唐滕仪主任也来报到了。我去他的客房拜访了他。唐主任见到我并且知道我来帮忙筹备这次会议，很高兴。我知道，关于我家困难的报告就是唐主任以大使馆的名义给高教部写的，所以才有高教部几年来对我家的资助。当我提及此事的时候，唐主任却很平静地说，那是他应该做的，所以，我心里就更加敬重他，十分感谢这位老领导。

4 月末会议结束。4 月 30 日晚，刘少奇、周恩来等党和国家领导人陪同阿尔巴尼亚党政代表团领导人谢胡等，在人民大会堂三层小礼堂观看《红色娘子军》芭蕾舞剧。我们第三次全国留学生管理工作会议的与会者应邀观看演出。我近距离地看到刘少奇、周恩来、谢胡等人。周总理和刘少奇就坐我前两排的座位上。我看到他们的气色都很好，和蔼可亲；周总理很活跃，不时地与谢胡进行交谈。

第二十七章

带红卫兵

五一过后，我就去总参机关报到了。国家给我们从苏联高等院校毕业回国的留学生暂定的工资是每月51元，而国内大学本科毕业生是46元，我们比他们多5元。

1966年5月16日党中央发出“五•一六通知”，这个通知系统而全面地批判了《二月提纲》。看起来，一场革命风暴将要降临中国大地。

不久，毛主席亲自发动的“无产阶级文化大革命”拉开了序幕，很快风暴席卷全国，首先是红卫兵运动蓬蓬勃勃地发展起来。“大串联”开始了，全国各省市的红卫兵不断地涌向北京。毛主席开始接见来自全国的红卫兵。北京大中小学全部停课，一些学校成为接待来自全国各地红卫兵的住宿之地。

中央指示，调部队一些同志到北京各个中学去组织管理来自全国各地的红卫兵，保证他们的食宿和安全。总参机关也派出大批同志分别到北京各中学去参加这项工作。

1966年10月初，我和几位同志也被派到北京白纸坊中学去管理来自全国各地的红卫兵，组织他们参加毛主席的接见。在等待期间，组织他们进行军事训练，主要是队列训练；组织他们学习毛主席著作和最新指示。

白纸坊中学位于北京市崇文区（今已与东城区合并），距离右安门不远。教学楼为三层，走廊里有饮水机设备，算是当时设备比较好的一所中学。学校有食堂，但是没有宿舍，因为该校学生们的家都在学校附近。来自全国各地的红卫兵只能住在教室里。他们中多数为初中生，而初中生年龄都偏小，所以管理起来很麻烦。相对说来，高中生比较好管理。给我留下深刻印象的是陕西省蔡家坡铁路中学的一批高中生。他们的年龄偏大，大概都十七八岁，男女生各占一半，由两位老师带队。这批高中生素质很高，举止行动很文明、很有礼貌，遵守纪律。我很喜欢这批孩子。除了参加队列训练和毛主席著作的学习外，两位老师还给他们上一些文化方面的课程。一位语文老师具有渊博的文学知识，给学生们讲解中国文学史，讲解《诗经》《楚辞》《史记》，讲屈原、宋玉、司马迁，教他们背诵唐诗、宋词，也叫他们背诵毛主席诗词。这位老师既不带讲稿，也不看书本，站在黑板前，一边板书，一边滔滔不绝地讲述着。我也和同学们一起聆听他讲课。

我很尊敬这位老师，私下里我们经常交谈。他对我说，有机会就给学生们补补课，否则，他们的大好时光都付诸东流了。我觉得他做得很对，是一位负责任的好老师。所以，我一直鼓励他这样做。同学们也很喜欢他。可惜，我没有记住他的名字。

10 月 11 日下午，毛主席接见红卫兵。来自全国的红卫兵列队等候在北京市环形的大街两旁。下午一点多毛主席的车队开过来了。毛主席身穿绿色军大衣，站立在敞篷吉普车上，不时地向同学们挥舞着右手，车队在北京环形大街上缓缓地行驶。红卫兵挥舞着手中的《毛主席语录》，高呼“毛主席万岁，万万岁”，欢呼声此起彼伏！我和同学们一样激动，泪水模糊了眼睛，真可谓“激动的心情满胸怀，幸福的泪花挂满腮”！

送走了红卫兵，我们几个部队的同志去附近的澡堂里洗了个澡，因为我们将近一个月没有洗过澡，身上脏兮兮的。然后我们回到了总参机关的驻地。

“文化大革命”期间，我们部队机关属于正面教育单位，不搞“四大”运动（“大鸣”“大放”“大字报”“大辩论”）。总体看来，机关大院还算平静。也有个别人很不安分，开始贴大字报，搞辩论，但是多数同志都不赞成他们的行动。

我所在的部队机关位于北京远郊区——延庆县（今延庆区）的黄柏寺村。大概这地方历史上曾经有个寺庙，现如今已经没有庙宇的任何痕迹，不过还有一棵高大的古树——黄柏树。

我们部队的营房区就坐落在黄柏寺村的西侧，背靠大山。因为营区建在山坡上，所以夏季比较凉爽、舒适，中午午睡时都需要盖被子。这里平均气温要比北京市区低 4—5 度左右。

这里周围都是沙土地，土层很薄，如果哪一年少雨，农民耕种的土地收获就少，所以当地的农民生活都不富裕。

第二十八章

翻译毛主席著作

大约是在 1967 年 10 月初的一天上午，我们机关的方始盛处长把我叫到他的办公室，对我说："我今天把你叫来，有一件事要和你交代一下。昨天下午咱们局的梁毅局长对我说，中央要成立毛主席著作翻译室，挂靠在外文出版事业局，抽调中央各单位的外语人才参加这项工作，其中要成立孟加拉语翻译组、印地语翻译组、乌尔都语翻译组、泰米尔语翻译组。我们机关有通晓这四个语种的同志。局里决定派出九名同志去外文局参加这项工作，成立一个临时党支部，由你担任党支部书记，陈琴华担任副书记，协助你工作。临时党支部主要任务是负责管理我们局派出同志的思想政治工作和政治学习。你们只参加业务工作，不参与地方的'文化大革命'。现在全国正处于混乱状态，两派争斗很厉害。我们是正面教育单位，不搞'四大'。所以你们对地方'文化大革命'的事情不要表态。"方处长说着拿出一张纸来给我看。我接过来，看到上面写着要派出的九位同志的名字：孟加拉语有董友忱、黄志坤、周乾南；印地语有陈士樾、陈琴华；乌尔都语有方新兰、杨林；泰米尔语有刘杏根、魏培忠。

方处长接着说："这些同志，大部分你都认识，如果你没有不同的意见，下午请大家来处里开个会，宣布成立临时党支部，再对大家提些要求。”

“方处长，我没有意见，服从组织安排。我尽力做好临时支部的工作，努力做好本语种毛主席著作的翻译工作。”我向处长表了态。

“好。那么下午两点半还是在我办公室开个小会。我叫政治干事通知大家吧。”方处长说，“好了，下午再见。”

方始盛处长是一位老革命。听说他 1938 年就参加革命了。方处长为人厚道朴实，和蔼可亲，从来不发火，也不训人，我十分敬重他。

我走出处长办公室，直接回到我们科里，向孙毅科长和吴宪一指导员做了汇报。他们都支持方处长的决定。

下午两点半，大家准时来到方处长的办公室。方处长传达了党中央要求成立毛主席著作翻译室的指示，讲明了这项工作的意义，接着宣布被派出的同志成立一个临时党支部，指定我为支部书记，陈琴华为副书记，协助我工作。处长还向大家提出了三点希望：第一，希望大家都严格要求自己，努力做好翻译工作；第二，虚心向地方同行学习，搞好团结；第三，遵守组织纪律。方处长最后说：“地方的情况很复杂，很多单位出现了两派，甚至出现了武斗。你们只参加翻译工作，不参与地方的‘文化大革命’。有什么情况随时向支部汇报。董友忱同志在苏联留学期间就担任过列宁格勒大学中国留学生党组织的书记，希望大家支持他的工作。大家有什么想法，可以提出来讨论研究。”

大家纷纷表态，决心做好毛主席著作的翻译工作，绝不辜负首长的期望。

次日，我们就前往位于北京市百万庄的外文事业管理局报到。印地语和泰米尔语的四位同志就分别到图书出版社已有的研究室工作。其他语种翻译组都在北京友谊宾馆内的南工字楼，其中就包括孟加拉语组和乌尔都语组，对外统称毛主席著作翻译室，下设各个语言翻译组。每个语种翻译组占据一个套房。我们孟加拉语组所在的那个套房有三个房间和一个客厅。黄志坤、周乾南和我的驻地在北京远郊区，所以我们三个人就住在宾馆里。孟加拉语组除了我们来自部队的三位同志，还有来自北京广播学院的孟加拉语教师李缘山、刘爱好和她的弟弟刘德成，以及他们学院第一届孟加拉语班的几个学生。我被指定为孟加拉语翻译组的组长，李缘山为副组长。

李缘山是我大学时代的同班同学，他是革命烈士的后代，在列宁格勒大学只学习了三年孟加拉语，因为国内需要，1963 年 7 月我们回国参加学习班后，他就留在国内工作了。刘爱好和她的弟弟刘德成都是从印度归国的华人后代，姐弟俩都懂孟加拉文。1962 年，中印边界发生自卫反击战争之后，姐弟俩被驱赶回到中国，分配在广东一家归国华侨农场劳动。1965 年 10 月她们姐弟被调入北京广播学院，参加孟加拉语教学工作。刘爱好当时是一位青春靓丽的少女，个子不高，一双美丽的大眼睛，楚楚动人。这次，她与我们一同参加毛主席著作孟加拉语的翻译工作。李缘山为人正直，英俊潇洒，聪明伶俐，深得刘爱好喜欢，最后两个人结成了伴侣，生育了一男一女。李缘山和刘爱好是新中国孟加拉语教学的开创者，夫妻俩编写的《孟加拉语教程》（上下两册）和《孟加拉语实用语法》，至今仍然是国内各院校孟加拉语专业的教材。但是很不幸的是，2006 年 10 月 3 日李缘山在一次车祸中身亡。这是后话。

我们首先要翻译的是《毛主席语录》。我们采用的工作方法是，每个人先依据中文版将语录的词条翻译成孟加拉文初稿，然后交给专家修改，再由我和李缘山审稿；如果有改动，再与专家讨论，最后定稿。半年后，孟加拉文版的毛主席语录由外文印刷厂印制出版了。

然后，我们又陆续翻译出版毛泽东的“老三篇”（《为人民服务》《纪念白求恩》《愚公移山》）等著作。除了参加翻译工作，我们还要去外文印刷厂值班，看印刷清样。因为在印刷过程中，印刷机上的铅字可能会损坏，需要及时发现，进行补救。

就这样，我在友谊宾馆的南工字楼毛主席著作翻译室工作了将近一年半的时间。大约是 1969 年的 4 月中旬，方始盛处长打电话来，调我返回部队工作。次日我回到部队。当天下午，召开全处人员大会。会上，方处长宣读上级的命令：任命李德凤为七局三处一科副科长（副营级），任命董友忱为七局三处二科的副指导员（副营级）。我们科的科长孙毅是位 50 多岁的老同志，个子不高，身体有些发福；副科长是潘嘉玢，40 来岁，高高的个子，身材显得有点消瘦，毕业于上海教会学校。二位科长的英文都很好。我们科指导员吴宪一是朝鲜族人，为人坦率耿直，心直口快。我的主要职责是协助吴指导员做思想政治工作。改做思想政治工作，我心里是很不情愿的，但这是党组织的命令，必须服从，所以只好硬着头皮去学习如何做这方面的工作。

第二十九章

一些感悟

我耳闻目睹了“无产阶级文化大革命”的全过程，因此有着深刻的感受和认知。

1985年6月21日至7月5日，我参加了我们单位举办的一次整党学习班。通过十几天的集中学习，我对自己前半生所走过的路进行了严肃认真的回顾和总结。我总觉得，党和人民给予我的太多，而我自己贡献给党和人民的却很少很少。我出生在东北一个偏僻的农村，祖辈和父辈都是给地主当长工的农民。是毛主席和共产党领导的人民军队，解放了我的家乡，从此我才有机会上学读书。随着年龄和文化知识的增长，我对共产党和毛主席的感情也越来越深厚。在党的培养教育下，我进步比较快，1956年12月14日，在读高中一年级时我就光荣地加入了中国共产党。从那时起，我就决心把自己的一生都献给党的事业，把自己的一生都交给党安排；时刻牢记自己是一个共产党员，决不能给我们党的脸上抹黑；真心实意地听毛主席的话，永远跟共产党走。凡是党和毛主席的指示和号召，我都一心一意地去贯彻执行。就是在这样的思想支配下，我经历了1957年的反右派斗争，1958年的人民公社化运动和大炼钢铁运动、“大跃进”，以及1959年的“反右倾”斗争。

我毕业回国后不久，又遇到了“无产阶级文化大革命”。随着“文革”的深入发展，全国开始大乱，到处是红卫兵夺权、搞武斗、打派仗，各级领导干部统统被打倒，否定新中国成立17年来的成就。面对着这种全国混乱的局面，我心里开始有些想不通、不理解，开始萌生疑虑、产生反感，对当时的一些做法开始怀疑起来，但是还没有从理论的高度清楚地认识。

党中央指示，我所在的部队是不准搞“四大”的正面教育单位。我是坚决拥护和积极执行党中央的这一指示的。但是我所在的单位有少数人不理解我们部队的特殊性，也起来造反，搞“四大”。我是不赞成他们的观点和做法的。我向他们做过不少耐心细致的解释工作，但是我并没有把他们视为阶级敌人，也没有同他们势不两立。我认为，他们中的大多数人的错误还是属于认识问题；将犯有这类错误的一些很有才华的同志统统清除出部队的做法，也是不太明智的。我更不同意将他们定为反党反毛主席的反革命分子。最后党组织还是接受了我的建议，没有把他们定为反革命分子，但是当时不少同志认为，我思想右倾，缺乏阶级斗争观念。现在看来，我当时的态度还是正确的。

1978年12月我们党召开的十一届三中全会，是我们党历史上一次具有重大意义的会议。那次会议全面地纠正了“文化大革命”及其以前的“左”倾错误，批评了“两个凡是”的口号，提出必须“完整地、准确地掌握毛泽东思想的科学体系”，停止了“以阶级斗争为纲”的做法，决定把党的工作重心转移到社会主义现代化建设上来，开始恢复我们党的马克思主义思想路线、政治路线和组织路线。

1981年6月十一届六中全会通过了《关于建国以来党的若干历史问题的决议》，指出“‘文化大革命’是一场由领导者错误发动，被反革命集团利用，给党、国家和各族人民带来严重灾难的内乱”。这个结论很简短，但是其内涵却非常丰富。

为什么毛主席要发动这场“无产阶级文化大革命”呢？因为他认为，当时我们国家正处在走社会主义道路还是走修正主义道路的十字路口，中国已经存在一大批反党反社会主义的代表人物。因此，他亲自发动了这场破坏性极大的“文化大革命”。

1969 年 4 月 1 日至 24 日在北京召开的中国共产党第九次全国代表大会，同样是在党的民主集中制原则遭到破坏的情况下召开的一次很不正常的会议，它使“文化大革命”的镇误理论和实践合法化，并且加强了林彪、江青两个集团在中央最高领导层的地位，使我们党的高层内部潜伏着更大的危机，酝酿着更加复杂的尖锐斗争。

随着时间的推移，毛泽东同志逐渐觉察到林彪集团篡党夺权的野心，开始有所警惕。林彪在策划谋害毛泽东同志的野心败露之后走上叛国之路，在仓皇出逃中机毁人亡，这在客观上宣告了“无产阶级文化大革命”理论的破产和实践的失败。

现在，竟然还有人企图为“无产阶级文化大革命”翻案，我真是无法理解。我是“文化大革命”的亲身经历者，深知它给中国人民所造成的伤害。它“使党、国家和人民遭到建国以来最严重的挫折和损失”，给中国文化古迹造成了极大的破坏。

一个政党，哪怕是我们伟大的中国共产党，也不可能不犯错误。但是我们党的伟大之处恰恰在于，犯了错误，自己能够纠正错误。我们党的十一届三中全会作出了正确的决定，重新带领全国人民走上了光明的正确之路。

党的十一届三中全会之后，党中央制定了一系列方针、政策，推进全面的经济改革和对外开放；开始纠正过去在生产关系和上层建筑领域那些搞得过了头的冒进做法，使之适应我国的社会生产力的发展水平和经济基础的现实状况。我国各条战线呈现出一派生机盎然的景象。实践是检验真理的唯一标准，实践是孕育真理之树的肥田沃土。多年的实践证明，党的十一届三中全会以来党的路线、政策是完全正确的，我是衷心拥护的。我深切地认识到，有这样的党中央领导集体为中国这艘社会主义航船掌舵领航，我们就一定能够战胜惊涛骇浪，绕过浅滩暗礁，胜利抵达共产主义的彼岸。

第三十章

家属随军

1972 年春天，国内局势基本趋向于稳定。有一天，我们部队的政委通知我说："现在，部队的一些规章制度慢慢恢复了，你现在已经是正团职了，按照规定你的家属早就可以随军了。你回去把家属和孩子们接到部队里来吧。"

我到部队政治部开了家属随军的证明信。第二天，我就由部队的驻地搭乘部队进城的便车来到北京，买了火车票，当天下午就踏上了回东北老家的火车。次日早晨火车抵达公主岭火车站，我下了火车，又乘坐由公主岭开往怀德镇的长途汽车，一个半小时后到达怀德镇。从怀德镇到我家所在的娄家岗子屯不通汽车，所以我只能步行了。我赶到家的时候大概是下午两点，家里还没有吃晚饭（东北的习惯农忙时吃三顿饭，农闲时吃两顿饭，3 月还是属于农闲时节，一般下午三点钟左右吃晚饭）。

家里人见我突然回来，既高兴又惊奇。通常我回家休假，都会提前写信告诉家里。这一次我来不及提前给家里写信，所以家里人都对我回来感到很突然。

一年前，我们家翻盖了房子，把原来三间土平房翻改建成五间土坯房，房子盖好后我还没有回过家。这一次回到家里，我看到了新建成的五间土坯平房，心里自然很高兴。与三间老房子相比，五间新房子显得宽敞多了。原来我家的老房子是我父辈年轻时建造的，已经 40 年了，每逢雨季，房子就开始漏雨水，不翻盖，就不能继续住人了。

为家里翻盖新房子，我曾经给家里寄回去一笔钱。当时我的工资每月 70 元，积攒一年，才有 500 元。买木材是需要一大笔钱的，我将我积攒两年的 1000 元钱寄给了我大弟弟董悦忱，又向我的战友戚全锡借了 500 元，也寄回去了。这样，建房的钱款基本解决了，我家的新房子也终于建起来了。

吃晚饭的时候,家里十来口人都围坐在炕桌旁。我借此机会告诉大家，经部队首长批准，我的家属可以随军啦，我这次回来，就是接他们随军去北京的。

家里人听了，开始都感到惊奇，孩子们自然很高兴。我母亲说，这是好事啊。我妻子只是睁大眼睛凝视着我，什么话也没有说。我知道她的心情是复杂的：既高兴，又留恋自己付出辛勤劳动而建起来的新房子。

晚上就寝之前，我妻子向我讲述了她为翻盖这所新房子所付出的辛劳和遇到的种种困难，表达自己对新家的眷恋之情。她也舍不得离开与自己相伴 20 多年、待自己像亲女儿一样的婆母。

我向她解释说：“你嫁到我们家里来，已经 20 多年了，不仅为翻盖新房子付出了辛劳，而且为这个家做出了很大的贡献。你为我生育了四个孩子，并且把她们都带大了，又为我伯母和父亲最后送终。所以我心里一直对你怀有深深的感激啊！这么多年来，我们夫妻是聚少离多。现在好了，你随军后，我们夫妻就不会再分居了。大女儿已经 17 岁，马上该读高中二年级；大儿子也该读初中了；小三儿也读小学三年级了，小四儿也已 5 岁，也快上学了。你和孩子们随军后，对孩子们的学习也有很大的好处。因此，你不要再留恋这个家了。从明天起，我们就做准备。

我只请了 15 天的假。做好准备，我们就动身。”我妻子听了我的解释，也开心地笑了。

我妻子的人缘很好，待人厚道，所以村子里不少和她年龄相仿的媳妇都成为她的好朋友。我要接妻子和孩子们去北京的消息很快在村子里传开了。我妻子的女伴儿们纷纷来我家看望她，我们家一下子热闹起来，几乎每天都有客人来，有的送来鸡蛋，有的送来鹅蛋、鸭蛋等等。

三个正在读书的孩子，也分别与他们的老师和同学告别。在 3 月末的一天早晨，我们告别家里的亲人和乡亲们，坐上生产队的一辆马车向怀德镇出发。我家的那只大黄狗一直跟着我们的马车跑着，马车已经离开村子七八里路了，它还跟在车后面跑着。我就请赶车的老板子把车停一下，三个大孩子下了车，对大黄狗说：“大黄，你别再跑了，回家吧。”这时候它才停住脚步，睁着大眼睛，恋恋不舍地望着我的孩子们。我们的车已经走了很远，它还站在那里，望着我们。看起来，狗是通人性的，也是富有感情的动物啊！

大约十点钟，生产队的马车把我们送到怀德镇的汽车站，我谢过赶车的老板子，他就回去了。我把两个木箱子托运，随后我们一家人坐上开往公主岭的长途汽车。一个半小时后就到了公主岭汽车站。我们下了汽车，就直奔火车站。买好火车票，我们一家在车站附近的一家饭馆吃了晚饭。傍晚，我们登上了开往北京的快车，次日中午就到了北京站。然后我带领一家人乘坐部队的班车回到部队驻地。

我们一家住进了部队家属楼里一套三室一厅的大房子。1972 年 4 月 8 日，我到北京市延庆县民政局将我妻子和四个孩子的户口落下，同时在县粮食部门领到了粮食供应本及副食证券等等。大女儿董桂兰和大儿子董桂青都转入延庆县的第二中学读书，她们姐俩都住校，董桂兰读高中二年级，董桂青读初中一年级。小儿子董贵学读小学三年级，就读的小学校就在部队大院东侧的黄柏寺村；小女儿不到6岁，不到上学的年龄，就在大院里和小朋友们一起玩耍。

我的妻子和孩子们名义上是从东北农村老家来到北京，其实我们部队驻地仍然是农村。我们部队大院就位于燕山山脉的脚下，周围都是农田，这里距离延庆县城还有 8 里路，距离北京市区还有 140 多里路。当时的延庆县是北京最贫穷的一个远郊县，这里是沙土地，土地贫瘠，而且雨水稀少，常年干旱，所以附近的农民都比较贫困。

家，算是安顿下来了。可是我妻子很不适应部队的环境，在老家的时候她是个闲不住的人。东北农村老家是黑土地，土质肥沃，播下种子，就有收获。白天除了在生产队干活，早晨和晚上，她还侍弄自己家的园田地，可现在她无事可干。有几个刚随军不久的家属都陆续在院内的服务社上班了。几天之后，她就到部队后勤部管理科，找到李桂林管理员，请他给自己安排点儿事情做。

李管理员问她是否识字，我妻子说，她没念过书，不识字。

李管理员沉思了一会儿，对她说，营区大院里有很多野生的小树，需要修整，太小的树苗，可以砍掉；大一点儿的，就留下来，把枝杈修理一下，让它们长得好一些。问她能不能干这种活儿？

“我能干。”我妻子高兴地回答。

李管理员又对她说，还有两个家属也和我妻子一样，也请她们来一起干这种活儿，就由我妻子负责，领着他们一起干。时间由她灵活掌握，每天干六七个小时就行，最好不要影响做饭。最后他让我妻子下午到他办公室领取一些干活用的工具和手套。

“谢谢老李！我一定会认真地去做。”我妻子很感激地说。

中午吃饭时，她很开心地向我讲述了去后勤部找事儿做的过程。我听了也挺高兴。

我妻子吃苦耐劳，做事踏实，交给她的工作都做得有条有理，按时完成。所以李管理员很满意，后来又让她去负责卖澡堂子门票和卖蜂窝煤。最后管理科的袁必芳科长派她去办公区烧大锅炉，为办公区的工作人员供应饮用开水。

这是一项很辛苦的活儿。每天凌晨三点半钟，她就要进入办公区烧水，一大锅炉水的容量是1000公斤，必须在8点之前将水烧开，供应上班的工作人员饮用。下午两点工作人员上班，在这之前也必须把水烧开。吃过晚饭，她还要去给锅炉上水、压火。家里做饭做菜洗衣服等家务事，也由她来操劳，所以我妻子真的很辛苦。

我妻子工作之后，每个月收入30元，而我每个月工资仍然70元，加起来100元。我们家租住房子的租金是每个月10元；两个大孩子在延庆二中住校吃饭的伙食费是每周每人至少2元5角，两个人每周至少5元，一个月就需要20多元。这样算下来，全家人的吃穿用度都要从剩下的70元里出。所以随军后的最初三四年，我们家的生活还是比较困难的。四个孩子渐渐长大，饭量也增加，油水又少，所以定量供应的粮食不够吃。我们处政委的老伴是位蒙古族人，为人心地善良，极富有同情心，得知我们家粮食不够吃，她就常常送一些粮票给我老伴。

1975年春天，成都军区在雅安举办3个月的孟加拉语培训班，总参三部五局首长派我去授课。3个月后，我回到部队，发现我们家已经不在楼上住了，搬到山坡上的平房里了。

我找到平房的新家。妻子向我解释为什么搬到山上平房里来。她说，第一，住在楼里每个月需要支付房租10元，住平房不用交房租。第二，平房有类似老家那样的火炕和大锅灶，不用烧煤，可以烧柴火。山坡上干树枝很多，可以捡回来，用来烧火做饭，这样就可以省下买煤的钱。第三，房子东边有一大块空地，已经种上蔬菜。在夏秋两季，就不用买菜了。

我知道，营区内的山坡上有一排平房10多间，电工宋师傅一家一直住在那里，他家占住3间，西边的3间是杨清亮科长一家居住，靠近东头的3间原来是丛太仓一家居住，后来老丛一家搬走了，宋师傅的老伴找到我妻子，希望我们一家搬过去居住，与他们家做邻居。我妻子同意，就搬了过来。

我妻子是一位很会过日子的女人，虽然不识字，但是为人精明能干。山上平房的条件肯定不如楼上，楼里有暖气，冬天暖和，平房里则没有装暖气，冬天寒冷。平房里没有厕所，厕所设在外面。这也是不方便之处。我们所住平房的背面还有两间仓房，里面可以存放一些杂物。为了鼓励我妻子，我对她说："你决定搬到山上平房里来住，挺好的。你到山上办公区烧水也近一些。"本来她担心我会埋怨她的，听了我的话，她也就放心了。

1974年暑期，大女儿桂兰高中毕业了。那个年代正值知识青年上山下乡运动。她本来应该上山下乡去，接受贫下中农的再教育，可是体检发现，她的肺不张，怀疑她患上了肺结核，于是就住进309医院进行治疗，出院后她又在家里休息了一个星期。康复之后，恰逢延庆县塑料厂招工，她就被塑料厂录用上班了。

到了1976年，"文化大革命"基本上结束了。次年10月，部队内部招兵，我大儿子董桂青这一年的年底正好高中毕业，于是就给他报了名，结果被录取了，他就当兵走了，前往湖北谷城县境内的新兵训练队学习；一年后，被分配到云南省楚雄的部队工作，1980年被调回北京。此后，我小儿子董贵学高中毕业，参加招工考试，被延庆县三个单位录取了：供电局、延庆监狱和工商银行。我建议他去供电局工作，我儿子同意了，他去了延庆供电局上班。不久，他进入北京供电系统技工学校学习，毕业后一直在北京供电系统工作。小女儿在延庆二中高中毕业后，考取解放军外国语学院波斯语专业，毕业后被分配到部队机关工作。四个孩子都工作之后，我们家才彻底摆脱了贫困。此时我们家才搬出了平房，又搬进了家属楼里居住。

后来，有一个部队内部职工转为国家正式职工的机会，我妻子就转为国家正式职工了。她在部队烧锅炉的岗位上一直干到 1983 年，那年她 50 岁，正式退休。

第三十一章
调入中央党校

1986 年 1 月份我母亲病危，我和妻子急忙赶回老家，但是母亲已经过世。处理完母亲的丧事，春节就到了，于是我们就在老家过了春节。春节过后，我返回北京。途中，我借机去看望我的老同学马贵凡。他前几年已经转业到中共中央党史研究室工作，住在颐和园东门外的中央党校小南院里。老马和他的老伴热情地招待我在他们家吃午饭。饭后老马说："你不是想转业到地方工作么，现在有一个机会。中央党校出版社希望招聘一位俄语好的编辑。你想不想去？"

"想啊。"

于是他带我去见党校出版社社长胡彬同志。马贵凡和胡彬社长很熟悉，他把我的情况简要地向胡社长作了介绍。胡社长又询问了我的家庭及经历，最后说："董友忱同志，我们出版社很需要像你这样的人才，我们马上给蒋南翔校长打报告，请求他批准调你来我们出版社工作。你听信吧。"随后他叫在场的出版社办公室主任李兆鑫同志把我的联系方式和通讯地址记下来。看得出来，胡彬社长是位精明能干的领导者。我告别了胡彬社长和李兆鑫主任，谢过我的老同学马贵凡，就返回我的部队驻地了。

我回到部队一周后，就接到李兆鑫主任写来的信函。他告诉我，蒋南翔校长批准了出版社的申请报告，同意调我去中央党校出版社工作，希望我能在3月15日去党校报到。

次日，我找到局领导孟瑞同志，再次向他提出转业到地方工作的要求。以前我曾经向他提出过转业的要求。这一次他听了我的诉说之后，对我说："局里正在考虑调整各处的领导班子，我们已经研究过，准备让你到一处或七处去当政委。你不能走。"

我向孟局长解释说："我这个人是急性子，不适合做政治工作。更主要的是，我的专业语言是孟加拉语。国家派我去苏联留学，花了很多钱。我学习了五年半，可在部队里用不上，太可惜了。还是让我去搞专业吧。"

孟局长说："你先回去，再认真考虑考虑。我们也再研究一下你的申请。"

过了两天，孟局长打电话，让我去他办公室。我放下电话，就去了局长办公室。孟局长说："我们又研究了一下你的请求，还是希望你留下来，到七处，即谭力生处长那个处去当政委。如果你一定想搞专业，可以同意你的申请，我们只好割爱了，放你走。"

"谢谢局首长挽留我的好意。我还是想搞专业，决心想走。我现在是正团职科长，让我到七处去当政委，就是副师级。如果升了一级后我不走了，同志们就会认为，我要求转业是假的，目的是向领导伸手要官。这样影响不好。我是真心实意想搞专业的。"

孟局长听了后笑了，他觉得我要求转业去搞专业是真诚的，于是就说："既然你已经下定决心要走，我就不再挽留你啦。"

我对局首长的理解和支持表示感谢。

回到一处后，我向我们处长和政委报告了局首长同意我转业的请求。然后回到科里交接工作、处理文件。

3 月 14 日，我正准备第二天去中央党校报到，下午孟局长又打电话通知我说："贾朝群[5]部长知道了你要求转业的消息，打电话来，让你留下来，不要走。杨秋洁政委也不希望你走。"贾部长原来是我们五局的老局长，调到部里当部长已经两年多了，他的爱人杨秋洁当过我们处政委。两位首长对我还是有些了解的，所以他们才打电话来挽留我。

我请孟局长代我谢谢贾部长和杨政委挽留我的好意，但是现在部队用不上我学习的专业，我还是决心去搞专业，还是请首长让我转业。孟局长说："那好吧。我向贾部长报告你的决心。"

3 月 15 日上午，孟局长来到我家，告诉我说："昨天晚上给贾朝群部长打了电话，向他转告了你的话。部长同意让你走啦，但是他感到很惋惜。"

就这样，1986 年 3 月 17 日，我动身前往中央党校报到。中央党校位于北京西北郊，在颐和园的北面，与颐和园为邻，中间只隔着一条马路。我被安置在党校的单身宿舍楼——大白楼的一个房间里住下来。党校出版社在中央党校西配楼的一层办公，我的办公室就在那里。

安置好之后，我去会见我的高中同学赵国良。他也是怀德一中的学生，比我低一个年级，是怀德一中的优秀学生。我毕业后，他曾经担任怀德一中学生会主席，后来考入吉林大学党史系，毕业后就分配在中央党校工作。赵国良在中央党校教务部工作。我找到他的办公室，他一见到我很高兴。我们几十年没有见面了，聊起母校的很多往事。然后他把我带到他们家，见到他的爱人——黄理平老师。两口子很热情，留我在他们家吃了午饭。

---

[5] 贾朝群（1924.4.20—2016.5.16），总参三部部长，正军职中将军衔，生于河南省偃师县贾村。1938 年参加革命，同年 9 月加入中国共产党。1940 年赴延安，进入自然科学院的高中部学习，次年 2 月入军委二局工作，1982 年 8 月至 1990 年 6 月先后任总参三部副部长、部长，1994 年 6 月退休。

我进入出版社工作后，结识了副总编钟碧惠同志。她是四川人，中文专业毕业，文字水平很高，是一位精明干练的女同志。我就是在她的直接领导下工作。我接手的第一项工作，就是审查编辑林莉同志重新翻译的列宁《哲学笔记》。林莉是林伯渠的大女儿，从小在苏联长大，通晓俄语，回国后才开始学习中文，但是她很刻苦，《哲学笔记》的译文质量不错。

不久，我被任命为一个编辑室主任，常汝琪同志为副主任。我们所在的编辑室负责编辑经济学、党史党建、文史方面的书稿。编辑室人员大部分都是年轻同志，最老的是黎炎同志。随后我被选为编辑部党支部书记。

对我来说，来中央党校出版社工作，是提高自己文字能力的一个非常重要的好时机。在此期间，我系统地学习了汉语语法修辞学，以及修改书稿等方面的知识，阅读了不少文学方面的书籍和书稿。我的中文水平有了很大提高，在审查和修改书稿时开始感到得心应手了。

1987 年 10 月下旬我们党召开第十三次全国代表大会。为配合十三大文件的学习，我们出版社决定出一本辅导学习党代会文件的书。当时十三大文件起草班子在玉泉山中央政治局招待所工作，中央党校经济学王珏教授和我们熟悉的王梦奎同志为写作小组成员。我们决定请他们二位撰写这部书稿。10 月中旬的一天，我和常汝琪前往玉泉山会见了王珏和王梦奎，向他们讲述出版社的决定和构想，并拜托他们组织撰稿。

完成了组稿任务，我们心里自然很高兴。常汝琪是位脑子灵活、极聪明的人，他对我说，玉泉山中央招待所是不容易进来的，既然进来了，就应该好好参观一下。我表示同意，于是他带着我参观了招待所的院落。

招待所院落就是静明园，坐落在西侧山坡上，门朝西开，门外建有一个水池，由山泉水汇集而成，池内碧波荡漾，四周古树苍翠。这里原来是历代帝王的行宫，建有庙宇，新中国成立后被改建成招待所。征得警卫的同意后，我们俩去攀登玉泉山上的玉峰塔，也就是南塔（玉泉山有两座高塔，南塔位于招待所院内的南山上，而北塔位于北面的另一座山上）。玉峰塔建于清乾隆年间。相传，乾隆皇帝下江南时在镇江金山寺见到慈寿塔，很是喜欢，于是命人将该塔绘成图，回北京后下旨在玉泉山主峰上建起了这座玉峰塔。塔内供奉着定光佛像，因此也被称为定光塔。玉峰塔是一座八角形的楼阁式砖塔，塔高 47.7 米，全身呈现杏黄色，共 7 层。塔身坐北朝南，每层之间有斗拱，承托着砖雕的塔檐。檐角下悬挂着风铃。塔顶由八条垂脊交汇而成，上面建有葫芦宝珠形尖顶。玉峰塔挺拔的身姿映照在颐和园昆明湖水面上，就成了静明园内的一处风景。我们进入塔内，发现螺旋梯内上下都结有蜘蛛网，看来很久没有人进来过。沿着塔内螺旋形楼梯，一层一层向上攀登，直到最高一层。站在这一层上，向西向北俯瞰，整个西山尽收眼底，枫树着霜，开始变红，苍松翠柏，依然碧绿，茫茫燕山，彤碧相间，美轮美奂，令人陶醉；向东向南俯瞰，整个北京城呈现在眼前，首都实在太美了！

十三大会议一结束，我们出版的那本辅导读物就问世了。这个选题之树结出了政治和经济双果，为出版社带来了丰厚的收益。

1988 年我离开了出版社，被调到中央党校研究所国外社会科学研究室，任该室副主任，主任是徐小英同志，也是一位学习俄语专业的、正直厚道的老大姐。我们研究室当时有俄语、英语、德语、法语、日语、意大利语、孟加拉语、斯瓦希里语等 8 个语种，主要任务是研究国外社会科学方面的动态、成就等等，编辑出版《国外社会科学信息》月刊。

我转业到中央党校之后，在列宁格勒大学东方系的同学王昌宾（斯瓦希里语专业）和在莫斯科大学毕业的吕裕阁（意大利语专业）也转业到中央党校，被分配到研究所国外社会科学研究室，因此我们三位老同学就在一个单位工作，自然很开心。

第三十二章

访问俄罗斯

苏联东欧局势剧变，震动了我的心灵。经历了 70 年之久的世界上第一个社会主义国家苏联突然解体，社会主义阵营大厦忽喇喇崩塌。为什么会出现这种现象？我百思不得其解，决心研究这个问题。于是，我向党校领导提出前往俄罗斯去进行调查研究的请求。我的请求很快被批准了。随后我参加了 1991 年 9 月份在北京外国语学院举办的出访俄罗斯学者俄语培训班。我们这个培训班有 20 多人，都是来自全国各高校和科研单位的学者，其中就有中联部的于洪君，现代国际关系研究院的迮丽珍、邱桂荣，吉林经济干部管理学院的院长王向雷等人。3 个月后，我顺利地通过了俄语考试。我们这个培训班的同学陆续前往俄罗斯的各高等院校去进修。

我于 1992 年 1 月 14 日抵达莫斯科，俄罗斯教育部给我发了派遣单，安排我去的进修学校是顿河岸上的罗斯托夫大学。

到达莫斯科的第二天，我给我的一位在莫斯科工作的朋友比修林教授打电话，告诉他我作为高级访问学者来到了莫斯科，准备去罗斯托夫大学进修 8 个月。比修林教授在俄罗斯国家行政学院执教，于 1990 年跟随俄罗斯学者代表团访问北京时，我会见过他，并且与他成为好朋友。

当时我曾经资助他一些钱，让他在中国购买一些东西。比修林教授在电话里告诉我，让我在下榻的宾馆等着，他马上派车来接我。不到半个小时，他的一位助手开车来到我住处，随后把我接到俄罗斯国家行政学院。

比修林教授见到我非常高兴。我们紧紧地握手、热情拥抱之后，坐下聊了起来。他问我道："董教授，您为什么要去罗斯托夫大学呢？"

我回答说："不是我要去罗斯托夫大学，是你们教育部安排的。"

他说："罗斯托夫大学位于顿河岸边，离莫斯科比较远。您不要去那里，还是留在莫斯科比较好。莫斯科是首都，信息比较灵通，便于搞科学研究。"

"是啊。我也想留在莫斯科。"我无奈地说。

这时候他的助手端来煮好的咖啡，并摆上了饼干。

比修林教授这时候拨通电话，对着话筒说："我的一位中国好朋友——董友忱教授来俄罗斯进修。你们莫斯科大学进修学院能否让他留在你们学院啊？"对方是如何回答的，我不知道。最后只听到比修林教授说："太好了。谢谢您，我的朋友。"比修林放下电话，对我说："好了，董友忱教授！莫斯科大学进修学院院长——我的好朋友同意接收您去他们学院进修。这样，您就可以留在莫斯科了。"

比修林教授告诉我："需要去莫斯科大学进修学院办理一个接收您的文件，然后到你们的大使馆文化处办理一个改换进修学校的手续。"他请他的助手帮我去莫斯科大学进修学院办理。我把护照交给了他的助手，这位年轻人就开车走了。

我们一边喝着咖啡，一边闲聊着。他向我详细地介绍了国家行政学院的情况和近两年来他们国家的变化。当他讲述苏联解体、共产党失去政权以及国内经济形势急剧恶化时，他开始流眼泪了。看到他如此难过，我心里也很不好受。

于是我就问他："为什么会出现这种情况呢？一个具有 70 年历史的

苏联共产党为什么会失去政权呢？为什么苏联人民竟然会心安理得地接受这样的事实呢？”

比修林教授掏出手帕，擦干了眼泪，长叹了一口气，接着讲述了他自己的看法。他的观点概括起来有以下几点：第一，共产党的官员腐败，失去了民心。特别是戈尔巴乔夫提出“公开性”之后，大众媒体、报刊披露了共产党内部许许多多的腐败事件，这就使得共产党失去了人民群众的信任。第二，经济没有搞好，社会经济体制僵化，挫伤了人民群众的劳动积极性，因此生产效率低下，物资供应不足，人们生活水平提高缓慢。而高层官员搞特殊化，建立一套特供体系。老百姓对此不满。第三，美西方帝国主义用他们的价值观来影响年轻一代，腐蚀他们的心灵。而苏联共产党的主要领导人又丧失了警惕性，使得西方“和平演变”阴谋得逞。

就在这时他的助手回来了，取回了莫斯科大学进修学院接收我的文件。我告别了比修林教授并且向他表示衷心的感谢。他让他的助手把我送到中国驻俄罗斯大使馆，继续办理手续。

中国驻俄罗斯大使馆是我很熟悉的地方。我们很快就到了大使馆，见到了文化参赞蒋妙瑞。蒋参赞也算是我的同学。当年我在列宁格勒大学读本科的时候，他曾经在那里进修过两年，我们同住在一个宿舍楼里。我把俄罗斯教育部原来发给我的派遣单和莫斯科大学进修学院的接收信函都交给了他。他看过两个文件后，就给俄罗斯教育部打电话，很快就办好了变更我进修学校的手续。我告别了蒋参赞，离开了大使馆。比修林教授的助手开车把我送回我所住的宾馆。这时候已是下午4点多钟了。我们都没有吃饭，于是我就想找一家好一点儿的饭馆一起吃晚饭。可是我们驱车寻找过一条大街，也没有找到一家餐馆。无奈，只好回到我的住处，我把从国内带来的酱牛肉和方便面送给了帮助我的这位年轻人，并且向他表示感谢。

第二天上午，我叫了一辆出租车，前往莫斯科国立罗蒙诺索夫大学教师进修学院报了到，随后住进了位于列宁山上的莫斯科大学学生宿舍。这里的宿舍是一个人一间，房间不大，但是有独立的卫生间和淋浴设施。

我被分配在莫斯科大学高等教师进修学院的社会政治理论学教研室。首先我认识了教研室主任E.M.阿努弗里耶夫教授和拉伊萨•伊万诺夫娜•卢金科女教授。这个教研室以前是科学共产主义教研室，很多教员以前都是研究科学共产主义的学者，所以他们中的很多人都对我这个来自社会主义国家的学者很热情。

安顿下来之后，我就按照自己的计划开始工作。我的主要工作是找俄罗斯各阶层、各职业的人员交谈，了解他们的真实想法。我找大学里的教授、教师交谈，也找商店里的经理、店员和退休职工交谈，听取他们的意见。

其次，我选听了一些讲座，例如A.P.布腾科教授的讲座《我国当代社会和革命进程的性质》、阿鑫教授的《当今国外的社会学》《政治领导阶层和政治精英》、阿努里耶夫教授的《人权理论》、沃尔科诺夫教授的《独联体的军事问题》，以及有关市场经济问题的讲座等等。此外，我就独联体的政治形势、俄罗斯经济困难、经济改革、发展前景、实施私有化的具体措施等问题，与莫斯科大学、列宁格勒大学的学者、教授、教师进行了深入的交谈。我参加了几次专题讨论课，如对当前政治形势的分析、市场经济机制、当前教授社会学和政治学的任务。我还在俄罗斯科学院社会学研究所做了一次以“中国农村经济改革”为题的报告。

在将近8个月的进修期间，我和两个同学游览了独联体国家的一些城市和历史名胜。我和王向雷先去了顿河岸边的罗斯托夫大学，会见了在那里进修的于洪君。然后我们几个人一起行动，先后游览了索契、加格拉、克拉斯诺达尔、雅尔塔、辛菲罗波尔、基辅、顿河畔罗斯托夫、圣彼得堡。1992 年 2 月份，我们几个同学去了俄罗斯北方的苏兹达里、扎戈尔斯克，那里冬季的皑皑白雪覆盖的大地，给人以纯洁无瑕之感；美丽古老的教堂也给人以圣洁之感。那里是典型的俄罗斯冬季风光，我很喜欢俄罗斯的冬天。

我们本来计划要去格鲁吉亚的首都第比利斯，可是苏联解体后，俄罗斯与格鲁吉亚的关系很紧张，而且那里也不安全，俄罗斯朋友劝我们不要去，于是我们就打消了这个念头，仅去了格鲁吉亚的加格拉。这是一座非常美丽的小镇，距离索契不太远，位于黑海东北岸边。我们乘坐公共汽车从索契来到边界检查站，车上的旅客通通都被要求下车，接受检查。格鲁吉亚边防站的检查人员知道我们是中国学者，就没有让我们下车。这算是对我们的友好表示。到了加格拉，我们几个人就住下来，然后游览了全小镇的自然风光。小镇上的人家住的都是别墅，几乎家家都有汽车，都有果园。看起来，他们都非常富有。这里的气候非常好，属于黑海的亚热带气候。大街上到处都是棕榈树、椰子树。每家果园里都有各种果树。我很喜欢这座格鲁吉亚小镇。我们在这里住了一夜，就返回索契了；从索契去了雅尔塔、辛菲罗波尔、基辅，最后回到了莫斯科。

1992 年 6 月 30 日，莫斯科大学高等教师进修学院社会政治理论教研室召开第 15 次会议，会上我作了几个月来的进修情况汇报。会议肯定了我的汇报并认为可以给我颁发结业证书。1992 年 7 月 15 日，教研室主任阿努弗里耶夫教授签署了会议纪要。7 月 30 日，莫斯科大学高等教师进修学院院长 F.M 沃尔科夫教授签发了我的结业证书。

回国之前，我在莫斯科最好的一家餐厅宴请我的俄罗斯朋友们。除了莫斯科大学的几位教授和比修林教授，还有在莫斯科大学进修的远东符拉迪沃斯托克（海参崴）大学的一位女副教授，姓氏名字我不记得了。

将近 8 个月的俄罗斯调查访问，我搞清楚了为什么俄罗斯广大人民群众这样心安理得地接受苏联解体的事实。总的说来，就是苏联共产党失掉了民心。俗话说，得民心者，得天下，确实如此。这是最主要的内因，也是第一个原因。十月革命后的第二代领导人开始走上了腐败之路，当官做老爷，搞特殊化，贪污腐败，追求享乐，失去了继续奋斗的革命精神，因此脱离了广大人民群众，失去了民心所向。第二，经济体制僵化，扼杀了劳动者的积极性，因此经济发展滞后，人民生活水平提高不快。第三，外部原因，即美国等西方帝国主义国家用所谓的自由世界价值观，腐蚀年轻一代的思想，使他们接受私有化观念，接着通过金融手段搞垮了苏联经济。

第三十三章

做教学工作

1990年9月的一天上午，中央党校副校长邢贲思找我谈话。他说：“中央党校校委会研究决定，派你到外语教研室去担任室主任。我想听听你的意见。”

邢副校长找我谈话，已经使我感到很突然了，听他这么一说，我就更感到突然。于是我对邢副校长说：“邢副校长，您知道，我一直把外语作为工具，从事研究翻译工作。我没有做过教学工作，没有教学方面的经验呀。派我去不合适吧。外语教研室主任人选，可以从外语教研室老师中遴选呀。”

邢副校长解释说：“现在从外语教研室里找不出合适的人选。外语教研室的两个副主任，根据上级的要求，不适合担任教研室主任。所以，校委会才考虑派你去。你曾经在苏联留学五年多，我知道你的俄语水平很好。没有教学经验，你可以在实践中学习嘛。”

“邢副校长，如果您是征求我的意见，我是不想去。在目前这种情况下，我去担任外语教研室主任，就好比把我放置在热锅上烤，会使我很难过，我不好开展工作呀。如果校领导已经决定了，我作为一个老党员，只好服从组织安排。”

“好！我就等你最后这句话呢。明天我陪你到外语教研室去报到。”邢副校长说。

第二天下午，中央党校外语教研室召开了全体教员会议。邢副校长在会上宣布了校委的决定，任命我为外语教研室主任，郑伊倩、曲毓琦继续担任副主任。我在会上表态说：“我从来没有做过教学工作，我是从内心不愿意来当这个主任的，但是我是党员，应该服从组织分配，所以就硬着头皮来了。希望各位老师帮助我。让我们一起完成好教学任务。”当时的外语教研室有五个语种：英语、俄语、日语、德语和法语，共有教员二十多人。教研室的主要任务是担负研究生部的硕士生和博士生的外语教学任务，以及外事翻译任务。

我就任外语教研室主任不久，中央党校机关党委办公室主任打电话来，叫我去他办公室去。我到了他的办公室，他请我坐下来，然后对我说：“在1989 年的事件中，你们教研室的两位副主任郑伊倩、曲毓琦带头给党中央写信，这是一个政治性的错误，我们觉得应该给予他们二人警告处分。你是外语教研室党支部书记，请你召开支部大会讨论给予他们二人的处分问题。我今天请你来，就是跟你商量开会的事。”

“我讲一讲我的意见。我不同意给予郑伊倩、曲毓琦同志任何处分。我们的党章规定，党员有权利向党中央反映自己的意见。他们给党中央写信，不能认为是错误，这是他们作为党员应该享有的权利。”

他听了我的讲述，很生气，于是他高声说道：“董友忱同志，你要听好！上级的文件明确指示，在当时的情况下给中央写信，就是错误的。给他们警告处分是应该的。”

我也很生气，于是我就说道：“上面的文件如果违背党章，我们就应该抵制。你不要盲目地执行。我个人坚决反对给郑伊倩、曲毓琦任何处分。你要我主持召开支部大会，我可以召集。请你来参加吧。”说完，我就愤愤地离开他的办公室。

过了两周，他也没有再找我。后来我听说，机关党委讨论了我的意见，大多数同志认为我的意见是正确的。这件事情就算过去了。

1991 年年初的一天，语文教研室主任刘景禄老师打电话，请我到他家里去，说有事商量。当时党校的住房很紧张，他家住在 72 号楼二层一套有 80 来平方米的房子里。刘老师是吉林省人，老伴儿李惠兰老师也是吉林省人，都算是我的老乡。我喜欢听刘老师讲古论今，他具有渊博的文史知识，有些中国古典文学作品，比如《红楼梦》中的诗词，他都能十分熟练地背诵出来。我翻译时遇到中国古典文学中的典故，常常请教刘老师，他每次都耐心解答，所以我把他看作是我的师长，很尊敬他。在中央党校，他是我的挚友，我有什么心里话，都很愿意跟他讲。刘老师原来是吉林省革命委员会副主任兼省委宣传部部长宋振庭同志的秘书。党校复校后，宋振庭被调到中央党校，担任教育长，也把他调来中央党校。宋振庭本想让他担任党校办公厅主任，刘老师不愿意搞行政，他想做他喜欢的工作——搞文学研究，所以党校人事部门就让他到语文教研室当主任。

我来到刘老师的家里，李惠兰老师给我们俩沏了两杯绿茶。刘老师请我坐下，接着就解释说："友忱，最近党校领导找我谈了一次话，让我来负责组建文史教研部。党校领导的意思，就是把语文教研室、历史教研室、外语教研室、体育教研室、资料室合在一起，成立文史教研部。当然，除了文史教研部外，还要成立哲学、党史、党建、经济学、科学社会主义等教研部。这样，便于各位副校长管理教学。以前都是几个副校长直接分管各个教研室，但教研室太多，管理起来感到有些力不从心。教研部设主任一人，副主任二人，外加党总支书记，组成教研部领导班子。还要设一位学术秘书。学校让我来担任主任，我想请你和孙乃沅做副主任，请蔡晓云担任党总支书记兼学术秘书。你看这样安排行不行？我想听听你的意见。”

听了刘老师的讲述，我觉得他已经考虑得很周到了，于是我就对他说：“刘老师，我没有意见。我会协助你做好文史部工作。”

1991 年春季开学不久的 5 月下旬，各教研部的成立大会召开。这一次是采用聘任制，是以中共中央党校校务委员会的名义给各教研部主任、副主任颁发聘书。而以前各个教研室主任副主任都是采取任命制。这一次发给我两个聘书：一个是 1991 年 3 月 22 日签发的聘书，聘请我担任文史教研部副主任，另一个是同年 4 月 24 日签发的聘书，聘请我兼任文史教研部外语教研室主任。不久，文史教研部召开全体党员大会，选举出总支委员会，蔡晓云当选文史教研部党总支书记。

文史教研部的领导班子成立之后，我们四位同志达成了一个共识，将来评选先进模范之类的荣誉，我们四个人都不要，把这一类荣誉都让给我们各教研室的同志。我们班子非常团结和谐。在这个集体中工作，我感到心情很愉快。刘景禄老师是我们班长，他带领大家一心搞科研，硕果累累，令我们十分钦佩。他常说，我们应该鼓励我们文史教研部的同志们努力搞学术研究，讲好课，多出书，出好书。

蔡晓云同志在这方面也成为大家的表率。她是研究香港和台湾文学方面的专家，著作颇丰。我记得，有一年在评职称的时候，我们部里申请评教授的人数比较多，而学校给我们文史教研部的名额又比较少，在这种情况下，蔡晓云就不申报。次年，还是这种情况，她还是不申报。

于是刘景禄就向汪家镠[6]常务副校长报告了这一情况。不久，校务委员会研究决定给文史部增加一个“戴帽”的教授名额，这个名额指定给蔡晓云。就这样，在她不申请的情况下，给她评上了教授职称。蔡晓云同志是一位人品高尚、性格温柔的好同志。她作为党总支书记，总是把好事让给别人，从不争名逐利。因此她赢得了大家的尊敬。

我的主要教学工作是教授俄语课，对象是在中央党校研究生部（后来改为研究生院）攻读硕士和博士学位的研究生。因为国家规定，研究生必须通过一门外语的国家考试，才能够进行答辩程序。中央党校的研究生大部分都是学习英语的，所以外语教研室的大部分教师是教授英语的；但是也有少数人是学习俄语、日语、德语和法语的。

我们这个班子坚持工作 6 年多，到 1997 年 3 月底任期结束。

从 1986 年 3 月调入中央党校，到 1997 年 12 月 31 日退休，我在中央党校工作了 11 年多。这期间我经历了主持党校工作的三任主要领导人。汪家镠任常务副校长的那几年，教学、科研、后勤、干部培训等各方面的工作都取得了很大的成绩。汪家镠同志是教育家，懂教育，作风民主，平易近人，善于听取下属的意见，更善于集中正确的意见。因此，校委班子很团结，分管教学、科研、后勤的各位副校长各负其责。特别值得称道的是，这个时期解决了长期未能解决的党校教职员工的住房问题，建起了大有北里小区。主管党校后勤工作的刘胜玉副校长，主抓基建工作，

[6] 汪家镠（1929.3—），女，浙江省平湖市人，1946 年 1 月在上海市南屏女子中学加入中国共产党，同年 9 月考入国立北京大学农学院农业化学系，1947 年 9 月转入北京大学文学院教育学系学习，并担任中共北京大学地下党文学院支部书记、总支委员。1950 年担任中国共产主义青年团北京市委员会大学部部长。1988 年 9 月担任中共北京市委副书记兼市委高校工作委员会书记、教育工作委员会书记。1991 年 1 月任中共北京市委副书记兼北京大学党委书记。1994 年 7 月出任中央党校常务副校长。

认真负责。他亲自检查施工所需要的钢材、水泥的标号，查看施工的质量。至今党校的教职工每当谈起汪家镠和刘胜玉，都很怀念他们，心里充满感激之情。

我所经历的一件事给我留下了深刻的印象：1997 年 7 月，一位来自东北的俄语专业女硕士毕业生尹永波到党校来求职。我接待了她，并且对其进行了仔细而全面的考核，我得出的结论是，她是我来党校 10 多年所接触过来党校求职的所有俄语专业毕业生中最优秀的一位。可是党校领导分配给我们文史教研部的两个进人名额都已经用完了。我向刘景禄主任做了汇报，他听了之后也觉得应该把这位求职者招收进来，于是我请他去找汪家镠副校长，再争取一个进人的名额。我只是文史教研部副主任，向校领导反映情况通常都应该是文史部主任刘景禄老师的任务。可是刘老师却认为，还是我直接找汪家镠副校长比较好，因为我了解情况，说得更清楚。于是我来到汪家镠副校长的办公室，向她做了详细汇报。我最后说："今年我就该退休了。如果我们党校把她招进来。她不但可以胜任俄语教学工作，而且可以胜任俄语的外事翻译工作。" 汪家镠同志听了后对我说："董老师，你是俄语专家，我相信你。我给你们文史部再加一个名额，把这个孩子招进来吧。"这是我第一次向汪家镠副校长汇报情况。她那样认真地听取我的讲述，最后同意我提出的建议，并且立即答复我。我感到汪家镠副校长很亲切，她不像是我的领导，倒像是一位和蔼的大姐。

第三十四章

出访叙利亚

1997年2月19日邓小平逝世。叙利亚高等政治学院院长马吉德前往中国驻叙利亚大使馆吊唁。当时他对我国驻叙利亚大使吴珉珉[7]说，根据叙利亚高等政治学院与中央党校签订的合作议定书，叙利亚高等政治学院欢迎中央党校代表团在今年5—6月份访问叙利亚。中国驻叙利亚大使馆于1997年2月26日用密码电报将马吉德院长的口信通告了中央党校。接到中国驻叙利亚大使馆的电报后，中央党校组成了一个访问叙利亚代表团。代表团由五人组成：中央党校校委委员、机关党委书记张志新同志担任团长，团员有哲学教研部主任许全兴教授、文史教研部副主任董友忱教授、教务部副主任李援朝教授和中共中央对外联络部的翻译焦志鑫同志。

1997年12月22日下午，我们代表团从北京首都机场出发，搭乘飞往莫斯科的航班，经过14个小时飞行，于12月23日早晨飞抵莫斯科。

---

[7] 吴珉珉，女，1938年生，浙江温州人。1957年考入上海外语学院英语系，1959—1963年被派往伊拉克巴格达大学学习阿拉伯语言文学，毕业后回国在外交部工作，曾任外交部亚洲司副司长、司长，曾在中国驻越南、巴基斯坦大使馆任职。1995年12月—1999年11月任中国驻叙利亚大使。

中国驻俄罗斯大使馆派车把我们接到大使馆招待所。放下行李后，我们参观了莫斯科的红场、列宁墓、胜利广场等地；下午我们搭乘飞往大马士革的航班，前往叙利亚。经过 4 个多小时后，我们抵达大马士革机场。接待单位派车把我们接到宾馆住下来，然后我们游览了大马士革市区。

大马士革是叙利亚的首都，是一座美丽的城市。12 月份大街上仍然绿树成荫，椰子树、棕榈树随处可见。难怪阿拉伯古书上写道：

人间若有天堂，大马士革必在其中。

天堂若在空中，大马士革与之齐名。

叙利亚全称为阿拉伯叙利亚共和国（The Syrian Arab Republic），位于亚洲西部，地中海东岸，北面与土耳其接壤，东部同伊拉克交界，南面与约旦毗连，西南与黎巴嫩和巴勒斯坦为邻，西面濒临地中海，与塞浦路斯隔海相望。它是世界古老文明的发源地之一，经历过罗马帝国、阿拉伯帝国和奥斯曼帝国等大国的统治。第一次世界大战之后，由法国委任统治，1944 年独立，1963 年起由阿萨德家族领导的阿拉伯复兴社会党执政。全国总面积为 185180 平方公里，人口总数为 2200 多万，其中阿拉伯人占 80% 以上。沿海和北部地区属亚热带地中海气候，南部地区属热带沙漠气候。叙利亚地处世界石油天然气最丰富的中东中心位置，经济来源主要是农业、石油、加工业和旅游业。但是，叙利亚石油正面临枯竭的境况，人口增长过快，失业率在逐步增高。

阿拉伯复兴社会党对我们这一次访问非常重视，副总书记艾哈迈尔和教育部部长萨莉赫（女）分别会见了我们代表团。叙利亚各大报纸都在头条显著位置比较详细地报道了这次会见，并且配发了照片；叙利亚电视台也于当天发布了电视新闻。

我们代表团还访问了拉塔基亚省和库奈特拉省，受到了两省省委书记及其他领导人的热情接待。

根据接待方的安排，我们代表团游览了拉塔基亚市容，拜谒了阿萨德总统的长子巴塞勒的陵墓，献了花圈，并且在留言簿上题了词。巴塞勒•阿萨德本来是他父亲内定的接班人，据说是位很有才华的年轻人，深得他父亲的喜爱；他会使用各种武器，会开汽车、坦克和飞机。可是很不幸，巴塞勒于 1994 年在一次车祸中死去。为此哈菲兹•阿萨德总统十分伤心，为他举行了隆重的葬礼，修建了豪华的陵墓，并且派士兵为其守灵。凡是友好国家的代表团来访问叙利亚，接待方都安排来访代表团拜谒巴塞勒的陵墓。

我们代表团还考察了戈兰高地，参观了大马士革旧城、布斯拉市的古城堡、倭马亚清真寺和叙利亚国家博物馆，与大马士革市委干部训练局局长弗泽久里就干部培训问题进行了交谈。

拉塔基亚是叙利亚西北部的一个省。拉塔基亚市是其省会，是一座美丽的城市，位于纳哈尔•耶尔•科比尔河的冲积平原上，市区人口约 21 万多。阿拉伯复兴社会党拉塔基亚省省委书记热情地接待了我们，请我们参观他自己的一个很大的果园。12月末这里很温和，果园里郁郁葱葱，满眼碧绿，柚子树、橘子树上挂满了黄澄澄的成熟果实，省委书记请我们随意采摘品尝。

作为东道主的叙利亚高等政治学院，对我们这次访问做了周密的安排。该院院长马吉德、书记贺萨姆赫以及有关领导会见了代表团。我们与该院系主任、教师进行了长时间的座谈和交流。马吉德院长亲自陪同代表团访问拉塔基亚市，并拜谒巴塞勒陵墓。他还两次设宴招待我们代表团，并且同我们进行长时间的友好会谈。学院外事处主任萨阿德拉全程陪同、精心照顾代表团，使得我们这次访问进行得顺利而圆满。

通过与阿拉伯复兴社会党的中央、省市领导以及工作人员的广泛接触和交谈，我们初步了解了阿拉伯复兴社会党和叙利亚国家的发展情况。总的感觉是，他们党的组织严密，在社会生活中发挥着极为重要的作用；社团组织比较健全、广泛，宗教政策比较开明，因此不同宗教信仰的干部、群众都能够和平相处，共同建设家园。特别是 1970 年以来，在哈菲兹•阿萨德总统的领导下，叙利亚社会经济得到比较快的发展。

叙利亚人民对中国是友好的，他们比较普遍地认识到中国的改革开放取得了巨大的成就，并且对中国寄予厚望。

我们代表团在访问叙利亚期间，得到了中国驻叙利亚大使馆的亲切周到的关怀，从会谈内容到生活琐事，大使馆都做了细致的安排，吴珉珉大使和武春华[8]参赞陪同代表团参加了几次重要的会见，并且派一秘周云霞全程陪同我们活动。吴珉珉大使在她的官邸会见了我们代表团。负责接待我们的大使馆一秘周云霞还在她自己的家里为我们代表团准备了一桌丰盛的中式美餐。她是北京大学东语系阿拉伯语专业的毕业生，待人十分热情。我们一边聚餐，一边闲聊。当我谈到平易近人的吴珉珉大使时，周云霞插话介绍了这位女大使，由此我们才得知，她是两年前来叙利亚就任大使的，是新中国第一位女大使，她的丈夫王昌义[9]现在是

[8] 武春华，男，1955 年 10 月生，安徽省人，大学毕业。1978—1984 年为中国驻伊拉克共和国大使馆职员、随员，1984—1987 年任外交部亚非司随员、三秘，后任我驻阿拉伯埃及共和国大使馆三秘，驻突尼斯共和国大使馆三秘、二秘；外交部亚非司二秘、副处长、处长；1996—1998 年驻阿拉伯叙利亚共和国大使馆参赞，后任外交部亚非司副司长，外交部亚非司司长；驻沙特阿拉伯王国大使，驻埃及大使兼驻阿拉伯国家联盟全权代表。

[9] 王昌义，1936 年出生于江苏扬州。1960 年在外交学院毕业后，进入外交部，先后在西亚非洲司、新闻司和驻外使馆工作，1982 年任新闻司副司长，1983 年至 1989 年先后任中国驻吉布提和驻叙利亚大使，1989—1993 年任西亚北非司司长，1993—1995 年任外交部部长助理，1995—2000 年任中国驻以色列大使。

中国驻以色列大使。他们夫妻俩几乎同时被任命为驻外国大使，真可谓是一对伉俪大使。吴珉珉早年被国家派往伊拉克巴格达大学留学，达4年之久，1963年秋毕业回国，不久被分配到外交部工作。1995年2月15日，她被任命为中国驻叙利亚大使。

经过短短一周的访问，叙利亚这个中东阿拉伯国家给我留下了美好的印象。跨入垂暮之年，每当我看到电视上播报叙利亚被战争破坏得满目疮痍，人们流离失所之际，就感到很痛心。

结束了对叙利亚的访问，我们代表团于12月30日直接飞往法国巴黎，在那里度过了1998年的元旦。我们游览了巴黎的主要大街，参加了巴黎市民在那条大街上举行的午夜狂欢节，参观了凡尔赛宫，看到了周恩来过去留学时住过的楼房上镶嵌的纪念牌，攀登上了埃菲尔铁塔。巴黎给我的印象不错，大街上很安静，街道整洁。可惜我们在巴黎停留的时间很短，只能走马观花地观看了一下市容。

1998年1月3日夜里，我们乘坐巴黎飞往北京的航班，经过14小时的漫长飞行，4日上午抵达北京首都机场，顺利地结束了这次出国访问之旅。

第三十五章
参加函授工作

回到学校，我看到了中央党校校委会关于我退休的文件，退休的日期为 1997 年 12 月 31 日，而且得知，文史部的行政干事杜秀兰同志给我办理了返聘手续。杜秀兰是好意，但是我不愿意被返聘。我认为本单位的领导者退休后还继续留在原单位工作，不利于新领导班子放手工作。另外，我还想退休后集中精力搞自己的专业——研究翻译孟加拉语文学，特别想研究印度伟大的孟加拉语诗人泰戈尔。于是我就到组织局，向领导表达了我的这一想法，局领导很赞成我的意见。

过了几天，中央党校函授学院的孙钱章院长给我打电话，请我去函授学院，帮助他们做些提高教学质量的工作，我同意了。

一开始我被分配在由王敏生为负责人的函授培训办公室，负责中央党校函授系统管理干部和教师的培训工作。

我们举办的第一个培训班，是在甘肃省委党校的所在地兰州，主要培训西北片党校函授系统辅导站站长。甘肃省委党校是 1953 年建立的一座老党校，所占面积 500 多亩，坐落在兰州市西北部的黄河岸边。甘肃省委党校很重视函授教育，党校函授学院院长石华翼同志朴实厚道、办事认真，所以全省的函授教育办得很出色。

1998 年 3 月 28 日上午，我们乘坐火车前往兰州，次日下午两点多我们一行来到甘肃省委党校。4 月 1 日上午 8 点半在省委党校学习楼第二层大会议室举行辅导站站长培训班的开班典礼。中央党校函授学院副院长刘立群主持开班典礼，中央党校函授学院院长孙钱章、省委党校校长王文学和副校长牛治军分别讲话。

4 月 2 日孙钱章讲授第一课，系统全面地讲述了中央党校函授教育创办发展的历史过程。孙钱章说，为什么中央领导如此关心重视？因为函授教育规模大，面又宽。如果搞不好，影响就会很坏；搞好了，对提高人才素质是一条很好的途径。常务副校长汪家镠指出，教育的关键是质量，刘海藩、苏星等校领导也都很重视、关心这一块，都强调教育质量。接着，孙院长讲了党校函授的组织、机构、规模、制度以及未来的发展等等。

4 月 2 日下午，高金海教授讲了第二课：党校函授教育的特点和规律。4 月 3 日下午，石华翼讲了第三课：怎么样当好辅导站站长、做好辅导站工作。5 日上午培训班结业。

6 日我们前往白银市，首先到了白银有色金属公司党校分院指导函授教育工作；午后，我们参观黄河岸边的工人疗养院；晚下榻公司的招待所休息。

7 日我们前往白银市委党校，召开座谈会。午后去会宁县城。县委书记陪同我们参观三大主力红军在会宁县会师的纪念塔和纪念馆。当晚就住在县委招待所。县委书记很抱歉地说，各位老师今晚喝不上水了，原因是他们县缺少饮用水。这里大部分地区打不出水来，能打出水来的井水也是苦涩的，不能饮用。老百姓每家都修造两个水窖，收集雨水入窖储存，一个水窖里的水供牲畜饮用，另一个水窖里的水供人饮用。

4 月 8 日返回兰州。晚饭后站在兰州的南山上俯瞰兰州夜景，真是美轮美奂，辉煌壮观！

此后，我们考察了兰州军区函授点、天水市委党校、武威市委党校、张掖市委党校、酒泉市委党校。

我们在张掖地区的高台县烈士陵园凭吊革命先烈，聆听了红军第五军董振堂[10]军长和数千红军战士被马鸿逵的马家军残杀的悲壮故事。马家军还把董振堂的人头砍下来，挂在高台县城门上示众。听到这悲壮的事件，我流泪了，内心深处被触动了！我们永远都不应该忘记那些为中国革命事业抛头颅、洒热血的先烈们。

酒泉是甘肃省一个地级市。我们评估组也前往这座城市考察，市委党校的同志陪同我们。酒泉城内街道两旁有很多高大的柳树，向导告诉我们，这是左宗棠率军西征平叛的时候一路让士兵栽下的柳树，如今被当地人称为“左公柳”。这些古柳昭示着爱国将领左宗棠的功绩，也是对他的最好纪念。

中华民族是知道感恩的民族。对祖国统一作出贡献的人，我们的后人是不会忘记的。

我们继续西行，来到了嘉峪关——这是万里长城最西边的一个关隘。古代关隘的城堡依然威严屹立。登上古城堡，俯瞰四周，边关大漠尽收眼底，我们不得不惊叹我国古代劳动人民的建筑智慧。

4月9日晚上9点40分我们乘火车去宁夏，次日早晨8点多抵达银川，

---

[10] 董振堂（1895—1937），出生于河北省新河县一个农民家庭，1923年毕业于保定陆军军官学校，后与赵博生一起在江西宁都率部起义，参加工农红军。他率领的红五军团在长征途中担任后卫，多次完成阻击国民党军队的任务，为保障中央红军主力北上立下了赫赫战功。1935年6月第一、四方面军会师后第五军团改称第五军，他任军长。1936年10月所属部队编入西路军，渡黄河西征。1937年1月董振堂率领的红五军一举攻占了甘肃高台县城。敌军马步芳等部约2万余人包围了高台，经过7天激战，因敌众我寡，至20日高台失陷，董振堂等红军将士全部壮烈牺牲。

住进贺兰山宾馆。下午在宁夏区委党校召开座谈会。4 月 10 日参观镇北堡的影视城、华西村展览馆、西夏陵墓。下午召开教师座谈会，参观沙湖。

4 月 10 日晚上前往内蒙古。4 月 11 日赴青铜峡市委党校考察，4 月 13 日在内蒙古区委党校函授学院二层会议室召开座谈会。4 月 14 日，我们一行人在于得水副校长和自治区党校函授学院领导王惠云、孙杰的陪同下，前往呼和浩特市委党校参加座谈会。该校张志茹教育长介绍了该校自 1989 年以来的办学情况和一些经验体会以及建议。

4 月 16 日，我们返回北京。4 月 20 日，王敏生主持召开培训办公室全体人员会议，研究下一步工作，并且作了三项决定：一、在 4 月底制订出一个函授培训计划；二、培训室划分两个组：一个组负责筹划函授管理人员的培训，由王梅顺同志负责，另一个组负责筹划函授教师培训工作，由我负责；三、争取当年办几个培训班，搞一个具体计划出来，最好上半年办一个师资培训班。

1998 年 5 月 21 日至 28 日，在湖南长沙市委党校举办教师培训班。我们一行人于 20 日下午 1 点半抵达长沙。5 月 22 日上午，培训班在长沙市委党校 3 号楼五层会议室开幕。中共中央党校函授学院培训部主任王炳主持开幕式，长沙市委宣传部长、省委党校常务副校长、市委党校副校长分别讲话。这次培训班主要是培训法学方面的教师。22 日下午和 23 日上午由陈兴良老师讲解《刑法总论》，23 日晚上答疑。5 月 24 日安排周锡荣教授专题讲座。他首先讲述了 1998 年党中央要做的几件大事，接着讲述了在学习邓小平理论过程中的几个认识问题。下午侯国云教授讲授刑法问题。25 日晚上召开培训工作座谈会。26 日上午组织示范教学，由杨世强主讲“犯罪和犯罪构成要件”。28 日在湖南省委党校召开关于函授培训工作的座谈会。

7 月 16 日至 21 日，我们在吉林省委党校举办了中央党校函授学院东北片管理干部培训班。王敏生主持开班仪式，吉林省委党校常务副校长孙占国致欢迎词，刘立群副院长讲话。接下来，由刘立群副院长和高金海教授分别讲两课，系统全面地讲述了党校函授教育的性质、特点、体系。7 月 20 日上午组织了大会发言：沈阳学区的刘莉莎、辽河油田函授部主任王秀华、长春市委党校函授部主任李晓华、吉林市学区的蒋彩霞、大庆市学区的王勇奇、农垦 93 学区的金凤鸣分别介绍了各自的办学经验。21 日上午王瑞璞教授作了专题报告《全面准确地把握邓小平理论》，受到大家的好评。

8 月 22 日至 9 月 2 日，我们又在内蒙古自治区委党校举办了北方数省函授教师的培训班。我们聘请了中央党校资深教授刘景禄、周锡荣，北京师范大学教授周之良等学者来给培训班讲专题课，还请来了国家统计局的专家郭辉明来讲授《社会经济统计学原理》的课程。

8 月 25 日上午刘景禄教授讲了一堂专题课“关于提高教师文化素质的问题”。刘景禄老师是学贯中西的大学问家，精通中国的文学、历史，而且熟悉西方文化，所以他的讲授很精辟，信息量大，涵盖了中西文化的精华。刘老师旁征博引，论述精辟。他指出，21 世纪是知识竞争的世纪。说到“竞争”，其实就是知识和人才的竞争。作为教师，就要不断提高自己的文化素养。一个人的文化素质，大体上包括三个方面：第一是观察能力，就是捕捉事物特征的能力；第二是记忆力，这是人的资质、天赋；第三是思维能力，就是一个人的敏捷度，想象力，对信息的加工能力。要提高自己的文化素质，就要不断地学习，拓宽自己的知识领域，开拓思维空间，因此就要读书。读书极其重要，要培养自己的读书兴趣，兴趣是最好的老师。要读历史、哲学、文学方面的书籍。读书要细嚼慢咽，不要囫囵吞枣，更不要浅尝辄止。因为只有牢记的东西，才能被更深刻地理解。听刘景禄老师讲课，就是一种精神享受。

1999年，我被调到中央党校函授学院视导室，参加教育质量评估工作。我们这个视导室由7个人组成，张继臣负总责，陈世豪为室主任，成员有孙大勋、王德夫、董友忱、常忠书（解放军防化学院原政委）和王香普（军事科学院院务部原部长）。视导室主要负责教育评估工作，就是去各个省委党校，检查评估他们的函授教学质量。

在将近一年的时间内，我先后参加了湖北省委党校、安徽省委党校、陕西省委党校、广东省委党校、青海省委党校、宁夏区委党校的评估工作，深入地了解上述几个省区开展函授教育的情况。总体看来，这几个省区都很重视干部的培训教育，函授教育也抓得很紧，成效显著。

5月我们首先前往湖北省委党校，除了考察武汉市的函授教育，我们还考察了省内的孝感、随州、丹江口、十堰、神农架区、宜昌等市区的函授教育情况。

一天清晨，我登上了丹江口水库大坝，辽阔壮观的水库全景，真是美不胜收！清冽的湖水，波光粼粼。当时我一边望着这片碧波荡漾的水，一边在想，如果全国的所有水库、江河的水质都能像丹江口水库这样洁净清澈，那该有多好啊！可惜，很多大江大湖都被污染得很严重，国家必须解决这个问题。如今，丹江口水库已成为南水北调的起始地。我们北京也喝上了这一泓清水。

然后，我们评估组考察鄂西神农架地区的县委党校，游览了武当山——中国道教的高山建筑群。宏伟壮丽的武当山有其独特的神奇之美，游历过后才觉得，祖国的大好河山竟然如此地壮美！

傍晚，我看到那里的茶农在用最原始的方法炒制茶叶：三块石头支撑起一口大铁锅，锅底下燃着木炭火，老汉用手不停地翻动着嫩绿的新茶，看上去简直就像一幅风俗画。

7月，我们评估组赴广州省委党校及其下属的深圳市委党校和惠州市委党校进行考察。11 月，我们去了陕西省委党校。

9 月我们评估组赴安徽省委党校，除了考察合肥之外，还考察了蚌埠、蒙城、亳州、安庆、马鞍山、铜陵等地市党校；参观了徽州古建筑民宅以及严凤英[11]纪念馆，了解了这位全国闻名的女艺术家之成就和她所遭受的不幸。

整个安徽省从南到北，跨越三个不同的自然气候带：南部长江沿岸地区属于亚热带地区，可称之为“江南水乡”，雨水充沛，河湖沟渠众多；北部的宿州、亳州、淮北、蚌埠属于干旱的温带，呈现出干燥的温带自然景观，全年降水少，常常干旱；合肥、六安、滁州中部一带，介于南北两者之间，属于比较温和而湿润的温带。三个不同的地带呈现出截然不同的自然生态景观。

黄山，此前我曾经游览过两次，这一次是我第三次来游览黄山。第一次是 1984 年，即在杭州参加印度文学研讨会之后，我和北京大学金鼎汉教授一起游览黄山。那一次是步行进山，在山里住了两夜，第三天才走出黄山。这一次我们是坐缆车登山，观赏到的风景就少得多了。黄山的确值得一游。登上高峰，俯瞰四周，山姿灵秀，气势磅礴，奇峰怪石，千姿百态；瀑布飞泉，直落九天；云海濛濛，瞬息万变。

九华山位于长江之南，黄山北面，是中国四大佛教名山之一。在这里，山崎峰秀，古刹众多。九华山最具特色的是寺庙里存有“月身和尚”。汉

---

[11] 严凤英 (1930—1968)，原名严鸿六，安徽省安庆市宜秀区罗岭镇黄梅村人氏，黄梅戏杰出的表演艺术家。严凤英 10 岁时开始学唱黄梅调，取艺名凤英。1952 年上海举行第一次华东戏曲会演，严凤英以黄梅戏传统小戏《打猪草》和折子戏《路遇》获得广泛赞誉，1954 年因在黄梅戏电影《天仙配》中饰演七仙女而扬名全国。“文革”中遭迫害致死。在安庆市罗岭镇建有严凤英故居纪念馆，毛泽东为其题写 " 党的好儿女 "。代表作有《打猪草》《游春》《天仙配》《女驸马》《牛郎织女》《夫妻观灯》等。

字“月”的另一层意思，就是“肉”字的偏旁，表示“身体”的意思，例如肝、脾、肺、肠等汉字都用“月”字作偏旁。所谓“月身和尚”，就是高僧涅槃之后，其尸体不腐，随后用金箔将尸体覆盖，供奉起来。

随后，我参加了赴陕西省委党校的教育评估组。西安是我国历史文化名城，也是中国八大古都之一，先后有13个朝代在此建都。我们游览西安市容，登上古城墙，参观了大雁塔、碑林、古文化一条街、唐高宗与武则天的合葬墓——乾陵，以及临潼的华清池、兵马俑、西安事变时抓捕蒋介石的地点等名胜古迹。

我们还考察了安康市委党校。当时还没有从西安打通秦岭隧道而直通安康的铁路，所以我们当时乘坐了一夜的火车，绕经阳平关，才抵达安康。安康位于秦岭山脉的南部，是群山环绕的盆地，属于南方的气候，植被地貌也与秦岭北部地区大不相同。雨季的时候，这里曾经发生过两次比较大的洪水，冲毁了城市的一些设施，造成了损失。

这一次西安之行，给我留下了深刻印象：西安人淳朴、厚道。我很喜欢这座城市，也很喜欢西安人。

冬天，我们评估组去了青海省委党校。可能因为是冬季，所以西宁的市区不够整洁。我们去湟中县考察，还去了倒淌河和日月山，并且登上了日月山。相传文成公主进藏，就是走的这条艰难而荒凉之路。当地人形容她当时的心境是：登上了日月山，两眼泪不干；朝前看，巍峨大高山；向后看，茫茫大草原。

然后我们去了青海湖。当时辽阔的湖面已经封冻，行走在冰面上，我感到宛如镜面一样平滑，稍不小心，就会滑倒。我觉得，冬季观看青海湖，虽然不如夏天，倒也别有一番情趣。

第三十六章
编辑两套大书

大约是1996年上半年，我的好友于洪君带着他的同学赵国华来找我，商量策划编辑出版《万国博览》事宜。赵国华先生是人民日报社在深圳创办的半月刊《大地》的主编。这是我第一次结识赵国华先生。他是于洪君的老乡和中学同学，他们都是吉林省农安县人。赵先生是一位很有文才且思路超前的文化人。他讲述了他的构想：策划出版一套全面介绍世界各国国情的大书。我和于洪君都赞赏赵先生的设想，于是我们进行了具体的策划研究。

首先，我们决定请人民大学的博士生导师、中国著名的国际问题专家高放教授做这套书的总编辑，因为高放老师是于洪君攻读博士时的导师，于洪君对他很了解。我们研究并且决定了这套书的编委会成员和副总编辑，还决定请离休的外长姬鹏飞做这套丛书的顾问。

其次，我们研究决定，这套书分为4卷：亚洲卷、欧洲卷、非洲卷和美洲大洋洲卷，总字数控制在1000万字之内；研究并确定了各卷的主编，我担任亚洲卷主编，于洪君担任欧洲卷主编，葛公尚担任非洲卷主编，胡昊担任美洲大洋洲卷主编。

第三，我们研究决定，各卷主编负责物色各卷的副主编和各卷内各个国家（地区）的撰稿人。

第四，各卷主编分别召集一次撰稿人会议，目的是向撰稿人讲解这套大书的编写计划以及具体要求。亚洲卷的撰稿人会议由我组织安排，在中央党校文史部会议室召开。

会后我请马小军、石景武、陆水林做亚洲卷的副主编，选叶成林、刘元培、利国、李谋、宋成有、何承艰、鲁金波为亚洲卷编委会成员，并且选定了撰写亚洲各国的执笔人。两个月后我们亚洲卷编委会召开撰稿人会议，所有编委委员和在北京的亚洲卷撰稿人都参加了这次会议。会上我讲解了这套书的策划构想和亚洲卷编写的计划和要求。

半年之后，我陆续收到关于亚洲卷各国的稿件，于是我开始进行紧张的审稿和编辑工作，并且陆续将我审查编辑过的稿子寄给赵国华先生。

1998 年 9 月，这套大书由新华出版社出版。这是我参与策划编辑的第一部大部头的图书。

在中央党校函授学院工作的近两年间，我结识了不少朋友，其中就有常忠书少将和军事科学院王香普同志。因为我们都来自部队，所以就有许多共同语言，渐渐地成为好朋友。赵国华又来找我，并且向我谈了他的一个宏伟计划：策划编辑出版一套《世界军事宝典》。他希望我能够帮助他找到适合担任这套书总编辑和撰稿人的人选。我就此事立即给王香普打电话。王香普说，从中国人民解放军军事科学院退休下来的李英同志就适合担任《世界军事宝典》这套书的总编辑，并且简要地介绍了李英的情况。

从王香普的介绍中，我们知道，王香普很了解李英，因为他们都曾经在第 40 军工作过，后来调入军事科学院。王香普担任军事科学院院务部部长；李英在军事研究部门任主任，他是一位知识渊博的军事历史专家。

随后，赵国华请王香普带领我们前往军事科学院去会见李英。李英虽然退休了，但他仍然坚持工作，当时负责军事术语的编写工作。赵国华向李英讲述了他的构想，并且希望由李英来担任这套书的总编，李英听了后表示示意。接下来赵国华就这套书所涵盖的内容，向李英请教。赵国华认为，《世界军事宝典》的读者对象应为军队的各级指挥员，所以它应该包含中外著名的军事理论著作、古今中外的著名战役战例、世界杰出的军事家和古今兵器。

李英听了赵国华的讲述，表示同意他的设想。接下来，我们商定了具体的方案和各卷主编和副主编人选：军事理论卷收录 20 部军事理论著作，由军事理论专家关光生、张凤伦主编；战例卷收录 100 个战例，由军事历史专家张东景、李庆山主编；军事人物卷收录 100 位军事人物，由军事历史人物专家武天富、黄东亮主编；兵器卷收录古今各种兵器，由李英兼任兵器卷主编，朱振华任副主编。最后，我们请李英同志选定各卷撰稿人选，并且商定了整套书的定稿时间。

悠悠数千年，在人类历史的长河中发生过上万次的战争战事，涌现出数不清的杰出军事人物。全部收录，是不可能的，我们只能选择最具有代表性的。我们最后确定的杰出典型军事人物 100 人，包括中国军事人物 30 名，其中现代军事人物 6 位：毛泽东、朱德、刘伯承、彭德怀、林彪、粟裕。从 10 名元帅中只选了朱德、刘伯承、彭德怀、林彪 4 人，其他 6 名元帅没有选入，而选了一名大将粟裕，因为在中国革命历次战争中，粟裕所指挥的战役战斗都取得了胜利，从来就没有失败过，真可谓是常胜将军。

在清朝的军事家中，我们选择了努尔哈赤、康熙、左宗棠；蒙元时代的军事将领，我们选择了成吉思汗、忽必烈；其他时代，我们选择了吕尚、司马穰苴、赵武灵王、秦始皇、项羽、刘邦、白起、韩信、张良、曹操、周瑜、诸葛亮、李世民、赵匡胤、岳飞、朱元璋、戚继光、李自成、郑成功。

在战例的遴选方面，我们选择了100个最典型的战例，其中中国20例。中国古代战例10个，具体说，就是牧野之战、城濮之战、桂陵—马陵之战、西汉反击匈奴的漠北之战、官渡之战、赤壁之战、淝水之战、蒙金中都之战、郑成功收复台湾之战、甲午战争中的黄海之战、1904年的旅顺口之战。现代中国革命时期10例：1930年红军第一次反“围剿”、1931年第三次反“围剿”、1935年四渡赤水之战，1937年平型关大捷、1940年百团大战，1948年辽沈战役、平津战役、淮海战役，1950—1953年反细菌战、上甘岭战役。

我们要求，撰稿人不论是叙述战例还是阐述军事人物，都必须遵循历史唯物主义的观点，本着实事求是的态度进行工作，力戒虚构和杜撰。我们这样做，既是对历史负责，也是对读者负责。我们策划编辑的这套《世界军事宝典》要经得起时间的检验。

这套《世界军事宝典》（共8册）由赵国华为总策划，刘振华为顾问，李英为总编辑，董友忱、常忠书、王香普为副总编辑，于2001年由新华出版社出版。这是我参加策划编辑的第二部大部头的图书。

第三十七章

在深圳大学任教

1999年5月的一天，赵国华先生打电话来，请我去深圳协助他修订《万国博览》，准备再出第二版。我到深圳后，住在深圳莲花北村他的家里。经过近一年的紧张工作，《万国博览》修订工作基本完成。

而后，我前往深圳大学去拜访我的朋友郁龙余教授。郁教授早年就读于北京大学东语系印地语专业，毕业后留校任教。深圳大学成立后，他被调去任文学院院长。因为我们都会参加每两年一次的印度文学研究会，并在研讨会上见面、交谈，所以成了好朋友。我第一次去深圳大学是1996年，那一年4月25—29日我应邀参加在深圳大学举办的第十三届《罗摩衍那》国际研讨会。

这一次两位老朋友相见，我们自然聊起了彼此的工作情况。郁教授得知我已经退休，《万国博览》修订工作也已结束，就请我帮助他做一件紧迫的工作，校对一批亟需再版的图书。于是我们加班加点地连续工作了两天一夜，完成了任务。

郁龙余教授请我留下来，在深圳大学做孟加拉文学研究工作，因为他正在筹划在深圳大学建立印度研究中心，从事有关印度方面的研究工作。因此，我就留了下来，郁龙余教授将他在深圳大学经济改革中心的一间办公室让给我，这样，我就有条件系统认真地研究印度孟加拉语大诗人泰戈尔和孟加拉语文学了。

不久，我还顺便去看望了深圳大学教务处处长刘洪一教授。刘教授是犹太文学方面的专家，他曾经主编一套《犹太名人传》丛书，其中艺术卷由我来担任主编。

刘洪一处长说，他想在全校开一门选修课科学技术史，但找不到能讲授这门课的老师。他问我能不能讲授这门课，我回答说可以试试。于是刘洪一处长就决定让我从 9 月 1 日开始教授这门课程。这样，我就一边为讲授科学技术史备课，一边研究孟加拉语文学。我对科学技术史虽然了解一些，但是没有教授过这门课，因此我首先需要自己认真学习好。于是我就找来这方面的书籍，一边仔细地阅读，一边写讲稿。经过两个月的精心准备，讲稿准备就绪了。

9 月份开学后，选修这门课的学生还真不少，阶梯教室几乎都坐满了，有 100 多人来听这门课。

大概在 2002 年春季开学后，郁龙余教授调任深圳大学留学生部主任。他请我来留学生部教授外国留学生的汉语课。这期间来深圳大学学习汉语的外国留学生增加到 300 多人，留学生中最多的是韩国人，其次是日本人，这两个国家的留学生大约占据整个留学生的 75% 以上。这样，我就推掉了讲授科学技术史的课程，一边教授外国留学生的汉语课，一边继续研究孟加拉语文学。

在这期间，我阅读了戈巴尔•哈尔达尔的《孟加拉语文学史概论》，了解了孟加拉语小说的先驱般吉姆琼德罗的生平，翻译了他创作的长篇小说《克里什诺康托的遗嘱》《月华》《拉吉辛赫》，撰写了般吉姆的生平和文学成就的论文。

后来社会科学文献出版社出版了《般吉姆小说选集》（上下两册），

收入了上述我翻译的3部长篇小说和以前翻译的中篇小说《印蒂拉》，还收录了我的同学黄志坤翻译的短篇小说《拉达拉妮》和石真女士翻译的《毒树》。

同时我阅读了河北教育出版社出版的《泰戈尔全集》24卷本，并且按照泰戈尔的诗歌内容，选编出泰戈尔诗歌6个精选本，即爱情诗、哲理诗、儿童诗、自然诗、生命诗、神秘诗。季羡林先生为《泰戈尔诗歌精选》这套丛书题写了书名。这套精选本由外语教学与研究出版社于2008年3月出版。

深圳大学印度研究中心成立，郁龙余教授兼任该中心主任。随后我们一起编写《印度文化论》一书。我撰写了该书第三章“人分四等 贵贱天定——印度人的种姓观”，第四章“生死轮回 业报有常——印度人的人生观”，第五章“神权至上 天人同欲——印度人的宗教观”。朱璇编辑修改了我撰写的这三章。这本书第一版由重庆出版集团于2008年6月出版。

2006年3月13—16日，谭中教授来深圳大学访问。谭中是谭云山先生的长子，是著名的美籍华人印度学家。这次来深圳大学，他将他父亲谭云山的文件和一些遗物捐赠给了深圳大学印度研究中心。我通过阅读和研究谭云山先生的这批文件和遗物，第一次全面地了解了谭云山先生。令我十分感动的是，他出于爱国之情，做出了惊人举动：陪同国民政府蒙藏委员会的谢国梁专员，历尽艰辛，去西藏会见十三世达赖喇嘛。1931年11月22日他陪同谢国梁专员从印度的噶伦堡出发，历经25天的艰难跋涉，于12月17日抵达拉萨的远郊，谢国梁在此处病逝，谢专员未完成的使命完全由谭云山一人承担。

12月22日谭云山在拉萨会见十三世达赖喇嘛，完成了谢专员委托他的使命。他与达赖喇嘛进行了三次交谈，坚定了达赖喇嘛归顺中央政府的决心。谭云山先生出使西藏的这次活动具有重大的历史意义，为维护我国的领土完整作出了重要贡献。

在中印文化交流方面，谭云山先生被誉为当代的玄奘，为沟通中印文化作出了巨大贡献，是中印友谊大厦上的一颗璀璨的明珠！谭云山先生接替谢国梁专员出使西藏，他为维护祖国统一而向当时国民政府提出的一些中肯的建议，符合当时西藏实际，其主要精神被国民政府所接受。有些建议当时没有被采纳，但是新中国成立后，完全被我们党所采纳，并且被付诸实施。

正因为谭云山是伟大的爱国者，为维护国家统一作出了杰出贡献，所以新中国的中央政府曾经两次邀请他回国参加国庆观礼。他和女儿谭文受到毛泽东主席、周恩来总理、朱德总司令等党和国家领导人接见。我们后代人要永远铭记谭云山先生的历史功绩。

此外，我还写了两篇文章：《纪念印度中国学院的创立者——谭云山先生》（见《亚非研究》第 3 辑，时事出版社 2010 年 1 月）和《谭云山与国际大学中国学院》（见 2010 年《南亚研究》第 2 期）。我还翻译了谭云山先生的一篇文章《我与甘地先生的第一次会见》（见《亚非研究》第 3 辑）。

2008 年暑期结束时，我向郁龙余教授谈了我的想法：希望前往孟加拉国和印度去看一看。因为我学习的专业是孟加拉语言文学，又长期从事孟加拉文学研究，不去这两个国家进行实地考察，对于孟加拉文学研究就是一个缺憾。郁龙余教授很赞成我的想法，深圳大学留学生部还资助我一些路费，于是我就开始为前往孟加拉国和印度做准备工作。

第三十八章
孟加拉国印象

应中国驻孟加拉国大使馆的邀请，我以专家的名义前往孟加拉国进行访问。我预订了前往孟加拉国首都达卡的航班，于 2008 年 1 月 10 日登上飞往昆明的飞机。三个多小时后飞机在昆明机场降落，随后我办理出境手续，领取了登机卡，按时登上一架小型飞机。两个小时后，飞机飞抵孟加拉国首都达卡的国际机场。驻孟加拉国大使馆的工作人员王丹红女士开车来机场迎接我，将我送到她事先为我安排好的住处——南北大学的一套住房。那个套房共有三个房间，其中一间住着一位年轻的中国教师龚茁，他是国家汉办派到这里来教授汉语的老师；我住在这套房子的另一个房间。

到了达卡后，我就与学习过汉语的沙信取得了联系。沙信是佘默尔•萨哈（中文名字是“夏孟”）的同学，他们都是达卡大学毕业的。佘默尔在深圳大学学习汉语时，我有机会结识了他。佘默尔结束汉语学习后，就留在深圳，与他的朋友阿里夫一起做生意。阿里夫是孟加拉国当年高考时的尖子生，所以就被派来中国留学，毕业于复旦大学。我在深圳大学工作的时候，他们二人成为我的好朋友，这次我来孟加拉国后，他们俩都给予我很大的帮助。

阿里夫给他的哥哥打电话，告诉他我来达卡访问。他哥哥请我去一家高档餐馆吃饭，后来又请我去他家做客。这样，我就结识了他的妻子和儿女等一家人。全家人热情地欢迎我，并且准备了丰盛的孟加拉佳肴。

我们所住的这个地方位于达卡东北地区——古尔善区。古尔善区是达卡城的一个富人居住区。达卡是一座古老的城市，主要街区周围的环境还算整洁，总的感觉是人口众多，满大街到处都是人。各种交通工具都在大街上运行：有公共汽车，也有出租小汽车；街上到处都是脚踏三轮人力车，也有两轮的人力车；还有使用天然气做燃料的三轮车，但是不太多。

在达卡城里，最普遍的交通工具是脚踏三轮人力车，这是达卡市民出行的主要交通工具。这种人力车后排可以坐两个人，而且收费很便宜，跑 2—3 公里，只收取车费 2 个达卡，相当于人民币 2 角钱。孟加拉国的朋友告诉我，这种三轮车在达卡城里至少有 60 多万辆。

达卡贫民区的环境很脏，居住条件极差，水沟池塘污染得很严重。老城区位于达卡城南部，街道狭窄。老恒河从这里穿过，那是一条很宽的大河，可以通行大型的船舶。

沙信的朋友是一位船舶公司的老板，他请我乘他的游船漫游，沙信陪我一起乘船同行。我就在达卡城内老恒河的码头上坐小木船，划到停泊于河中央的大游船旁边，登上大船。

老恒河水面上漂浮着一层黑乎乎的污垢，坐在小船上可以闻到一股刺鼻的气味。老恒河两岸分布着很多工厂，大量污水常年不断地排入老恒河，所以流经达卡城的这条大河被污染得十分严重。

我们乘坐的大型游船继续向下游行驶，很快离开了达卡城区，两岸的工厂逐渐减少。两个小时后，我看到河两岸平整的农田，河水被污染的程度也逐渐降低了。

大船到达一个乡村的简易码头，抛锚停泊。

孟加拉朋友们带我走下船，向着一个比较大的村落走去。大部分农田上的庄稼已经被收割，只有两片地里长着植物：一片呈现出深绿色，另一片呈现出黄绿色。走到近前一看，我发现，深绿色的那一片是马铃薯，而黄绿色的是黄瓜。黄瓜地里搭着低矮的铁架子，黄瓜藤蔓都爬到架子上，藤蔓上已经缀有小黄花，有的已结出黄瓜。这种黄瓜不是碧绿色的那种黄瓜，而是黄绿色的，我们家乡东北称这种黄瓜为“旱黄瓜”，称碧绿色的为“水黄瓜”。1月份的北京已经是天寒地冻，可是这里气温却如初夏般，令人感到暖洋洋的。

快接近村庄时，我看见一个五六岁的小男孩，光着身子，一丝不挂地在小水塘里洗澡。他看见我们，就急匆匆地从水里爬出来，走上岸边。旁边站着一个十来岁的女孩子，大概是小男孩的姐姐。另一个小男孩站在岸上拍着手，像是在招呼他的同伴快上来。我觉得很有趣，于是就拍下了这个画面。

走进村里，遇到了村里的两位老人，我向他们问好，询问他们的生活情况。几个小学生也围拢来，瞧看我这个外国人。听到一个外国人居然能讲他们的母语，他们感到很惊奇。一位老人告诉我，正常年景，村子里收获的水稻足够食用；如果发生洪涝灾害，稻田被冲毁，就会发生困难。这个村庄看上去不是很贫困。村民居住的大部分房舍为砖瓦房，也有一些土坯房，房屋周围是栅栏，上面都爬满绿油油的梅豆（东北把这种豆角叫“老母猪耳豆”）秧，上面开着紫花，结出一串串的梅豆角。村里有一个很大的池塘，几个男人在里面洗澡。参观完这个村庄后，我们就回到船上，返回达卡。

因为沙信很忙，没有时间每天都来陪我活动，佘默尔就让他的一位在达卡大学读书的女同学绍乌苏米•穆斯达丽（সৌসুমী মুস্তারী）来帮助我。

后来绍乌苏米的闺蜜——文学系的一位女同学毛淑密也和她一起来陪我参观游览。

首先，我访问了达卡大学现代语言学院，会见学院院长阿努亚尔•侯赛因（আনুয়ার হোসেন）和教中文的教师阿弗迦尔•侯赛因（আফজাল হোসেন）。阿努亚尔院长是教俄语的教授，能讲一口流利的俄语，我与他用俄语交流，就很方便了。他向我介绍他们学院的教师和所开设的外语情况。阿弗迦尔能讲汉语。他告诉我，他正在云南大学攻读博士学位。

达卡大学是一座具有悠久历史的大学，各院系基本上都在一起，所以占据很大的面积。绍乌苏米陪同我参观了达卡大学校园内的主要建筑。

她和毛淑密陪我会见了达卡大学文学系年轻的副教授绍乌米特罗•舍科尔。绍乌米特罗赠送我几本他写的书，其中一本是简约而全面地论述孟加拉语言和孟加拉语作家的著作。这本书对我很有帮助，成为我经常翻看的工具书。从此我与这位副教授就成为好朋友，后来我每次访问孟加拉国的时候，都与他会见，还应邀几次去他家里做客，见过他美丽而端庄的妻子和两个可爱的女儿。

达卡大学一侧有一个清真寺，这座清真寺旁边有一片墓地，在那里安葬着几位名人，其中就有孟加拉国民族诗人卡兹•纳兹鲁尔•伊斯拉姆。在距离他的坟墓十来米远之处，用红砖垒砌着一段矮墙，墙上镶嵌着白色的墓碑，墓碑上刻着几句孟加拉文："在这里长眠着民族诗人卡兹•纳兹鲁尔•伊斯拉姆"。墓碑下垒砌成的斜面上也镶嵌一块石板，上面镌刻孟加拉文字，只可惜文字已经模糊不清了。

在达卡大学的西南部不远处，就是孟加拉研究院。绍乌苏米陪同我访问了这所孟加拉研究院（বাংলা আকেডেমি），会见该院院长赛伊德•摩罕玛德•沙赫德（সেয়দ মোহাম্মাদ শাহেদ）。院长向我介绍了他们研究院各个部门的职责和工作情况。实际上，达卡孟加拉研究院是一个兼顾孟加拉语言、文学研究和出版的学术机构，每年都出版一些孟加拉语作家、诗人、戏剧家、语言学家等学者的作品以及孟加拉语词典等方面的书籍。他们负责每年组织评选出优秀文学作品，并且予以奖励。他们还每年都举行一次大规模的图书展销会，在孟加拉研究院的院落里搭建起几十座彩棚，销售全国各出版社出版的图书。图书展销会已经成为孟加拉人盛大的文化节日，孟加拉国总理和文化部门的官员都会出席这种图书展销会的开幕式，并发表讲话。

中国驻孟加拉国使馆文化参赞刘三振是中国文化部外联局派出的干部，是我小女儿董桂萍的丈夫朱自浩的同事。我这次来孟加拉国访问就是刘三振参赞安排的。他还专门抽出时间开车陪我去参观达卡市容和议会大厦外景，请我品尝孟加拉国的新鲜椰子水，并在一家中餐馆设宴招待我，作陪的有王丹红等文化处的干部。在宴席上我还结识了孟加拉国国家图书馆的女馆长和市文化局官员。

沙信、绍乌苏米和毛淑密陪同我参观达卡大学图书馆和孟加拉国家博物馆，游览达卡城的“新市场”，光顾里面的书摊，帮助我购买了一些孟加拉语文学方面的书籍和词典。

为了答谢沙信和两位姑娘的热情帮助，我回国前在一家比较高档的餐馆请他们三人吃了一顿饭。我还送给两位姑娘每人一件高档纱丽。她们俩也向我回赠了孟加拉文的书，其中毛淑密赠送给我一本孟加拉文短篇小说选。她在这本书的扉页上用秀美的孟加拉文工整地写道：

শ্রদ্ধেয় প্রিয় স্যের প্রফেসর ডং-কে

মৌসুমী

ঢাকা

০২।০২।০৮

赠给尊敬而亲爱的先生——董教授

毛淑密

于达卡

2008 年 2 月 2 日

3 年后，2011 年 12 月 16—27 日，我第三次访问孟加拉国期间，有一次，我在达卡一个公共汽车站，准备乘汽车去东部海边渔港小镇波克斯巴加尔的时候，又突然遇到曾经陪我游览达卡的绍乌苏米。当时她正要和丈夫乘汽车去外地，她丈夫在达卡一家电视台工作。我与她丈夫相识，我们匆匆交谈几句，又分手了。绍乌苏米比三年前胖了一些，但是模样并没有变化，还是那样风韵娇媚，沉稳大方。至于毛淑密，我与她分别后就再也没有见过。一晃十多年过去了，当年两位亭亭玉立的少女，如今应该是三十四五岁了，很可能都已做了母亲。我至今仍然记得她们当年对我的帮助。

1 月 29 日，我前往中国驻孟加拉国大使馆会见郑清典大使。郑大使是印地语专业毕业，以前在中国驻印度大使馆工作多年。郑大使为人谦和，彬彬有礼，没有一点儿官架子。他知道我是研究泰戈尔的学者，就热情地跟我谈起了印度文学方面的一些情况。我告诉他，春节过后我还要去访问印度加尔各答。郑大使对我说："印度文学很值得研究，特别是泰戈尔，您懂得孟加拉语就更好。泰戈尔是一位了不起的大诗人。您去加尔各答访问时如果遇到困难，可以找毛四维总领事。他曾经在德里大学攻读过硕士，是位学者型的外交官，他会帮助您的。"

1 月 30 日中国驻孟加拉国大使馆举行春节聚餐会，我应邀出席了那次聚餐会。聚餐会上我又见到刘三振参赞和王丹红，以及在南北大学孔子学院任教的蒋印莲老师、在达卡大学教授汉语的张秀琴老师和小丁老师。

春节之前，即 2008 年 2 月 5 日，我结束孟加拉国之行。因为我买了很多书，超出我自己能够托运的分量，于是同我一起搭乘同一个航班回国休假的几位我驻孟加拉国大使馆工作人员，帮助我托运了行李。我们的航班于 6 日凌晨抵达昆明。当天上午，我们转乘另一航班返回了北京。

后来，我因参加学术会议或文化节活动又多次访问孟加拉国。

2015 年 5 月，我陪同北京外国语大学代表团访问达卡大学。代表团是在刘延东副总理访问孟加拉国前一天抵达孟加拉国首都达卡的。

在此前，大概是在 2014 年 12 月下旬的一天上午，在中南海小会议室召开了为刘延东副总理访问孟加拉国和东南亚几个东盟国家做筹备的会议，会议由国务院副秘书长江小涓主持，教育部副部长郝鹏出席会议。我作为孟加拉语专家，也应邀和其他东盟问题有关专家一起出席了那次会议。在那次筹备会议上，我简要地介绍了孟加拉国的历史，比较详细地讲述了该地区的语言运动与孟加拉国诞生的关系。我建议，刘延东副总理在达卡大学的演讲，应当使用孟加拉语翻译，不应该使用英语。我认为这样效果会更好，因为孟加拉人民非常热爱自己的母语——孟加拉语言，并曾为捍卫孟加拉语作出过牺牲。联合国教科文组织之所以规定每年的 2 月 21 日为世界母语日，就是为了纪念孟加拉人民为捍卫自己的母语而作出的牺牲。郝鹏问我谁担任孟加拉语翻译合适，我推荐了杨伟明，建议由她担任翻译。最后，郝鹏作了总结性发言，他很赞同我的建议。会议采纳了我的建议。

孟加拉国很重视刘延东副总理的访问，孟加拉国总理谢赫•哈西娜在总理府会见了刘延东副总理。访问期间，刘延东在达卡大学发表了演讲，杨伟明女士当场朗读了孟加拉语的翻译稿。听演讲的师生反响十分热烈，大厅里爆发出一阵又一阵雷鸣般的掌声。我觉得，正是因为听众听到了孟加拉语翻译，才有如此热烈的反响。他们那种雷鸣般的掌声，既是对刘延东的演讲表示欢迎，也是对杨伟明的孟加拉语翻译的赞美。

北京外国语大学代表团随后访问了达卡大学，北京外国语大学校长向达卡大学校长赠送了一套由我选编的《泰戈尔诗歌精选》（6 卷本），两校校长举行了会谈，最后签署了两校合作的意向书。达卡大学校长设家宴招待代表团。代表团还访问了孟加拉研究院、孟加拉国智库的国际与战略研究所等文化机构，并且与两个研究院签署了合作意向书。

2017 年 1 月 31 日—2 月 5 日，我应孟加拉研究院的邀请，参加图书展销会期间举办的文化节。在文化节暨国际文学研讨会开幕式上，我与孟加拉国总理谢赫•哈西娜女士应邀并肩坐在主席台上。我发表了以“泰戈尔与中国”为题的讲演，受到听众的欢迎，台下一次又一次响起热烈的掌声。关于这次活动，孟加拉国的报纸做了报道。

2 月 2 日《出现之光》（প্রথম আলো）日报刊登了马苏姆•阿利写的一篇报道，标题是“总理号召多读书”。文章报道了 2 月 1 日在达卡孟加拉研究院举办的图书展销会和国际文学研讨会开幕式的盛况。开幕式由孟加拉国文化部部长阿沙杜贾曼•努尔主持。文章写道：“在主席台就座的有中国著名学者、泰戈尔著作翻译家董友忱……文化部秘书阿克达丽•莫莫达姬夫人发表祝福讲话；孟加拉研究院院长沙姆苏贾•罕致欢迎辞。”文章详细报道了孟加拉国总理谢赫•哈西娜出席开幕式、发表讲话和参观图书展销会等活动。哈西娜总理首先向外国学者前来参加图书展销会和国际文学研讨会表示感谢：“他们用何等美妙的孟加拉语发表讲演，他们还翻译了各种诗歌，通过翻译我们才能彼此互相理解。现在已经有了进行这种语言交流、文化交流的机会。因此，一个社会的状况就会通过文学呈现在我们的面前。”

文章写道，董友忱教授在开幕式上发表了讲演，他把泰戈尔作品全集 33 册翻译成中文出版了。我在讲演中说：“通过罗宾德罗纳特•泰戈尔的作品，我了解了孟加拉人和孟加拉的自然风光。”

孟加拉国艺术家丽丽•伊斯拉姆率领的艺术团演唱了孟加拉国国歌，随后向那些在伟大的语言运动中牺牲的烈士们默哀一分钟，然后高唱传统的革命歌曲《我兄弟的鲜血染红了2月21日》。

总理的汽车离开后，图书展销会的大门打开了，人们涌进了孟加拉研究院的院落。

我们几位外宾被请到孟加拉研究院大楼里的一间会议室，就餐饮茶。

孟加拉文《当代日报》2017年2月5日刊登了我的照片，并且发表了S.M.穆恩纳写的一篇专稿，用醒目的大字标题写道：“‘孟加拉语言和罗宾德罗纳特激发我人生的活力’——中国作家董友忱博士对《当代日报》如是说”。

现将这篇专稿的全文翻译如下：

中国作家、泰戈尔研究专家董友忱教授很认真地参观了绍纳尔冈村的民间艺术博物馆。他怀着极大的兴趣观看了博物馆内收藏的民间艺术展品，认真地聆听导游的讲解。对某些展品感兴趣时，他还不时地提问，以求深入了解。结束对博物馆较长时间参观后，他在留言簿上用孟加拉文写道：“我热爱孟加拉语言和孟加拉文学，特别热爱孟加拉人民。我希望，孟加拉人民永远生活在幸福快乐之中。”

中国著名泰戈尔研究专家和作家董友忱，是前来达卡参加孟加拉研究院举办的国际文学研讨会的。他心里装着孟加拉语言和文学的灵魂人物罗宾德罗纳特•泰戈尔。他说：“罗宾德罗纳特•泰戈尔是我激发生命的动力，我从他身上不断地获得新的创作激情。”

昨天星期六，他参观了文化遗址巴纳摩古城和绍纳尔冈民间艺术博物馆。在此前一天上午，他在首都一家宾馆与《当代日报》的记者进行面对面的交谈。他不用翻译直接用孟加拉语回答了各种问题，其中大部分内容围绕着泰戈尔和孟加拉语。

董友忱博士对本报记者说：“罗宾德罗纳特•泰戈尔也把孟加拉国看作是他的祖国。”董教授认为，罗宾德罗纳特心里装着这个地区，所以他才会写出《我的金色孟加拉，我热爱你》这首歌。而这首歌就成为孟加拉国人民的国歌。

中国的这位研究专家用纯正的孟加拉语说：“阅读泰戈尔的这首诗或歌词，操任何语言的人都会感受到他对祖国那种深深的眷恋之情。”

这位泰戈尔的热爱者第一次读到泰戈尔作品，是在他读中学的时候。他弄到手一部泰戈尔的儿童作品，阅读后，就很喜欢。当他在读大学三年级时得到了泰戈尔的长篇小说《沉船》的中文译本，就一口气读完了。从此后泰戈尔就在他心中扎下根。后来，他阅读了《吉檀迦利》，就更加受到鼓舞。

董友忱教授说：“在泰戈尔创作的作品中蕴含着一种智慧的玉液，这种玉液不仅润泽着孟加拉人民，而且润泽着全人类，因此他成为世界诗人。通过阅读和了解泰戈尔，中国人就可以了解孟加拉人的生活。通过泰戈尔，孟加拉人民和中国人民之间就可以进行情感交流，而且这种交流还会继续下去。”

1960年他前往苏联，进入列宁格勒（圣彼得堡）大学东方系孟加拉语言文学部留学。经过5年多的学习，于1965年获得“东方学孟加拉学家”称号，然后回到自己的祖国——中国。后来他在中国共产党中央党校文史教研部教授俄语，而且从那时起就开始研究和翻译泰戈尔的短篇和长篇小说。1997年他从党校退休，此后他将自己的全部时间都用于泰戈尔的研究。从2000年到2007年他在深圳大学教授外国留学生汉语，同时进行泰戈尔的研究和翻译。此后他前往印度，目的只有一个——研究孟加拉语言和泰戈尔。他虽然已经跨入 80 岁门槛，但仍然热衷于泰戈尔研究。在研究泰戈尔的过程中，他觉得“自己前世可能是孟加拉人”，所以才对孟加拉语言和文学如此地热爱，对孟加拉邦如此地热爱。他说，除了他的母语汉语之外，孟加拉语是他第二喜爱的语言。

董友忱教授告诉我，泰戈尔的全部长篇小说和短篇小说已于 2005 年翻译成中文，并出版 7 卷本。两年后，即 2007 年，北京外语教学与研究出版社出版了《泰戈尔诗歌精选》6 卷本。同一年他撰写的《泰戈尔画传》出版。2015 年中文版《泰戈尔作品全集》33 册由人民出版社出版了。

董友忱的兴趣不仅仅限于泰戈尔。他还翻译了《<摩诃婆罗多>改写本》，这部书是从俄语翻译成中文的，已由湖南人民出版社出版。

他还翻译了般吉姆琼德罗•丘多巴泰的 4 部中长篇小说:《印蒂拉》《克里什诺康托的遗嘱》《拉吉辛赫》和《月华》，这 4 部作品的中文译本已于 2015 年出版。

为表彰他所作的贡献，2010 年泰戈尔文化大学授予他文学博士称号，2010 年西孟加拉邦政府所属孟加拉文学研究院授予他“泰戈尔纪念奖”。

第三十九章

访问印度杂记（上）

访问印度是我多年来的夙愿。我曾经在苏联列宁格勒大学学习过五年半孟加拉语言文学，毕业后也一直从事这方面的研究和翻译工作，可是一直没有机会去印度访问。后来我结识了印度驻中国大使馆的一秘戴国澜先生，当他了解我的愿望之后，就主动地与加尔各答的亚洲学会（The Asiatic Society）联系，对方同意我前往亚洲学会做学术访问。戴国澜先生让我给亚洲学会去函，讲讲自己的访问计划，于是我于 2007 年 1 月 21 日给亚洲学会发了信函。2008 年初，我收到了亚洲学会秘书长罗马康多•丘克罗博尔迪（রমাকান্ত চক্রবর্তী）先生于 2007 年 12 月 11 日签发的正式邀请函。我能实现访问印度的愿望，首先要感谢戴国澜先生。

下榻亚洲学会客舍

2008 年春节已过，我开始做去加尔各答的准备工作。2 月 22 日晚上 5 点，我乘坐的航班从首都机场起飞，经过 3 个多小时的飞行，于当天晚上 8 点 10 分到达昆明。

下了飞机，我乘坐机场大巴到达候机楼里的行李领取处，把在北京托运的行李取出来，到二楼重新办理登机手续。工作人员告诉我，晚上10点20分才开始办理，我只好等待。

在办理登机手续时，我结识了在昆明做皮革生意的张代文先生，他帮了我很多忙，一路上给我介绍加尔各答城的情况，并帮助我提包裹。我还因此认识了孟加拉人博斯和华侨林少兴先生——林先生是来昆明接张代文的。办理登机手续的小姐把我的两个箱子都托运了，因此我很轻松地登上了飞机。

晚上11点40分我们的飞机起飞了，飞机不太大，座位比较狭窄，感到有点儿挤。

次日凌晨2点20分，我们的航班安全地降落在加尔各答国际机场。张代文说，如果没有人来迎接，我可以跟他一起去林先生家暂住一夜。我对他的盛情表示感谢。我推着行李车，走出大厅，就看见了一个年轻人拿着写有我名字的一张纸牌。我走上前和他打招呼，此人是研究中国文学的奥特雷伊•婆陀先生。他是国际大学毕业的硕士，能讲汉语，但是讲得不太流利。我们聊起来。他告诉我，他是研究近代中国文学的。他带来了汽车，他和司机一起把我送到亚洲学会的客舍：加尔各答巴利贡吉•普雷斯（বালিগোঞ্জ，孟加拉文的意思是“沙石场”）大街91号。到达住处已是深夜，所以稍微安顿一下，我就休息了。

2月23日早晨我起来后，管理客舍的人就过来了。他的名字叫罗宾德罗纳特（রবীন্দ্রনাথ），39岁，与大诗人泰戈尔同名。罗宾先生帮我接好了电源，因为我要用电脑。不一会儿，他又送来了一杯奶茶和几块饼干。用过早点，我与他聊了起来。他一家的姓氏是德卢伊（দলুই），他的妻子名叫苏普丽雅（সুপ্রীয়া），29岁；女儿的名字叫特丽莎（তৃষা），12岁；儿子的名字叫琼东（চন্দন），9岁。

我住的这栋楼坐西朝东，楼的东面就是南北走向的巴利贡吉•普雷斯大街。这栋楼房是 1935 年建成的，现在已经很破旧，但是仍然可以看出当年房屋主人的富有。我住的那个套间看来是主人的卧室，地板是用高级水磨石铺就的，红白沙粒相间，做工极其细腻、讲究。房间的举架，即空间的高度很高，大概有 4 米。我住的套间在南侧，有客厅和卧室两间，还带有卫生间。客厅和卧室的天花板上都悬挂着大型的电风扇。北侧那个套间住着罗宾德罗纳特一家，有两个卧室、厨房和卫生间。两个套房之间的堂屋，是进出楼房的大门，朝向东面大街。这栋楼的二层和三层堆放着旧家具、杂物和书籍，已经不能住人了。这栋房子外面的墙上镶嵌着两行英文：Guest House of the Asiatic Society（亚洲学会客舍）。这个地区豪华的楼房不少。看来，这一带是富人居住区。

罗宾先生告诉我，奥特雷伊下午两点左右带车来接我去亚洲学会，去会见学会的领导人。然后他们一家出来与我见面，我送给他们每人一件小礼物。

我对他们说："从现在起，我就算你们家里的一个成员了。如果你们觉得没有什么不方便的话，我就跟你们一起吃饭，我付饭费。"

罗宾说："很好。不过，饭费就不必付了。学会的秘书长说过，政府请来的学者，应该免费招待。"我说，那样不好，饭费一定要付的。他说那以后再说吧。

罗宾听说我需要词典，立即把他女儿用的词典给我拿过来，让我使用。我表示感谢。从机场到我现在的住所，我遇到的孟加拉人对我都很热情、友好，我很感动。

下午，我用住所的座机与国际大学中文系的汉语教师——我的朋友阿维杰特通了电话。我告诉他，我已经到了加尔各答，住在亚洲学会的客舍里，一切都很顺利。他说，中文系的那济世主任已经收到了我发给他的电子信函。我请阿维杰特代我向那济世教授问好，等我买了电话卡后再给他打电话。

2 月 24 日上午我出去转了转，来到对面大街上看了一下，熟悉一下环境。天气晴朗，阳光明媚，大街上行人不多。

亚洲学会

24 日下午奥特雷伊接我前往亚洲学会。亚洲学会是由英国人威廉 • 琼斯于 1784 年 1 月 15 日在加尔各答创建的。威廉 • 琼斯爵士是迷恋东方文化的英国殖民地官员，1783 年被派往加尔各答的印度殖民地最高法院工作。他挑选 30 名对亚洲文化有兴趣的英国人，于 1784 年 1 月 15 日成立了一个研究当地文化的小组织。这个组织就是亚洲学会的前身，其宗旨是研究、翻译、整理和出版印度和亚洲国家的历史、文化、古物、文学、艺术、科学等方面的东方古典名著。

威廉 • 琼斯是位语言天才，少年时期就学会了基础中文、拉丁语、希腊语、希伯来语等，47 岁去世时，已经通晓 13 种语言，并且基本上能够使用 28 种语言进行交流。抵达印度后，他开始学习印度古代语言——梵语。经过 6 个月的刻苦学习，他基本能阅读梵语书籍，并于 1786 年 2 月 2 日宣读自己的研究报告，此举被西方语言学界看作是比较语言学研究的起点。1805 年亚洲学会在加尔各答的花园大街建了一栋楼房，从此有了学术活动的场所，并开始了图书文献的收藏工作。可惜，威廉 • 琼斯爵士早在 1793 年就病逝了，葬在花园大街的一片古墓地里。从 1829 年起，亚洲学会开始吸收印度学者参与研究工作。亚洲学会的黄楼就坐落在花园大街（Park Street）上。这条大街两侧的楼房大都是很早以前建成的，一派欧洲建筑风格，虽然现在有些破旧，但是仍然透露出当年的繁荣和富贵。

奥特雷伊带我去见亚洲学会秘书长[12]罗马康多（রমাকান্ত）先生，在座的还有前任学会秘书长迪利坡•库梅尔•高士（দিলীপ কুমের ঘোষ）教授、著名孟加拉语文学者波洛博•森古普多（পল্লব সেনগুপ্ত）教授等人。我向在座的学者问候之后，呈上名片，并且向每个人赠送了小礼物——玉石、玛瑙手镯，然后简单说明了我这次来加尔各答访问的目的。

罗马康多先生已经 80 多岁，是印度著名的历史学家。他向我介绍了在座的几位学者和亚洲学会的历史和现状。他还告诉我，一个美国学者翻译了不少中国文学作品。他希望我也能像那位美国学者一样，把中国的文学作品翻译成孟加拉语，亚洲学会可以出版。最后他让我写一份书面的工作计划，以便学会领导讨论，然后我就告辞了。

奥特雷伊又带我去见波比特罗•绍尔迦尔（পবিত্র সরকার）教授，他是泰戈尔文化大学的前校长，现任西孟加拉邦高等教育委员会副主席。我们聊了一会儿，一起照相留念，然后我们告辞出来。我到了阅览室，奥特雷伊给我介绍了几位年轻的学者，其中一位女士是留学俄国的学者，会讲俄语。我们很开心地聊了一会儿。

奥特雷伊让他的一位朋友带我们去附近的银行兑换了一些印度钱币。我兑换了 600 美元，拿到 22650 卢比，一个美元兑换 37.75 卢比。然后我们去商店购买手机存储卡，店里的一位姑娘说，需要单位领导的介绍信和我的一张照片。于是我们又返回亚洲学会，可是秘书长有事情已经走了。

回到住处，我给了罗宾一个月的伙食费加小费 2500 卢比，他推辞了一下，并且说学会已经拨给他钱了，可是最后还是收下了。这 2500 卢比

---

[12] 印度的一些事业单位的秘书长是该单位的“一把手”——第一负责人，亚洲学会的秘书长实际上就是该学会的会长。

相当于 600 元人民币。

我用孟加拉文起草了两封信，一封是关于买手机存储卡的申请书，另一封是我的访问计划提纲。这两封信第二天要送给亚洲学会秘书长。

2 月 26 日上午工作了一会儿，快到中午的时候，我带着琼东出去转了一下。在我们住所的南面不远处，有一栋坐西朝东的楼房，在那里聚集了很多带孩子的年轻妈妈。仔细一看，她们是来送孩子学习的。原来这里是教授儿童学习绘画等技艺的学习班。

吃过午饭，我稍事休息。两点钟的时候，罗宾带我一起去亚洲学会，因为约定 3 点我要见罗马康多先生。当时我一看时间还早，我们就去了附近的一家大书店。在那里我买了三本词典：阿舒多什编的《孟加拉语词典》《孟加拉 - 英语词典》《英语 - 孟加拉语词典》。花了 600 多卢比，相当于人民币 143 元。

3 点我走进秘书长的办公室，会见秘书长罗马康多。我递交了我的访问计划和申请买手机存储卡的信。他看完之后，就让秘书打印一封介绍我有关情况的介绍信。然后他告诉我，他们还要讨论一下我的访问计划，明天再告诉我讨论的结果。我和奥特雷伊出来，又到波洛博 • 森古普多教授的办公室，在座的还有他的三个研究生。我向波洛博请教关于孟加拉文学方面的一些问题，请教关于泰戈尔传记方面比较好的书籍。他随手给我写了两套书的书目：第一，内巴尔 • 莫久姆达尔的《印度的民族主义、国际主义和泰戈尔》(নেপাল মজুমদার, ভারতে জাতিয়তাবাদ ও আন্তর্জাতীকতা এবং রবীন্দ্রনাথ，6 卷本)；第二，普罗山多库马尔 • 巴尔的《泰戈尔传》(প্রশান্তকুমার পাল，রবি-জীবনী)，已经出版 9 卷。我们聊了一会儿，他的另一个女博士生绍密什塔来了。经波洛博教授介绍，我才知道她是研究泰戈尔文学的专家。我送给她一张名片，她给我留下了联系电话。我又去波比特罗 • 绍尔迦尔教授的办公室看望他。我感谢教授的帮助，随后我和教授以及他的学生们合影。

然后，奥特雷伊陪我去卖手机的商店购买存储卡，办理了买手机卡的手续（递交亚洲学会秘书长署名的介绍信和我的一张照片，填写表格等），付了330多卢比，又存了300卢比通话费。我与奥特雷伊道别，顺路又去了位于亚洲学会南面约一里路的那家书店，选购了1260卢比（人民币300元）的书。6点半我打出租车回到了住处。

回来后，我给北京家里打了电话，报了平安。随后阿维杰特打来电话，他告诉我，3月25—26日国际大学要开两天学术研讨会，请我参加。我告诉他，我一定去，还要在国际大学多住一些日子。

我来到这里已经有4天了，周围的环境也熟悉了，我就想和罗宾先生尝试乘坐市内的交通工具去亚洲学会。我们先乘坐有轨电车，步行7分钟就到了有轨电车站。坐上有轨电车，到迦梨卡特换乘地铁，坐到花园街下车。

电车和地铁都是分段计费：从我的住处到迦梨卡特的电车票价是4个卢比（相当于人民币9角2分），从迦梨卡特到花园街的地铁票价也是4个卢比。我们下车，出了地铁口，向北走十几米，过马路就是亚洲学会了。

亚洲学会坐落在一栋坐东朝西的5层大楼里。我乘坐老式电梯，到了3层，会见了秘书长，然后又去会见理事会主席比绍那特•般纳吉，我向他讲述了自己来访的目的和我自己的情况。比绍那特•般纳吉主席很高兴。我们聊了一会儿，然后他就去开理事会了。

奥特雷伊带我去参观亚洲学会的博物馆，我看见了许多珍贵的文献和馆藏品，有些简直就是无价宝，如“阿育王的石刻”，上面刻着印度最古老的文字。这里是研究历史文化的理想之地，特别是对印度历史、佛教史的研究来说，更是绝佳的好地方。这里有很多手抄本文献、孤本、善本等珍品。

我结识了这里的一位懂梵语、巴利语、奥邦普朗沙语的女学者。我向她索要有关这个博物馆的材料，她答应以后给我。在秘书长的办公室我结识了泰戈尔国际大学的老教授波达尔，他已经 87 岁高龄了，但是头脑很清晰。他给我写了一张条子，希望我陪他一起去泰戈尔国际大学参加学术会议。他在圣蒂尼克坦有自己的房子。我还结识了一位研究环境保护问题的女学者绍密什塔。

4 点半我又前往我去过多次的那家书店，选购了一批书。回去的时候乘坐地铁，可是到了迦梨卡特站出地铁，等了一会儿，一辆电车开过来，因为我带着一大捆书，没能很快上去。我只好乘坐出租车。回到住处已经 7 点了。

第一次参观泰戈尔故居

2 月 28 日下午三点，罗宾陪我一起去泰戈尔故居——焦拉桑科参观。我们乘坐 9A 路汽车，走了一个多小时才到达目的地。我们下了公共汽车，就看见西面一个胡同入口处一座高大的黄棕色石料彩门，上面镶嵌着一行孟加拉文字：焦拉桑科 - 泰戈尔之家，最上面竖立一尊诗人的半身像。进入这个胡同 200 米左右，就是泰戈尔故居。“焦拉桑科”孟加拉语的语意为“双桥”，我不晓得这个地方从前是否曾经有过两座桥。我们从南门进入院内。

门上面写有两行字，大字为“罗宾德罗文化大学”（中国人称为“泰戈尔文化大学”），小字为“焦拉桑科 - 泰戈尔之家”。

我参观了泰戈尔故居博物馆——即 6 号楼。5 号楼已不复存在。5 号楼的旧址如今是一块草坪，位于 6 号楼的西侧。6 号楼是红砖砌成的，坐东朝西，门向西开。6 号楼呈直角形，东南部分是由楼房围起来的一个长方形的内院，即长方形天井。与这栋楼北部相连的是一栋坐北朝南的三层楼，该楼有一个宽大的楼梯，沿着这个楼梯可以上到二层和三层，那里是泰戈尔故居博物馆。整个楼体建造得很坚固，门窗是新换的，其他部分都是原来的建筑。在东侧楼的西面竖立着罗宾德罗纳特•泰戈尔的一尊大型半身铜像，是苏联人在诗人诞辰100周年时赠送的。泰戈尔故居博物馆的西侧后来又建有一栋楼，里面设有会议室、办公室等等。

整个院子有两个门，即南门和西门。出西门有一条小巷，以诗人祖父的名字命名，叫达罗卡纳特小巷。

我在外边照了一些照片，然后我们买了票，脱掉鞋子，沿楼梯上二楼和三楼，去参观泰戈尔故居。一个年轻小伙子做我们的导游，用孟加拉语给我做讲解。博物馆展出部分占据了6号楼二层和三层的各个房间，其中两间是诗人及其妻子居住过的房间，有一小间是诗人的工作室。

整个院子里所有建筑，现如今归属于泰戈尔文化大学，但是学生不在这里上课，而是在另外两个教学区上课。一个教学区在加尔各答北部的B.T大街的东侧，那是泰戈尔家族祖先倪尔摩尼最早建筑的宅院，其所在地叫巴图里亚卡特，孟加拉语意为“石码头村”。另一处在加尔各答东部盐湖区（Salt Lake）后建的新校区。这两个校区为泰戈尔文化大学学生们上课的地方。

工作人员不让我带照相机，对此我感到很失望。我向卖票的人员说明，我是研究和翻译泰戈尔的学者，我来访的目的就是要拍摄照片，以备将来出版泰戈尔书籍时选用，可是他们还是不让我带相机拍照。

我登上二楼，看到了泰戈尔住过的房间外边一个小围栏，房间门口堆放着几块木板；还看了泰戈尔逝世时所在的那个大房间，中间放着一张大床。其他的房间挂着不同时期诗人的照片，有不少诗人访问日本的照片。书橱里陈列着不同国家出版的泰戈尔作品译本，其中有日文译本的陈列。看来，这里的负责人很重视泰戈尔在日本的访问活动，可是泰戈尔访问中国 50 天，这里却没有展出一张照片。看了后，我心里觉得很不是滋味。

后来，我将这种情况向中国驻加尔各答总领事张利忠作了汇报。总领事馆向我国文化部门写了报告。文化部拨款 50 万元，在焦拉桑科泰戈尔故居博物馆装修了几间展室，专门展出诗人访问中国时的照片和在中国翻译出版的泰戈尔作品。这已经是后话了。

我向主人说明：我是研究和翻译泰戈尔的学者。我写过《泰戈尔画传》，翻译过他的不少作品，下一次再来时我会赠送泰戈尔博物馆一些在中国出版的泰戈尔书籍。最后我在留言簿上分别用孟加拉文和中文题写了两段热爱泰戈尔的话语。

2 月 29 日下午两点，我又前往亚洲学会，会见语言和文学研究室的学者波洛博•森古普多教授。他告诉我，3 月底要举行一个为期 4 天的研讨会，请我介绍当代中国文学概况，我答应了。

国际大学中文系主任那济世教授给我打来电话，请我去参加春节聚会，并且希望我在 3 月 24 日能够到达圣蒂尼克坦。我感谢他的邀请，并表示一定去。5 点 40 分我乘坐地铁，想返回住处，可下了电车我就不认识路了。结果，一路上询问，绕了一个大圈子，我才回到住处。

参观迦梨女神庙

距离我的住处不太远的迦梨卡特地铁站附近，有一座古老神庙，那里供奉着迦梨女神。迦梨女神是印度教徒尊奉的一位黑皮肤女神，她是湿婆的妻子，是吸食恶魔血而毁灭恶魔的女神，因此她总是被塑造成一种伸出舌头的恐怖形象。

3 月 5 日吃过早茶，我和罗宾坐电车去参观迦梨女神庙。这是一个很古老的印度教神庙，旧神庙比较小，后来在老神庙东边又修建了一座宏大的庙宇。庙里规定，每周星期二和星期五两天是敬神日。每逢敬神日，来朝祭拜的人就特别多。神庙早晨 7 点钟开门，中午 1 点关门休息，下午 4 点再开门，到夜里 11 点关门。今天不是敬神日，但是来的人也不少。

按照印度寺庙的要求，我们脱掉鞋，排队等待进去。这时候一个十来岁的小女孩走过来，抱住我的腿，把头放在我的脚面上——行触脚大礼，然后伸手要钱。我给她一个卢比，可是她还是不肯离去，还继续向我索要钱。我说："我已经给你钱了。你走吧。"过了好一会儿，她才慢慢离去。

我们走进庙里，看见铜铸的迦梨女神像，用布遮盖着身体，只露着伸出舌头的面部，看上去很恐怖。里面的两个工作人员很粗暴，给我们额头点了吉祥痣，又给我戴上花环，然后就向我索要 1500 卢比。我的朋友对他说，我们是穷学者，没有钱。那两个人要不到钱，很不高兴。供奉主神的那间庙室很小，里面很脏，地面到处是泥水。我出来后对门口的警察说，这样一个神圣的地方被弄得这样脏兮兮的，很不应该啊；里边的人只知道要钱，这是亵渎神灵，这样做很不好。指导我们进去的人叫甘古利。出来后，我给他 20 卢比小费，并且与之合影留念。

从迦梨女神庙出来，我们参观了附近的一条老街。老街的两边是各种商铺和小店。老街西边的老恒河，如今已经变成了一条小臭水沟，里边的水黑乎乎的，臭水沟两边满地都是垃圾。在那条臭水沟的岸边有两组莎维德丽与她死去丈夫的石雕像。

莎维德丽的故事是印度大史诗中最精彩的插话，故事的主要情节是这样的：

摩德罗族人的国王马主是位好君主。他精明能干，一心为民众谋福利，受到人们的爱戴。可是他没有子嗣，因此他心生忧伤。为求子嗣，他苦修梵行，念诵莎维德丽女神的颂诗。他这样坚持了18年，他的行为和人品感动了女神，女神决定赐给他一个女儿。不久，他的王后怀孕了，10个月后生下了一个女孩。父王为她取名莎维德丽。公主渐渐长大，出落得亭亭玉立，美若天仙。公主已经到了青春妙龄，但是还没有人来求婚，因此她父王对她说："女儿啊！你自己去寻找一个品德与你相配的夫君吧。"遵循父王的吩咐，她在老臣们的陪伴下前往静修林寻找夫君。

此后，那罗德大仙来访问马主，两人坐在客厅里交谈。这时莎维德丽已经走访了很多圣地和静修林，与老臣们一起回到了宫中。公主看到父王和那罗德坐在一起，于是就向他们二人行了触脚大礼。父王让女儿讲一讲选婿的情况。女儿告诉父亲和那罗德大仙，她选定了沙鲁瓦国王耀军之子萨谛梵为自己的夫君。那罗德大仙听后大吃一惊，他告诉父女俩，耀军国王双目失明，并且被邻国夺占了王国，如今住在苦修林里。莎维德丽选择萨谛梵为夫婿是个大错误，因为萨谛梵的阳寿只有一年。国王马主让女儿另选一人，可是女儿说，她只能选一次丈夫，不能再选第二人。国王只好听从女儿的意愿，为女儿筹办了婚事。

婚后，莎维德丽心中一直记得，她丈夫的阳寿只有一年，而且明天就是期限，于是莎维德丽决定修持站立斋戒苦行，她站立一夜不坐，不进食物。这时候萨谛梵扛着斧头，要去森林里采集果实，砍伐木柴。莎维德丽对丈夫说："你不能一个人去。我要和你一起去，因为我不能离开你。"征得公婆的同意，她与丈夫一起走进森林采集果子，砍伐木柴。这时候萨谛梵感到头疼。莎维德丽抱住丈夫，把他的头放在自己怀里，随后坐在地上。忽然间，她看见了一位相貌堂堂的人走过来。此人身穿黄服，头戴顶冠，黑皮肤，红眼睛，手持套索，站在萨谛梵的身边。来者告诉莎维德丽，他是阎摩，她的丈夫寿命已尽，他要用套索将他套走。说着，他就抛出一个套索，将萨谛梵的灵魂套住，并且牵着他朝南走去。

莎维德丽紧跟在阎摩后面追赶。阎摩让莎维德丽回去安葬丈夫的尸体。可是莎维德丽却紧跟着阎摩，向他述说正法。阎摩听了很高兴，于是就对她说，除了她丈夫的生命之外，他会赐给她所选择的恩惠。萨维德丽先后选择了四个恩惠：让她的公公恢复视力，双眼复明；让她的公公恢复被人夺走的王国；让她的父王得到100个亲生儿子；让她和萨谛梵有100个儿子。阎摩满足了她的四个心愿。

阎摩对她说："你每次所讲的话都符合正法，合乎人的心意，因此，我对你无上崇敬。你就再选一个无与伦比的恩惠吧。"

莎维德丽说："我选择的恩惠，就是让我的丈夫复活。你要想赐给我恩惠，让我有100个儿子，而你又要夺走我的丈夫，又怎么实现你的这个恩惠呢？只有让萨谛梵复活，你的恩惠才是真诚的恩惠。"阎摩松开了套索说："好吧！我放了你丈夫。你带他回去吧。你和他都会活到400岁。"

阎摩走后，她回到丈夫的尸体旁边，扶起丈夫，把他的头放在自己怀里，坐在地上。萨谛梵恢复了知觉，他觉得自己睡得太久了。于是夫妻俩趁着月夜往自己的静修林走去。耀军这时眼睛复明了，他看到了美丽的世界。阎摩答应的恩惠都实现了。莎维德丽的美德受到了众仙人的赞美。

因为迦梨女神庙里不准拍照，所以我们就在老街和神庙北边拍了一些照片，其中拍摄有迦梨女神旧庙宇建筑，有湿婆和林迦（男性生殖器）石雕像，还有莎维德丽与她死去丈夫的雕像。

一路上拦住行人讨要钱财的人很多，大都是女人和小孩子。这么多人乞讨，真是令我惊异。罗宾告诉我，在这种场合不能施舍，如果给了一个人一点儿钱，一群人就会围上来，很难解脱。最后我们乘车回到了住地。

加尔各答城图书展销会

从孟加拉文报纸上看到，加尔各答的图书展销会已经开张，为期 10 天。我觉得这是深入了解孟加拉人文化生活的好机会，就决定去看一看，顺便购买一些孟加拉语文学方面的书籍。

3 月 6 日下午两点多，我和罗宾一起前往盐湖地区体育场，图书展销会就设在那里。这个图书展销会的规模很大，上百家出版社都设有展台。整个体育馆内彩旗招展，人潮如水，简直就像欢度盛大的节日一样。女士们穿着色彩绚丽的纱丽，非常耀眼；男士们大都穿着白色长衫，也有白发苍苍的老人，还有满脸稚气的儿童少年；有的男女老少全家人都一起来购书。我知道，孟加拉人重视教育，喜欢读书，每年的图书展销会是孟加拉人的文化节日。难怪从孟加拉人中走出了三位诺贝尔奖的得主：罗宾德罗纳特·泰戈尔于 1913 年获得诺贝尔文学奖，成为东方第一位荣获诺贝尔文学奖的作家；后来又先后有两位孟加拉人获得诺贝尔经济学奖。

每个展台前面都挤满了人。每个展台的门面上都用大型字体书写着出版社的名称，里面书架上摆放着该出版社出版的图书，绝大多数都是孟加拉文的图书，也有少数英文图书。

我买了 4235 卢比（人民币 1008 元）的孟加拉语图书，其中包括新版的《泰戈尔作品全集》（32 开本共 18 卷）、《泰戈尔传》（大 16 开的 4 卷本）、《纪念泰戈尔文集》、《山迪代波和圣蒂尼克坦》，还有我的同学黄志坤托我购买的旧版《泰戈尔作品全集》第 28、29 卷、石景武先生托我为他购买的第 11、23 卷。

回到住处，已经是黄昏时分。稍事休息，我就着手逐页检查新版的《泰戈尔作品全集》这套书，结果发现其中 3 卷有问题，2 卷缺页，另一卷装订得不好，因此我准备再去一次图书展销会，除了换掉三册有问题的书，顺便还想再买一些书。

3月8日吃过午饭，我和罗宾又乘坐公共汽车去图书展销会，换了3卷有问题的新版《泰戈尔作品全集》，然后又买了老版的《泰戈尔作品全集》第30、31卷和一些关于泰戈尔的书，还买了5位作家的小说。印度版的图书比较贵，我对一家出版社说，我是专门研究泰戈尔和孟加拉文学的中国学者，希望他们能够便宜一点。他们听了我的述说，就同意以八折的优惠价格卖给我，这样我就少花了310卢比。但是国际大学出版社不同意打折，所以还是按照原价购买了。

图书展销会上人特别多。有的是全家出动，有的人年纪很大，也有家长带着孩子来购买图书，更多的是青年人。孟加拉人很喜欢读书，孟加拉人的文化素质在全印度是比较高的。一个喜欢读书的民族，必定是有文化的民族，也一定是人才辈出的民族。

参观印度教神庙

3月15日上午，我决定去参观位于高利亚特市场大街西侧的印度教神庙。这所新建的庙宇离我的住处不远，步行走过去只需一刻钟。从外面看，这是一座当代建成的印度教神庙，气势宏伟壮观，几乎全部是用石料建成的。外边的围墙也用花岗岩建造，上面雕刻着大象等精美的图案。

守门的是一位孟加拉小伙子，为人很谦和友好，他的名字叫霍里克里什那。我问他进去参观是否需要购买门票，他说不需要，但是不能带照相机进去，要把相机存在左侧的小房间里，还要脱掉鞋子，才能进去。我照做了。

我登上台阶，走进围墙内的院落，神庙的主体建筑坐北朝南，呈现圆柱形，尖顶高耸于碧空中。我走进大殿，看到里面供奉着黑天和罗陀的瓷质像，北侧另一间殿堂里供奉着湿婆的瓷质像，南侧的一间殿堂里供奉着杜尔迦女神的瓷质像。这些神像旁各有一个服务人员，都在给信徒发放糖果。大殿西侧一排矮小的供堂里供奉着大史诗《罗摩衍那》中一系列人物的瓷质像：罗摩、悉多、神猴哈奴曼、大力罗摩等。

我从主殿出来，围绕着主要建筑转了一圈。庙宇呈现圆柱形，实际上是林迦——男性生殖器的形象，因为印度教徒崇拜林迦，认为它是生命的本源。

我从里面出来，取出相机，霍里克里什那主动帮助我在大门口照了两张照片。我给了他和负责照看鞋子的人每人 10 卢比的小费。我在庙外照了很多照片。

第四十章

访问印度杂记（中）

3月17日上午，罗宾陪同我前往高里亚哈特火车站购买去国际大学圣蒂尼克坦的火车票。我询问了车站的工作人员才知道，首先需要填写一张个人情况简表，然后递给一个负责审查的窗口。该窗口的一位工作人员看了后，在表上写了一组数字，让我去另外一个窗口买票，那组数字是买票的顺序号。当轮到我的号码时，窗口的屏幕就显示出来。我把填写好的表递上去后，工作人员把有关个人的情况输入计算机，然后才出车票。我和罗宾在那里折腾了两个多小时。我们10点去的，12点半才回来。本来我想买AC Ⅲ Tier类的车票，可是已经没有了，只好买了CC类的车票，这是带有空调的硬座车厢，往返车票一共花了341个卢比，相当于人民币68元。

我感到这里的工作很烦琐，效率也很低下。负责卖票的全是男人。售票的房间里没有空调，只有吊扇在慢悠悠地转动，里面的工作人员个个都是满头大汗。

会见总领事

3月11日上午8点多钟的时候，我给中国驻加尔各答总领事馆打了电话，想去拜访一下总领事。接电话的同志姓温，是中国驻加尔各答总领事馆副总领事。他认识朱自浩，说小朱已给他打电话，提到我已经来到加尔各答，并说北京大学的张幸来过这里，现在回南京了，4月回来。等她回来后，安排我们聚一次。现在他们比较忙，毛四维总领事也忙得很，这个星期都安排满了。这样，我就不必急着去了。

3月16日温振才副总领事打电话通知我，第二天下午毛总领事有时间，请我前去一叙，并且告诉我总领事馆的地址。

3月17日下午2点45分，我打出租车去总领事馆，司机不知道路，带着我绕来绕去，最后总算找到了。司机要我支付167个卢比，几乎等于去国际大学的火车票价格了。

我摁了门铃，出来一个孟加拉人开门。我递给他一张名片，并且说明，我已经和温先生约好了4点同毛总领事见面。过了一会儿，他出来请我进客厅坐等，并且还递给我一瓶矿泉水。不一会儿，温振才副总领事从楼上下来，接着毛四维总领事也下来了。我们互相问候，交换了名片，然后坐下来聊了一个多小时。我向总领事讲了这次来西孟加拉邦访问的目的和有关情况。毛四维总领事向我介绍了总领事馆的筹建情况，他建议我早点儿去外地旅游，因为5月份天气就特别炎热了。他还希望我了解一下加尔各答城各大学开设中文的情况。

我还向两位总领事讲述了我参观泰戈尔故居的感受：中国文化人为研究和翻译泰戈尔做了不少工作，可是这些在泰戈尔故居博物馆没有任何反映。

温振才副总领事告诉我，他们现在很忙，正在积极筹备4月中旬开馆办公。这个地方是总领事的官邸，大家都临时挤在这里办公，将来的总领事馆不在这里，要另外租房子。总领事馆的工作人员也住得很分散。这个地方是加尔各答的东部郊区——盐湖区，可是名字却叫城市中心（City Centre）——这栋官邸别墅的号码为盐湖区 CD275 号。

我告别了毛四维和温振才。回来的时候倒很顺利，出租车司机已经熟悉了回去的路线，只收了我 112 个卢比。

拜访沈达兰

3 月 18 日下午，我又前往亚洲学会。我把我去泰戈尔国际大学的火车票给奥特雷伊看了，他说他也要去国际大学，乘坐的火车比我早到一个多小时，他会打电话把我到达的时间告诉阿维杰特的。

4 点的时候，加尔各答大学语言系的奥尔琼教授打来电话说，他想请我去给加尔各答中文班的学生讲几次汉语课。

晚上我拨通了奥尔琼家的电话。他请我参加 3 月 28 日的研讨会。他说，如果我能够在会上讲一讲中国培养孟加拉语人才的情况就更好。我答应了。

3 月 19 日，温副总领事打来电话说，张幸昨天从德国来到了加尔各答，他把我的电话号码给了张幸。不一会儿，张幸就打来电话，我们聊了很长时间。我们还约定明天上午 8 点半她来我这里，然后去拜访沈达兰先生，中午在他家吃饭。

沈达兰先生是印度人，曾经在中国外文局工作达 10 年之久。他在北京工作期间我们就相识了，而且成了好朋友。

我建议张幸也去参加 3 月 25—26 号的国际大学的研讨会。我们还约定，以后一起去外地——新德里等地参观游览。

晚上奥特雷伊打电话说，波比特罗教授想请我去商量一下关于参加孟加拉文学会议的事情。我告诉他，明天下午 4 点我去亚洲学会，届时我们再商谈。

3月20日上午张幸来我的住处,我们聊了两个小时。这个女孩很聪明，具有学习外语的天赋。她毕业于中国传媒大学孟加拉语言专业，北京大学将她招为硕博连读的研究生，送她去德国留学。她在德国一所大学一边学习，一边教德国人孟加拉语。这次她回到加尔各答来，主要是为了撰写关于海外华人的论文搜集材料。她原来计划 4 月中旬回德国，我跟她商量去德里等外地城市旅游的事宜。她很愿意，我们商定从国际大学回来后就筹划去旅游。

11 点半我们出发前往沈达兰家，40 分钟就到了他的住处。这个地方距离达利贡吉（Taliganja）地铁站不太远。他家住在一栋楼一层左侧那个单元，房子不大，客厅也比较小。

看上去沈先生的精神很好，他向我们滔滔不绝地讲述了他在中国工作的感受以及回国后所做的工作。我送给他一条围巾，送给他家女佣人一个小琉璃佛像。他的夫人去年过世了，儿子在美国工作。我们在他那里吃了午饭。他和他儿子以及几个印度专家 5 月 28 日要去中国访问两个月，并且预定在友谊宾馆下榻，房间已经订好了。他儿子在北京大学读过书，还娶了一个中国妻子，据说是梁思成和林徽因的孙女。沈先生要和中国外文出版社商谈合作出版的事宜。他有一位尼泊尔朋友愿意出 4 万美金资助他出版。

沈先生很想看一看谭云山的档案材料，因为谭云山是他的老师，并且在国际大学和他一起工作很长时间。我答应帮助他联系，请他去深圳大学看一看。他送给我一本他用孟加拉文写的书《毛泽东其人》（মানুস মাও সেতং）。一直聊到将近 4 点，我们才告辞。我们乘坐三轮摩托到达利贡吉地铁站，再坐地铁到亚洲学会。在那里我见到了奥特雷伊，他把一封邀请函交给我。在三层的走廊里我见到了波洛博•森古普多教授，跟他打招呼问好。我还见到了加尔各答大学佛教研究中心的皮雅丽以及印度古典舞蹈专家莫胡娅教授。

我看了一下那封邀请函，知道是西孟加拉邦孟加拉研究院秘书长绍诺特库马尔发来的，邀请我参加该院举办的第八届叙事文学研讨会：3月27日晚上6点在罗宾德罗文化宫院内马尼克露天剧场举行开幕式，30日下午3点举行研讨会，与会者想与我进行面对面的交流。我知道，这是亚洲学会理事会的副主席、著名教授波洛博•森古普多安排的，会议由他主持。我准备带着张幸一起去参加。我准备的发言题目是《孟加拉文学在中国》，并介绍一点当代中国文学的情况。回到住处后，我给罗宾看了邀请函。告诉他我的活动日程安排。

加尔各答

3月21日是西孟加拉邦的多尔节（দোল-যাত্রা উত্সব，Dol-yaatraa Utsab），也叫“洒红节”，又称“霍利节”。吃过早饭，罗宾一家人来向我祝贺节日，他和他妻子、女儿、儿子分别向我的脚上、前额上涂抹红粉，然后述说祝福的话语。我给大家照了照片。下午，我给张幸打了电话，得知她也被邻居抹了一脸红粉。

3月23日早晨，下了一点儿雨，空气湿润清新，觉得不那么闷热了。上午我读了孟加拉文《当代日报》上的一篇短文，了解了一点儿这里的教育情况。短文写道，政府要给边远地区的教师每个月增加工资500卢比。原来这些教师工资很低，小学一至四年级的教师每月只有1500卢比（合人民币300多元）；五至八年级的任课教师每月只有2500卢比（相当于人民币不到 600 元）。增加这 500 卢比之后，他们每月可以分别拿到 2000 卢比和 3000 卢比。这类教师大约有 73000 人，初级教师有 19000 人，高小教师有 54000 人。同印度其他邦相比，西孟加拉邦的这类教师的工资是最低的。德里和哈里亚纳邦这类教师的工资分别是 9500 卢比和 4500 卢比。北部边区和中央邦分别是 6000 和 4500 卢比。当时卢比和人民币的比价是 4.2 ∶ 1。这样看来，印度西孟加拉邦这类教师的工资真的不高。好在这里的米、面、蔬菜都不太贵，但是肉类很贵。小学教师工资的 75% 由中央政府拨款，其余部分由西孟加拉邦自己解决。

我来加尔各答已经一个月了，对于这个由英国殖民主义者建起来的大都市多少有了一点了解。我现在住的巴利贡吉地区是个富人居住区，一般一家就拥有一栋楼房，一层是汽车库。有的楼房三层，有的四层或五层，有的还带有花园。但是里面居住的人却很少。

我居住的楼房是 91 号，南边有一栋楼是 86 号，前几天那栋楼整个院子都用彩布和鲜花装饰起来，院子的门前挂着一排花环。院子很大，铺着地毯，挂着彩灯。夜里，整个院落流光溢彩，灯火辉煌。我问守门人，这一家有什么喜庆的事情，他告诉我，这一家的儿子要结婚了。

在加尔各答城里，到处都有乞丐，很多人露宿街头。在我居住的楼房后面是南北走向的高里亚哈特大街。在它东侧的一处人行道上居住着一户穷苦人家，夫妻带着四个孩子，男孩子都赤身裸体。他们靠捡拾垃圾为生，四周全是他们捡来的脏乎乎的旧衣物、纸箱等。看了他们的境况，我心里很难过。好在这里的气候不冷。印度共产党（马克思主义）在西孟加拉邦执政已逾 30 年，也做了不少好事情，但是乞丐的问题还没有解决。上文也提到，两周前我去参观迦梨女神庙。一路上乞讨的人很多。相比之下，我们中国就好得多，虽然贫富差别也比较大，但是没有印度这么严重，起码没有很多露宿街头的现象。我心里深深地感激我们的中国共产党。

前几天的《当代日报》又报道达赖喇嘛的讲话并且刊登出他的照片。达赖喇嘛说，他“反对中国共产党对藏族人民的压迫政策，担心自己死后年轻一代的中国共产党人会对藏族人民采取暴力行动” 。可是很多印度人却那么支持他，尊敬他，相信他的胡言乱语。我觉得印度人太不了解我们中国了。我们应该鼓励和帮助更多的印度年轻人学习汉语，这样他们才能够真正了解中国。

前天我去拜访沈达兰先生。他是真正了解中国的印度人。他在中国工作了 10 年，汉语讲得很好，一直在看中文的书籍，所以他的观点就比较客观，能够正确地看待中国的现实。我认为，我国政府应该结交更多像沈达兰先生那样的印度朋友，应该多给一些印度年轻人，特别是孟加拉人，去中国留学的名额。从长远的战略眼光来看，这样做对我们非常有利，因为通过他们可以让更多的印度人真正了解中国，这对于加强中国和印度两国人民间的友谊是非常有益的。现在的多数印度人只能看英文书刊，接受英国、美国等西方国家媒体的观点，根本不了解中国的实际情况，因为他们不懂中文，没有办法接受我们的观点。从文学领域看，我们的优秀文学作品大都没有孟加拉文译本，从古典的四大名著到现代文学的作品，几乎都没有孟加拉文译本。我的好朋友陈士樾先生带领他的团队将《西游记》翻译成印地文出版了，他还赠给我一套。除此之外，我不知道是否有印度其他地方语种的译本。

参加国际大学学术会

3 月 24 日，我的好朋友波洛博 • 森古普多教授打电话来，要求我写一份自我介绍性质的材料，准备在 27 日开始的第八届孟加拉文学研讨会上做介绍。我上午写好自我简介，然后准备行李。下午 3 点左右，罗宾送我到豪拉火车站，这是加尔各答最大的火车站，位于胡格利河西岸的豪拉镇。我独自进入第 8 号站台，找到我要乘坐的那个带有空调的车厢。车厢里人很少，只有三分之一的位置有人坐，感到很凉爽、舒适。印度的车厢比中国的宽大一些，一侧是三个座位，另一侧是两个座位，中间是过道。火车准点开动了。

晚上 8 点钟，我乘坐的列车到了圣蒂尼克坦附近的波尔普尔火车站。国际大学位于波尔普尔火车站北面，距离火车站大约 3 公里。国际大学中文系学生舒潘杜来车站接我。出站的时候遇到奥特雷伊，原来他乘坐的也是这趟车。到了国际大学招待所，我住进二层的 24 号房间。客房不大，但带有卫生间。国际大学招待所比较简陋，我进到房间发现没有配备洗漱用具，而我又没有自带。天又晚了，没有办法出去购买，只好凑合一下。

安顿好之后，国际大学中文系主任那济世教授、阿维杰特和另一位教汉语的老师过来看我。他们告诉我，毛四维总领事偕夫人也应邀来参加研讨会了，他们不住在这个简陋的客舍里。阿维杰特告诉我，这个招待所收费不贵，小房间每天 60 卢比，大房间 100 卢比，吃饭每天大约需要 75 卢比。

3 月 25 日凌晨 5 点多我就醒了。简单地洗漱过后，我出去转了一个半小时，看了国际大学中国学院及周围的环境，拍了不少照片。吃过早饭后，张幸和华人联合会的刘国赵会长、李万城秘书长等也赶到了。我提前来到会场，结识了在这里教汉语的安徽大学马刚老师，在他的办公室坐了一会儿。然后研讨会开始了，先是唱歌，然后点燃蜡烛，向贵宾献花。中文系主任那济世致欢迎词。毛四维总领事用英语发表了长篇演讲，接着几个学者发言。下午 3 点继续开会，首先我向国际大学中国学院赠送我撰写的《泰戈尔画传》和翻译的泰戈尔著作。接着我用孟加拉语发言，大约讲了45分钟，受到与会者的热烈欢迎。随后我向那济世教授请了假，与张幸和她的同学于秋阳一起去会见一位年轻的画家兼诗人尼兰吉•般多巴泰，他生于1974年9月，当时才34岁，是一位很有才华的艺术家。他送给我们每人一本他编写的画册。

我们又拜访了孟加拉语言学家阿莉帕•达吉教授。据于秋阳讲，她几个月前做过手术，身体有些虚弱，但是精神很好，也很健谈。她拿出来自己写的书给我们看，都是孟加拉语言学方面的书籍。我们去拜访她，她很高兴，我们交谈了很久，最后我们和她合影留念。这个学者是于秋阳的孟加拉语老师。于秋阳是个很文静又很有才华的姑娘，是张幸的同班同学。来这里攻读新闻硕士学位两年了，7月份就要回国。她还在这里学习了两种印度舞蹈。她领我们逛了这里的一家小书店，我和张幸在那里买了几本书。

3月26日早晨起床后，孟加拉学生舒潘杜和另外一位同学陪我们去观看周围的环境，参观了泰戈尔最初办学的地点——阿什拉姆和他父亲于1863年建造的那栋三层的楼房（现在正在维修，外边搭着脚手架）。在这房子的东北100米远是一座很漂亮的玻璃房——神庙。学生告诉我，每周有两天的早晨7点，会有老师和学生来这里做祷告。再往西是一大片娑罗树林，也是泰戈尔最初的树下课堂。由此向西是幼儿园、小学，南边是中学。中学的北边就是我们想看的七叶树下的高台——恰迪姆斗拉。

我们到了那里，一个男老师正在向一群游客讲解。那两棵七叶树如今已经枯死，高台也重新修建过，周围用铁丝网围了起来，不让游客进去。我们在外边拍了许多照片。

吃过早饭后，研讨会就开始了。一位印度学者讲了中国的改革和市场经济，随后我即席插话发言，讲到中国改革和市场经济的问题：我们中国人认识市场经济是经过了一个痛苦的过程的。我还讲了一下我对孔子教育思想的认识。我的发言博得了与会者的热烈掌声。

在下午的讨论会上，德里大学的一位教授讲了中国近现代历史学的发展，我借此机会讲了研究中国历史学要注意三个方面的材料，即中国的国家历史、中国共产党的历史和中国台湾的历史。讨论持续到下午5点。之后我就和张幸以及定居于加拿大的梁先生去了斯里尼克坦，每人买了一点儿纪念品。斯里尼克坦是泰戈尔为发展农村而创办的生产基地，在那里有皮革、编织等手工艺品的作坊。

晚上回到圣蒂尼克坦中国学院。我去看望在这里教汉语的马刚老师。聊了一会儿，他的学生们陆续来了，大家很开心地交谈起来，然后大家唱歌，开玩笑，合影留念。这群学习汉语的学生们非常可爱，一个去过中国参加汉语比赛的高个子女孩很希望将来从事文学翻译工作。我鼓励他们努力学习。一个小个子男生说，写汉字难。我告诉他们，每天坚持写五个汉字，第二天复习第一天写的，然后再学习五个。这样下来，一年就能够记住1800多个汉字，而且越学越容易。

3月27日吃过早饭，我又和来自兰州的一个学习新闻的小伙子聊了很久。他说，在这里学习一年的学费是12000卢比，他自己租一间房子，每月1000卢比，两项加起来，才相当于人民币5700元。他住的房子是谭云山儿媳妇（已离婚）的房子，老太太还有一子，在国外工作。这一次我没有时间去拜访她，再来这里的时候我倒很想看看她，深入了解一些谭云山家族的情况。

孟加拉叙事文学研讨会

3月27日下午两点半我出发去亚洲学会。见到奥特雷伊，他请我去参加亚洲学会举行的关于民间文学的报告会。两个年轻女学者报告了她们的研究成果。报告会结束后，我带张幸去见波洛博•森古普多教授。我们在走廊里见到了莫胡娅教授，我也把张幸介绍给她。这时候一位克里亚尼大学的女博士来见我，我和张幸和她聊了一会儿。她叫卡库莉•曼达尔，是研究孟加拉民间文学的，她所在的大学里有一个研究孟加拉民间文学的中心。我和张幸商量，找个时间去一次，因为我对孟加拉民间文学了解得甚少，将来写孟加拉文学史，也要涉及民间文学。

我和张幸、奥特雷伊乘坐出租车去参加晚上 6 点在西孟加拉邦孟加拉研究院举行的第八届孟加拉叙事文学研讨会。到了那里我见到了波比特罗•绍尔迦尔教授，他领我们去会见西孟加拉邦孟加拉研究院的主席尼棱德拉纳特•丘克罗博尔迪（নীরেন্দ্রনাথ চক্রবর্তী）和文学家布陀代博•古哈（বুধদেব গুহা）。我们互相问候之后，记者来采访他们。随后我们去参加第八届孟加拉叙事文学节期间举行的研讨会开幕式。

会议组织者把我请到主席台，让我坐在尼棱德拉纳特•丘克罗博尔迪主席身边的主宾席位上。主持人宣布会议开始，一个女青年向我们前排的人敬献花篮，然后请主席台前排的我们六个人去点燃六支蜡烛，大家起立向已故的一位文学家默哀。接着向两位作家奥林多姆•巴苏和布陀代博颁发奖牌，向我赠送纪念品（泰戈尔的诗选第二册、印有孟加拉研究院标志的一个文件夹），还向我献上一条白色大围巾。

然后是讲话。当我听到请我讲话时，只好硬着头皮走向话筒。我主要讲了三层意思：今天我来参加这个研讨会的开幕式很高兴；我喜欢孟加拉文学，特别喜欢泰戈尔，因为他的作品好，人格伟大；我热爱孟加拉语言和文学，所以翻译了泰戈尔的不少作品。我说，我热爱孟加拉语，每当我听别人说孟加拉语的时候，就觉得好像在聆听音乐。我认为，孟加拉语是世界上最美丽动听的语言之一。我的简短讲话博得了与会者的热烈掌声。

开幕式结束后，我们又去研究院秘书长办公室会见秘书长绍诺特库马尔，他请我们吃点心。我们照了合影，然后才告辞。张幸打出租车送我回到住处，然后她才回她的住地——吴继宏先生的家里。

结识奥尔琼 · 绍尔迦尔

3 月 12 日我决定去参观加尔各答大学。此前我已经与皮雅丽说好，今天我要去他们大学访问几位研究佛教的学者。吃过午饭，罗宾送我到电车站，我自己登上 26 路电车，一直坐到加尔各答大学附近。下车后我就往西拐，走不远，街道两侧全都是书店。我最先看到大学的文化学院，然后给皮雅丽打电话，可是没有人接。我来到大学总图书馆门前。这时候一位女老师来迎接我。她把我领到一栋教学楼二层的一个教室，皮雅丽和另外两位老师已经在等候我了。我们互相问候之后，各自作了自我介绍，交换了名片。她们三个人都是研究佛教的，年纪大一些的女士名叫蒙妮坤多拉，年轻一点的是绍赫莉女士。过了一会儿帕尔卡尔教授也来了。我向他们简单地说明我这次来访问的意图。

我们聊了一个多小时。这时候四个学生来上课了，我就告辞出来。语言系的一位老师把我领到语言系办公室。在办公桌上放着一本我熟悉的俄语词典。不一会儿，一位高个子的中年教师走进来，向我问好，并且作了自我介绍，我才知道他就是系主任、俄语教师奥尔琼•绍尔迦尔教授。我也作了自我介绍，于是我们就用俄语聊起来，聊得很投机。他对我说，今年的世界俄语研讨会在中国举办。我说我还不知道，回国后去打听一下，如果是在中国举办，我会努力劝说会议的组织者给他发邀请信，请他去参加。他非常高兴。我送给他我写的《泰戈尔画传》和深圳大学2006年举行印度文化节的小册子，里边有我讲座的照片和内容。

他问我28日有什么安排？我说还没有。他说，28日学院要举行一个讨论会，在远郊区另一小城市举行，他想请我讲一讲泰戈尔与中国这个题目。我表示愿意参加。

他还讲到，圣彼得堡大学的孟加拉语教授伊琳娜•布拉萨莉娜不久前来过加尔各答。我告诉奥尔琼，我认识她，而且很熟悉。我在列宁格勒大学留学的时候，她是教研室的秘书。1992年我去俄国访问的时候，她已经在教授孟加拉语，当时已是白发苍苍的老人了。他还谈到莫斯科大学的孟加拉语教授贝科娃，仍然健在，但是她的女儿却去世了。

我与他告辞，出来后拍了几张加尔各答大学建筑的照片。然后去外边逛书市，买了三本书：苏尼尔的两部长篇小说《那时候》（সে সময়）和《初现之光》（প্রথম আলো）1、2册。回来的时候我乘坐240路公共汽车，到高里亚哈特站下车，然后一边步行一边问路，很快回到住处。

3月13日晚上我给奥尔琼打了电话，聊了好一会儿。他说找时间带我再参观一下加尔各答大学人文各院系。他和他爱人请我去他们家做客，我表示感谢并答应他我一定去。

3月21日下午5点半，奥尔琼来到我的住处，给我带来了邀请函，请我参加3月28日在比坛•钱德拉学院举行的文学研讨会。我们聊到7点半。临走的时候我送给他们全家人每人一件礼物：琥珀手链、披肩和琉璃环。他回到家后，他的妻子打电话来表示感谢。

3月22日下午，我给奥尔琼拨通了电话，问能否带张幸去参加研讨会。他说，当然可以。我向他简单介绍了有关张幸的情况。奥尔琼说让她讲一讲德国人学习和研究孟加拉语言的情况。我打电话告诉了张幸，她很高兴。我想多给青年学者创造一些接触孟加拉学者的机会，帮助她尽量多与一些单位交往，多认识一些学者，这对她今后的研究工作会有好处。

3月28日我们要去阿萨索尔城，参加比坛•钱德拉学院的学术讨论会。7点45分奥尔琼带车来接我，然后去接张幸和两位韩国女教师。我们的车向北行驶，12点40分才到达阿萨索尔。这是一座古城，街道比较狭窄。学院组织了十分隆重的欢迎仪式，院长高塔姆•般纳吉先生和其他领导及教师在楼门口迎接我们。由身穿绿色戎装的四位女青年和八位男青年组成的队伍站在门口欢迎我们，他们迈着整齐的正步走在我们的两侧或前面。我们受到简直像国宾一样的礼遇。然后我们进到院长办公室，院长简单介绍了学院的情况，年轻的教师给我们的胸前别上参加讨论会的圆形徽章。院长带领我们参观了学院的各行政部门、教室、图书馆等。

中午，我们在院长高塔姆•般纳吉先生的家里用午餐。然后参加讨论会。会议一开始，女学生向我们每个人献花，又分别送了一块刻有我们名字的木牌。我作了关于孟加拉文学在中国的发言，博得了特别热烈的掌声。两位韩国教师和一位俄罗斯学者也讲了话。张幸唱了一首泰戈尔的歌曲，还和这里的一位男老师合唱了一首泰戈尔歌曲，受到十分热烈的欢迎，台下响起雷鸣般的掌声。学校还送我们每人一个挎包。

晚上6点25分我们离开阿萨索尔，回到加尔各答的住地已经是半夜1点了。

3月31日下午5点40分，奥尔琼来接我去他家做客。他的夫人很客气，向我献了一束夜来香花，还送我一件印度长褂子和裤子。他们家位于加尔各答南城区，是一座他们自己建造的小楼。政府划拨给他建房的宅基地，8年前，他自己筹划盖成了这座三层小楼：一层是客厅、厨房、卫生间；二层是三间卧室，在一层和二层之间还有一个房间，是他们女儿的学习室。整个小楼很漂亮。他妻子准备了一桌很丰盛的晚餐，其中有三种鱼，我美美地吃了一顿。

夫妻二人只有一个女儿，他们有意送女儿去中国学习医学，因此向我询问关于去中国留学的各种问题，我耐心地做了回答。

饭后，奥尔琼自己开小型汽车把我送回住地。

奥尔琼教授还请我给他们系的中文班同学们讲过两次汉语课。

从此，奥尔琼教授成为我的挚友。后来我多次访问加尔各答，他每次都热情地请我到家做客。我记得，为接受泰戈尔文化大学授予我博士学位证书和泰戈尔纪念奖，2010 年 5 月初我从北京经昆明转机飞往印度西孟加拉邦。我乘坐的航班抵达加尔各答国际机场已是当地时间凌晨深夜，奥尔琼居然亲自到机场来迎接我，并且带来了他夫人为我做的饭菜，这使我非常感动。

几年后，我和石景武、魏丽明等中国学者应邀去加尔各答参加学术会议。会议结束后，奥尔琼教授还邀请我们参加他亲戚家女儿的婚礼，使我们有机会了解印度教传统婚礼的整个程序。有一年夏天我要去喜马拉雅南麓的大吉岭、芒布等地参观泰戈尔曾经居住的地方，奥尔琼夫妇知道后让我一定带上奥尔琼的毛衣，因为他们知道山区即使是夏天早晚也很凉。可见我们之间的友谊之深。

2016 年 10 月下旬，奥尔琼教授偕夫人应邀来北京参加北京外国语大学举办的国际俄语教学研讨会。他们夫妻二人借来参加研讨会议的机会游览了中国广州、上海、杭州、西安等城市。会议结束后，我请他们夫妇来我家小住了几日，并陪同他们游览了颐和园等景点。

奥尔琼教授为人厚道、朴实，是我在加尔各答结识的一位真挚的好朋友。

2022 年 11 月初，奥尔琼教授托北京大学教授张幸转给我一封信（因网络问题，我多次与他联系都未成功），告诉我他唯一的女儿将在 11 月 10 日结婚。我立即用孟加拉文写了一封信，祝贺他的女儿新婚美满幸福，并请张幸帮我转发给奥尔琼教授。

11 月中旬，奥尔琼教授通过电子信箱发来回信，感谢我对他女儿的新婚祝福，并且发来了 4 幅结婚照片。我端详着这 4 幅照片，心里感到很温暖，往昔与这一家人交往的美好回忆，一幕幕出现在我记忆的荧光屏上。第一次见到他女儿时是我第一次访问印度，即 2008 年春天，那时她还是一位亭亭玉立的美丽少女。当时她的父母亲曾经一度希望她来中国学习医学，后来她考入了印度的一所医科大学。我很喜欢这位女孩，内心里对她很亲，觉得她仿佛是我前世的女儿。

加尔各答的华人朋友

印度的华人不少，大都居住在一些大城市里。居住在加尔各答的华人比较多，他们集中居住在一个叫作塔巴的社区。2008 年 3 月在圣蒂尼克坦国际大学参加国际研讨会期间，我结识了几位华人朋友。3 月 25 日吃过晚饭，在国际大学的招待所里，我认识了加尔各答华人联合会刘国赵会长和李万城秘书长，聊了很长时间。刘会长在加尔各答开了三家餐馆，其中两家是中餐馆，一家是孟加拉式的餐馆。他有两个儿子和一个女儿，女儿是老大，已经结婚，两个儿子和他在一起生活。他当时已经 76 岁，但是身体很健壮。刘会长和李秘书长都很热情。李秘书长出生在加尔各答，能讲孟加拉语（因为他从小就与孟加拉孩子们一起玩耍），也能讲汉语和英语。

3 月 26 日我们开了一天研讨会。因为我们要赶 27 日 6 点 1 刻的火车回加尔各答，5 点我就起来了。5 点半，国际大学派一辆车子送我们五个人（我、张幸、刘会长、李秘书长和他们的一个华人朋友）去波尔普尔火车站。

早晨很凉爽，站台上人也不太多。我们乘坐的是一节空调车厢，车厢里没有几个人。我问李万城先生为什么人这么少？他说，这种车厢的票价很贵，170 卢比，而普通车厢才 50 卢比。中国留学生出去游玩时也常常乘坐那种便宜的火车。

一路上我们都在聊天，感到时间过得很快。10 点多，火车到达加尔各答的豪拉火车站。我们 5 个人乘坐一辆出租车，来到一家已有 70 多年历史的茶馆吃早餐，刘国赵会长请客。吃的是汉堡包，喝的是印度奶茶，味道很不错。茶馆很整洁，房屋的上下空间有 4 米左右，令人感到很舒适、很凉爽。我们 5 个人吃了 1250 卢比，折合人民币不到 300 元。吃过早餐，我们乘出租车，先把我送回住处，然后他们才回去。

我跟李万城先生聊了很久，这才知道他是很能干的华人领袖之一。他的祖父从广东的梅县来到这里，他的父亲、他以及他的孩子三代人都是在这里出生的。他从小就跟孟加拉孩子在一起玩耍，所以会讲孟加拉语;因为家境不太好，所以读到初中，就不读书了，自己跟朋友创业。现在他有三栋房子，一栋是楼房，两栋是平房。他父母都健在。大女儿 22 岁，大学毕业后在一家旅行社工作，儿子在中国台湾读大学，小女儿在读高中。

李万城是加尔各答华人朋友中极朴实厚道的一位华人领袖，他热心为华人服务，为来自国内的中国学者提供多方面的帮助。

后来我又多次来印度访问，几乎每次都与李先生会见，并且得到他的很多帮助。2010 年 4 月末至 5 月上旬，我来加尔各答接受泰戈尔文化大学授予我文学博士学位和西孟加拉邦政府授予我泰戈尔纪念奖的时候，李先生及其父亲在《加尔各答商报》上发表大字号贺词。李先生及其他华人朋友参加了颁发博士学位证书和泰戈尔纪念奖仪式，并且为我拍摄了很多十分珍贵的照片。在炎热的 5 月，他和他的朋友陈先生骑着摩托带着食品来我的住所聚餐，祝贺我获得的荣誉。

2011 年 1 月初，阿萨姆大学校长多波提尔•婆达贾尔久（তপোধীর

ভট্টাচার্য ）先生请我去阿萨姆大学讲学。我问李万城先生能否陪同前往，他欣然答应了。他放下手头工作，陪同我从加尔各答乘坐飞机飞越孟加拉国领空，抵达印度东部的阿萨姆邦南部重镇锡尔杰尔城。阿萨姆大学就位于该城市南部的山区。李万城先生陪我在该大学度过了一周的时间。我会见了以前认识的朋友——阿萨姆大学孟加拉语系教授贝娜•达斯女士，在孟加拉语系为该系的师生作了一次“翻译研究泰戈尔的体会”的讲演，然后又为全校师生作了一次“泰戈尔与中国”的讲演。除了陪同我发表几次讲演外，李先生还同我一起参观了这里一个大型茶叶种植园及其加工厂。

这一次阿萨姆之行，使我有机会了解阿萨姆大学和山区茶农的生活等情况。阿萨姆之行加深了我们之间的友谊，我十分感激李万城先生！他是一位值得信赖的朋友，我视他为我的亲兄弟。

后来，应瓦拉纳西大学邀请，我去那里参加于 1 月 21 日至 24 日举行的国际学术会议。1 月 6 日凌晨我飞抵加尔各答后，李万城不让我住宾馆，安排我住在他表叔周先生的家里。从瓦拉纳西回来后，我又在周先生家里待了几天。周先生夫妇非常热情地接待了我，简直是视我为他们家里的成员了，早晨为我做了可口的早点。

我在加尔各答结识的另一位华人朋友是吴继宏先生。2008 年 3 月 29 日晚上 6 点多，张幸坐车来接我去吴继宏先生家做客。她来加尔各答后就住在吴先生的家里。吴先生是加尔各答华人圈子里比较富有的企业家，他有一个三层大楼的皮革厂，他们一家人住在一栋与皮革厂大楼相毗邻的楼房里。全家一共 5 口人——除了老两口，还有儿子和儿媳妇，一个小孙子。儿子当时不在家，儿媳妇怀孕在身。他们家所在的地区，被当地华人统称为塔巴，那里有客家人 200 多户。吴先生的父辈早年来这里创业，他是第二代。

他们一家人很热情。我来到他家的时候，温振才副总领事及夫人等已经到了。华人联合会刘国赵会长、李万城秘书长也到了。我们在客厅里聊了一会儿，就步行去一家中国餐馆。我们来到一个大包间，那里已经有不少人了，其中有张幸的德国导师及其家人。张幸一一向我作了介绍：她的导师姓氏为“达斯”，是孟加拉人，现在是德国马丁路德•哈勒维腾大学（Martin–Luther University）东方研究院的教授。他的母亲，妹妹、妹夫以及他们的儿子和女儿都来了，通常他们都住在德国。他母亲在加尔各答有一处房产——一个比较大的院落。

晚餐很丰盛。饭后，我和吴先生坐车回到他家，在他的办公室聊了一会儿。然后张幸带车把我送回住地。

刘会长还邀请我第二天晚上去他的餐馆吃饭，我怀着感激的心情接受了。李秘书长告诉我，第二天晚上 6 点半，他去罗宾德罗文化宫门口接我们，因为我和张幸明天下午 3 点要在那里参加一个与孟加拉作家的对话会。

3 月 30 日晚 6 点半左右，对话会结束。李万城先生开车来接我们去刘国赵会长的北京餐厅吃饭。温振才副总领事携夫人、总领事馆办公室主任和一位领事也来了。我和张幸仍然和德国教授一家人坐一桌。刘会长的夫人亲自动手做了两道菜，味道非常好，我向她表示感谢。我们一边进餐，一边聊天，很开心。我跟张幸的德国导师说，我想和张幸去外地看一看，希望他能够给张幸十几天假。他的导师笑着答应了。饭后张幸带车把我送回住地，此时已经 11 点了。

同孟加拉作家们的对话

3 月 30 日，我和奥特雷伊一起去孟加拉研究院参加一个文学讨论会，在会上与孟加拉文学界的名人进行面对面的对话。会议开始前，我结识了两位作家：一位是金诺尔 • 拉伊（জিন্নর রায়）；另一位是婆基罗特 • 米什罗，他把印有他自己住址、电话及电子信箱的小标签贴在节目单中他的名字下面。他们二位赠给我他们写的书。过了一会儿，又来了一位作家奥林多姆 • 丘多巴泰（অলিন্তম চট্টোপাধায়）。

快到 3 点的时候，张幸来了。我又带她去会见孟加拉研究院秘书长绍诺特库马尔。这时候波洛博 • 森古普多教授也来了。我们聊了一会儿，一起合影。然后我们去会议室参加会议。当天的见面会由波洛博 • 森古普多主持。我应邀在台上就座，孟加拉研究院的秘书长绍诺特库马尔 • 丘多巴泰和翻译奥特雷伊也在主席台就座。波洛博教授首先把我介绍给与会的作家们。随后我向大家介绍了当代中国文学的概况。然后我用孟加拉语回答了大家提出的问题。有一位作家问我：泰戈尔长篇小说中哪一部是他的代表作？我很干脆地回答说，是《沉船》。他又问：为什么？

我比较详细地论述我的观点：这部作品是最能体现作者伟大人道主义思想的一部作品，通过男主人公罗梅什的艺术形象，生动地表达了作者一生所追求的崇高理想——尽一切可能帮助别人，甚至不顾自己被伤害。在文学艺术的创作方面，可以说《沉船》是泰戈尔小说创作的巅峰，达到了炉火纯青的境界。小说的情节起伏跌宕，引人入胜；人物形象栩栩如生，有血有肉；心理描写细腻生动，感人至深。

男主人公罗梅什在加尔各答读书，与海梦莉妮的哥哥是同学，因此，他与海梦莉妮相识并且相爱。罗梅什的父亲突然强行把他带回家去，硬逼他和一个他没有见过的姑娘结婚。在新娘家的住地举行过婚礼后，迎亲船队在返回的途中遇到了风暴，结果船沉没了。罗梅什被风暴抛到河岸上，他苏醒过来后发现不远处躺着一个身穿新娘服装的姑娘，以为她是自己的妻子，于是就把她带回家。通过交谈罗梅什才知道，她不是自己的妻子。她叫科摩拉，从小失去父母，在舅舅家长大。这时罗梅什感到很为难，他既不能把她作为妻子留在身边，又不忍心丢下她不管，因为她已经无家可归。罗梅什只好把她带到加尔各答，将她送进一所女子寄宿学校学习。

罗梅什又恢复了与海梦莉妮的交往，并且很快确定了婚期。就在举行婚礼的前一天，寄宿学校放假，校长通知罗梅什接回他的“太太”。为了安置科摩拉，罗梅什要求推迟婚期一周。海梦莉妮的哥哥这时得知，罗梅什已经有了太太，就让他说清楚。罗梅什为了保护科摩拉的名誉，拒绝回答，因而引起了海梦莉妮一家的怀疑。为了避开熟人，罗梅什带着科摩拉乘船前往西部去旅游。一路上，科摩拉一直把罗梅什当作自己的丈夫，对他体贴照顾，可是罗梅什一直和科摩拉保持距离，又不想对科摩拉说明事实真相，为此科摩拉很伤心。在与科摩拉相处的过程中，罗梅什对科摩拉也产生了一定的感情，他甚至决定放弃与海梦莉妮的爱情，把科摩拉作为自己的妻子接纳下来。罗梅什给海梦莉妮写了一封信，说明了事情的真相。科摩拉无意中看到了这封信，明白了一切，因此毅然离开自己刚刚建立起来的家，到茫茫人海中寻找自己的丈夫。她历经苦难，终于找到了自己的丈夫诺林纳克大夫。她以自己的善良和勤劳赢得了诺林纳克母亲的喜爱，诺林纳克从罗梅什留给海梦莉妮的信中得知，科摩拉是自己的妻子，最后夫妻相认。

小说中两位女性的命运牵动着读者的心，也赢得了广泛的同情。但是这部小说最感人之处，是诗人塑造的罗梅什这个人物形象。他是一位极富有同情心的正直善良的人，当他得知科摩拉不是自己的妻子后，一直和她保持距离，尽管她非常漂亮，他也不接受她的情意；同时他又十分同情科摩拉的遭遇，宁愿自己被恋人所误解，也不让科摩拉的名声受到玷污，甚至宁愿忍受失去所爱之人的痛苦，也不愿意丢下科摩拉不管。

罗梅什的正直善良，体现了作者的理想和品格。当然，罗梅什性格中也有软弱犹豫的一面，他不敢说明真相，致使误会越来越深。他的正直善良和犹豫不决，给自己和别人造成了许多痛苦。看来，泰戈尔把自己的一些品格和人生体验赋予了罗梅什，他也和罗梅什一样，正直善良，愿意帮助别人，但是却常常不为人们所理解，因此也经常陷入苦闷之中。总之，通过罗梅什这个善良正直而又性格柔弱的人物形象，泰戈尔讴歌了那种为了他人宁愿牺牲自己的一切甚至爱情的高贵品格。《沉船》这部小说处处闪耀着泰戈尔伟大的人道主义光辉，渗透着他一贯倡导的和谐美好的人际关系，渗透着他所向往的互助互爱的社会理想。

我讲完我的看法后，下面响起了极为热烈的掌声。我真的很受感动！

我还回答了有关中国出版、民间文学和市场经济等方面的各种问题。见面会持续了一个多小时。张幸用孟加拉语唱了泰戈尔作词的两首歌曲，还背诵了一首诗，博得大家的热烈掌声。最后，秘书长还向我和张幸赠送了几本孟加拉文书籍。

然后我们又回到秘书长办公室，吃了点心，喝了茶。秘书长又送给我 4 本书。他问我能不能用孟加拉语撰写一本中国文学史。我跟张幸商量了一下，回答说可以撰写。我问他要写多少字。他拿出一本《印地语文学史》，说："就写成这样子，不要太厚。"我对秘书长说，要有一个具体计划和要求才好。他说："我们再研究一次。"

这时候，获奖作家奥林多姆•巴苏（Arindam Basu）来了，他给我们带了他已经出版的三本书，我们对他表示感谢。我对他说，如果能在中国找到出版社出版他的书，我和张幸就愿意做他著作的译者。我们需要他准许我们翻译出版的授权书。他表示可以写个授权书。

孟加拉研究院主席、诗人尼棱德罗纳特•丘克罗博尔迪也来了。我们又到了他的办公室，和他合影留念。孟加拉研究院的会计还给了我

1000 卢比的报酬。

走出办公室的时候，我们还遇见了女作家艾莎•戴，她是著名孟加拉作家的女儿。另一位作家穆里敦久伊•森（Mrityunjoy Sen）也送我两本书：一本是用英文写的诗歌，另一本是孟加拉语短篇小说集。

这一天我虽然很累，但是很开心，收获很大。因为我见到了不少孟加拉语作家，再次见到了孟加拉研究院的领导。我和张幸还接受了撰写中国文学史的任务。就这样，我们与西孟加拉邦孟加拉研究院建立起了更深入的联系。

去德里等地旅游

4月1日，吃过午饭，我前往亚洲学会，会见了波洛博•森古普多教授，并且送给他一条白色的围巾。我告诉他，我将于4月3日前往德里、阿格拉、贝拿勒斯等地旅游参观，大约一周后就会回来。他说泰戈尔文化大学要安排我去泰戈尔故居参观。奥特雷伊说，可能还有节目或仪式。

然后我去亚洲学会理事会主席的办公室会见主席。他说，该学会的博物馆里有一些中文书籍，请我帮助他们看一看哪些是重要的，协助博物馆工作人员整理一下。我答应了。

下午5点，阿弥陀弗（অমিতাভ）和他妻子奥妮达来访，告诉我，他们计划5月28日去中国访问，先到北京，然后去西安、杭州、广州等地旅游，为期3个月。阿弥陀弗曾经在北京语言大学学习过一年汉语，2003—2004年还去北京美术学院进行过学术访问。他能讲汉语。他送给我一本登有他文章的杂志，里面有他翻译的几首唐朝诗人的诗。他们夫妻俩请我去他们家做客。我许诺，从新德里回来后就给他们打电话。

奥特雷伊来电话说，4月14日是孟加拉人的春节，在泰戈尔故居还要举行关于泰戈尔的讨论会，让我准备一篇短文。我告诉他我 12 日前后会回来，回来后就给他打电话。

4 月 1 日下午 4 点我从亚洲学会出发，回到住地已经 5 点了。李万城秘书长购买了去德里的火车票,并安排好了住处。他把火车票给了张幸。

4 月 3 日上午，我给在德里大学学习的蔡晶和汉学家绍葆丽女士打了电话。 吃过午饭，我就叫了一辆出租车，去塔巴华人居住区的北京饭店，李万城先生在那里等我，然后我们去了张幸的住地——吴先生家。吴先生夫妇给我们端来了消暑的饮料、蛋糕和茶。吴先生送我一个皮夹子，可以用来装护照和零钱，我很感谢他。当我把包里的美金装入皮夹时，他们发现我带的美金比较多，就劝我不要带那么多，于是我就把 3000 美金存放在吴先生他们家里。

离开吴先生家，我们动身去火车站，途中李万城先生去一家小店为我购买手机卡，但是店主不熟悉情况，李先生、张幸和他交涉了很长时间才办妥。李先生一直把我们送到加尔各答第二大火车站——什莱达赫，我们登上火车，又聊了会儿，他才离去。我们很感谢他的帮助。我们要乘坐的首都特快列车于下午 4 点 45 分按时开出了。

铁路两侧是一望无际的平原，西孟加拉邦的田园很美丽。地里小麦已经成熟，在金黄色的麦田里，还有农民们在收割。大部分农田里的庄稼都已经收了，田埂上散布着稀疏的碧绿灌木丛。黄绿相间，犹如一幅幅美丽的风景画。

列车开出不久，服务员就送来茶点，接着不停地送吃的和饮料，然后又送晚餐。我和张幸根本吃不下那么多东西。

这种卧铺车厢很像以前苏联的卧铺车厢，也是上中下三层铺，靠近窗户的只有中铺和下铺。我们就睡在靠近窗户的两个卧铺上。下铺拉向两边，就形成两个座位，睡觉时再放下来。车厢里有空调，很舒服。车票很便宜，每张 1560 卢比，我买的是老人票，优惠 30%，只花了 1140 卢比，相当于人民币 271 元。

次日早晨 6 点我醒来后，列车停在坎普尔中心车站。坎普尔是印度北方邦一个比较大的城市。北方邦的自然景观和西孟加拉邦差不多，但是车站上的标识只用印地文书写，见不到孟加拉文。北方邦也和西孟加拉邦一样，是大平原，一眼望去，一片金黄色的麦田，有的已经收割，有的还带有一些青绿色，还没有完全成熟。油菜已经结荚，但尚未成熟，依然呈现深绿色。

11 点 30 分我们的列车抵达新德里。走出火车站，我们乘坐地铁到德里大学，随后又改乘一辆三轮车，转了半个小时才找到德里大学的客舍。一问，只有双人间，而且一个房间要收两个人的房费 600 卢比。张幸和管理人员交涉半天，我们才住下来。

我们吃了一点儿东西，张幸就给她的熟人打电话。不久，懂汉语的奥妮达老师来了，我们一起商定了活动日程安排。

然后我们又去会见在这里教汉语的梁老师和他的儿子（在这里学习西班牙语）。不一会儿，蔡晶就来了。我们一起乘坐三轮摩托车去长城饭店吃晚饭，路上看到一些被放逐的老公牛，它们躺卧或站立在大街上，其中一头白色的公牛还跟我们走了几步，看来它是在向我们要吃的东西。我觉得，在加尔各答有“三多”：印度教小型寺庙多、乌鸦多、乞丐多，在新德里又增加了一“多”，即流浪的老牛多。印度教徒认为，牛是神圣的动物，所以他们不能伤害牛，也不能食用牛肉。当公牛衰老的时候，他们就将其放逐，任其流浪，直到自然死亡。因此在笃信印度教的城市大街上，经常可以看到流浪的老公牛。

在新德里，下午和晚上都下了雨，所以次日就比较凉爽，好像有意欢迎我们似的。

4月5日上午8点半，蔡晶带领我们去大学地铁站，乘坐地铁去参观红堡。在红堡西面一里远的大街上，有一座白色的宏大庙宇，蔡晶介绍说，那是锡克教的神庙。我脱掉鞋，进去看了一下，也有人在跪拜，但是人并不多。在它的东侧，有一座红色的坐西朝东的印度教神庙，也非常壮观。我们没有进去，只在外边拍摄了几张照片。

我们穿过南北走向的马路，就到了红堡的西面围墙的外边，墙外有护城河，但是已经没有水了。我们在外面拍了很多照片，然后买了票，从西北门进去参观。

红堡是莫卧儿王朝时期建成的一座很大的城堡，因为围墙是红色的，所以人们就称呼它为“红堡”。里边有几座豪华的宫殿、一座清真寺。宫殿内的墙壁和廊柱用汉白玉砌成，上面用红蓝绿等各种颜色的宝石镶嵌成美丽的花卉图案。除了宫殿，还有水池。各宫殿之间是大片草地，还有一些树木。红堡所占的面积，大概相当于半个北京故宫。

我们参观完了红堡，就去参观古老的贾马清真寺。这座清真寺建在一个高台上，坐西朝东，整个建筑呈乳白色，给人一种圣洁典雅之感。清真寺下面是做买卖的各种摊位，销售各种服装、穆斯林帽子等商品。我和张幸脱掉鞋子，进到围栏里。这是一个院落，一大群鸽子在地上捡吃撒在地上的玉米。靠近大殿的前面是一个供大家洗手洗脚的大水池，水池的西面就是清真寺正殿。我们进去后，就看见一些信徒跪在墙边做祈祷。我们拍了不少照片。

从清真寺出来，朝南走过去不远，向西拐，再向南走，我们找到一家叫“卡里姆”的餐馆。我们在那里吃了烤发面饼和烤鸡块，还加一碗蔬菜，主要是炖咖喱土豆。

蔡晶陪伴我们参观了一整天，我从内心里感谢她。

4月6日上午，我们参观了莲花庙。这是一座新建的巴哈伊教庙宇。

整个建筑由 27 瓣莲花瓣组成，为乳白色，所以人们称之为莲花庙。该庙位于新德里南郊的巴哈普尔，占地 26.6 公顷，1980 年 4 月 21 日开工，1986 年 12 月 24 日建成，历时 6 年多。它的正式名称是“巴哈伊灵曦堂”，是世界 7 座灵曦堂中最新的一座。庙宇的周围是碧绿的草坪和花卉。我们脱鞋进入大厅，就看到大厅顶部是由 9 瓣莲花组成的，那也是该教会的标志。我们静坐了一会儿，内心立刻就平静下来。

从“巴哈伊灵曦堂”出来，我们乘车去参观古塔。它位于伊斯兰教一座清真寺旁边，高耸的古塔保存完好，呈现红棕色，塔身刻有古兰经。塔的西面是残垣断壁，但是却给人一种古典文化厚重的积淀感。几乎每一处都值得仔细观赏。

随后我们又驱车前往胡马雍陵墓园，但是没有进到里面去，只是从外边看了一下，在外边拍了几张照片。

然后我们去了甘地纪念馆。到达那里时已经闭馆，我们只在室外照了不少照片。纪念馆所在地，就是当年甘地遇刺身亡的地方。院子里建有一个小亭子，里边竖立着一块石碑，上面刻着甘地遇刺后喊出的一句话“啊，罗摩”。罗摩是印度古代大史诗《罗摩衍那》的主人公，印度教徒认为他是天神转世，尊奉他为天神。我们还从外边看了看甘地与妻子在这里住过的房间等建筑。

圣雄甘地是印度民族解放运动的领袖，他心系人民的疾苦，把自己的一生都献给了人民的解放事业，因而赢得了印度人民的尊敬。我怀着崇敬的心情参观了甘地的纪念场所。

4 月 7 日早晨，蔡晶陪我们去参观德里大学的校园和中文系，会见了奥妮达教授、另一位男教授和梁老师，我还送给奥妮达一件披肩，送给另一位教授一面小镜子。我们又去尼赫鲁大学，会见迪巴杰和绍葆丽教授，他们请我们在小餐厅喝了茶，然后分别去他们俩的家里坐了一会儿。迪巴杰开车把我们送到德里城的一个购物广场。告别了迪巴杰，我们去华人开设的一家鞋店，为我们购买火车票的张先生在那里等我们取去外地的火车票。我们拿到车票，付了购票款（6300多卢比，相当于人民币1500元），与张先生和老板聊了一会儿，就告辞了。张幸和朋友王思思就去购物。她们出来后，我们一起回到德里大学，奥妮达和她的儿子及另一位研究佛教的教授请我们吃了晚饭。

斋普尔—阿格拉—瓦拉纳西

4月8日，我们要去斋普尔（根据孟加拉语的发音应该译成“久耶普尔”，意思是“胜利之城”）游览。我们4点多起床，5点出发，前往火车站，乘坐早晨6点10分的火车前往。斋普尔是一座古城，位于德里东南200多公里之处，是莫卧儿军队进入印度后建立的都城。我们首先参观了位于该城东北郊的一座大城堡，那是莫卧儿王朝时期的一座王宫，位于山坡上。该城的建筑大都是粉红色，所以又被称为“粉红色之城”。

然后我们又参观市内的王宫。王宫院里有四座门，上面雕刻着各种优美的图案，都是伊斯兰教的风格，它们分别代表一年四季的春夏秋冬。晚上我们乘8点20分的火车返回新德里，11点30分才回到德里大学我们下榻的招待所，随后整理行李，准备第二天去阿格拉。

4月9日早晨乘坐6点15分的火车去阿格拉，8点12分到达。我们住进靠近泰姬陵的一家小旅馆Sanyan Palanse，住宿费每人每天500卢比（相当于人民币119元）。吃过饭，我们就去参观泰姬陵。

泰姬陵位于贾牟拿河的南岸，坐北朝南。过去在画片上看见过，觉得很美，可是当我身临其境的时候，感觉就更不一样了。看到如此宏伟壮观的乳白色建筑，我就觉得真是美极了，心灵也受到了震撼。洁白的建筑给我一种圣洁的宁静感。我和张幸拍了很多照片。然后我们进入陵寝参观。石棺四周由用汉白玉雕成各种花纹图案的围栏环绕着，上面镶嵌着各种颜色的宝石。

沙赫杰汗皇帝为自己的爱妃修建了这样一座举世无双的陵墓，可见他对爱妃的情爱之笃。张幸很有感触地说："看起来，为了自己心爱的人，只要用心做一件事情，就一定能够做好。"我听了，觉得很有道理。

我们在这座陵寝周围转悠了很久，实在不想很快离去。说实话，真是百看不厌，美不胜收啊！

阿格拉城堡坐落在泰姬陵的西侧，相距不太远，看来有一公里左右。这座城堡实际上是一个大皇宫。据说，当年沙赫杰汗的儿子奥朗则布篡夺了皇位之后，就将其父亲囚禁在这座宫殿里，沙赫杰汗只能隔窗望着自己爱妃的陵寝，默默地垂泪。看来，莫卧儿王朝的这个皇帝还是一位很重情的人，是位很浪漫的君主。正是因为这一点，他赢得了后世人们的同情。

晚上我们租好一辆汽车，准备明天去秣菟罗和布林达般（森林），包租一天，租金为1150卢比（相当于人民币274元）。

4月10日早晨7点40分，我们乘坐出租车前往秣菟罗——黑天[13]的出生地，也是他和罗陀相识相爱的地方。我们参观了一座宏伟的印度教寺庙，这座神庙直到现在仍然是印度教徒朝觐祭拜的圣地。我在这里感受到了浓厚的宗教气氛：成群结队的人们怀着十分虔诚的心态，来这里膜拜印度教的神灵——黑天、罗陀、罗摩等。很遗憾的是，这里不准我们带照相机，所以没有办法拍照。

---

[13] 黑天（Krishna），印度神话传说中的一位英雄人物，印度教徒将其视为天神的化身（参见上海译文出版社2006年出版的《印度神话传说》）。

然后我们驱车去布林达般（古代为森林，现如今已不是森林，而是印度教的圣地）。途中经过一座新建的银白色的神庙，气势恢宏，真有点儿泰姬陵的气派。它的建设者想创立一种融合所有印度宗教的教派，其教义是和平与团结，所有信徒都应为素食者，绝对不能吃肉，肉食者甚至都没有资格捐赠奉献。

在布林达般，我们参观了一座供奉黑天和罗陀的神庙。这里还是不准带相机，于是我们只在门边照了一张相片。下午3点半我们返回阿格拉，然后又去看了两处庙宇，逛了5家商店。

这三天来，我们真正感受到了印度的酷暑，从车窗吹进来的风都是热乎乎的。出租车又不给开空调。因为如果开空调又要加500卢比。为了节省点儿钱，我们只好忍受这种酷暑。

晚上我们乘坐11点50分的火车去贝拿勒斯——现在的瓦拉纳西，孟加拉人称之为"迦尸"。这是印度教徒心目中的圣地。根据传说，在这里病故并在这里火化的人可以进入极乐世界。因此，一般年老多病的人都希望儿女们将自己送到这里来居住，然后在这里故去。

4月11日是星期五，早晨列车服务员送来了两份食物，有米饭、土豆和豆汤，吃过饭，服务员来向我们索要饭费——每份37卢比，我们付了钱，但是不理解为什么收钱，因为在我们去德里的火车上都是免费送水和食品。我们就问与我们同车的一位老教授，他说，除了"首都特快"是免费供应食品和饮水外，其他列车都不免费供应。我们这才知道，原来不是所有的印度列车都免费供应食品。

中午1点，我们来到了印度教的圣地——贝拿勒斯。圣雄甘地大学的达斯教授带车来车站迎接我们，还向我献了花环，向张幸献了鲜花。我们住进了圣雄甘地大学的客舍。稍事休息后，达斯教授就带我们去参观鹿野苑，我们拍了很多照片。这是佛祖释迦牟尼初转法轮的地方，也是法显和玄奘来过的地方。本地人称呼此地为 Sarnath，但是汉译佛经中称其为“鹿野苑”。我就此事问过两位高僧，他们告诉我：佛祖初转法轮之时，在这里宣传佛法，数千比丘、比丘尼住在这里听佛祖宣讲佛法，数百只鹿也云集此地聆听佛祖宣讲佛法，因此中国的高僧就将此地翻译成“鹿野苑”。这里有一座古塔，依然屹立着，形状很像一个大型储油罐。在古塔东侧的草坪上，一个和尚在高声诵念经文，另一个和尚在静坐，他的身边有三个少女也在打坐。著名的阿育王石雕和三狮头石柱就是在这里出土的。

本来我们想参观对面的鹿野苑博物馆，但不巧，这一天关门，就没能进去参观。我们感到很遗憾，不过，我们还是参观了此地新建的两处寺庙：中华佛寺和锡兰人建的一座寺庙。

晚上 8 点我们去恒河岸边观看夜景。恒河北岸是一个很大的市场，晚上气温降下来，凉爽怡人，所以来这里的人很多，非常拥挤。我们乘坐的车不让开进去，我们走了很长的一段路。恒河景色很是迷人。回到住地已经很晚了。

4 月 12 日是星期六，早晨我们 5 点起床，就乘车去恒河岸边，观看人们在恒河里进行“圣浴”。到了那里，太阳已经升起来了。在河里沐浴的人很多，一些人买了一盏盏小烛灯，点燃后放置在恒河水里，任其漂流，然后进行沐浴。张幸脱掉鞋袜，很虔诚地下到水里，也买了一盏小灯，点燃后放逐在河水里。

我们拍了不少照片。随后我们租了一艘小木船，在恒河里漫游了半个小时，观看在恒河岸边焚烧尸体的场景：四个人抬着放有尸体的担架，走进河里将尸体浸泡、洗浴，然后抬到岸上，放在架好的木材上，点燃木材，进行焚烧，大约得 3 个小时才能够焚烧完，然后将骨灰装进一个瓦罐里，将瓦罐扔进恒河。

船夫告诉我们，一般穷人家火化一具尸体，得花费1000多卢比，富裕一点儿的人家花3000—4000卢比，有钱的人家则可以为此花费巨额资财，用贵如黄金的檀香木焚烧尸体。

我们观看了两处传统的火化场地——都在大楼的下面。印度教徒相信，用这种方式进行火化，死者的灵魂可以升入天国。在距离传统火化场不足100米的河岸边，就有几个洗衣工在洗衣服和床单。他们或者在石板上捶打衣物，或者刷洗衣服、床单等。恒河的水虽然有污染，但是比我想象的要好得多。小船向上游划行大约一公里远，我们发现水还是比较清澈的。

回到住地，吃了早点，我们就去参观贝拿勒斯印度教大学内的一个大型印度教神庙。不少学生在那里读书，也有不少人来膜拜神灵。我们遇到了贝拿勒斯印度教大学中文系一个二年级的学生，他准备参加汉语桥比赛，他能够讲汉语，但是声调不准。他告诉我，教他们汉语的两位老师都来自中国的台湾岛。一年级有25人，二年级有8人，三年级有11人。该大学每年都招收学习中文的学生，学制为三年，但是预科要学习1—2年，考试合格才能正式进入大学。

因为要乘坐火车返回加尔各答，我们回去后就准备行李，下午3点半就出发了。可到了火车站，才知道火车晚点。达斯教授一直陪我们聊天。火车直到晚上6点才开动。

第四十一章

访问印度杂记（下）

4 月 13 日早晨列车进入加尔各答郊区的时候，我真有点儿回到家乡的感觉。9 点，我回到了加尔各答。稍作休整后，晚上 6 点，我乘出租车去北京饭店。然后去了吴继宏先生的亲家——刘副会长的家里，为他二儿子的女儿过一周岁生日。我和张幸及吴先生一家去参加聚会，前来参加聚会的华人很多，有 100 多人。

在这次聚会上我结识了钟先生——刘副会长的姑表弟，以及刘副会长的亲家。我还会见了李万城先生的母亲和岳母。我和张幸都送了一件小礼物给一周岁的宝宝。我们还拍了不少照片。8 点多打出租车回到住地。

在焦拉桑科泰戈尔故居参加新年聚会

晚上，奥特雷伊打电话说，请我第二天 8 点前赶到泰戈尔的故居——焦拉桑科，去参加新年聚会。4 月 14 日，是孟加拉历 1415 年（公历 2008 年）拜沙克月初一——孟加拉历的新年。

早晨 7 点，罗宾送我到 9A 路公共汽车上，并且嘱咐售票员到焦拉桑科的时候叫我下车。7 点 55 分我到了泰戈尔故居，上一次给我作讲解的小伙子迎接我，这时候泰戈尔文化大学的副校长也到了，我和他握手，并且祝贺他新年快乐。我随他登上二楼，在泰戈尔出生的地方祭拜了这位诗人，敬献了鲜花，然后经过诗人去世时所在的那个房间，最后进入大厅。

副校长点燃祭灯，我作为嘉宾坐在他的身边。新年聚会开始，我们对面有 4 个歌手和乐器演奏者的座位，他们唱起了泰戈尔的歌曲。主持人宣布仪式开始，副校长向我献上围巾、花篮和礼品（4 盘泰戈尔歌曲磁带和 1 本书）。接着大会发言，间或演唱泰戈尔的歌曲。

张幸晚到了半个小时。11 点聚会结束。一位学者正与我交谈，奥特雷伊催我快走。结果我忘了带走放在桌子上的照相机。泰戈尔文化大学派一辆汽车送我和张幸回驻地。

回到住地，张幸打开电脑复制我们拍摄的照片，这时候我才发现相机不在我的包里。我立即想起来了：相机放在泰戈尔故居二楼办公室的桌子上。我随即打电话给奥特雷伊，请他给会议组织者打电话询问。过了一会儿，奥特雷伊回电话说，联系不上，对方关机。我立即打电话给我的朋友奥尔琼，请他来帮助。下午两点半，奥尔琼开车来了，我们决定返回泰戈尔故居去查找。

到了那里，我们向办公室的工作人员说明了情况。一位戴眼镜的男工作人员说，他刚才已经接到电话，去查过了，但没有看到。他又带我们去办公室查看，的确没有。我们只好再打车回到我的住处。

晚 6 点半，奥尔琼把我们接到他家过新年。奥尔琼的妻子绍普娜送给张幸一套衣服，送给我一条裤子（他上次送我的裤子短小，这是换过的大号）。过了一会儿，他们的女儿奥内莎从她姨妈家回来了。又过了一会儿，她的表姐表妹和一个小伙子来了。我们又聊了一会儿。奥尔琼开车送我和张幸回我们的住地。

4 月 15 日吃午饭的时候，张幸打来电话说，相机找到了。这个消息使我喜出望外，因为我已经彻底失去了找回来的信心。我决定立即去张幸的住地，和她一起去焦拉桑科。我乘坐出租车，一路上几次询问行人去塔巴的路。3 点半才找到吴先生的家。吴太太给我拿一杯咖啡，两个油煎包。我刚吃过饭，确实吃不下了，只喝了咖啡。然后我和张幸与吴先生夫妇告别，乘坐出租车去泰戈尔故居。4 点半我们到了那里。一个男工作人员很热情地接待了我们，随后从保险柜里拿出了用纸袋封存的相机，交还给我。我非常感谢他。另一位研究人员陪同我们参观了泰戈尔出生的地点、住过的房间和去世的房间等，我们拍了一些照片。这时候博物馆的女馆长因德拉妮来了，我们又回到办公室去见她。为了表示感谢，我送她一件小礼品——一串宝石手链。告辞之后，我们又乘车回到北京饭店去见李万城先生，请他帮助我们再兑换一点儿卢比，他说他身上带了卢比，不用去店铺兑换了。

为了庆祝我的相机失而复得，我请李先生和张幸一起去一家客家饭馆吃晚饭。我们吃了鸡蛋炒虾仁、烧鱼块和炖鸡肉，外加一个菠菜汤，才花了 409 卢比，吃得很好，又很便宜。

饭后我们又聊了一会儿，然后我打出租车回到住地。我打电话给奥尔琼，开始他不在家，他女儿奥内莎接的电话。我告诉她，相机找到了，免得他们惦念。她也为我高兴，并且说等她爸爸回来给我回电话。一个小时后，奥尔琼打来电话，祝贺我找回了相机，并且说这是新年送给我最好的礼物。关于我给中文班学生上课的事，他说他想安排在本周五，问我行不行？我回答可以。他让我等他的电话。

美术史专家阿弥陀弗

4 月 16 日晚上 5 点左右，阿弥陀弗来了，他还带来了一本奥绍克 • 穆科巴泰编写的《同义词辞典》(*Sansad Samaartha Shabdakosh*)。这是一本非常好的词典，不仅列出了同义词，而且还有词语搭配。我们商定，21 日前往孟加拉语小说先驱般吉姆琼德罗的出生地乃哈迪(নৈহাটি)参观，因为阿弥陀弗的老家就在西孟加拉邦北 24 区的乃哈迪城，距离般吉姆的故居很近。。除此之外，他很愿意陪我去圣蒂尼克坦住几天，然后再去大吉岭和锡金游览。

阿弥陀弗计划 5 月 30 日去北京。如果他不能按时接到邀请函，我也很愿意帮助他们办理去中国的签证。他留给我一份用孟加拉文写成的个人简介。

阿弥陀弗是一位绘画艺术史专家， 2003—2004 年，他受福特基金会的赞助，到北京进行过 6 个月的研究工作。阿弥陀弗当时 46 岁，毕业于泰戈尔国际大学美术系，先后在那里学习过 7 年，获得硕士学位。他的妻子奥妮达老家在乃哈迪镇的康塔尔巴拉，是位雕塑家，兼做小学孟加拉语教师。她与阿弥陀弗既是同乡，又是同学，人显得很年轻。他们有一个 14 岁的女儿，在读 10 年级。

我给张幸打电话，告诉她下周一去般吉姆故居乃哈迪的计划。她本来跟李万城先生说好 21 日去农村，但因为 20 日要去沈达兰先生家吃饭，计划就推迟了。

4 月 19 日 10 点张幸来电话说，她打车过来接我，我们一起去泰戈尔故居参加纪念泰戈尔五嫂迦东波丽女士诞辰 125 周年的聚会。我们于 10 点 55 分就到了焦拉桑科。首先由副校长点燃祭灯，然后大家向迦东波丽女士遗像敬献了花朵。大会一开始，一位男歌手演唱了泰戈尔的歌曲，接着由两个主持人朗诵诗歌和解说，中间穿插朗诵诗歌、吟唱歌曲等等活动，最后是副校长的讲话。活动持续了近两个小时。我向主持人索要她们写的解说词。一位年轻人给我们复印了一份。我拍了一些照片。

4 月 20 日晚上 6 点，阿弥陀弗来接我去他们家做客。他的妻子奥妮达做了很好吃的饭菜。他们家的朋友马诺什也来了。他是《欢乐市场报》英文版的编辑，也是位诗人。他们还出版半月刊文学杂志《国家》(দেশ)，他带来一本，上面有他写的一首短诗。

阿弥陀弗告诉我，21 日是全城罢工日，租不到车，我们前往般吉姆的家乡的日期，只好往后推延了。

为加尔各答大学汉语班授课

4 月 18 日下午 3 点奥尔琼来了。我们一起乘坐出租车去加尔各答大学，先在小店里喝了一杯酸奶，然后去他的办公室。5 点多，教中文的老师克里什娜来了。我向她询问了有关学生们的情况。5 点半我和克里什娜走进教室，同学已经到了 5 个人，然后又来了两人。这 7 个人中有 3 个女生：阿特蕾伊 • 达斯、舍蒙蒂 • 巴格姬、伊莎妮 • 丘克罗博尔迪；4 个男生，其中有一位年纪很大的，名字叫拉贾 • 穆克吉，还有阿米达 • 森古普多、沙利巴洪 • 婆达贾尔久、迪米尔波龙 • 拉伊。

开始上课前，一个女生向我献了花，另一位送给我一个小纸包（回到住地打开一看，是一个盒子，里面装着一支笔）。我作了自我介绍，送他们每人一张名片。他们大部分是一年级的学生，也有两个二年级的，基本上不能开口讲汉语，听说也极差。即使我讲得很慢，他们也听不懂，我只好写在黑板上，然后再让他们反复练习。

今天授课的方式是会话：我提问，请他们回答，然后进入四声练习。

我发现他们基本上不会四声，因此我花了不少时间帮助他们练习四声。他们对练习声调很感兴趣，也慢慢地渐入佳境了。我们没有做课间休息，一直上到 7 点半。下课后，一位男生还向我行了触脚大礼。克里什娜老师要求我下周五再上一次课，我只好同意。奥尔琼陪我在一家饭馆吃了具有印度南方特色的食品——逗斯达菜饼。然后把我送回住处。

4 月 25 日下午 5 点半，我又去给中文班的学生教授了第二次汉语课。4 点 50 分，我和阿弥陀弗来到大学，不一会儿克里什娜老师也到了。我们到教室聊了一会儿，她提出一些汉语发音的问题。这天来上课的学生有 5 位，3 个女生：阿特蕾伊、舍蒙蒂、伊莎妮；两个男生：电影制作工程师拉贾•穆克吉和阿米达•森古普多。课上学习 5 个句型、3 组发音和声调练习。本来我想在 7 点 15 分下课，去塔巴参加张幸的告别晚餐，可是学生们不放我走，一个劲儿地提问，要求多练习一会儿声调。没有办法，我只好继续下去，一直上到 7 点 45 分。我和大家合影留念，阿米达还向我行了触脚大礼，拉贾送我 4 部他制作的光碟。

阿弥陀弗一直陪我上完课。下课后，在返回住所的路上，我给张幸打了电话，告诉她我不能参加她的告别晚宴了。奥尔琼还从大学财务处给我领取了 600 卢比的课酬，并且打车送我回住地。

拜访般吉姆故居

4 月 22 日 9 点多，阿弥陀弗来到我的住处，商定前往般吉姆的家乡，参观般吉姆故居博物馆。第二天吃过午饭，我去亚洲学会附近的天电公司的商店买了手机号码卡和充值卡。

4 月 23 日早晨起来后，我就开始做前往般吉姆故居的准备。8 点多，阿弥陀弗带车来到我的住处，然后我们驱车去张幸的住处塔巴区。接到她后，我们立即北行，进入北部第24区，10点半我们到达乃哈迪镇的康塔尔巴拉。般吉姆故居博物馆11点才开门，于是我们决定先去观赏恒河——胡格利河。河面很开阔，河水还算清澈，几个孩子在河里洗澡、嬉戏，两三妇女在洗衣服。从这里看，这是一条美丽而壮观的大河。阿弥陀弗的堂哥来了，领我们到他正在建设的一栋大楼上观看恒河。从楼上观看，这条美丽的恒河更加宏伟壮丽。这座楼就坐落在恒河的岸边。今天热得不得了，可是站在楼上就能感受到从河西岸吹过来的习习凉风。我问他这座楼这样一套房子要买的话，得多少钱，他回答说900万卢比。我听后吓一跳，这么贵啊！ 相当于人民币180多万。

离开恒河，我们直接去般吉姆研究中心，拜会了该中心的主任——一位白发苍苍的学者。他向我们介绍了般吉姆的一些情况，给我们看了在这里出版的和由泰戈尔编辑、在加尔各答出版的《孟加拉观察》刊物的影印合订本。一位精通梵语的老学者领我们参观了研究室，给我们看了手写的贝叶经和用孟加拉文字母写在长条纸上的古代梵文经典，我们当即拍了一些照片。然后去参观位于寺庙左侧的陈列室，这里的墙上挂着般吉姆父亲、妻子、三个女儿以及与他一起编辑《孟加拉观察》刊物的一些作家的照片。我拍了一些照片后，工作人员说不能拍照。于是我又花50卢比买了一些照片。

这时候已经过了1点半了，我们急忙告辞，驱车去阿弥陀弗家吃午饭。阿弥陀弗的母亲和他的四姐热情地招待了我们。他母亲今年76岁。他的四姐今年54岁，在幼儿园里教书，她有两个女儿，大女儿在伦敦留学，小女儿在加尔各答。他家的房子是他父亲在世时买下的，是一座二层小楼，很整洁，家里请一个女工做家务。这是一个世代书香之家，阿弥陀弗的祖辈和父辈都是做学问的学者。

我们告别了阿弥陀弗的母亲和四姐，返回加尔各答。我们和阿弥陀弗到达孟加拉研究院的时候，正好是5点，因为我们和秘书长绍诺特库马尔先生约定，当天5点去他的办公室商谈写中国文学史事宜。我和张幸到了他的办公室，绍诺特库马尔先生正在等我们，并且正在起草一份请我们用孟加拉文撰写《中国文学史》的信函。我们聊了一会儿，他的助手打印好了信函，他签了字，装在信封里，给我和张幸各一份。

他告诉我们，今天晚上6点半要举行世界图书日和图书节开幕仪式，西孟加拉邦首席部长也来参加。他邀请我们参加，还请张幸演唱泰戈尔的歌曲。离6点半还有45分钟，于是我们就出来逛了几家书屋，我买了几本孟加拉文学家小传和一本长篇小说。然后我们参加开幕式。主办方在院子里为开幕式搭建了舞台，舞台装饰得很漂亮，背景幕布上用孟加拉语写有“世界图书日”几个大字。

晚上6点半，西孟加拉邦首席部长布陀代博•婆达贾尔久、加尔各答市长比迦什龙迥•婆达贾尔久来了，作家苏尼尔•贡戈巴泰[14]、诗人尼棱德罗纳特•丘克罗博尔迪等一些作家也来了，接着举行开幕式。张幸登台用孟加拉语朗诵了泰戈尔的诗歌，唱了他的一首歌曲，受到热烈欢迎。她一唱完，下面响起了热烈的掌声。开幕式结束，秘书长把我们介绍给首席部长和苏尼尔。我们一起合影，我把自己的名片送给了他们。这是我第一次结识苏尼尔•贡戈巴泰，他是当代著名的孟加拉语作家。

会见《政治家》报专栏评论家

4月25日下午1点半，阿弥陀弗来了，我们一起打车去一家咖啡沙

[14] 苏尼尔•贡戈巴泰（1934.9.7—2012.10.23），印度著名孟加拉语作家，主要作品有《那时候》《初现之光》《半生》等。

龙会见《政治家》报的专栏画家和艺术评论家代博布罗特•丘克罗博尔迪。他采访了我，并且为我画了两幅素描。他说他要把有关我的报道刊登在5月1日的《政治家》报上。不久又来了一位画家苏布罗特•乔杜里。没过几天，《政治家》报就刊出了代博布罗特对我的采访报道，并且配发了他为我画的素描。

下面是这篇报道的译文：

阿弥陀弗打来电话说："大哥，我要带着您很想会见并与之交谈的那个人到您那里去。"我回答说："你带他来吧。可是今天我很忙。星期五你带他到我的办公室来，从我这里可以到中央大街的咖啡厅坐一坐。"

星期五，即4月25日中午两点半时，我一走进咖啡厅就看见了阿弥陀弗。一位上了年纪的彬彬有礼的中国人坐在他的身边。阿弥陀弗•婆达贾尔久是比我年轻的艺术界朋友，以前我曾在我的报刊上介绍过他。他与中国有很密切的交往。他曾经在中国从事有关绘画方面的研究，并且经常去中国。

那位彬彬有礼的先生名叫董友忱，是深圳大学的俄语教授，脸上挂着迷人的微笑。董教授用清晰的孟加拉语说道："除了我的母语，我还懂俄语和孟加拉语。我的英语不好。"因此，我们的会见是用孟加拉语进行交流。董教授说："我的名字是'友忱'，而'董'是我家族的姓氏。我71岁。我喜欢孟加拉语，在少年时期我读过泰戈尔的中文译作。20世纪60年代印中关系不好，可是我要学习孟加拉语，于是我就怀着想学习这种语言的强烈愿望，于1960年进入苏联列宁格勒大学孟加拉语系学习，在那里学习了5年多孟加拉语。"

他停下来，阿弥陀弗拿着咖啡杯托盘走过，坐在桌子旁边。我喝了一口咖啡，问道："您何时来到这个国家的？还会待多少天？"

教授喝了一口咖啡，说道："2月23日我来到这里，5月18日要离开。最近我去过圣蒂尼克坦，只待了两天。我还要去那里待几天。"

我问道："您觉得加尔各答怎么样？"

他微笑着说："很好，人们很热情。加尔各答的气候和深圳一样，夏天那里也很炎热。"

我又问他："难道加尔各答一切都好吗？"

他莞尔一笑，说道："加尔各答大街上有垃圾，而且交通情况不好。我家在北京，我的家人都住在那里。我住在深圳，每学期我都回北京，有时候我回家更频繁。从北京坐飞机到深圳2小时40分钟，坐火车需要24个小时。那里的交通设施很好。外国人要了解街道码头，也不会感到不方便。"

这时候阿弥陀弗对我说："他正在准备撰写印度文学史，中国政府会资助他这项工作的。他翻译出版了泰戈尔的《家庭与世界》《沉船》《王后市场》《贤哲王》《素芭》《太阳和乌云》等作品。"我转过脸望着董教授，他说："我来这里是应亚洲学会的邀请。我翻译了般吉姆的《印蒂拉》《拉吉辛赫》《克里什诺康托的遗嘱》《月华》等。中国的出版者不像对泰戈尔那样了解般吉姆，所以他们在考虑这部书若印制出来是否能够销售出去。在我国中小学校学生们和成年人大都知道泰戈尔和纳兹鲁尔•伊斯拉姆的名字，因为他们的一些文学作品都纳入了学校学生们的阅读书目。不过，受过高等教育的很多人也知道玛尼克•般多巴泰、普雷姆羌德、绍罗特琼德罗的名字。我想用孟加拉文撰写一本中国文学史，并就此事向加尔各答孟加拉研究院提出申请。"

我突然萌生出为他画一幅素描的愿望。我带来一个白色笔记本，我用铅笔很快为他画了一幅素描像。董教授陶醉地瞧看着。阿弥陀弗说："很好！"我自己不是很喜欢这幅素描。教授用他的母语在素描上写道："我的印度朋友代博布罗多为我画的素描。”同时写上了那一天的日期。他从背包里取出照相机，为我们拍摄了照片。他说，过一两个月阿弥陀弗要去中国，他会将洗印好的照片交给阿弥陀弗带回来。我告诉他：“我要把这幅素描连同我写的专稿刊登出来。”

教授说：“北京大学的著名教授季羡林，如今已经97岁。他把《罗摩衍那》翻译成汉语，写过很多印中文化方面的著作。我很敬重他。这一次印度政府授予他‘莲花奖’。”

我问教授：“您的家人中有学习孟加拉语的吗？”

他摇头说道：“没有，谁都不懂孟加拉语。我的长子在中国保安部门供职，他的妻子在颐和园工作。小儿子在北京供电部门工作，他的妻子在医院上班。大女儿在北京卫生保健部门工作。我倒想教孙子们学习孟加拉语。”

教授停顿了一下，又接着说：“我对当代孟加拉文学界的诗人和作家的作品不特别了解。我要和阿弥陀弗一起去大学大街的图书街区购买一些书。”这期间我们正在交谈，杜杜大哥走了进来，同董友忱教授认识后交谈起来。杜杜大哥是位容易激动的人，教授也为杜杜大哥拍了照片。结束这次会见，教授和阿弥陀弗一起站起来走了出去。外边非常炎热，他们二人消失在因炎热而疲惫的行路人群中了。

……

参观恒河右岸迦梨女神庙

4月27日是星期日。早晨8点，我和罗宾一家4口前往位于加尔各答北部近郊的右岸印度教迦梨女神庙参观。这是一个神庙群，他们一家是去祭拜神庙。我们从高里亚哈特大街乘坐公共汽车先向北行，然后换车继续北行，经过一个小时才到达目的地。这里的庙宇呈粉红色，主庙高耸于东侧，与之相对的是 12 个小型圆柱形小庙，每个庙里都供奉着林迦——男性生殖器。在这些小庙的西侧是宽阔的胡格利河——恒河的支流。

主庙里供奉着印度教的主神迦梨女神，还有黑天和罗陀，此外还供奉着罗摩黑天最高苦行师尊[15]和他的妻子莎罗达的塑像，这一对夫妻也被这里的印度教徒视为天神。

在庙门的外边，我们脱掉鞋子，然后进入院子里。这里禁止拍照。我和罗宾去管理神庙的办公室会见负责人。我向他们说明，我是中国学者，准备撰写关于印度教方面的书，要求拍照。庙宇管理处的负责人同意了我的要求，不过，他们限制了我拍照的数量。

罗宾一家和其他人一样，买了一个小花篮，排队等待着进入主庙宇。今天是星期天，来祭拜的人特别多，大都是全家人一起来参加祭拜的，其中女人又居多数，因此等待进入主庙宇的人排起了长蛇队。

来这里后，我才真正感受到印度人对宗教信仰的虔诚。我遇到一位很老的驼背女人，手捧着花篮在烈日下排队。很多年轻的女人来这里祭拜林迦，目的是希望自己能够生男育女。她们触摸林迦石雕，然后蘸一点从林迦石雕上流下的水，再抹一下自己的额头。她们的神情十分虔诚。男人们来此的目的，大概是希望增强自己的性功能。

---

[15]　罗摩黑天（রামকৃষ্ণ পরমহংস দেব，1836.2.18—1886.6.16）出生于西孟加拉邦胡格利镇的迦马尔普库尔村，小名戈达陀尔。他深入研究了世界所有宗教。他认为，“所有宗教皆为真理。有多少种思想就有多少条道路”。1855 年他就任拉什莫妮女王建造的右岸神庙“迦梨之家”的大祭司。他禅修迦梨女神之道。23 岁时与 6 岁的莎罗达莫妮结婚，这只是名义上的婚姻，两人从没有过夫妻生活。因为崇敬罗摩和黑天，所以使用罗摩黑天之名。他被尊称为最高苦行师尊，他的信徒们创建了“罗摩黑天教会”。

我来加尔各答两个多月来，乘坐过各种交通工具——出租车、有轨电车、公共汽车、地铁等，在前三种交通工具的驾驶室前面，都供奉着印度教的神灵——迦梨女神像或黑天和罗陀的像，旁边放置两个铜花瓶，里面插着鲜花，或者挂着花环，目的是希望神灵保佑他们平安无事。

顺便说一下，加尔各答的电车和公共汽车是没有门的，有的有门，但也是不关的，这有利于乘客上下车。车的速度很快。在加尔各答的三种主要交通工具——公共汽车、电车和地铁上，都专门设有女性的座位，一般情况下男人是不坐的，特别是地铁。有时女性的座位空着，也有男人去坐，但是一旦女人上车来，男人就会主动站起来，把座位让给她们。不仅西孟加拉邦如此，德里、斋普尔、阿格拉等我去过的城市，也是如此。

我们离开了恒河右岸的神庙，乘坐出租车经过大桥，来到了位于胡格利河西岸的旧王宫——贝鲁伊，这里现在也建有一座庙宇，是罗摩黑天教会中心的所在地。那座旧王宫依然巍然壮观，可是它西边的池塘陈旧，里面的水很脏。我们来到池塘边的时候，一个男人在北边的台阶上洗衣服。王宫东北面有一座比较小的两层楼。我们登上二层，参观了印度著名学者辨喜住过的房间和他用过的一些家具和器物。从那里观看胡格利河，真是波澜壮阔。在这里，我给罗宾一家拍了两张非常好的照片。

我来到河边正想拍照，一个年轻的保安过来说不准拍照。我说我拍河对岸的风景，不拍摄神庙，他说拍河对岸也不行。我问他为什么？他说有规定。我说这种规定没有道理，他说规定不能拍照就不能拍照。对此我当然很生气。然后我们到了卖书的小店，我买了三本小书。出来后，我还是拍了几张照片。我们给两个孩子买了冰淇淋，又在小摊儿上买了黄瓜，然后乘坐公共汽车回到住处。

十几天来，加尔各答非常炎热，气温高达42摄氏度，中午热得不得了。西孟加拉邦有些地区已经发生水荒。报纸几天来都报道，某某地区热死了几个人。今天气温稍微降了一点儿。我晚上和夜里一直开着电扇。印度一般人家没有空调，都装有吊扇。就连出租车里也不开空调，所以乘坐出租车的时候，感觉要比乘坐公共汽车热得多。很多机关单位也没有空调。

晚上 7 点多，奥特雷伊来到我的住所，给我送来去圣蒂尼克坦的火车票和泰戈尔文化大学的一封邀请信。

在泰戈尔文化大学作报告

4 月 29 日 9 点的时候，阿弥陀弗来了。他说第二天要去圣蒂尼克坦，并且告诉我，阿维杰特已经给我订好了 5 月 1 日的客房。他还带来了当晚一个画廊和诗歌朗诵沙龙的入场券，这个集会主要是为了纪念已故诗人比棱德罗 • 丘克罗博尔迪。

5 点半我们去伽拉里 • 阿迦尔 • 普罗卡尔画廊。在这次聚会上我见到了诗人阿洛克 • 绍尔迦尔、纳拉雍 • 穆科巴泰，会见了诗人绍罗特库马尔 • 穆科巴泰和他的妻子——女诗人比久娅 • 穆科巴泰，以及萨戈尔 • 丘克罗博尔迪、纳赛尔 • 侯赛因等文艺家。

阿弥陀弗的妻子奥妮达和女儿因德拉波蒂也来了。我给他们一家照了相，还与一些诗人等人士合影。

4 月 30 日上午 9 点，我的学生阿米达来了，并陪我一起去了亚洲学会。泰戈尔文化大学的因德拉妮来亚洲学会大楼接我。我们乘坐出租车前往泰戈尔文化大学的北部校区。这个校区原来是泰戈尔家族另一支的房产，现在被扩建成为一座很漂亮的校舍。校长办公室很大，也很整洁，装修得不错。这个地方是泰戈尔文化大学的主要教学区，位于加尔各答北部地区，距离市中心比较远。

我们到了以莎罗达(诗人泰戈尔的母亲)命名的会议厅，听了一会儿关于古代乐器历史的报告会。然后我们去参加印度学研究中心开班仪式和中印关系与泰戈尔的讨论会，主要发言的是我和代博纳特•般多巴泰教授。

主持会议的是历史系主任苏斯纳特•达什教授。一开始，副校长科鲁纳鑫图•达斯和我分别向泰戈尔及比代沙戈尔的肖像献了花环，然后他向作为贵宾的我献上围巾和一个装有当天会议日程的镜框。随后这位副校长讲了话。接着我用孟加拉语作了以《泰戈尔与中国》为题的报告，我讲了 40 分钟。接着是代博纳特•般多巴泰作报告。随后是提问环节，我和代博纳特•般多巴泰教授一一作了回答。

会议结束后，苏斯纳特•达什请我到校长办公室坐了一会儿，我又结识了另外两位教授。我们合影后就告辞了。

阿米达进到我的房间，喝了一杯茶。他已经学习汉语两年了，还不能够自由地讲话，发音和声调都不准确。他出生于加尔各答，很小的时候父亲就去世了，和母亲相依为命。他一边做贸易的中间人，一边学习汉语。他很想跟我学习汉语，在陪伴我的一路上，他不断地提问，我都一一地作了解答。

再次访问国际大学

5 月 1 日 8 点吃过早饭。罗宾陪我去巴利贡吉，我们乘坐 5B 路汽车直接去豪拉火车站。我买了两份当天的孟加拉语《政治家》报，给了罗宾一份，上面有关于我的报道。随后我让罗宾回去。我拖着箱子去第 9 站台，等了一会儿，火车来了。我问了旁边的孟加拉人，确认这是开往圣蒂尼克坦的特快列车，于是就上了 C1- 车厢——带有冷气空调的车厢。我的座位是56号，旁边55号座位上坐着一位老夫人。在车上我看了前文提到过的《政治家》报刊登的代博布罗特写的那篇采访我的文章和他画的素描像。

12点40分火车到了波尔普尔站。我出了站台，看到阿弥陀弗来接我，旁边是他的朋友——国际大学美术学院的老师和她的爱人及女儿。我和新朋友互相认识了，又聊了几句，就告别了。我和阿弥陀弗坐三轮车来到东方小村客舍，登记住在9号房间。随后阿弥陀弗去他的朋友家，我到下面的食堂吃了午饭。

5点，中文系一年级的学生舒潘杜和另一位同学来了。舒潘杜告诉我，他们学院有6位同学获得中国政府的助学金，今年8月去中国学习，他们是舒潘杜、绍乌莫布罗特、莎多鲁芭、什丽鲁芭、绍摩纳特和代波窦姆，还有一位博士研究生翠蒂•拉伊。我真为他们高兴。

阿弥陀弗也来了。然后我同两位同学告别。阿弥陀弗陪我去他们的美术学院、音乐学院转了一大圈，在他舅舅的茶馆喝了一杯茶，吃了一块点心。我给那济世教授打了电话，约定明天9点半我去中国学院见他。

这是我第二次来到圣蒂尼克坦参观访问。第一次是应邀来这里参加学术会议，会议结束后我们就返回加尔各答了，没有很好地看一看这个世界著名的圣地。按照规定，泰戈尔故居博物馆内是不能拍照的，所以那一次也没有很好地拍照片。

5月2日早晨起来，我就去外面转了一大圈。吃过早饭后，我去会见那济世教授，带给他一点儿小礼物。

通过参观，我知道了孟加拉语中的“উত্তরায়ণ”是指泰戈尔在圣蒂尼克坦居住的整个院子，它包括最北面的一座土平房墨绿斋（শ্যামলী）、其东面的一栋三层小楼北斋（উদীচী）、后修建的高起斋（উদয়ন）、重建斋（পুনশ্চ）以及博物馆。这样，“উত্তরায়ণ”这个词就应该翻译成“北院居所”。

北院居所里最北面的墨绿斋是早年建造的泥土房；在其东南不远处建有北斋；西北侧建有洗浴房，在其南面有一个小花园；在距离墨绿斋稍远一点儿的南面，后来用红砖建成了一栋砖房——重建斋，这栋洋房实际上是接待客人的花厅；最后在院落的西侧建成了一座比较大的坐西朝东的三层楼房——高起斋，这是诗人晚年在国际大学的居所。后来在南门的西北面建设了一栋办公用房。馆长绍朋•马宗达（স্বপন মজুমদার, Swapan Majumdar）先生和几位工作人员就在那里办公。

参观了北院居所的几处诗人住过的房舍后，我又去参观七叶树花园。七叶树所在位置可谓是圣地。诗人的父亲代本德罗纳特•泰戈尔早年去拜访一位朋友时曾经过这片荒凉的不毛之地，感到有些累了，于是坐在两棵七叶树下打坐休息，顿时感到自己内心宁静下来，因此他很喜欢这个地方。他会见朋友时就述说了自己的这种感受。他的朋友听了后就知道，他喜欢这个地方，于是就把这片土地赠给了他。

小时候罗宾德罗纳特跟随父亲来过这里，后来他父亲就在这里建起了一栋楼房。诗人的儿子到了该上学的年龄，他就请求父亲允许他在这里办一所学校，父亲同意了。1901 年 12 月小学开学，1921 年这所小学就发展成一所大学——国际大学（বিশ্বভারতী）。1905 年父亲逝世后，诗人泰戈尔在七叶树旁边修建了一个台座，常常坐在七叶树下的台座上思念父亲。台座后面的墙壁上刻有这样几句话：

他是	তিনি
我生命的寄托	আমার প্রাণের আরাম
内心的欢乐	মনের আনন্দ
心灵的平和	আত্মার শান্তি

如今，这四行孟加拉文字已经刻在“七叶台座”前面的大门上。

随后，阿弥陀弗带我一起去了美术学院，会见了他的两位老师和一位教授。10 点半，蒂碧娅和司雷和两位同学陪我参观泰戈尔博物馆。天气特别炎热，我们渴得不得了，我让来陪我的学生带我去喝冷饮。我们在一处小摊前的一张桌子上坐下来，又遇到两位预科班的同学因德罗吉特和奥里吉特，我请他们一起喝了冷饮。阿弥陀弗也赶到了，我又给他要了可乐。我们聊了一会儿，三位男同学送我回东方小村客舍，他们才回去。

下午 4 点多，正在读博士的研究生翠蒂请我 4 日去她家做客。她得到了中国政府的助学金，今年 8 月要去中国留学。下午 5 点多，阿弥陀弗来了。聊了一会儿，我们就乘坐三轮车去农村。5 月初这里的乡村呈现出一派勃勃生机的景象，到处是绿油油的稻田和成片黄澄澄的油菜花。

傍晚，阿弥陀弗带我乘车去他的朋友比杜特家做客。他朋友家位于国际大学北面大约 4 公里的农村。我们到了那里，见到一个很有特色的院子。比杜特夫妻俩都是雕塑家和陶器制作家，有自己的工作室和窑炉，工作室里摆满了他们制作的各种陶器。他们很想去中国学习陶器，我建议他们也同阿弥陀弗那样，首先要拿到去中国的签证。

夫妻俩很客气，请我们喝茶、吃点心。我对他们夫妻俩说，明年如果我还来这里，就在他们家附近租一套房子住。比杜特说："您就住在我这里，这就是你的家。"我表示感谢。

我回到客舍已经 7 点半了。过一会儿，阿维杰特来了，他请我和阿弥陀弗明天中午吃饭。

5 月 3 日早晨 6 点多，我出去向东转了一大圈。我下榻的东方小村客舍的东面不远处就是铁道，铁道在低凹处，两侧是不太高的丘陵地。铁道的东侧是一片别墅区，散布着一栋栋两三层的别墅。每一栋别墅都有围墙环绕，形成一个大院落，里面种植各种树木，三角梅、凤凰树、马陀碧蔓藤。马陀碧花非常好看，一束花枝上分出七八朵粉红色小花，色彩鲜艳。在国内我还没有见过这种马陀碧蔓花树，于是拍摄了这种花的一些照片。

靠近铁路的是一些穷人的土坯草房或简陋的砖瓦房舍。一些小山羊自由自在地在四周吃草，有的躺在路上休息，并没有人管理。这里的山羊体型都比较小。山羊肉是印度教徒的珍贵肉类食品，而且没有一点儿膻味。

9点多，我和翠蒂一起去中国学院，那济世主任已经在办公室等我了，阿维杰特也到了。我们又聊了一会儿，然后那济世主任带着我和翠蒂前往泰戈尔博物馆，去会见馆长绍朋•马宗达先生。那济世主任向馆长介绍了我的情况，我提出拍一些北院居所的外景照片，以备将来撰写泰戈尔评传配图。馆长同意了，并且说将来出版后送他一本，我说一定送他。我告诉他，我想在2011年5月7日之前出版，以此来纪念诗人诞辰150周年。他送我一幅泰戈尔大型照片，随后叫来一个黑皮肤的小伙子带领我们去拍照。

通过这一次参观，我弄清了有关诗人在这里的住所等一些以往不甚清楚的问题。北院居所（উত্তরায়ণ，Uttaraayan）是坐北朝南的一个深宅大院。从南门进去，首先看见一栋白色三层大楼，位于院子南部的左侧（西边），这是在泰戈尔死后被建设起来的博物馆。它的后边就是一座白色的二层楼房（উদয়ন，Udayan），是诗人泰戈尔在这里的主要住所。往北是一口水井，它的后面是一座日本式样的花园。水井的北边就是存放工具杂物的房间（Konaark）。在院子最北边的正中央是墨绿斋（শ্যামলী，Shyaamalee）。这是一所旧的一层土坯房，呈现墨绿色，门两侧的墙上雕刻着两幅舞女的像。进去就是一个大客厅，泰戈尔在这里会见过甘地。后边还有很多房间。墨绿斋的北边就是矮栅栏了。它的东南边是重建斋（পুনশ্চ，Punashcha）。在重建斋的东边是一座二层小楼（উদীচী，Udichi）——泰戈尔最喜欢的老房子。这个院子南北西三面都是由一米高的矮墙围绕着，围墙上架设着高高的铁丝网。院子的东面是一个铁丝网围着的大广场，广场的西南部有几棵高大的印度榕树，上面结着黄色的小果实。

5 月 4 日是我的生日，此时我已经年满 71 周岁了。我的 71 岁生日竟然要在泰戈尔国际大学里的翠蒂家里度过，不过我没有告诉她。下午 5 点，翠蒂来接我去他们家做客。我们到的时候，她爸爸在门口迎接我。我们互相问候之后，走进了他们的家。房子不太大，但是很整洁，两间卧室，一间客厅，有厨房和卫生间。翠蒂的爸爸是铁路工程师，已经退休，他心脏不太好，心律不齐。退休后他每月的退休金是 20000 多卢比，相当于人民币 4000 多元。她的妈妈莎韶蒂已经 52 岁了，从事家务。他们夫妻俩很热情。她妈妈叫我哥哥，向我行了触脚礼；她阅读过很多关于中国方面的书籍，巴金、鲁迅等作家的小说都读过。他们为了女儿学习，在这里租了这套房子，每月租金 3000 卢比，相当于人民币 600 元。

母亲很为女儿的婚事着急，因为翠蒂快 29 岁了，现在还没有男朋友。翠蒂视中国为自己的第二祖国，她说要为中国的建设和发展作贡献，也愿意嫁给一位中国人。晚饭很丰盛：有羊肉、鱼、蔬菜、豆腐、酸奶等等。

用过晚餐，已经 8 点多了。莎韶蒂送我 4 本书，其中一本是文学评论家比纳尤克•萨内尔（বিনায়ক সান্যাল）评论泰戈尔文学作品的文集。她在书的空白页上用红色笔写道：

> 我向尊敬的哥哥致敬！
>
> 小妹莎韶蒂•拉伊
>
> 于圣蒂尼克坦
>
> 2008.5.4

我谢别了这一家人，乘坐三轮车，回到住处。阿维杰特已经在等我了。他带来了他的博士论文，请我审读并帮助修改不合适的地方我。他还告诉我，他的一个博士生要写关于王蒙的论文，征求我的意见。我建议：论文的题目不要太大，可以用《王蒙的创作之路》作为题目。

5 月 5 日早晨起来，我出去散步，走到西边的大操场，然后返回来。早饭喝了一杯茶，吃了两片面包。吃饭的时候，一个年轻人绍普多尔什•马宗达（সপ্তর্ষি মজুমদার，Saptarshi Majumdar）和他的母亲来了，并且问起去中国学习汉语的事情，我耐心地向他们讲解。

9 点多我去中国学院，与那济世教授讨论一些学术问题。他与这里的一位孟加拉文学教授联系，今天晚上 5 点半要去那位教授的家里会见他。10 点半，翠蒂再次陪我去参观泰戈尔故居，又拍了一些照片。

12 点我回到了住处，吃午饭的时候，一位女士给我看了《幸福家庭之角》（*Sukhi Grihakon*）杂志，里面刊登有我和张幸的照片以及关于我的文章。我仔细看了看。文章的标题是《董友忱让许多孟加拉人感到汗颜》，文章主要介绍了我翻译泰戈尔作品的情况以及对泰戈尔作品的热爱。该文中插印有我的一张照片和张幸在叙事文学节上唱歌的照片。

会见 82 岁的老学者

5 月 5 日下午我到了国际大学中国学院，给阿维杰特打电话，不一会儿他就到了，和我一起去会见绍门德拉纳特•般多巴泰教授。我乘坐三轮车，他骑自行车，向西走了很远一段路，才到教授的家。

老人家当时已经 82 岁了，但是身子骨硬朗，思路敏捷。他请我们到客厅坐下。客厅不大，但是很整洁，墙上挂着几幅泰戈尔的照片，有两个书柜，里面摆满了书。茶几上放着几本文学方面的杂志。我向他说明来访的目的——请他谈一谈当代最重要的一些诗人、小说家和文学评论家。他略加思索后，就讲了起来。然后我请他谈一谈自己的经历，他也很爽快地回答了。随后般多巴泰教授拿来他的四本书，《泰戈尔的绘画艺术是其文学创作的基础》《艺术家拉姆金科尔》《孟加拉的民歌》和一本译著《印度教》，又找了一些关于他自己的材料送给我。我们一边喝茶，一边交谈，谈了一个多小时。他的《泰戈尔的绘画艺术是其文学创作的基础》这本书已经翻译成日文出版了。老人家去过日本、美国等许多国家，但是还没有去过中国。我想，有机会应该请他到中国去讲学。将近 7 点的时候，我们告辞了。

晚上 8 点，国际大学文学院的院长、教授和老师都来客舍的食堂参加招待我的晚餐，然后我和他们一一告别，感谢他们的招待。

5 月 6 日早晨 4 点起床，整理行李。5 点 15 分翠蒂来了，带来她母亲莎韶蒂 • 拉伊写给我的一封热情洋溢的信。我告诉翠蒂去中国需要带的东西。中国政府给每个留学生每月发放 1100 元生活费，在中国生活足够用了。她说她父亲会给她带一些美金。

阿弥陀弗带了三轮车来，于是我与翠蒂告别。我们乘坐三轮车去波尔普尔火车站，在那里等了半个多小时，我在站台上照了一些照片。阿弥陀弗在车站碰见了他的一位歌唱家朋友，我们一起登上了开往加尔各答的火车。10 点 40 分我们到达加尔各答的豪拉火车站，我们三个人乘坐出租车，半路上阿弥陀弗下了车，我将他的朋友送到家，然后回到我的住处。

狄朋科尔 · 马宗达

回到加尔各答后，我给中国东方航空公司办事处打了电话，问 18 号的航班是否有变化。一位同志（后来知道他是总经理）回答说，有变化，18 日的航班取消了，改为 19 日——星期一凌晨 4 点起飞。我还请他帮助我解决托运书的问题，他说，可以免费照顾我 20 公斤，再多的话，就得收一点儿费。我表示感谢。我还给奥尔琼教授打了电话，他告诉我一些消息，其中包括《幸福家庭之角》刊登了我的照片和关于我的那篇文章。

然后我给李万城先生打了电话，告诉他我回来了。他请我去见他的父亲和岳母。我分别送了礼物——两条披肩和一个琉璃坠。聊了一会儿后，我们去刘国赵会长的斗鸡园，会见刘会长。少许，又来了三四位老人跟我交谈，其中一位老先生会讲孟加拉语。

7 点多刘会长请我去他的北京饭店吃饭，李先生作陪。刘会长讲了他的创业史和经历的苦难。晚餐后，刘会长用自己的车送我回住地。李先生送给我一个很好的皮包和三个小钱包。我很感谢他们。

回来后，罗宾告诉我，6 点钟一个年轻人和他的母亲来见我，之后他们又打电话来，原来就是我在圣蒂尼克坦认识的绍普多尔什·马宗达和他的母亲苏绍米达。绍普多尔什想去中国学习，当时我们约定他们来我的住地详谈。我赶回住处，看到狄朋科尔·马宗达和妻子苏绍米达及儿子绍普多尔什已经在我的客厅里等我了。狄朋科尔是位写作歌词和戏剧评论的作家，他告诉我，他的儿子还要在勒克瑙大学读两年书，然后想去深圳大学学习。我详细告诉他们怎么办理申请等等。他们请我在那一周周日上午 9 点去他家做客，届时狄朋科尔会来接我。

5 月 11 日上午 9 点多，狄朋科尔和他儿子绍普多尔什来请我去他们家做客。我们乘坐公共汽车，又搭乘一段三轮摩托车，才到他们家。这是一套两室一厅的住房，是政府租给他的，月租金 2000 卢比，相当于人民币 400 多元，属于福利性住房，如果退休了，6 个月后要将房子退还给政府。狄朋科尔当时 55 岁，但是显得很苍老，头发脱落了一半。他的父母都不在世了；他有几个妹妹，都已经结婚。他是西孟加拉邦政府文化部门的工作人员，主要负责写戏剧和歌曲方面的评论。他的妻子苏绍米达是搞音乐工作的，倒显得年轻。夫妻俩都在工作，所以家里很乱，到处堆放着报纸书籍。儿子绍普多尔什 20 岁，今年要去勒克瑙大学读历史学，他想两年后去中国学习。

狄朋科尔给文化部秘书长奥努波 • 莫迪拉尔（Anupa Matilaal）打了电话，意思是要他见一见我。他又拨通了市长的电话，并且让我与市长讲几句话，市长在电话里告诉我，他今年要去武汉开世界市长会议。他又给外地一所大学的朋友打电话，让我到那里去参观。我问他说，是否有比较好的孟加拉语电影或连续剧，我想买点带回中国。他马上给电影导演部丹 • 高士（Gaudan Gosh）打电话去问。导演答应给我弄一些来。

会见加尔各答市长

5 月 13 日将近 12 点的时候，狄朋科尔来了，对我做了采访，并录了音。然后我们一起吃午饭。

狄朋科尔告诉我，他要带我去市政府大楼会见加尔各答市市长比迦什龙迥 • 婆达贾尔久（Bikaashi Ranjan Bhattaachaarya）。我对他说："算了吧，市长很忙，不要打扰他了。"狄朋科尔坚持要带我去会见市长，并且告诉我，他已经与市长约好了今天下午 3 点左右见面。他还对我说："您是知道的，现在印度共产党（马克思主义）在印度西孟加拉邦执政已经 30 年了。市长是印度共产党，您是来自共产党执政国家的中国学者，会见是有益处的。"我知道狄朋科尔是好意，只好同意。

我们乘车来到市中心，进入由红色楼群围起来的一个大院落——加尔各答市政府所在地。我们进入办公大楼，没有任何人阻拦。从里面走过来一位中年女人，狄朋科尔认识她，上前与之交谈。他告诉我，这位女士是著名诗人纳兹鲁尔 • 伊斯拉姆的儿媳妇。该女士走到我面前向我问好，我也双手合十向她回礼，随后我们交谈几句，该女士就告辞了。

我们来到市长秘书办公室等了一会儿，秘书就让我们直接去市长办公室里。当时市长正在接待一位女士。那位女士走了之后，他站起来和我握手，热情地欢迎我。我们交换了名片后，市长请我们喝茶。狄朋科尔简单地向市长介绍了我的简历和工作情况。我向市长讲述了自己在研究和翻译泰戈尔方面所做的工作。他听了后很高兴，并且对我在研究翻译泰戈尔方面所取得的成就表示祝贺。我表示，我愿意以自己的工作增进中印两国人民之间的了解，为中印友谊大厦增砖添瓦。他告诉我，今年5月26日将在中国武汉举行世界市长会议，他要去参加。我问他去过北京没有，他说没有去过，很想去看一看中国的首都。我也希望他去北京看一看。他说在会议结束后会给我打电话的，我说，如果市长能去北京，我会去机场欢迎的。我们合影留念，然后握手告别。我告诉他，明年我可能还会来加尔各答，如果遇到困难，是否可以请市长帮助我。他说，当然可以了。最后他送给我两本用英文写的书：一本是加尔各答市政府报社出版的《纪念泰戈尔专刊》，另一本是《苏帕斯•琼德罗•波舍诞辰百周年》。

我们离开市政府大楼，就前往加尔各答城市博物馆，会见了那里的工作人员。狄朋科尔向他们介绍了我的情况。博物馆派一位女士带我们参观博物馆的各个展室。在文化名人展室里，展出许多作家、诗人的照片、他们的生卒年代。我希望博物馆能给我提供这方面的材料，因为我准备撰写孟加拉文学史。带我参观的工作人员向我推荐了两本书：《孟加拉人物词典》（বাংলা চরিতাভিধান，*Bangla Charitaabhidhaan*）和《孟加拉人历史》（বাঙ্গালির ইতিহাস，*Baanglir Idihaashi*）。最后我们合影留念。我对她表示感谢。

我们乘坐公共汽车前往狄朋科尔的岳母家，拜见了他的岳母。狄朋科尔的妻子苏绍米达热情地欢迎我来他们家做客，并且向我介绍了她们家里的情况。他们家的小女厨师准备了一大桌子丰盛晚餐。我在他们家里吃了晚饭，闲聊了一会儿，就告辞返回住地了。

回到住处后，我分别给加尔各答市的市长比迦什龙迥 • 婆达贾尔久、文化部秘书长奥努波 • 莫迪拉尔（অনুপ মতিলাল，Anupa Madilaal）、电视台主持人彭科吉 • 萨哈（পাঙ্কজ সাহা，Pankaj Saahaa）打了电话，邀请他们参加星期五晚上的宴会。他们都答应参加。

阿弥陀弗打电话来说，明天他和他的妻子妮达来我这里，让我陪他们夫妻俩去总领事馆办理签证。《国家》杂志的编辑苏久伊打电话来，说他要采访我。我让罗宾接电话告诉他，这一次没有时间了，等我下一次再来的时候，如果需要，他再采访。

邮寄书籍和答谢宴会

5 月 9 日上午 8 点多，我请阿弥陀弗来我的住地，和他商量举办告别宴会的事宜，以及我们拟邀请的人员名单及时间等问题。12 点，罗宾帮我把要寄走的书籍运到邮局，我们把两个大箱子改成 8 个小包，我教过的学生阿米达也赶来帮助我，我们费了 4 个小时，才把书寄走。这样就便宜很多，一共花了 1500 卢比，其中包括 400 卢比的包装费。回到住地已经 4 点多了。

上午我还给温副总领事打了电话，请他们夫妇俩参加我的告别宴会，他说他夫人周一就要回国去检查身体了，所以他一个人参加。我请李万城秘书长帮助我安排宴会，又打电话请奥尔琼参加。

晚上阿弥陀弗带着加尔各答大学的数学家丘克罗博尔迪（S.K. Chakrabarti）教授来我的住地。丘克罗博尔迪后天要去中国的西南大学、成都大学和中山大学讲学，然后想去香港看一看。我把郁龙余老师的名片给了他，请他跟郁老师联系，能否去深圳大学看一看或者讲学。

5 月 10 日是星期六，天气晴朗，气温高达 39 度。早晨起来后，我整理了一下书籍，决定通过邮局办理海运，再寄一些书到北京，因为用小包寄不太贵。当天要寄 5 包。11 点我和罗宾打出租车去邮局寄书，因为需要请人缝上外面包书的白布，所以也用去了近两个小时。3 点我们俩才回到住处。

下午我给李万城秘书长打了电话，询问他替我安排宴请的事宜。他说宴请的地点定在刘会长的北京饭店。我请他再为我准备一些印度卢比，因为我只有 3500 卢比，用于请客可能不够。李秘书长说，他会多带一些卢比来的。

我给阿弥陀弗打电话，请他周一来我这里，帮助我打一打电话，通知被邀请的人。奥特雷伊那天才从孟买回来，我也请他第二天晚上来一下。

晚上 9 点半的时候，加尔各答下了一场大暴雨，结果一下子就凉快起来了。这 20 多天来热得要命，我算真正体验到了印度酷暑的滋味了，最高气温经常在 40 度以上。

5 月 12 日早晨 7 点多，我给李万城秘书长和奥尔琼教授分别打了电话，告诉他们宴会的时间定在 16 日星期五晚上 7 点，地点在北京饭店。

上午 8 点半，阿弥陀弗来到我的住地，我告诉他，我给深圳大学打过电话了，因为深圳市政府不批，所以深圳大学不能给他发入学通知书。我们商量了一下，决定改为旅游签证。我随即给温副总领事打了电话，向他说明了情况。他说他可以给阿弥陀弗夫妇办理旅游签证：需要每人一张照片，银行存款证明（12 万卢比），预订往返飞机票的单据，在中国预订饭店的订单。

随后，我请阿弥陀弗帮助我给邀请前来参加周五晚宴的朋友们打电话，亚洲学会会长罗马康多说，他年龄大了，就不参加了；波比特罗•

绍尔迦尔和波洛博•森古普多两位教授都表示参加。孟加拉研究院的秘书长绍诺特库马尔、理事会主席尼棱德罗纳特•丘克罗博尔迪和行政处长乌特波尔•恰都表示来参加。

最后我们前往阿扎德亚洲研究所，见到了所长巴苏代波和基金会的主席。他们请我住到他们那里去，说那里条件好，有空调。我谢绝了。表示我再来的时候一定住在他们那里。我们一起合影留念。

所长派他的车送我回住处，阿弥陀弗也同车回到我的住处。我与阿弥陀弗商定，后天我陪他们去领事馆办理签证。

5 月 14 日我给温振才副总领事打电话，告诉他我邀请到了加尔各答市的市长和文化部部长参加 16 号的晚宴，他听了很高兴。我还请他设法给我的好朋友阿弥陀弗办理三个月的旅游签证，温副总领事说，可以发两个多月的，只能办到奥运会之前。撂下电话，我就把温副总领事的话告诉了阿弥陀弗。他说他只在北京住一个月，然后去外地收集资料。他还给我看了资助他的基金会给领事馆写的信。他妻子奥妮达只在中国住一个月，就得回印度工作。

我给巴苏代波打了电话，请他参加周五晚上的宴会，他说下午要会见一位客人，不知道何时结束，但是他争取参加。然后我给基金会主席打了电话，请他参加宴会，他很高兴地接受了我的邀请。

下午两点我去亚洲学会，见到了奥特雷伊，他要我明天下午 3 点左右来亚洲学会，领导要见我。

罗宾打电话来说，一位客人来到了我的住处要见我。我和阿弥陀弗急忙打车回到我的住地，一位高个子男人坐在我的客厅里。他是一家杂志社的记者，我们互相问好后，他送给我一本他们出版的杂志《还有我们》，随后对我进行了采访并且录了音。最后我们一起照了相。

5 月 15 日上午，阿弥陀弗和他的妻子奥妮达来我的住地，然后我和他们一起去中国总领事馆，帮助他们夫妇俩办理签证。10 点多我们到了 City Centre E.B.74 号中国总领事馆，温振才副总领事接待了我们，他很快签署了给予他们 3 个月签证的批示，交给下面的工作人员办理。我们告别了温副总领事，吃了一点东西，我打车回我的住地，阿弥陀弗回家休息，奥妮达去学校上班。

下午 3 点，我去了亚洲学会，会见了会长罗马康多•丘克罗博尔迪、波洛博•森古普多教授和波比特罗•绍尔迦尔教授，以及一些年轻的研究人员。其中年轻的女学者莉利•巴纳吉——研究俄罗斯的专家——最近被晋升为加尔各答大学的教授，我向她表示祝贺。

我回到住地，休息一会儿，阿米达和国家图书馆中文部的主任来了，我们聊到 8 点。诗人纳舍尔•侯赛因也送来了他的一本诗歌选和一本小册子。我们一起合影留念。晚上，我用孟加拉文写了访问印度的报告，直到半夜 0 点 30 分。

5 月 16 日星期五上午，我写好了印度之行的报告，请罗宾帮我看了一下，然后让他女儿特丽莎帮我抄写好，又复印了一份。11 点我去亚洲学会递送报告。秘书长没有来，我给了戴眼镜的那位秘书，请他转交。我又去亚洲学会南边的一家大书店，买了普罗山多库马尔•巴尔写的《泰戈尔传》（রবি-জীবনী）的第 9 册（一共只出版了 9 册）。因为作者写完第 9 卷就去世了，实际上没有写完。第 9 册叙述的时间跨度是诗人生活的 1923—1926 年，里面有关于诗人访华的内容。

晚上 6 点多，阿弥陀弗来了。我们乘坐出租车去北京饭店，刘国赵会长的妻子出来见我，她说已经亲手做了几道菜，我对她表示感谢。

7 点半左右，客人们陆续到了。出席晚宴的有中国驻加尔各答城的副总领事温振才先生，华人联合会的会长刘国赵、秘书长李万城，皮革厂老板吴继宏先生；孟加拉研究院的秘书长绍诺特库马尔•丘多巴泰、理事会主席——诗人尼棱德罗纳特•丘克罗博尔迪、行政处长乌特波尔•恰、阿扎德亚洲研究所所长巴苏代波教授、基金会主席久仁多•拉伊、学者绍乌米亚•康迪•米特拉、泰戈尔文化大学前副校长波比特罗•绍尔迦尔教授、奥特雷伊、加尔各答大学外语系主任奥尔琼•绍尔迦尔教授、阿弥陀弗、戏剧和诗歌评论家狄朋科尔•马宗达、电视台主持人彭科吉•萨哈等客人。

客人们很满意，纷纷对我表示感谢。尼棱德罗纳特•丘克罗博尔迪还送我一个公文包，绍诺特库马尔•丘多巴泰送我一个精致的盒子，里边是两支笔。刘会长想赠送两瓶红葡萄酒，他家没有了，就请吴继宏先生带来了两瓶红葡萄酒，可是吴先生根本不收他的钱。这次晚宴我一共花了 4400 多卢比。

饭后，奥尔琼又把我拉到他们家，说他的妻子和女儿要见我。结果，我们又在他们家里聊了 10 多分钟，奥尔琼才开车把我送回住地。

5 月 17 日上午，阿弥陀弗和妻子奥妮达来我的住地，然后带我去商店采购，我买了三个真皮的女士皮包，一共花了 1050 卢比，相当于人民币 210 元。

晚上狄朋科尔带着他儿子来了，对我进行了录音采访。5 点多奥妮达带着她的女儿因德拉波蒂来了，准备和我一起参加晚上 6 点半的聚会。来接我的车坐不下，她们只好打出租车。这时候下起了大暴雨。我们冒雨驱车前往聚会地点。到了那里，室内照明线路出了问题，一片漆黑，等了很长一段时间，才来了电。

在这里我又会见了西孟加拉邦文化部秘书长奥努波•莫迪拉尔，结识了文化界一些名人，如诗人松科•高士、画家鲁波羌德•昆杜、儿童文学女作家绍尔密斯搭•达斯古普多。我作为主宾应邀坐在白布苫盖的床上，与秘书长奥努波、泰戈尔文化大学副校长科鲁纳鑫图坐在一起。

会议一开始，在艺术家的歌声中，一位女士向我们献了鲜花和围巾。然后由诗人朗诵诗歌，文化部部长和会议组织者等先后发表讲话。我用中文朗诵了泰戈尔的两首诗歌的译文。大会还向我赠送了礼物——关于泰戈尔的一本小册子、陶器大盘和茶具以及一大盒子饮料等。最后我们参观了画展，画家鲁波羌德•昆杜还向我赠送了他创作的一幅镶在玻璃框里的画。记者还采访了我。

会议结束后，主持人彭科吉•萨哈及其夫人——绍尔密斯塔请我和画家鲁波羌德•昆杜去了一家名为“中国大陆”的餐厅吃晚饭，会见了来自北京的厨师小周。席间我们聊得很开心，彭科吉•萨哈和夫人绍尔密斯塔送给我几本书——他们写的诗歌。彭科吉•萨哈写了关于他妻子的简单情况，然后他们把我送回住地。这时候已经将近午夜 12 点了。我感到很疲倦，就休息了。

5 月 18 日是星期日，阿弥陀弗带着马诺什先生和朋友来访问。他的朋友是一位研究佛教的女教授，她想请一位中国学者参加他们的一个大科研项目的研究工作，我向她推荐了薛克翘，并把薛的名片给了她，让他跟薛联系。她晚上要带车来送我去机场。

不一会儿，狄朋科尔•马宗达一家三口给我送来了电影光盘，随后与我告别。

下午，我去市场买了三张光盘。5 点，刘国赵会长和李万城先生、吴继宏先生来请我去加尔各答市中心一家很有名的茶馆喝下午茶，与我告别，然后送我回住处。

晚上 10 点，阿弥陀弗和那位女教授带车来送我去机场。我向他们表示感谢，随后和他们告别。在加尔各答机场，我会见了东方航空公司的李经理，并且向他说明，我买了一些书，可能会超重。于是他站在工作台旁边，看着孟加拉工作人员给我办理托运。他们很快就给我办理好了托运手续——托运了两个大箱子。我向李经理和孟加拉工作人员表示感谢。

两位中国女士在后面，她们是山东第三电力公司的，在填写出境表时，我帮助了她们。原来他们在孟买附近建设了发电站，这次他们有一批人员回国。

过安全检查的时候，孟加拉人很认真，让我把电脑拿出来，仔细查看。他们听我讲孟加拉语，都对我很友好。

5 月 19 日凌晨 1 点，我乘坐 MU556 号航班从加尔各答国际机场出发，经过两个多小时的航行，于北京时间早上 5 点 45 分到达昆明机场。这是一架不太大的飞机，只能坐 160 多人。我们下了飞机，就去提取行李，然后推着行李车上了二楼，办理去北京的登机手续。一切都很顺利。8 点 15 分，我乘坐的 5701 号航班起飞了。这架飞机比较大，有 300 多个座位。经过 2 小时 40 分的飞行，北京时间上午 11 点，我们抵达北京首都机场。大儿子桂青和小女儿桂萍来机场接我。

我的第一次印度之行至此圆满结束。

第四十二章

泰戈尔画作研究

我这一生的大部分时间都在研究和翻译泰戈尔。随着时间的推移，我对泰戈尔的生平和文学创作了解得越来越多，可是我对泰戈尔的绘画却知之甚少，因此我就萌发了研究他的绘画作品的想法。

2009 年的一天，上海中西书局编辑金柯先生找到我。他告诉我，他们出版社决定出版一本泰戈尔绘画作品欣赏，请我来选编。他要求我遴选 100 幅泰戈尔的画作，并写一篇关于泰戈尔创作绘画作品的文章。上海中西书局的约稿，促使我加快了对泰戈尔绘画研究的步伐。

我曾经购买过两本印度出版的泰戈尔绘画作品选，后来又请挚友石景武先生从孟加拉国给我买回来一本英文版的泰戈尔画册。

当时我手头已有三本泰戈尔绘画册，可是其中绘画作品的数量不够，因此我决定借参加印度举办的国际学术研讨会之机，去印度收集泰戈尔的绘画作品。

2011 年 1 月中旬，印度瓦拉纳西大学要举办纪念泰戈尔诞辰 150 周年的国际研讨会，给我发来了邀请函。我于 1 月 5 日飞抵加尔各答，然后乘坐印度航班经过勒克瑙转机，飞往瓦拉纳西参加国际会议。会议结束后，我直接从瓦拉纳西乘火车前往泰戈尔国际大学。我与朋友阿弥陀弗约定，他也从加尔各答前往波尔普尔——国际大学所在地。

2011 年 1 月 15 日，我和阿弥陀弗一起会见了国际大学美术学院教授绍米克 • 依迪 • 马宗达先生，向他讲述了我想出版《诗人之画——泰戈尔画作欣赏》一书的设想，并且想请他撰写一篇有关泰戈尔绘画的文章。他听了我的设想很赞成，告诉我他前不久发表过一篇这类文章，对其稍加修改即可选用。随后他将此文的电子版拷贝到我的 U 盘上，并且还建议我去泰戈尔博物馆资料收藏室选一些电子版的泰戈尔画作。

告别了绍米克教授，我们就前往泰戈尔博物馆，见到了馆长——我的老朋友绍朋 • 马宗达教授，说明了我的意图。绍朋馆长让我写一份申请函，我随即写好呈上，他在我的申请函上作了批示，并请我持此件去见专门负责资料收藏室的官员。

我和阿弥陀弗会见了专门负责资料收藏室的年轻官员尼岚炯 • 班纳吉。他看了馆长的批示，迅速打印了一份孟加拉语信函交给我，并且让我拿此信函到电子珍藏室去选择电子版绘画作品。此信函译文如下：

亲爱的董友忱教授：

参阅您给泰戈尔博物馆馆长的信函，他很高兴地同意您的建议：值此纪念泰戈尔诞辰 150 周年之际，为上海中西书局非商业性出版物复制泰戈尔收藏馆所收藏的 15 幅画作（免费一次性使用）。

如果您能给我们三份该出版物，以供泰戈尔博物馆图书馆收藏，我们将不胜感激。

顺致敬意！

您忠诚的

尼岚炯 • 班纳吉

国际大学泰戈尔收藏馆专职官

2011 年 1 月 15 日于圣蒂尼克坦

我手持这封信函，和阿弥陀弗来到电子版储藏室。一位年轻的女士——诺博蒂达•绍尔迦尔（নবদিতা সরকার）接待了我们。她打开电脑里储存的泰戈尔绘画作品，教我如何进行操作遴选。我留下来挑选，阿弥陀弗因为有事走了。我用了一下午将近3个小时的时间，挑选出37幅泰戈尔的绘画作品和39张泰戈尔的照片，并为22幅绘画作品（另15幅免费）和39张照片支付了一大笔购买费用。诺博蒂达女士将我选定的画作和照片复制到光盘上，写上标签，又在另一张纸上写好她的姓名电话、电子信箱等联系方式，装在光盘的塑料盒子里交给我。我向她表示真诚的谢意。

回到加尔各答后，印度阿萨姆大学发来邀请函，请我前去讲学。于是我从加尔各答飞往阿萨姆大学所邻近的锡尔杰尔城。阿萨姆大学派来专车把我接到大学招待所。在那里我会见了著名印度孟加拉文化学者昂琼•森。他将自己刚出版不久的《形象的伟大进程》一书赠给我，该书收录了73幅泰戈尔的绘画作品和他写的一篇研究性的论文，系统地讲述了诗人绘画创作的历程。此外，在阿萨姆大学举办的图书展销会上，我意外地买到了泰戈尔在世时由他自己编辑出版的画册《我的绘画》（*My Pictures*）上下两册合订本。这样，我就为研究泰戈尔绘画和出版他的绘画作品搜集到了足够遴选的素材。

2月1日，我经昆明回到北京。2011年3月22日，我与上海中西书局签署了出版合同，从此我就加速着手研究诗人的绘画，并选编《诗人之画——泰戈尔绘画欣赏》一书。

经过几个月的细心研究，我对泰戈尔的绘画艺术思想和创作有了一定的了解，并且从已经收集到的画作中选定100幅画作，为每幅画写了我的欣赏感悟和情况说明。在这100幅画里的18幅当中，诗人亲自用孟加拉文和英文为其配写了诗文，我将诗人配写的诗文翻译成中文。出版社要求我为其余的 82 幅画作配写诗文，我应允下来。除此之外，我还为该书撰写了前言《诗人泰戈尔的绘画》，比较系统地论述了诗人的艺术思想和绘画创作的历程。

诗人泰戈尔开始比较集中精力进行绘画创作，大概是在他 64 岁的时候。最初，1924 年 10 月 21 日他在安德鲁斯号轮船上创作了一首诗《大海》，并在修改时呈现出一幅奇妙的图画，这让他感到很惊喜，于是他就继续这样做下去。同年 11 月 7 日，还是在那艘轮船上，他创作了《过去的时光》，并且在修改诗稿时又画成了一幅画。由此泰戈尔揭开了自己绘画的序幕，在此后的 16 年间他创作了几千幅画作。

纵观泰戈尔的绘画作品，大体上可以将其划分为三类：一类是描写自然界各种景观的风景画；第二类是人物画，女性居多，其中一幅女性半身像最为精美；第三类是带有象征意义的抽象画，其中有怪异的鸟兽等等。

泰戈尔一直关注印度美术艺术的发展，并且逐渐形成了自己的美术思想。他认为，印度画家的绘画应该是印度化的，题材应该反映印度的现实生活，而创作方法应该采用西方现实主义的创作方法。1893 年他在《残存书简集 • 第 14 封信》里写到，他一上午都在观看罗比 • 博尔马的画作复制品，这些作品虽然在构图上存在一些欠缺，但其主题和意境却完全是印度化的，因此它们自然对印度观众具有吸引力。1898 年泰戈尔在论述 G.K. 穆哈雷特的雕塑作品《去神庙》（To the Temple）时指出，这件雕塑不仅反映了日常现实，而且展现出印度女性的形象；这种现实主义手法说明，穆哈雷特吸取了希腊艺术的营养（所有现实主义的表现手法都可以追溯到希腊艺术），而不是简单的模仿。

阅读了泰戈尔有关绘画艺术的一些论述，考察了他在游历世界各国期间参观绘画展览、画廊的活动，观看过我所接触到的他所创作的绘画作品，我得出了这样的认识：他是一位诗人画家，他是凭借自己的悟性，把自己对世界的感悟运用线条、色彩的韵律表现出来；他没有经历过绘画艺术专业化的严格培训，不是具有高超的绘画艺术技巧的绘画大师。

然而，泰戈尔的绘画艺术思想是现代化的，也是值得我们学习和关注的。他认为，绘画艺术应该与现实生活相结合；应该通过艺术设计和大众工艺美术制造，让艺术品成为美化人们生活的一种手段；艺术应该具有开放性，打破封闭性，学习世界上一切优秀的艺术精华，不要故步自封；绘画艺术家也应该像文学家一样，既要继承自己民族古代优秀的传统，也要善于学习外国艺术的精华。

罗宾德罗纳特•泰戈尔是东方第一位荣获诺贝尔文学奖的诗人、著名小说家、戏剧家，而他又创作了不少绘画作品，人们怀着好奇，很想欣赏他的绘画作品。因此，他的绘画作品在很多国家展出。1930 年 5 月 15—19 日，他的绘画作品（125 幅）在法国巴黎第一次展出，后来又在世界各地，例如伯明翰、柏林、慕尼黑、哥本哈根、莫斯科、纽约、波士顿等地展出过。诗人逝世后，一些国家也举办过泰戈尔的绘画展览，其中包括 1991 年 8 月 9—17 日在中国的北京劳动人民文化宫举办的泰戈尔生平和绘画展览。

我还将绍米克•侬迪•马宗达的文章《泰戈尔的绘画是一种挑战》翻译成中文，并将此文连同赵元春翻译的印度著名绘画评论家湿婆•库马尔的文章《泰戈尔和印度艺术》作为附录，一并收入此书中。

2011 年 11 月，《诗人之画——泰戈尔画作欣赏》由上海中西书局出版了。这是中国第一次出版带有研究性质的泰戈尔绘画作品集。

在中国也有不少人喜欢泰戈尔的绘画作品，还有人收藏泰戈尔的绘画作品。例如，张淳铭先生就在无锡建有一座世界名画家收藏馆，其中收藏有泰戈尔的绘画作品真迹。2021 年 10 月 16 日下午，张先生曾携助手来我家，我们进行了交流。他告诉我，他收藏了一些泰戈尔的绘画作品和我的这本书，还托朋友从法国购买了几本泰戈尔的画册。他还在他的美术馆举行了泰戈尔绘画作品展览。

第四十三章

文学博士和泰戈尔纪念奖

2010年4月间，我收到泰戈尔文化大学副校长科鲁纳鑫图•达斯发来的信函，邀请我于2010年4月末或5月初前往印度西孟加拉邦首府加尔各答，出席泰戈尔文化大学授予我文学博士学位的仪式。随后寄来了北京与加尔各答之间往返航班的飞机票。我知道，这是印度西孟加拉邦文化界对我多年来从事泰戈尔研究和翻译的褒奖和鼓励。得知这一消息，我心里自然很高兴。

2010年4月28日，我乘坐东方航空公司的航班，经昆明飞往加尔各答。飞机抵达那里时已经是北京时间29日凌晨。泰戈尔文化大学派车到机场来接我；我的好朋友——加尔各答大学的语言系主任奥尔琼•绍尔迦尔教授也赶到机场来欢迎我，并且给我带来一盒他妻子做的饭菜。

我被接到泰戈尔文化大学北部校区（位于B.T.大街东侧）内的客舍住了下来。这里是泰戈尔文化大学的主要教学区，是泰戈尔家族的祖先倪尔摩尼和他的弟弟多尔波纳拉扬于1765年建造住宅的地方，这个地方最早的名称叫巴图里亚卡达，孟加拉语的意思是“石码头村”。后来倪尔摩尼将这处住宅留给了弟弟多尔波纳拉扬，在加尔各答吉尔普尔大街的东边买了一块土地，建起了泰戈尔家族的住宅，就是现在的焦拉桑科。这里是诗人出生和逝世的地方，如今也属于泰戈尔文化大学，这里建有泰戈尔故居博物馆。

在我们下榻的客舍前面不远处有一个长方形的小湖，湖周围都是高大的乔木。清晨我一出门，就听到了悦耳的鸟鸣。晨风习习吹拂，我顿时感到清新凉爽，不过太阳出来后，很快就热起来。小湖的水面上漂浮着一层嫩绿色的藻类，走近湖畔，一股恶臭气味立即袭击我的鼻腔。看来，湖水被污染得严重。

5 月 2 日，我收到了印度西孟加拉邦政府文化部所属的孟加拉研究院（বাংলা একাডেমী）发给我的一封信函。信函说，为了表彰我在研究和翻译泰戈尔著作方面所作出的贡献，西孟加拉邦评选委员会决定授予我泰戈尔纪念奖，并请我出席 2010 年 5 月 9 日下午 5 点在孟加拉研究院举行的授奖仪式。我在出国之前是不知道这个消息的。印度的朋友们也纷纷到我的住所或打电话来，向我表示祝贺。

几天后，孟加拉国的女作家舍莉娜•侯赛因也应邀来到了加尔各答，下榻在我所住的客舍。因此我有机会结识了舍莉娜•侯赛因及其丈夫，并且知道她也是来参加被授予文学博士学位仪式的。

5 月 4 日，我给中国驻加尔各答总领事馆的毛四维总领事打电话，告诉他我来印度的情况。他说，他次日就回国休假，让我跟张铁建副总领事联系。5 月 7 日上午，我前往总领事馆，会见了张副总领事，向他汇报了这次来印度的主要目的：5 月 8 日上午 10 点，我将在泰戈尔故居焦拉桑科接受西孟加拉邦总督颁发给我的荣誉文学博士证书；5 月 9 日下午 5 点，我将在孟加拉研究院接受泰戈尔纪念奖。

5 月 7 日，我的印度朋友给我带来一份孟加拉文杂志《碑文》（শিলালিপি）第 17 期。这期杂志是为泰戈尔 150 周年诞辰而出版的专刊，在该期杂志的 24—25 页刊登了我撰写的文章《中国和罗宾德罗纳特•泰戈尔》

（চীন দেশ ও রবীন্দ্রনাথ ঠাকুর）。

5 月 8 日是星期六。早晨 7 点多，我的一个孟加拉朋友就送来了一件胸前绣花的黄色长衫和一条白色裤子，并且希望我当天穿这套服装去接受文学博士学位证书。朋友的深情，我不好拒绝。

9 点多，泰戈尔文化大学的一位教授带车子来了，随后陪我和孟加拉国的女作家舍莉娜•侯赛因前往泰戈尔故居焦拉桑科，参加泰戈尔文化大学第 35 届年会暨颁发荣誉文学博士证书的仪式。35 分钟后我们的汽车到达那里。大门口有不少警察，在进行严格的安全检查。人们在院子里搭起了一个很大的长方形彩棚，上面用白蓝两色布料装饰起来，还装有十几个吊扇和电灯。舞台设在南端，舞台上铺着地毯，后面墙上悬挂着大字会标和大幅泰戈尔照片；舞台的周围摆着鲜花，前排的桌子上面蒙着白布，摆着小花篮。舞台下边摆放着椅子，大约有上千个座位。整个会场简直就是一个没有围墙的大礼堂，看上去很典雅，也很壮观。

我和舍莉娜•侯赛因被领到楼内的贵宾休息厅，在指定位置坐下来。两位女教师走过来向我们献上围巾，为我们戴上胸花，点上吉祥痣。快到 10 点的时候，我们走出贵宾厅，迎接孟加拉邦总督 M.K. 纳拉扬的到来。不一会儿，总督的车队到了，前边有两辆警车开道，总督从第三辆车子下来。副校长科鲁纳鑫图•达斯走上前，向总督献了一束鲜花。接着，我们跟随总督走向舞台。总督和副校长在前排坐下来，我们七位将被授予荣誉文学博士称号的学者坐在舞台偏右的一排座位上，前面一排低矮的茶几上盖着白布，上面摆着写有我们名字的牌子。

M.K. 纳拉扬总督站起来，宣布大会开始。大家起立，站在舞台前面的 20 多名男女学生，在乐队伴奏下唱起了吠陀赞歌和校歌。接着副校长作报告，总督讲话。随后，总督向我们颁发荣誉文学博士证书和银盘。被授予文学博士称号的共七个人，其顺序是：78 岁的著名孟加拉国诗人松科•高士教授；73岁的泰戈尔研究专家、翻译家董友忱教授；63岁的孟加拉国女作家舍莉娜•侯赛因；加尔各答大学语言系著名的梵语、巴利语和普拉克里迪语的学者——绍多龙琼•般多巴泰（班纳吉）教授；96岁的著名印度学者——印度古典哲学专家迪侬纳特•特里巴提；80岁的奥莫楞杜•戴教授；94岁的音乐家戈巴尔•丘多巴泰。

在这个庆典仪式上，泰戈尔文化大学还向攻读博士、硕士和学士学位的人颁发士学位证书。西孟加拉邦总督作为泰戈尔文化大学的校长，亲自向我们颁发了文学博士证书。副校长向本校攻读硕士和学士学位的学生们分别颁发证书。接着著名孟加拉语作家苏尼尔•贡戈巴泰发表了热情洋溢的讲话，他介绍了我在研究和翻译泰戈尔方面所做的工作，赞扬了我在印中文化传播方面所作出的贡献。

泰戈尔文化大学还印制了72页厚的一本书《他们的荣誉是我们的骄傲》（*Their Honour, Our Pride*），封面和封底印有我们七个被授予荣誉博士学位的学者的照片。书中分别介绍了各位学者的概况，并在介绍文字的前一页刊印了每个人的大型照片。

我的印度朋友画家阿弥陀弗及其雕塑家妻子奥妮达、女儿因德拉波蒂，《电信报》的高级编辑阿希湿，卡拉姆•阿扎德亚洲研究所所长巴苏代波，前泰戈尔博物馆馆长马宗达，前西孟加拉邦文化部秘书奥努波•莫迪拉尔，以及华人朋友李万城、陈富兴等，都来参加这个颁发证书的仪式。会议结束后，他们来到我身边，向我表示祝贺。总之，我觉得我一直处于朋友们的关爱气氛之中。

5月9日上午，西孟加拉邦政府文化信息部的领导陪同我前往加尔各答北部的巴尼普尔镇，参加那里艺术培训中心举行的庆祝泰戈尔诞辰的活动。他们向与会者介绍了我研究和翻译泰戈尔的情况。我作了简短的发言，讲述了为什么我要做这项工作，以及今后的打算。会议组织者对这次活动进行了录像，并在告别时向我赠送了我参加活动的录像光盘。

随后我们驱车前往附近的一个村庄，参观了那里的农田。我见到了正在打稻谷的农民们。一个小伙子飞速地爬上高大的椰子树，砍下了五六个椰子。主人砍开椰子，请我饮椰子汁，品尝椰子肉。我由衷地感谢他们，然后同他们告别。回到住所已是下午 3 点了。

4 点多，孟加拉朋友陪同我前往孟加拉研究院，会见了秘书长绍诺特库马尔和该院主席——著名诗人尼棱德罗纳特•丘克罗博尔迪等一批文化人。在孟加拉研究院的院子里，同样搭建起一个很大的彩棚。

5 点整，大会开始。首先欢迎受奖者和主宾入场，接着著名女高音歌唱家布罗碧•穆科巴泰演唱两首歌曲。大会由该院副院长尼洛伊•高士主持，尼棱德罗纳特•丘克罗博尔迪宣布受奖者名单。接着，绍诺特库马尔院长致欢迎词。随后颁发镀金铜版奖牌：向我颁发“泰戈尔纪念奖”铜质镀金奖牌的是著名孟加拉语作家苏尼尔•贡戈巴泰。我用孟加拉语发表了简短的讲话。我说：“我出席今天的聚会感到很高兴。首先，我衷心地感谢西孟加拉邦政府文化部和孟加拉研究院授予我‘泰戈尔纪念奖’。我觉得，这不仅是对我个人的褒奖，也是对从事泰戈尔研究和翻译的所有中国学者的褒奖和鼓励。今后我要更加努力地研究泰戈尔，把他的全部作品介绍给中国读者。让中国人民，特别是中国读者能够更好地了解伟大诗人泰戈尔。我相信，中国人民和印度人民之间的友谊一定会更加巩固！”我的讲话赢得了彩棚里 1000 多人的热烈掌声。

“泰戈尔纪念奖”的奖牌是用黄铜铸造的，并且镀了一层金。奖牌装在一个用红绒布包着的精美的木盒内。左上角是三狮子图像的印度国徽，右上角是泰戈尔头像，四边是花草图案。奖牌上面的镀金孟加拉文字如下：

পশ্চিমবংগ বাংলা আকাদেমি

তথ্য ও সংস্কৃতি বিভাগ

পশ্চিমবংগ সরকার

রবীন্দ্রস্মৃতি পুরস্কার ১৪১৭

দং ইউচেন

রবীন্দ্র সাহিত্যচর্চায় আপনার আগ্রহ ও বিভাবনা শ্রদ্ধার সঙ্গে স্মরনীয় চিনা ভাষায় অনূদিত রবীন্দ্র রচনাবলী এ বিষয়ে উজ্জ্বল প্রয়াস হিসাবে চিহ্নিত হয়ে থাকবে।এই অবদানের জন্যে পশ্চিমবংগ সরকার প্রবর্তিত রবীন্দ্রস্মৃতি পুরস্কার আপনাকে অর্পণ করতে পেরে পশ্চিমবংগ বাংলা আকাদেমি আনন্দিত বোধ করছে।

সনৎকুমার চট্টোপাধ্যায়	নীরেন্দ্রনাথ চক্রবর্তী
সচিব	সভাপতি
পশ্চিমবংগ বাংলা আকাদেমি	পশ্চিমবংগ বাংলা আকাদেমি

২৫ বৈশাখ ১৪১৭

৯ মে ২০১০

其译文为：

西孟加拉邦政府

文化部

西孟加拉研究院

1417 年度泰戈尔纪念奖

董友忱：

您以您的热情和令人骄傲的敬意从事着泰戈尔文学研究，用永存的中国语言翻译了泰戈尔作品，在这一事业方面您所付出的光辉辛劳将会留下印记。西孟加拉邦研究院为将西孟加拉邦政府设立的泰戈尔纪念奖授予您而感到荣幸。

绍诺特库马尔•丘多巴泰　　尼棱德罗纳特•丘克罗博尔迪

孟加拉研究院 秘书长　　孟加拉研究院 主席

（孟加拉历）1417 年拜沙克月 25 日

2010 年 5 月 9 日

印度的一些报刊对我来印度接受文学博士称号和泰戈尔纪念奖的事件进行了报道。5 月 10 日，印度最有影响的孟加拉文报纸《欢喜市场报》（*Anandabazar Patrika*）就刊登了我的照片和有关我的报道；5 月 9 日《印度快报》（*Indian Express*）刊登了我和孟加拉总督的照片；5 月 10 日和 11 日《印度时报》（*The Times of India*）也连续两天刊登了我从苏尼尔手中接受证书的照片。

加尔各答出版的《当今日报》（আজকাল）的文化专栏刊登了奥洛克普罗山德•丘多巴泰（অলোকপ্রসাদ চট্টোপাধ্যায়）的专稿《我听孟加拉语言觉得就像聆听歌曲》。这是作者 2010 年 5 月 15 日在位于 B.T. 大街一侧的泰戈尔文化大学的客舍里对我采访后撰写的报道，我的照片也与此文一起被刊登出来。该专稿的黑体字部分写道：“中国作家董友忱说，他翻译出版了泰戈尔的所有中长篇和短篇小说 7 卷，选编了泰戈尔诗歌 6 卷。今年的拜沙克月 25 日他荣获了泰戈尔纪念奖。泰戈尔文化大学授予他文学博士，他为此而感到荣幸。《当今日报》在加尔各答对他进行面对面的采访。”

下面是这篇采访专稿的译文：

为表彰他所做的这些工作，今年这个拜沙克月25日西孟加拉邦授予他两项荣誉。他获得了泰戈尔纪念奖。泰戈尔文化大学授予他最高荣誉——文学博士。

获得所有这些荣誉和奖励之后，73岁的董友忱前往圣蒂尼克坦，向罗宾德罗纳特•泰戈尔表达尊爱之情。不这样做，他仿佛觉得所有这些荣誉就不够完整。

•您翻译了这么多的泰戈尔作品，至今还沉醉于泰戈尔研究翻译工作中。您怎么会如此热爱孟加拉语呢？

*聆听孟加拉语，我就觉得仿佛像聆听歌曲一样，而且沉醉于这种歌声中就什么都不想了。这歌声的吸引力太强烈了。

•与泰戈尔有关吗？

*通过泰戈尔我才了解、懂得了孟加拉语。我22岁时，即1959年我考入了北京外国语学院，学习了一年俄语。那时候我读到《吉檀迦利》的中文译本，被迷住了。我就默默地下定决心：我一定要阅读、理解孟加拉文的《吉檀迦利》。一种强烈的爱好就在内心里形成了。1960年我去了俄罗斯，在列宁格勒大学学习孟加拉语言和文学达五年半之久。我获得了学位，荣获了“东方学家”称号，成为孟加拉语专家。然后回国从事教学工作，同时重新研究泰戈尔。为了与我的国人分享这种研究所获得的欢乐，我开始把泰戈尔的作品翻译成中文。我的国人从泰戈尔的短篇小说、中长篇小说、诗歌中品尝到了其深邃妙义和情味。这也给予我最大的欢乐。

•阅读过《吉檀迦利》，您就更加了解泰戈尔了吧？

*是的，我很幸运，我最初阅读了《吉檀迦利》，并且知道了，世界

上一位伟大诗人的名字就叫罗宾德罗纳特•泰戈尔。

•不过，您没有翻译过《吉檀迦利》吧？

*最早将《吉檀迦利》的几首诗歌翻译成中文的是陈独秀。后来著名女作家冰心将《吉檀迦利》全部翻译成中文出版了。冰心的译本成为经典性的译文。有了如此好的译本，我就觉得不需要再进行重新翻译了。

•读了《吉檀迦利》，您对泰戈尔和孟加拉语产生了兴趣。现在泰戈尔的哪一本书是您最喜爱的？

*我年纪大了。我不知道，一个人年纪大了，是否会多次想到自己的童年，泰戈尔的儿童诗现在是我最喜欢的。

•我们都称呼年长者为哥哥。我能称呼您为哥哥吗？

*你也可以称呼我哥哥，叫我董大哥。

•好啊，董大哥。嫂夫人即您的妻子能阅读孟加拉文书籍吗？

*她连中文书籍都不能阅读。我们都是出身农民家的人。与读书学习相比，我们更了解农耕种田。我是进入农村小学读书的。我的妻子没有那种机会。她喜欢听我朗读泰戈尔的小说和诗歌，也懂得一点点孟加拉语。不过到现在我对农耕种田仍然感兴趣，我在圣蒂尼克坦吃过棱角丝瓜和羊角豆。我要带点种子回去，在中国试种，不知是否可行。

•听人讲孟加拉语，您觉得就像是听歌儿。您会唱泰戈尔的歌曲吗？

*我不会唱歌。我的声音不好听。这使我很痛苦。因此我不敢翻译泰戈尔的歌曲，因为歌曲都是有旋律的。现在我觉得我应该学会一首歌。那样的话，翻译泰戈尔的歌曲时候，就不会再感到困难了。是这样吧？

董大哥仿佛认可这样一种看法，他就是泰戈尔家乡人。到了这样的年龄，他还想种棱角丝瓜和羊角豆，还想学习歌曲，还想为翻译泰戈尔歌曲克服困难。除了泰戈尔，他还把般吉姆琼德罗的《克里斯诺康托的遗嘱》《拉吉辛赫》《月华》翻译成中文。他说："如果我的生命还存续，我还要翻译绍罗特琼德罗的作品。我已经翻译了他的小说《大姐》。"

我在离开之前对他说，能否请他唱两句泰戈尔的歌曲？

董大哥笑了一下，唱了两句，我听了后感到很惊奇。他亮起嗓音唱道："我的金色孟加拉，我热爱你。"

看来，73岁的董大哥要以这种诚挚热爱重新学习泰戈尔的歌曲，而且在他内心里期待着发现泰戈尔的另一座大厦。我们期待着。

一份孟加拉文刊物报道了当时获得泰戈尔纪念奖的情况，并且分别介绍了我和另一位获奖者的情况。

加尔各答的华人朋友李嘉祥、李万城、钟彪兴、吴继宏、陈富兴等11人在5月9日的《印度商报》头版发表了祝贺词："热烈祝贺董友忱教授荣获泰戈尔文化大学荣誉文学博士暨西孟加拉邦研究院2010年度泰戈尔纪念奖。促进辉煌中印文化交流，加强两大文明古国友谊。"

这次印度之行，使我深切地感受到印度孟加拉人民对中国人民所怀有的深厚友情。23天来，我始终生活在友谊之中。接待我的老师、客舍服务员、做饭的厨师，我所接触到的周围的朋友们，都真诚地给予我多方面的帮助。卡拉姆•阿扎德亚洲研究所的所长巴苏代波带车来我的住所，把我接到他们的研究所，带我参观他们在盐湖区新建的研究所，随后带我去一家高档的印度餐馆，请我吃印度餐。随后他又陪我去国际大学设在加尔各答的出版社购买《泰戈尔书信集》。沈达兰、阿弥陀弗、奥尔琼、狄朋科尔、那济世等孟加拉朋友，都先后请我去他们家里做客。拉焦斯丽陪我参观罗摩黑天教会所在地的各个神庙，然后他们一家请我吃饭。即便是偶尔遇到的陌生的孟加拉人，也都热情地帮助我。有一次，我从亚洲学会乘坐地铁到沙姆市场，出了地铁，还要乘坐公共汽车才能到达泰戈尔文化大学。当我向一位与我一起出地铁的陌生男子询问时，他热情地把我带到汽车站，把我送上汽车，并且告诉售票员我在什么地方下车。直到汽车开动了，他才回家。此事使我很是感动。我真诚地希望，中印两国人民永远世代友好！

第四十四章
应邀去印度两所大学讲学

2010 年 12 月，我收到了两封印度泰戈尔文化大学副校长科鲁纳鑫图·达斯教授发来的邀请函。一封是 12 月 2 日发出的，邀请我参加 2011 年 1 月 27—29 日在该大学焦拉桑科校园内举行的以“泰戈尔和妇女”为题的国际研讨会；第二封邀请信是 2010 年 12 月 20 日发出的，邀请我参加纪念泰戈尔诞辰 150 周年的活动，希望我在 2011 年 1 月最后一周，即 2011 年 1 月 25—31 日前去该大学进行系列讲座，主要请我讲一讲翻译和研究泰戈尔的心得体会。现将两封信函翻译如下：

亲爱的董友忱教授：

我很高兴邀请您参加由妇女研究中心于 2011 年 1 月 27 日至 29 日在我校焦拉桑科校区举办的“泰戈尔与妇女：重建新千年的空间”国际会议。请您预先提交一篇题为《泰戈尔文学作品中的女性》之论文，并在“泰戈尔文学作品”研讨会上宣读。会议期间，当地的热情接待和您在加尔各答的住宿将由我们承担。

期待与您见面！

顺致温暖问候!

科鲁纳鑫图•达斯教授

泰戈尔文化大学副校长

于加尔各答

2010 年 12 月 2 日

亲爱的董友忱教授:

我非常荣幸地通知您，为纪念伟大诗人、具有远见卓识的哲学家罗宾德罗纳特•泰戈尔诞辰150周年，泰戈尔文化大学正在举行一系列活动。

得知泰戈尔的一篇短篇小说被列入中国中小学校阅读课程，而且泰戈尔的作品被直接从孟加拉语翻译成中文，这真是一件幸事。我很高兴地获悉，您一直在积极地参与这项翻译工作，这无疑是一项了不起的工作。

我们想邀请您来泰戈尔文化大学作关于您参与翻译和研究泰戈尔经历方面的系列讲座和谈话。如果您能在 2011 年 1 月的最后一周（1 月 25—31 日）来我校讲学，我们将不胜荣幸。

期待与您见面!

顺致温暖问候!

科鲁纳鑫图•达斯教授（签字）

泰戈尔文化大学副校长

于加尔各答

2010 年 12 月 20 日

我于 2011 年 1 月飞抵加尔各答后，入住泰戈尔文化大学盐湖区校区招待所。不久，我又收到阿萨姆大学校长多波提尔•婆达贾尔久教授邀请我去讲学的信函。信函如下：

致董友忱教授（主题：邀请来阿萨姆大学作关于泰戈尔的讲座）

先生：

我很荣幸地通知您，阿萨姆大学位于阿萨姆南部的巴拉克山谷地区。这个大学是于1994年根据议会1989年8号法案建立的，旨在满足这个山谷内外大量人口的需求，这所大学是该地区最重要的学术机构。我们决定在2010—2011年全年庆祝诗圣罗宾德罗纳特·泰戈尔诞辰150周年。

在该法案所规定的目标指导下，大学正在阔步前进，并希望通过实际行动来实现既定的目标。

我诚挚地请求您在方便的时候拨冗，向我们展现您关于泰戈尔和中国的真知灼见。

我们热切地期待与您在会面那天进行一次有趣的互动交流。

学校会很乐意按照规定补贴您往返圣蒂尼克坦的一切费用等。请确定您来访的日期。

致以最良好的祝愿。

您忠诚的

多波提尔·婆达贾尔久教授

阿萨姆大学副校长

2010年12月30日

于锡尔杰尔

我于2011年1月5日抵达加尔各答，随后两天，纪念泰戈尔诞辰150周年学术研讨会在焦拉桑科泰戈尔故居举行。我在会上作了《泰戈尔与中国》的讲话，比较详细地论述了泰戈尔支持中国人民正义事业的事实：早在青年时期泰戈尔就写文章，痛斥英国商人向中国强行输入鸦片，毒害中国人民的罪行；他还支持中国人民的抗日战争。我还简要地回忆了诗人 1924 年 4—5 月间访问中国的历史。最后我讲到了中国翻译研究泰戈尔的情况以及泰戈尔对中国文学的影响，以及直到现在中国读者依然喜欢泰戈尔的原因，等等。我的讲演受到与会者的热烈欢迎。

会后，我请李万城陪我前往阿萨姆大学去讲学。

第四十五章

主编《泰戈尔作品全集》

前面我已经讲过，我早年在苏联留学时是通过俄语学习专业的。我的专业是孟加拉语言文学，因此我实际上掌握了俄语和孟加拉语。回国后，我在工作单位从事俄语翻译和俄语教学工作。我参加过由军事科学院外军部牵头组织的《苏联军事百科全书》翻译工作，后来我又参加了由中共中央党史研究室组织的关于苏共与中共两党档案的俄文翻译工作（其译文收入《共产国际、联共（布）与中国革命档案资料丛书》）。但是我的专业毕竟是孟加拉语言文学，所以我在业余时间主要从事孟加拉文学的研究和翻译工作，特别是泰戈尔的研究和翻译工作。

我最早发表泰戈尔诗歌作品翻译是在 1982 年。那一年杭州大学华宇清教授编撰了《金果小枝：外国历代著名短诗欣赏》，由黑龙江人民出版社出版。这部诗集收录了我翻译的 5 首泰戈尔小诗：《竹笛》《重又离别》《羞怯》《怜悯》《最后的诗篇（之一）》。此后我翻译发表了泰戈尔的诗集《画与歌》和《刚与柔》《心声集》《春收集》《莫胡亚》诗集中的大部分诗歌，泰戈尔散文诗集《随想录》中的《脚走出来的路》《阴郁的一天》《问》《小议》等 14 篇。1983 年 6 月漓江出版社出版了泰戈尔短篇小说选《饥饿的石头》，该书收入了我翻译的《女乞丐》《莫哈玛娅》《素芭》《判决》

等12篇短篇小说，后来又翻译发表20篇，共翻译32篇。我翻译出版了泰戈尔长篇小说《家庭与世界》《王后市场》《贤哲王》《沉船》和中篇小说《被毁之巢》。我翻译出版的泰戈尔的剧本有《大自然的报复》《根本错误》《牺牲》《赎罪》《操办丧事》等22个，还有泰戈尔的书信集《俄罗斯书简》等等。

北京外国语大学亚非学院院长张西平教授、南亚研究中心主任郁龙余教授了解到我从事泰戈尔研究和翻译的情况后，就建议人民出版社出版《泰戈尔作品全集》，由我担任主编，从孟加拉语原文翻译这套书。人民出版社接受了他们的建议，聘请我为这套书的主编，组织翻译这套大书。

接受了这项任务后，我就聘请白开元、石景武、于广悦担任这套书的副主编，并且请他们分别负责诗歌、戏剧、散文译稿的校对，我负责小说译稿的校对和全书的通稿工作。我聘请国内孟加拉语的专家刘运智、耿克璞、潘小珠、钟少莉、冯秀倩、王志良、杨伟明、蔡玥等人参与这套书的翻译工作。

人民出版社文艺编辑室的刘丽华主任具体负责这套书的编辑出版事宜。她请我撰写一本泰戈尔小传，以配合《泰戈尔作品全集》的出版。2005年1月华文出版社出版过我撰写的《泰戈尔画传》，配合当时《泰戈尔小说全译》（7卷本）的出版。我在这本《画传》的基础上，增添一些内容和照片，写成了一本22万字的《天竺诗人：泰戈尔》，于2011年1月由人民出版社出版了。

关于这本泰戈尔小传用什么名称的问题，我费了一点儿脑筋。诗人罗宾德罗纳特•泰戈尔出生和病逝之地都是印度西孟加拉邦的加尔各答，说他是印度诗人，是无可非议的。但是我们都知道，1947年8月15日英国统治者给予南亚次大陆自治地位之前，孟加拉邦是一个整体，当时按照宗教信仰分成两部分——印度的西孟加拉邦和东巴基斯坦，后来东巴基斯坦获得了独立，成立了孟加拉国，并且选用泰戈尔的诗歌《金色的孟加拉》作为国歌，而且泰戈尔家族的地产就位于现在孟加拉国的境内，他曾经在那里经营地产达10年之久。所以孟加拉国人民认为，罗宾德罗纳特•泰戈尔也是他们的诗人。选用《天竺诗人：泰戈尔》这个书名，就是为了照顾印度和孟加拉国这两个国家人民的感情，因为“天竺”这个词语是中国古代对南亚次大陆的统一称谓，既包含印度，又包含孟加拉国。这就是我不用《印度诗人：泰戈尔》而选用《天竺诗人：泰戈尔》这个书名的缘由。

后来刘丽华主任退休了，她向人民出版社领导建议，《泰戈尔作品全集》这套大书的编辑工作由社会部的王萍主任负责。出版社的领导同意刘主任的建议。此后我就结识了王萍主任，并且在合作出版这套大书的过程中与她结下了难以忘怀的友谊。

我和我的团队经过7年多的努力工作，于2014年年中将译稿陆续发给出版社。出版社的责编们也进行了紧张的工作，2015年年底《泰戈尔作品全集》（18卷，共33册，1600万字）问世了。

2016年5月5日，中国国际广播电台、人民出版社联合举办了《泰戈尔作品全集》中文版的首发式。中国国际广播电台副台长胡邦胜、人民出版社副总编辑于青、公共事业部主任王萍以及北京一些媒体的记者都来参加了首发式，于青和胡邦胜发表了讲话，孟加拉国公使和印度驻华使馆文化参赞出席了首发式。我作为这套书的主编也发表了讲话，对这套书作了全面的介绍。我在发言中指出，“泰戈尔是用孟加拉语写作的作家，他的绝大多数作品都是用孟加拉语创作的，只有在国外讲演的时候他才使用英语。1939年泰戈尔在世时，国际大学开始编辑出版《泰戈尔作品全集》，诗人逝世后，继续编辑出版，共出版33卷。为纪念诗人诞辰125周年，1986年国际大学又编辑出版了《泰戈尔作品全集》普及版本（18卷）。普及版本是33卷版本的重新编排，即将原来版本的两卷合成一卷，缩小了行距和字号，两套书的内容都是一样的，只是书稿说明部分增补了一些新材料。我们翻译所依据的就是这套普及版本。”

首都一些报刊对此进行了报道。7月12日的《学习时报》第1版刊登了《泰戈尔作品全集在京首发》的长篇报道。

人民出版社出版的这套《泰戈尔作品全集》有两大特点：第一，全部直接译自孟加拉文原文，没有收录从印地文和英文转译过来的译文。第二，是真正的全集。我们收录了孟加拉文版《泰戈尔作品全集》中的全部文学作品，包括他创作的全部诗歌、戏剧、小说、散文等。只有他编写的英语教材、孟加拉语教材、梵语教材和他翻译的梵语及西方的诗歌，没有被翻译和收录，因为上述教材对中国一般读者意义不大，而梵语和西方的作品在中国已有译文。除此之外，我们还收录了孟加拉文版《泰戈尔作品全集》以外的、诗人自己翻译或经他认可的8部英文诗集的译文，以及他在国外用英文发表的部分讲演稿的译文。这套书的出版，是中印文化交流史上一件值得庆幸的大事，它为中国的泰戈尔研究者和读者全面了解这位大作家提供了一套可靠的材料。到目前为止，中国是唯一出版了《泰戈尔作品全集》译本的域外国家。

印度政府得知我们正在翻译出版《泰戈尔作品全集》的消息，当时的印度总统写来了贺信，西孟加拉邦孟加拉研究院的秘书长也写来了祝贺信函。现将两封贺信抄录如下：

印度共和国总统的贺词

在庆祝师尊罗宾德罗纳特·泰戈尔诞辰一百五十周年之际，一部汇编了他不朽作品的中文文集即将出版，这让我感到高兴。同时，这位伟大诗人对中国怀有浓厚的兴趣，并努力拉近两个亚洲古老文明的距离，纪念文集适于追忆和缅怀他。

二十世纪初，师尊泰戈尔带着普世的人文关怀进行创作，他的创作主题在印度和其他国家引起共鸣，其中就包括中国。师尊造访中国并与当时的中国知识分子进行了卓有成效的交流，印中两国人民对此铭刻在心。二十世纪三十年代，他在圣蒂尼克坦创立了国际大学中国学院，开创了中国研究和汉语学习的先河。今年早些时候，我对中国进行国事访问，访问期间我在上海为泰戈尔半身塑像揭幕。作为赞礼，塑像是对泰戈尔架起印中两国人民友谊桥梁所作出的贡献的一种纪念。我在访问中注意到，他唤起了中国人民的热情，并且继续受到中国人民的敬重。我确信，即将出版的这部全集，会让中国人民更好地欣赏他的作品，并由此来了解他的国家和民族。

这是一项意义深远的计划，我衷心感谢编辑们和其他参与者，谨此表达我最美好的祝愿。

普拉蒂巴•帕蒂尔 于新德里

2010年7月15日

致中国北京外国语大学南亚研究中心董友忱教授的贺信

谦恭地向您致意：

由于您热爱印度伟大诗人和哲学家罗宾德罗纳特•泰戈尔，您与印度和孟加拉的心灵息息相通。毫无疑问，诺贝尔奖给罗宾德罗纳特带来了世界性的声誉，但是早在少年时期他就为世界所认知。他二十岁时就在《在中国的死亡贸易》一文中严厉谴责过强加给中国的鸦片战争。后来在访问中国时，他对这个国家表达了深深的敬意和信赖。中国人也把他当作自己的亲人，热情地接待了这位博学的智者。直到今天，在中国，泰戈尔还很受人们的敬爱。我听说，泰戈尔的文学作品已经走进中国的家庭。他所有的书籍几乎都被译成或正在被译成汉语。

您作为一位泰戈尔专家为印度所熟知。我们孟加拉研究院视您为自己人。您荣获了泰戈尔文化大学所授予的文学博士称号。您多年来一直把泰戈尔的著作从孟加拉语直接翻译成汉语，我作为一个孟加拉人，得知此事后，心里一直深怀感激之情。我听说，泰戈尔作品全集的前几卷很快就要出版。我期待着这个令人高兴时刻的到来。我祝愿您获得成就，同时也祝愿您充满活力、健康长寿。

此致敬意！

印度西孟加拉邦孟加拉研究院秘书长

绍诺特库马尔•丘多巴泰

2011 年 1 月 19 日

加尔各答

主持翻译《泰戈尔作品全集》，是我这一生所做的最有意义的一件大事。看到这套书在中国出版发行，我感到特别欣慰！因为孟加拉语言文学是我的专业，为掌握这种语言，我在列宁格勒大学东方系度过了五年半的时光，付出了艰苦的努力！

正因为我主持翻译了中文版的《泰戈尔作品全集》，所以才被世界各国孟加拉学者所认知，并且被推举为国际孟加拉学研究会会长。但是我深知，自己在孟加拉学方面的知识很有限，自己也没有为孟加拉学研究会做过什么工作，所以在 2017 年 2 月孟加拉国贾汗吉尔纳戈尔大学举行的国际孟加拉学研究会第五届年会的理事会上，我曾提出辞去国际孟加拉学研究会会长的职务，可是我的提议没有被理事会采纳。

我喜欢孟加拉文学，更喜欢孟加拉语大诗人罗宾德罗纳特•泰戈尔。孟加拉朋友问我为什么喜欢泰戈尔？我告诉他们，第一，他的作品好；

第二，他的人品好；第三，他热爱中国，对中国好。

读过外语教学与研究出版社出版的《泰戈尔诗歌精选》的读者，读过《沉船》《戈拉》等小说的读者，读过《牺牲》《独身者协会》《大自然的报复》等剧本的读者，就会体会到，泰戈尔的作品好。

罗宾德罗纳特·泰戈尔心地善良，虽然出身于婆罗门家庭，但是他反对腐朽的种姓制度，他总是平等地对待所有人，而且特别同情穷苦人，尤其关心贫苦农民。他尽自己所能，在什莱多赫管理自己地产的十年期间想方设法地改善农民生活，发展农村经济。为此他还派自己的儿子罗廷去美国学习农学。

他热爱中国，曾于 1924 年 4 月 12 日至 5 月 30 日第一次访问中国达 50 天之久，先后游历了上海、杭州、南京、济南、北京、太原、武汉七座大城市，会见中国一些文化名人，发表了一系列讲话，受到青年学生和文化界的热烈欢迎。1929 年他借去日本等国访问的机会又先后两次来中国上海访问，住在徐志摩家里。正因为他对中国怀有友好情谊，所以周恩来在 1957 年 1 月访问国际大学时说："泰戈尔不仅是对世界文学作出卓越贡献的天才诗人，还是憎恨黑暗、争取光明的伟大印度人民的杰出代表。中国人民永远不能忘记泰戈尔对他们的热爱。中国人民也不能忘记泰戈尔对他们的艰苦民族独立斗争所给予的支持。至今，中国人民还以怀念的心情回忆着 1924 年泰戈尔到中国的访问。"周恩来的这番话表达了中国人民对伟大诗人罗宾德罗纳特·泰戈尔的怀念之情，传达出我们全体中国人的心声。

第四十六章

国际孟加拉学研究会第五届年会

2018 年 1 月 25—27 日，国际孟加拉学研究会（International Association of Bengali Studies）第五届年会在孟加拉国贾汗吉尔纳戈尔大学举行。我作为该研究会的会长自然要出席这次年会。

贾汗吉尔纳戈尔大学位于达卡城北部沙帕（Saabhaa）地区，距离首都大约 20 公里，占地面积 697.56 英亩，是 1970 年建成并于 1972 年开始运作的一所大学。在孟加拉国几所主要国立大学中，它规模比较小，但它是孟加拉国唯一一所学生全部住校的国立大学。该大学共设有 26 个系，并且在社会科学、艺术和人文科学的研究领域取得了辉煌的成就。主要教学楼呈两个相连的三角形，校舍全部位于绿树丛中，环境幽静。

我和其他几位副会长以及印度、孟加拉、日本等国分会会长及执委会委员出席了会议。出席会议的还有该研究会的学术主席、著名孟加拉语言学家——波比特罗•绍尔迦尔（পবিত্র সরকার，Pabitra Sarkar）教授，孟加拉国孟加拉研究院院长沙姆苏贾曼•汗（শামসুজ্জামান খান，Samsujjaman Khan）先生也应邀出席开幕式。来自孟加拉国各院校的学者以及印度、斯里兰卡、日本、中国、捷克等国的学者应邀参加了这次研讨会。

1 月 25 日国际孟加拉学研究会第五届研讨会的开幕式举行，我在开幕式上用孟加拉语作了开幕讲话，全文如下：

尊敬的国际孟加拉学研究会第五届研讨会学术会主席波比特罗•绍尔迦尔先生，尊敬的贾汗吉尔纳戈尔大学常务副校长法尔佳娜•伊斯拉姆（ফারজানা ইসলাম，Pharjana Islam）女士，组织委员会秘书长，尊敬的各位代表、教授、学者、同学们！

我向大家致以衷心的问候！

能够参加国际孟加拉研究会第五届研讨会，我感到很荣幸。借此机会再一次来看一看这个具有吸引力的美丽的国家——孟加拉国，我感到十分高兴。我为能来这里会见老朋友和结识新朋友而感到非常高兴。通过我们这次研讨会，国际孟加拉学研究会的所有学者和研究者之间可以进行交流，这将会增进彼此的理解，加深友谊，同时取得学术进步。我认为，这就是国际孟加拉学研究会的宗旨。我期待着通过长期互相学习、合作，各国人民能够保持互相尊重和友好关系。我希望，通过建立友谊和美好的关系，全世界的人民都能够生活在和平的环境里。

我希望我们这次研讨会获得全面的成功，同时我也祝愿大家身体健康！

我要感谢这次研讨会组委会的所有朋友们和贾汗吉尔纳戈尔大学的所有老师和同学们。谢谢大家！

贾汗吉尔纳戈尔大学副校长法尔佳娜•伊斯拉姆女士致欢迎词，波比特罗•绍尔迦尔先生、沙姆苏贾曼•汗先生、印度国际大学教授波伦库马尔•丘克罗博尔迪教授、日本学者谷口晋吉（Shinkichi Taniguchi）先生等先后发言。随后进行了两天分组讨论。

27 日下午，国际孟加拉学研究会召开了理事会的工作会议，秘书长汇报了 2015 年 12 月东京会议以来所做的工作，随后大家进行了讨论。

我作了发言，肯定了秘书处几年来所做的工作，最后提出辞去研究会会长的建议，理由是：第一，我自己年纪大了；第二，自己的学识浅薄。我希望推选出新会长。学术会主席——泰戈尔文化大学前副校长波比特罗•绍尔迦尔教授接着发言。他向理事会比较详细地讲述了我在研究和翻译孟加拉文学，特别是研究和翻译泰戈尔方面所做的工作。他特别强调指出，我带领中国同行翻译出版了中文版《泰戈尔作品全集》18卷33册。除了印度孟加拉邦和孟加拉国，中国是世界上唯一的一个出版泰戈尔作品全集的域外国家。他认为我身体挺好，继续担任国际孟加拉学研究会会长是合适的。其他理事们纷纷发表意见，都表示同意波比特罗•绍尔迦尔教授的意见。因此，我要求辞职的建议就被否决了。最后我作了总结发言，感谢大家所做的工作及对我的信任。

会议期间，我又会见了我的熟人——乌多拉大学的副校长伊雅斯敏•阿拉•蕾卡（Eaysmin Ara Lekha）女士。应她的邀请，我出席该校于26日举办的第一次商贸知识竞赛的开幕仪式，并且发表了简短的祝词。随后该校常务副校长授予我特邀嘉宾纪念银牌。左手不灵活的常务副校长还向我赠送了他写的三本英文诗集，以及一个书包。教育部的一位秘书也作为特邀嘉宾出席了开幕式，并且发表了长篇讲话。

乌多拉大学位于达卡城内的北部，“乌多拉”的意思就是“北部”，也可以翻译成“北部大学”，这是一所私立大学。据说，来这里学习的都是有钱人家的子女。学校具有现代的教学楼和设备，但是规模不大，就是一栋大楼。

会议结束后，即1月28日，我的学生夏孟（শ্যামল সাহা，Shyamal Saha）派他的司机曼吉鲁尔把我接到达卡城里，把我安顿在与古尔山区相毗邻的博纳尼区一个名为Amazon Lilly的宾馆里，我住在203号房间。夏孟曾经在深圳大学学习过汉语，我与他相识是在2007年，当时我在深圳大学教授外国留学生的汉语。后来他在阿里夫·乔杜里（আরিফ চৌধুরী，Arif Chowdhuey）的公司里任职。阿里夫也是我的好朋友，毕业于复旦大学，在深圳创办了一家电子商贸公司。如今他与中国人合作，成立一个业务范围遍布五大洲的大公司，任副总裁。这一次他本来要来见我，可是突然要去香港开会，未能见面。

29 日上午，我前往夏孟的公司 Transsion Bangladesh Limited，会见该公司的员工，结识了财务副经理郑显彪先生。郑先生是四川人，讲一口流利的英语。他来该公司工作才一年多，他没有带家眷。他已是三个孩子的父亲。

随后，夏孟带我去孟加拉国西北部的一个叫辛盖尔（সিংগাইর，Singgair）的小镇，他要检查公司在那里设立的销售点。

用过午餐后，我们驱车前往帕德玛河。一路上放眼望去，公路两侧是开阔的大平原。时而掠过金灿灿的油菜花田野，时而掠过碧绿的玉米或马铃薯田。夏孟告诉我，这里一年可以收获三季，其中收获两季水稻，一季玉米或油菜。车停在路旁，我们步入油菜花田，立即闻到扑鼻的芳香。不远处有一个池塘，有一位村妇正在池塘里洗澡。

两个半小时后，我们来到了帕德玛河（পদ্মা নদী）岸边。当时是枯水期，河床里裸露出大片的沙滩。一群孩子在沙滩上踢足球。几个农夫在用水泵从河里抽水，灌溉河岸边的稻田。即使是枯水期，河面依然很宽。不远处一个女人夹着水罐向河里走去，不一会儿，她又夹着灌满水的水罐，步履蹒跚地向村子里走去。过去我在泰戈尔的小说里读过类似的描写，现在亲眼看见了这样一种景象，感到很亲切。我问一位村民，河水是否清洁，他告诉我，帕德玛河是清洁的，没有被污染，河水可以饮用。

帕德玛河是孟加拉国的一条大河。它是恒河与贾牟拿河汇合后形成的一条大河。因为 1 月份是孟加拉国的枯水期，那群孩子在干河滩上举行足球比赛。我与观看足球比赛的孩子们和几位老人进行了友好的交谈，了解他们的生活情况。观看足球比赛的还有一位中年人，他主动地与我交谈起来。他告诉我，他是一名警察，家就住大河的南岸。他邀请我去他家看一看。我欣然同意了。

我放眼望去，河南岸是一片郁郁葱葱的树林，树林南侧散落着一些瓦房。

我们步行来到他的家里。他家就坐落在树林里，共有三座房屋，没有围墙。主人请我们在院子里坐下来，并且用饼干和可乐招待我们。夫妻俩有三个女儿，大女儿在达卡大学读书，二女儿和三女儿在中学读书。大女儿不在家，我见到他们读中学的两个女儿，出落得亭亭玉立，非常秀美。听说中国学者来了，他的母亲也出来。老人家已经106岁的高龄，但是头脑还是很清楚。只是耳朵有点背，大声说话才能听清楚。在热带的孟加拉国的农村，居然有如此长寿的老人，我感到很惊奇。我握着她老人家的手，扶她坐在我身边，当我祝愿她健康长寿时，她用力地紧紧握着我的手，频频点头，表示感谢。

这一家算是殷实之家。主人告诉我，在平常年景村里人家收获的稻谷是足够全年食用的，但是最怕河水泛滥，一旦河水泛滥，就会冲毁庄稼，颗粒无收，甚至洪水会漫灌到房屋里来。告别了这一家人，我们驱车返回达卡。

29日，曾经在中国国际广播电台工作过的专家曼娜（মান্না，Manna）女士带车来宾馆见我。她在中国工作的时候，我们就认识了，2015年我到孟加拉国时也见过她。曼娜先陪我去古尔山区的湖边，拍了一些照片。那个湖很大，2008年我来孟加拉国时见过，当时湖水很脏，湖边杂草丛生，如今四周的垃圾已经被清除，湖水也变清了，里面甚至有几艘游艇。然后我们驱车前往老恒河岸边的阿赫桑•曼济勒宫博物馆

（আহসান মঞ্জিল জাদুঘর）参观。然后去她小妹妹的新家。曼娜的小妹妹新家所居住的楼房位于老恒河北岸不远的街上，是在她丈夫祖传的旧宅基地上新建起的五层楼房。她丈夫共有五兄弟，每家一层，屋顶平台大家公用，养鸡养鸽子，种植花卉盆景。她小妹妹夫妻俩都从事绘画工作。他们有两个女儿，大的 8 岁，小的才两岁半。我们在他们家共进午餐。然后曼娜把我送回了宾馆。我赠送给曼娜一盒绿茶和一幅丝绸被面。

30 日夏孟带我去参观他和阿里夫创办的一所小学。小学租用两层楼房。他和阿里夫为开办这所小学投资了相当于 51 万元人民币的资金。现在学校有老师 13 人，学生 300 人。说它是小学不太确切，实际上招收的孩子最小的才 4 岁，大一点的 6—7 岁，都是居住在附近人家的孩子。上课分两个时间段：上午 8:00—11:00，11:30—14:30，每个时间段 3 个小时。开设的课程有英语、孟加拉语、绘画、音乐、舞蹈等。每个孩子每月收学费 1000 达卡，相当于人民币 90 多元，相当便宜。这样，附近中等收入的家庭都把孩子送到这里来学习。现在学校还不赚钱，老师的工资还是由夏孟和阿里夫来支付。夏孟认为，如果以后会有更多的孩子来学习，他们就不会总赔钱的。我参观了两个班，一个班的孩子们在学习英语，黑板上写着英语单词和简单句子，老师教孩子们朗读。另一个班的孩子们在学习音乐，老师一边弹着风琴，一边教孩子们唱歌。

孟加拉国原来是整个孟加拉邦的一部分，曾经是英国的殖民地，英文很普及。孩子们从小就学习英语，就像学习母语孟加拉语一样，所以高中毕业的学生们英语都很棒。孟加拉国的教育体制现在基本上是延续英国式的体系，小学 6 年，中学 6 年，预科两年，本科 3—4 年，然后是攻读硕士研究生 3 年，最后是攻读博士 3—5 年。

孟加拉国的高等公立学校基本不收费，或收费很低。但是公立大学很难考入。达卡大学被誉为“东方牛津大学”，在世界上排名靠前，每年报考生的录取率为 0.2% 或 0.3%，就是说，1000 个报考者中只有 2—3 个人被录取。居第二位的是吉大港大学，居第三位的是贾汗吉尔纳戈尔大学，居第四位的是库什迪亚大学。除了国立大学，还有一大批私立大学，教学质量也很好，但是为收费大学，一般学费都比较高。只有有钱人家的孩子才能报考私立大学，如上面我提到的乌多拉大学及达卡女子大学、达卡南北大学等等，都是收费很高的私立大学。

31 日，夏孟的司机把我送到达卡女子大学，在那里，我会见了我的老朋友绍乌米特罗•舍科尔教授。他带我与他的一个班学生见面。他向他的学生们介绍了有关我的情况和所做的工作，然后我与同学们座谈，并且回答了同学们提出的一些问题，最后与同学们合影。这所私立大学，学生全部是女孩。绍乌米特罗教授每周在该大学上两次课，讲授孟加拉文学。他的主要工作是在达卡大学授课。中午，他带我到达卡大学教授餐厅就餐，他买了两份饭：鸡肉、米饭、豆汤。每份 100 达卡，相当于人民币 9 块钱。这个餐厅是新建的，前几次我来达卡大学的时候还没有。在这里吃饭的人不多。旁边有沙发，饭后可以在那里休息、聊天。

下午，绍乌米特罗带我到校长办公室，会见了达卡大学（University of Dhaka）新任职的常务副校长阿克达鲁贾曼（আখতারুজ্জামান，Akhtaruzzaman）。这间会客室我很熟悉，我在这里会见过达卡大学的前校长。绍乌米特罗向校长介绍了我的情况，校长对我的到来表示欢迎。我对这位新校长说："听说您被任命为达卡大学的常务副校长，我很高兴。我向您表示祝贺，希望您在这个岗位上做出辉煌的成绩来。"校长送了我一条印有达卡大学校徽的领带。我说，希望校长有机会去中国，我期待着在北京欢迎您。他握着我的手说："谢谢，我很想去啊。"

随后绍乌米特罗带我去他家。以前我曾经两次应邀去他家吃过饭，当时他是副教授，住在学校提供的一套 100 多平方米的房子里。这一次他们一家却住在有 200 多平方米的一套房子里。这座楼房共有 5 层，他家住在第 5 层。整个楼坐北朝南，同一个单元的每层只有两户，他家住西侧。绍乌米特罗带我参观了他所居住的这套住房：南北两面都是走廊，中间是房间，有 1 间客厅， 5 间卧室，1 个厨房，3 个卫生间。这样的设计很有创意，很适应热带气候，南北都是走廊，炎热季节可以避免太阳直接照射到房间；窗子打开，可以形成对流。他妻子说，夏天也不感到炎热。达卡大学规定教授 67 岁退休。绍乌米特罗说，退休前他家可以一直住在这里，退休后他就得把房子退给学校，搬到自己的房子里居住。他告诉我，他在大学附近已经购买了一套 100 多平方米的房子。绍乌米特罗教授每月可以从达卡大学领取工资 75000 达卡，在女子大学兼课还有一些报酬，我估计他每个月的收入不会少于 10000 元人民币。他买了一辆二手的日本产吉普车，雇请一个司机。两个女儿中一个上中学，另一个上小学，妻子操持家务。看得出，这是幸福的一家。

绍乌米特罗是位很有才华的教授，对于孟加拉语言文学有很深厚的造诣，写过七八部书，今年刚 50 岁。他对中国非常友善，曾经来北京大学参加一次学术研讨会，还希望来中国讲学或参加学术会议。他和他妻子都对我说，我再来达卡，不要住宾馆，就住在他们家里。我表示感谢。我知道这不是一般的客套话，他们的邀请是真诚的。

2 月 1 日是孟加拉国图书展销会开幕的第一天。上午夏孟的司机拉我去达卡大学周围的图书展销会会场。到了那里，我们发现展销会还没有开张，到处是荷枪实弹的警察。我问一名警察，才知道下午 3 点举行开幕式，谢赫•哈西娜总理要参加，此前不开门。无奈，我们只好去一个大市场里买书。还好，我在阿吉杰•苏巴尔市场的一家名为巴特沙拉的书店里选购了十来本孟加拉文学史方面的书，然后返回夏孟的公司，此时已经 5 点多了。夏孟让我把购买的书放在他的办公室，他负责帮我寄回北京。

2 月 1 日下午，夏孟邀请我去他家做客。这是我第一次见到夏孟的妻子和他两岁半的女儿。我对他和他的妻子说：见到他们幸福的一家，我很高兴。按照中国的传统习惯，第一次见到你们的女儿，我作为长辈要送给孩子一点钱，希望你们给孩子买件衣服或她喜欢的东西，以此表示祝福，我祝福她快乐地成长。夫妻起初不肯收，我说，我知道你们不缺钱，这是我作为爷爷辈分的人的一点儿心意。4000 达卡寓意四平八稳，祝福孩子快乐成长。他妻子这才收下，并且表示感谢。

晚餐很丰盛，有大虾，有羊肉，有鱼和各种蔬菜。饭后饮过茶后，10 点钟，夏孟送我和他公司一位要去迪拜出差的员工去机场。告别了夏孟，我们就进入候机楼。去迪拜的那位朋友一直在帮助我办理登机托运、安检方面的事宜。我与他握手告别，谢谢他的帮助。

飞机于 2 月 2 日的凌晨一点起飞，早晨 6 点多抵达香港机场上空，可是地面指挥不让降落，于是飞机又在空中飞了 20 多分钟后才降落。下了飞机，我就赶快去办转机手续。8 点飞机起飞，11 点多飞机抵达北京首都机场，于是我顺利地结束了这次孟加拉国之行。

第四十七章

研译泰戈尔

我学习的专业语言就是诗人泰戈尔的母语——孟加拉语，我这一生中的大部分时间都在研究和翻译泰戈尔。我从心底里深深地热爱这位大诗人、大作家。我爱他的作品，更爱他的人品。我说泰戈尔人品好，首先是指他具有博大宽容的胸襟，他心中有大爱。他不仅尊爱自己的父母，忠爱自己的妻子，疼爱自己的儿女，敬重自己的哥哥姐姐嫂子，而且还关爱所有天下受苦人、普通劳苦大众，其中包括他经营祖传地产的农村的贫苦农民。

在泰戈尔家族中，他是父母最小的儿子，又是父母宠爱之子。他很爱戴自己的父母，从不违背父母的意愿。

罗宾德罗纳特成年后，父亲让他前往什莱多赫乡下去经营祖传的地产，最初他是很不情愿的，但是当父亲坚持让他去时，他还是义无反顾地去了，因为他不想让父亲伤心失望。

罗宾德罗纳特•泰戈尔是 1883 年 12 月 9 日结婚的，当时他 22 岁，是位英俊潇洒而才华横溢的青年，而新娘子穆里纳莉妮还是个不到 10 岁、只上过小学的农村小姑娘。他们之间年龄相差 13 岁。他们不是恋爱结婚，而是典型的包办婚姻。婚前他们也没有见过面，他心里很不满意，可是又不能违背父命，因此就结婚了。婚后他体验到妻子的善良朴实，于是就从内心里接纳了她。3年后，即1886年10月25日，他们第一个孩子——女儿贝拉出生。当时他妻子还不到14岁。泰戈尔担心妻子不太会抚养孩子，因此，他就承担做父亲的义务，亲自帮助妻子照顾女儿贝拉，给她热牛奶、给她洗澡、为她换尿布等等。

他在1901年7月20日寄给妻子的一封信中这样写道："昨天我一直都在回忆贝拉的童年，我是如何精心把她抚养大的。当时她在靠枕之间是怎样地淘气啊——假如是同龄的男孩子，我就会大声地呵斥她——她是那么贪吃啊，可她真是个好孩子——在花园街我们自己的家里，我亲自给她洗澡——住在大吉岭的时候，夜里我常常起来给她喂牛奶——那时候第一次对她倾注了那种慈爱，这一切情景一次又一次浮现在我的心里。"

后来他妻子又陆续为他生育了四个子女，因此他心里总是对妻子怀有感恩之情。1902年6月，穆里纳莉妮病倒了。他非常着急，四处求医，为妻子治疗，日夜守护在她的床前。几个月来，他细心照顾妻子，为妻子扇扇子。11月23日妻子病逝，他痛苦极了。后来他为怀念妻子写了27首诗，命名《怀念集》。这部诗集表达了诗人内心的痛苦和对妻子的深切怀念。诗人深情地写道：

悲怆的深夜你默默出屋，
踏上从未走过的陌生之路。
动身的时候你悄然无声。
未与任何人告别辞行，
踽踽步入沉睡的世界——
在黑夜时分不见你的身影，

你那为我熟悉的温和的容颜
隐入数不清的宇宙繁星之中！

你就这样空手归去，
不带家里的东西？
独自远行时你二十年的
苦乐负重丢在我的怀里。
多少年你那双吉祥之手
以爱情建立起来的美满家帱，
充满你那真挚的温柔。
今宵永别，你什么也不带走？
……
一个问题在脑海里萦回：
哦，爱妻，你先于我远归；
你的纤手莫非在什么地方为我
安置黄昏永久憩息的静卧床帏？

你在家每天叫我进入寝室，
嗓音是那样温柔、甜蜜！
今日你默默隐入茫茫天宇，
宇宙中唤我的声音那么悲戚。
以往你准时轻轻推开屋门，
今后关门再也无人来提起。
静坐在孤寂中我沉入冥想：
人世间你的品行无与伦比！

总之，泰戈尔和妻子这对伉俪携手走过了 20 个春秋，真正可以称得上是恩爱夫妻。

妻子去世不久，他的二女儿蕾奴卡患上重病。医生建议这孩子应该去山区换换空气，于是他带着三个孩子前往喜马拉雅山区的阿尔莫拉去疗养。几个月后，蕾奴卡的病情不见好转，孩子不想再继续住下去了。诗人决定带孩子们返回加尔各答。从阿尔莫拉到山下的火车站有 6 英里的崎岖山路，他亲自抬着担架，历尽艰辛，赶到火车站。回到家里不久，二女儿就于 1903 年 9 月 16 日离开了人世。这对于丧妻不久的诗人来说，真可谓雪上加霜。

可见，诗人泰戈尔是位钟爱妻子的丈夫，是位深爱儿女、负责任的父亲。

遵循父亲的嘱托，他在乡下经营祖传地产，在农村度过 10 个春秋。他耳闻目睹贫苦农民的苦难，对他们的不幸感到十分同情。有一年，孟加拉农村发生了洪涝灾害，农民几乎没有什么收成，他就说服父亲和兄长，免除那一年的地租。为了使农民摆脱高利贷者的盘剥，他利用自己所获得的诺贝尔奖奖金，开设一家农业银行，为农民低息贷款，以此让他们摆脱高利贷者的盘剥。为了发展农业，他派自己的儿子罗廷去美国学习农业科学技术，企图提高农作物的产量。

诗人博大的同情心和改善农民困境的愿望，促使他开始关注社会主义理论问题。1883 年 5 月 10 日，他在写给自己侄女印蒂拉的一封信里说："我不知道，更平均地分配财富的社会主义理想能否实现，但如果不能，老天爷的分配的确太残酷了，而人真是个不幸的生物。"

罗宾德罗纳特·泰戈尔不仅关心农民的疾苦，而且他还救过溺水的人。他的儿子罗廷在《回忆父亲》一书中记述了泰戈尔在帕德玛河救人的那次经过：

瓢泼般的暴雨三天三夜下个不停。我们躲在那个避风处望着，四周各种大大小小的船只都来此处躲避暴风雨。河湾里没有波涛——我们躲在很安全的河湾里，做好应对风险的准备。透过船舱窗子，我看到一座座被毁坏的房屋，被毁坏的船板随着激流在水上漂浮着。我明白了，河岸上的很多村庄被冲毁了，有多少船只沉没在不可遏制的激流中。第三天下午暴风雨的势头减弱了。爸爸带我来到甲板上，坐下来。突然他对一个船夫喊道："你看，河中间好像漂浮着什么吧？好像是头发，一定是女人的头发。去，赶快把小艇划过去。"望着风暴，那个船夫不敢下去。当时爸爸自己准备下去——正在这时候从后面跑过来我们的大胡子穆斯林厨师，他把爸爸推到旁边，跳到小船上，并且一边很生气地骂着那个船夫，一边拉着其中的几个人一起划船过去。我们很担心地注视着，小船能否及时地赶到那个正在下沉的女人身边。船夫们离开甲板，频频地划着船桨——小船上下起伏，快速行驶着，可是仿佛无法靠近那个女人。天色暗下来，什么都看不见了，只有那位大胡子厨师的高声呼喊不时地传到我们的耳朵里。过了好一会儿，小船回来了，穆斯林厨师当时是何等高兴啊："成功了，老爷，成功了！"听说，那个女人根本不想上船，是他抓住她的头发将她强行拉到船上的。爸爸看到，这是一位年轻的女人，她的相貌很美，她蜷曲着坐在船上一个角落里。爸爸费了很多周折，才从她的口中获悉一些情况。她家就住在什莱多赫附近，因为和丈夫吵架，就跳入河水里，但是她会游泳，所以就没有沉入水中。

爸爸认识她的公公，于是就派人通知他将儿媳妇领回去。爸爸请他管束自己的儿子，希望以后不要再发生这样的事情。后来我听说，他们夫妻俩再也没有吵过架，夫妻俩生活得很幸福。

通过这一段精彩的描写，我们可以感受到诗人那颗火热的、关爱他人生命的心。

泰戈尔是孟加拉族人，他属于印度教中的梵社派，但是他尊重世界上的一切宗教信仰——他尊重佛教、伊斯兰教、基督教，他有一颗包容的心，他敬重佛教的始祖释迦牟尼•乔达摩，尊敬基督教的耶稣，尊敬伊斯兰教的穆罕默德。他虚怀若谷，虚心学习世界上一切优秀文化。他期盼和平，为全世界人都能过上和平安宁的生活而奔走呼吁。

泰戈尔是真正做到了“为天地立心”的伟大作家，他为天下人树立了关爱生命之心，身体力行地为世人树立了高尚道德的榜样。正因为他有一颗赤诚之心，他才会赞美尘世间一切美好的事物、美好的精神、美好的品德，而且亲身实践；正因为他有一颗赤诚之心，他才会通过自己的作品，口诛笔伐尘世间一切腐朽没落的东西、腐朽落后的习俗、虚伪污秽的行径，为天下人争得生存的权利。

我作为泰戈尔的研究者、翻译者，深切地感受到他那博大的胸怀，感受到他那颗大爱之心的感召。当下中国常用“德艺双馨”这句成语来概括德才兼备的艺术家。我觉得，用“德艺双馨”来形容泰戈尔，是恰当的，他当之无愧；用儒家常用的“仁义礼智信”来概括他的一生，也不为过。我总觉得，他的作品中流淌着净化人们心灵的纯净之水，不断地洗涤我们的内心世界。所以我一直在默默地学习他的高洁人品，学习他那上善若水的心态。学习他那博大包容的胸怀，学习他那种赞美、推崇一切美好思想品德的崇高精神。

在这种思想的支配下，我决心把自己敬仰的泰戈尔介绍给中国读者，让中国人民了解他，学习他，并以此提高自己的人品素质。所以，我接受人民出版社之邀请，出任《泰戈尔作品全集》的主编，带领我的团队经过 7 年多艰苦工作，完成了《泰戈尔作品全集》18 卷 33 册 1600 万字的翻译编辑任务，撰写了《天竺诗人：泰戈尔》一书，将他一生中的闪光之处告诉中国读者。这是我为中印和中孟文化交流所做的一件有意义的事，这也为增进中华民族和孟加拉民族的了解和友谊贡献出我自己的一点微薄力量。

为让孟加拉读者了解中国传统文化，我与杨伟明合作，将中国的经典——《论语》翻译成孟加拉语。我衷心希望，拥有 14 亿人口的中华民族和拥有 2.6 亿人口的孟加拉民族之间能够加深理解，互相学习，世代友好，愿这两大民族的友谊之树永远长青！

第四十八章

人生感悟

人生犹如一次旅行，从哇哇哭着降生起，就承受着父母关爱的恩泽，吮吸着母亲的乳汁，在母亲的怀里逐渐成长，然后学习走路说话，直到上学，参加工作，退休步入老年。我也和所有人一样，经历了这一人生过程。回首这一生，有许多感悟，明白了许多道理。我把它们写出来，留给我的后代和朋友们参考。

我从懂事时起就开始观察世界，感悟人生。到了垂暮之年，我学会了比较正确地观察世界，也就是有了比较正确的世界观。怎样观察世界，怎样看待世界上缤纷陆离的事物，怎样看待形形色色的个人呢？看得正确，就得出正确的印象；看得不正确，就会得出错误的印象。有了印象，就会采取行动。印象正确，就可能采取比较正确的行动；印象错误，就一定会采取错误的行动。因此观察很重要。那么，应该怎么进行观察，应该采取什么样的方法进行观察。才会得出正确的印象呢？

我的平生经历告诉自己，第一，要全面地历史地观察事物、个人、事件，不要只看一点，只看局部，不要只看一时，只看一事；既横向地看，更要纵向地看，要看其全部历史。第二，要辩证地看，既要从正面看，也要从反面看。在看待一个人物、一个团体、一个政党的时候，尤其需要辩证地看。就是说，既要看其功劳、业绩、优点、长处，也要看其错误、劣迹、短处、不足。世界上是没有只有优点长处而无缺点短处的完人的，也没有一贯正确、从来不犯错误的团体、政党，区别只在于孰大孰小且怎么看待而已。

远处不说，我们来看中国近代的历史，看中国共产党和中国国民党——这两党的成败历史，就一目了然。我们共产党为什么取得伟大的胜利、辉煌的成就？因为我们党观察事物的方法是正确的、科学的——这个方法就是马克思主义认识论，即辩证唯物主义和历史唯物主义。以毛泽东同志为主要代表的中国共产党人运用这个方法观察中国现实，得出了正确的认识，制定了符合中国国情的路线、政策。我们党有时因为没有运用这个科学方法或者偏离了这个方法，所以在探索中也发生过错误，走过弯路，但是我们党总体上是坚持这个科学方法的，所以就能够自己纠正自己的错误，回到正确的轨道上来。因此我们中国共产党人领导的中国革命事业成功了，取得了辉煌成绩。我们党对于自己的错误失误，作出了科学的分析。而国民党则反其道而行之，结果落得一个失败的下场。

纵观世界，可以观察到：一个人承受父母的恩泽，降生在这个世界的某个地域，成为某个民族的一员；从一岁半开始习得本民族的语言，五六岁就能够用本民族的语言讲话，与人们进行交往；有机会上学的，逐渐学会本民族的文字，能阅读和书写本民族的书面语言。这样，他就能够接受本民族的传统文化教育和熏陶，成为一个有文化的人。

天赋比较高的少年还可能学会其他民族的语言和文字，可以阅读其他民族文字的书籍报刊。这样，多学会一门外国语言文字，就为自己打开一扇观察世界的窗子。这是一般的社会现实。

应该承认，由于遗传基因和环境条件的不同，孩童的天资是有区别的。天资高的孩子，记忆力就强；天资低的孩子，记忆力就弱。天资极高的孩子，对于学过的知识，就会很快牢记于心，甚至过目不忘。知识积累多了，就会融会贯通，增加联想力，激发创作力，他就富有较强的工作能力。天资低下的孩子，学过的知识不容易记住，也就不容易激发出创作力，他的工作能力就会弱一些。

可惜，旧中国的贫穷环境，抹杀了不少天资极高的人才，因为他们没有可能上学读书。现在的条件有了极大的改善，基础性义务教育提供了因材施教的极好条件。

为人父母者，就应该承认这种差别，知道自己孩子的天资高低，因材施教；既不要耽误对智商高的孩子的培养教育，也不要对天资较低的孩子要求过高。否则，就会吃力不讨好，对自己的孩子有害而无益，甚至会酿成悲剧。

不过，对孩子们思想品德方面的培养教育，不论自己的孩子的智商高低，都要同样地重视，有同样严格的要求，应当对他们从小实施仁德教育。而且为人父母者，应以身教为主，要以自己的仁德行为潜移默化地影响自己的孩子们。

通过仔细地观察社会现实，我发现一种现象：处处事事总是为自己着想、时时处处总想占便宜的父母，不可能将自己的子女培养成为仁德之人。相反，遇到好事首先想到别人、面对利益总往后退的父母，其子女多为仁德之士。

我们子女的天资有高有低，能力有大有小，但是降生到这世界上的人在品德方面都应该成为仁德之人。这样，我们做父母的，就尽到了责任；这样，我们的后代都会成为对社会对民族对国家有益的人，而不是有害的人。这就是我关于子女教育的观点，我也正是秉持这种观点并以自己的行为影响和教育我的四个子女的，让他们做有益于社会的人，起码不应该去损害别人，或危害社会。令我感到欣慰的是，我的两个女儿和两个儿子都做到了。我的四个第三代人也都个个优秀。现在第四代人已经长大了。我相信，长江后浪推前浪，一代总比一代强。这也是自然规律，当然，也是我的希望。

由此我想到宋代的著名哲学家张载的名言“为天地立心，为生民立命，为往圣继绝学，为万世开太平”。一个高智商而又受过良好教育的人，应该树立像张载那样的志向。所谓“为天地立心”，就是为世界贡献自己的智慧和力量，有所发现，有所创造，有所贡献，为全人类造福，为天下人贡献心智；所谓“为生民立命”，就是要为人民群众谋幸福，使他们能够快乐地生活；所谓“为往圣继绝学”，就是要继承和发扬世界先贤哲人给我们留下的优秀文化；所谓“为万世开太平”，就是为子孙后代创造一个持久和平的生活环境。

我觉得，张载这几句名言的内涵与我们中国共产党人的奋斗目标是一脉相承的。马克思主义的理论体系揭示出人类社会的规律，是科学，是真理；毛泽东思想是中国化的马克思主义，是认识和改造旧中国的利器；邓小平理论、“三个代表”重要思想、科学发展观开辟出中国特色社会主义理论体系新道路，指导了中国建设时期改革开放的伟大实践；习近平新时代中国特色社会主义思想作为当代中国马克思主义、21 世纪马克思主义，进一步揭示出中国特色社会主义在百年未有之大变局中的发展规律，进一步发展了马克思主义，是为中华民族谋复兴的真理。

一百年来，在以毛泽东、邓小平、习近平等人为主要代表的中国共产党人的思想路线指引下，中国人民不屈不挠，前仆后继，艰苦奋斗，使中国发生了翻天覆地的变化。中国人民从中国的土地上站了起来，摆脱了绝对贫困，从贫穷落后的状态走向不愁吃不愁穿的小康社会，现如今正从丰衣足食的小康社会向着富强民主文明和谐美丽的社会主义现代化强国奋勇前进。

我是一名老共产党员。我为生在中国而感到幸福，我为自己作为一个中国人而感到自豪，我为我们祖国的飞速发展而感到欢欣鼓舞。

进入耄耋之年，我思考了很多问题，也萌生了很多感悟，所以我就于 2021 年 4 月 27 日写了一首《老年感悟歌》，谈了我这个老人对人生的感悟，写在下面作为我这本书的结束语，与老年朋友们分享共勉。

老年感悟歌

退休老人莫痴情，凡事都要看得轻。
死后无物属于己，千万不要再迷蒙。
天地玄黄昭日月，滔滔江水奔向东。
见利切记莫伸手，别与他人心拧横。
金银财宝盈满柜，死后无一握手中。
豪华别墅幽静美，转头便换主人公。
春夏秋冬循环至，寒来暑往天道行。
名利如同浮云过，官爵权位转瞬空。
爱恋至深两情笃，最后全都进坟坑。
生儿育女为家国，量力帮衬乐融融。
看透红尘胸海阔，遵循自然心境平。
儿孙自有儿孙福，莫让儿孙困牢笼。
人生如同采花蜂，飞到西来飞到东。
尘世诸事瞬息变，过分执着傻不楞。
只要晚年身体好，一切尽在幸福中。
看淡一切心态静，悠哉游哉度余生。

（2023 年 1 月 26 日星期四定稿）